Avant que tombe la nuit

Susan Wiggs

Avant que tombe la nuit

Traduit de l'américain par Anne Renon

FRANCE LOISIRS

Titre original : *Home Before Dark*
publié par Mira Books, Ontario, Canada

Édition du Club France Loisirs,
avec l'autorisation des Éditions Belfond

France Loisirs,
123, boulevard de Grenelle, Paris
www.franceloisirs.com

© Susan Wiggs, 2003. Tous droits réservés.
© Belfond 2005 pour la traduction française.

ISBN : 2-7441-8345-8

À Lori Ann Cross, *avec tout mon amour.*
Si tu n'étais pas ma sœur, tu resterais néanmoins ma meilleure amie.

« Chaque femme abrite en son cœur une étincelle divine qui reste endormie les jours de beau temps, mais qui est prête à s'embraser et à briller de mille feux au plus fort de la tempête. »

Washington Irving

Première partie

Avant.

La jeunesse a acquis le goût du luxe, elle a de mauvaises manières, méprise l'autorité ; elle manque de respect aux vieillards et préfère le badinage au travail. Les enfants sont devenus des tyrans au lieu de servir leur famille. Ils ne se lèvent plus lorsqu'un vieillard entre dans la pièce. Ils contredisent leurs parents, discutent alors qu'ils devraient garder le silence, se gorgent de nourriture et tyrannisent leurs professeurs.

D'après Platon (428-348 av. J.-C.).

... ...

1

« Je suis enceinte. » Le sentiment de panique qui s'empare d'une femme à l'instant où elle comprend ce qui lui arrive est unique. Seize ans plus tard, après avoir parcouru la moitié du globe et traversé le Texas sous un soleil de plomb afin de rencontrer sa fille pour la première fois, Jessie Ryder se souvenait encore de cette émotion.

Un amas de cellules invisible avait changé sa vie à jamais, suscitant alors chez elle une peur et un émerveillement qu'elle n'avait pas oubliés. Seize ans et d'innombrables kilomètres la séparaient de ce jour gravé dans sa mémoire tandis qu'elle se rapprochait de son enfant.

Simon avait tenté de l'en empêcher – « C'est de la folie, Jess, tu ne peux pas partir comme ça pour les États-Unis, du jour au lendemain » –, mais Simon se trompait. Elle avait commis bien d'autres folies auparavant ; personne ne pourrait l'arrêter.

Depuis sa première nuit dans un hôtel d'Auckland, Jessie ne cessait de se demander comment elle aurait pu faire autrement. Aucun script, aucun mode d'emploi ne lui indiquerait la bonne façon de recoller les morceaux de cette vie décousue.

Seul persistait l'instinct qui poussait à retourner vers les origines, la volonté de l'animal blessé de chercher refuge. Puis se manifesta le désir, profondément enfoui sans pour autant être effacé, de voir l'enfant qu'elle avait abandonné

13

dès la naissance à la seule personne en qui elle avait confiance : Luz, sa sœur.

Jessie entendit son pneu avant rouler sur les bandes rugueuses. Dans peu de temps, elle ne pourrait plus conduire mais son indépendance, son obstination, auxquelles s'ajoutait le désespoir, l'empêchaient de se résigner. Elle ne parvenait pas à s'habituer à la conduite à droite ; elle ralentit, jeta un regard dans le rétroviseur intérieur et s'arrêta sur le bas-côté. Elle s'était encore perdue.

Les montagnes dentelées se détachaient sur un soleil éblouissant qui l'aveugla un court instant et lui fit baisser le pare-soleil. Elle saisit la carte pour étudier l'itinéraire indiqué par le commercial d'Alamo-Location. Direction sud-ouest jusqu'à la sortie 135, puis emprunter l'autoroute A-290 pour rattraper la nationale 1486, suivre la petite route dessinée en rouge – vers ce lieu peu connu et encore moins fréquenté.

Jessie avait pourtant respecté les instructions. Du moins, elle le pensait. Difficile à dire, elle n'avait pas mis les pieds dans cette région perdue depuis si longtemps. De l'index, elle suivait le chemin sur la carte quand un mouvement sur le côté lui fit lever les yeux. Un tatou traversait la route.

Elle avait l'habitude de voir ces animaux déjà écrasés, leurs petites pattes de dinosaure pointées vers le ciel. Mais celui-là était vivant ; il croisait son chemin en se dandinant, tout droit sorti d'un roman de Steinbeck. Était-ce un présage ? Une simple curiosité texane ? Elle observa la créature qui rejoignait tranquillement le bord de la chaussée avant de disparaître dans les fourrés.

Une voiture venait de franchir la crête en face et s'approchait. Elle s'efforça de la discerner. C'était une camionnette, avec une plate-forme à l'arrière comme on en voyait tant par ici. Le véhicule ralentit et s'arrêta de l'autre côté de la route. Une vague d'inquiétude parcourut Jessie. Elle était seule au beau milieu du Texas, à des kilomètres de toute civilisation.

Le conducteur baissa sa vitre. La main au-dessus des yeux pour se protéger du soleil, elle parvint à distinguer sa silhouette : épaules larges, casquette de base-ball ; à côté de lui, un siège pour enfant qui ne cadrait pas avec le personnage. Une canne à pêche occupait la place réservée au fusil.

« Tout va comme vous voulez, m'dame ? » Le soleil empêcha Jess de bien distinguer son visage, mais la voix traînante typiquement texane la mit à l'aise, ravivant des souvenirs de journées calmes et détendues, de sourires échangés.

« Je voudrais aller à Edenville et je me suis perdue, je crois.

— Non, vous y êtes presque. C'est la bonne route.

— Merci.

— De rien, m'dame. Faites attention à vous. » L'avertissement amical résonna dans sa tête tandis qu'elle reprenait la route. Elle manipula le bouton de la radio, ne tombant que sur des informations ou de la musique country, jusqu'à ce qu'elle trouve une bonne radio de rock qui diffusait ZZ Top. Elle espérait noyer ses pensées et, si possible, ses craintes dans la musique.

Les cités-dortoirs d'Austin, situées à des kilomètres derrière, avaient laissé la place à des lieux aux noms plus rustiques comme *Le Ranch aux deux chiens*. Devant une station essence, un étrange écriteau annonçait : « Nous vendons du carburant dans un conteneur en verre à toute personne. »

Au fin fond des collines grésières, le soir approchait. Il fallait se méfier des zones d'ombre, d'où pouvaient surgir un lièvre ou un chevreuil à tout moment. Pour rien au monde elle ne voudrait heurter un animal. *Même un animal mort*, pensa-t-elle en évitant une carcasse disloquée qui n'avait pas eu le temps de se dessécher.

Elle n'avait pas souvenir d'un trajet si long. Des années auparavant, elle avait été impatiente de partir mais, maintenant, elle voulait rentrer au plus vite. Soudain, elle aperçut le panneau délavé : « Bienvenue à Edenville », avec ses pêchers aux couleurs passées. À son pied, au milieu des herbes folles, d'autres pancartes, plus petites, avaient poussé comme des champignons : « Église baptiste », « Les Serpents siffleurs », « Réunion du Lions Club tous les troisième samedi du mois ».

La ville ombragée lui fit l'effet d'un rêve à moitié effacé. Des devantures de magasins serrées les unes contre les autres longeaient le parc qui entourait un palais de justice vieux de plusieurs siècles. *Le Jardin d'Ève* et le grill *Aux côtes d'Adam* se tenaient toujours l'un contre l'autre, face au *Foin de Rosco* et à la boutique bon marché de Schott, dont la façade avait fini par se décolorer. *Le Cyber Café Céleste* implanté depuis ne parvenait pas à rajeunir les lieux, qui gardaient un air suranné, comme fonctionnant au ralenti tandis que le temps s'écoulait à la vitesse des voitures de passage.

Dès la fin du lycée, Jessie était partie étudier à l'université d'Austin. Elle avait beaucoup aimé l'agitation qui secouait cette cité, sa grande banlieue, sa population d'hommes politiques, d'intellectuels, de fans de goth, de Mexicains, de criminels et de paumés. Elle retrouvait maintenant sa petite ville et tout ce qu'elle y avait laissé, de bon et de mauvais.

En dépit des années, elle reconnaissait la route. Encore sept kilomètres sur une petite voie, au-delà du terrain de golf de Woodcrick aux pelouses d'un vert surnaturel, puis à droite sur le chemin du lac.

Jessie baissa les vitres de la voiture et inspira profondément. Avant même d'y être, elle sentait l'air du lac, ses noirs de caroubier, ses cèdres, son parfum frais et revigorant transporté par le vent. L'eau froide d'Eagle Lake, l'un des rares lacs au Texas à être alimenté par une source, était d'un bleu crépusculaire intense.

Des rochers aux formes arrondies, dont les crevasses étaient envahies par l'aubépine, entouraient le lac qui ressemblait à un immense miroir, bordé d'arbres parmi les plus extraordinaires. On les appelait les érables égarés d'Eagle Lake car ils ne poussaient pas d'ordinaire dans la région. Les érables apprécient en effet les hivers longs et rigoureux du Nord, non les sautes de température du Texas ; mais ils se plaisaient là malgré tout, tels des étrangers blottis les uns contre les autres auprès d'un lac de carte postale.

Les légendes à leur sujet abondaient. Le folklore indien affirmait que ces érables représentaient l'âme des ancêtres du Nord disparus depuis longtemps. Une autre histoire racontait qu'un colon les y avait plantés pour son épouse, car elle se languissait des automnes de la Nouvelle-Angleterre. Ces arbres venus d'ailleurs parvenaient néanmoins à s'épanouir, à revêtir un manteau aux tons enflammés quand l'été de braise avait terni les alentours.

À l'automne, les érables flamboyaient à en brûler les yeux. Pendant deux semaines, les feuilles aux couleurs magenta, or, orangé, ocre et ambre attiraient les touristes, qui se rendaient au parc du comté pour photographier leurs enfants en train de faire ricocher des galets sur l'eau recouverte de feuilles ou de grimper dans les branches peintes de la main de Dieu.

Tout en approchant de sa destination, Jessie essaya de se rappeler à quelle époque le feuillage était le plus beau. Début novembre. La célébration de la rentrée universitaire.

2

Jonchée de morceaux de roche et de poussière de caliche, la route devenait cahoteuse. Jessie s'agrippa au volant et se concentra de toutes ses forces. Elle avait réussi à convaincre le commercial d'Alamo-Location de lui louer une voiture alors que son permis de conduire n'était pas américain. Elle avait également dû se persuader qu'une fois dépassée la circulation dense d'Austin, elle ne serait plus un danger pour personne, à part elle-même et quelques malheureux tatous. Elle avait décidé de faire ce voyage sur un coup de tête. Il lui faudrait bientôt abandonner tout espoir de conduire ainsi que d'autres privilèges garantissant son indépendance, mais pas encore. Et puis, elle y était presque. Elle sentit son ventre se nouer. Venue pour combler un vide aussi grand qu'Eagle Lake, elle était terrifiée à l'idée de faire de la peine à des gens qu'elle avait déjà blessés.

Elle compta les collines : une, deux, trois douces ondulations. Avant de tourner, elle inspira nerveusement l'air poussiéreux de la campagne et pénétra lentement dans la propriété, dépassant la grille et son énorme monolithe de grès, sur lequel était apposée une vieille enseigne en fer forgé : *Broken Rock*, le rocher fendu. Son grand-père avait construit la maison avant l'existence des routes alentour ; aussi disait-il à ses visiteurs de tourner après le gros rocher fendu. L'expression était restée et avait fini par désigner la bâtisse.

Le père de Jessie, un homme distingué, avait hérité de la propriété puis l'avait laissée à sa femme lors de leur divorce, presque trente ans plus tôt. Glenny Ryder avait conservé peu de choses de ce premier mariage : le nom de son mari, déjà gravé sur quelques trophées de golf, la maison du lac et ses deux filles.

L'enfance de Jessie ressemblait à un rêve haut en couleur, regorgeant de soleil, de parcours de golf aux tons d'émeraude, de trajets sur la route nationale, tandis que le monde défilait par la vitre déformée de la portière arrière. En musique de fond, les Beatles, les Beach Boys, Cat Stevens et James Taylor s'échappaient du poste de radio entre deux réclames pour les produits de beauté Noxema ou le filtre à charbon Tarryton.

Après le départ de leur père, Jessie s'était retrouvée avec toute la banquette arrière de la Rambler 1964 rien que pour elle ; elle ne pouvait donc pas dire qu'elle était si désolée de le voir partir. Luz avait pleuré tant et plus, mais Jessie ne se rappelait pas avoir versé la moindre larme. Tout ce dont elle se souvenait, c'était cette route qui n'en finissait plus.

Leur vie était régie par les tournées sportives de leur mère. À l'hôtel, elles trouvaient toujours un grand et un petit lit. Glenny prenait le petit, généralement un lit de camp, et mettait ses filles dans le grand. Encore aujourd'hui, avoir dormi avec Luz, senti sa présence à ses côtés, représentait un des souvenirs les plus forts de son enfance.

Une fois divorcée, Glenny avait considéré la maison du lac comme une escale, un lieu où se reposer entre deux récompenses éphémères qui ne lui apportaient pas ce qu'elle désirait. De nombreuses années et trois maris plus tard, les grands prix qu'elle avait décrochés se comptaient sur les doigts de la main ; néanmoins, elle avait toujours réussi à rester dans la course, à faire face à ses dépenses, à continuer sa vie.

De loin, la propriété ne semblait pas changée. Un frisson parcourut Jessie : elle reconnut la grande maison cubique à deux étages, le garage, le hangar à bateaux, le chemin de terre qui serpente dans les bois jusqu'aux trois cabanons autrefois loués aux touristes. Lorsqu'elles étaient petites, Luz et Jessie gagnaient de l'argent de poche en changeant les draps et les serviettes de toilette pour les pêcheurs qui venaient passer le week-end au bord du lac.

En s'approchant, elle nota toutefois quelques différences. Des véhicules qu'elle ne connaissait pas : un monospace poussiéreux et une Honda Civic garés sous l'auvent. Des jouets aux couleurs vives jonchaient l'allée. Une niche pour un dénommé « Castor » occupait un coin de la cour. Une pomme à moitié grignotée traînait par terre, infestée de fourmis rouges. Les lieux semblaient abandonnés : Luz et sa famille avaient tout laissé en plan, comme si on les avait interrompus.

Dans quelques instants, ils seraient à nouveau dérangés. Jessie n'avait pas eu le courage de les prévenir de son arrivée. Elle avait eu peur de finir par renoncer à ce voyage. Ou, pis encore, d'annoncer sa venue puis de faire machine arrière au dernier moment, de disparaître comme elle l'avait fait quinze ans plus tôt, de tous les décevoir, une fois de plus. À cette époque, elle avait eu le cœur brisé, elle avait fui, mais la plaie était restée ouverte.

Lorsqu'elle sortit de voiture en claquant la portière, des aboiements rauques la firent sursauter. Un grand chien de chasse efflanqué traversa la cour à sa rencontre, les poils hérissés, sa longue queue battant l'air. Jessie ne connaissait pas bien les chiens. Une enfance passée à voyager ne lui avait pas permis d'en adopter un. Leur vie de gitans à l'arrière de la Rambler rose de leur mère n'avait laissé de place qu'aux poissons rouges dans leur sac en plastique, gagnés dans les foires au hasard de leurs périples. Une année, une souris blanche avait tenu tout un été dans une boîte à chaussures avant de disparaître sans préavis près d'un motel de Pinehurst, en Caroline du Nord.

« Ça suffit ! » cria quelqu'un dans la maison.

Les mains de Jessie devinrent moites. Elle ressentait le besoin de prier, mais les seules pensées qui lui venaient étaient puériles. *Seigneur, je t'en prie, aide-moi.*

La moustiquaire de la porte d'entrée s'ouvrit dans un grincement et se referma d'un coup sec. Luz s'immobilisa telle une statue de sel sous la véranda. Même vêtue d'un simple jean coupé aux genoux et d'un tee-shirt rose délavé, Luz était impressionnante : elle avait la situation en main.

« Jess…, murmura-t-elle avant de sauter les quelques marches pour rejoindre sa sœur à toutes jambes. Oh, Jess ! Ce n'est pas possible. »

Elles se jetèrent dans les bras l'une de l'autre, abolissant en une fraction de seconde ce qui les avait séparées : le temps, la distance, les mots désagréables. Le flot d'émotion fut si fort que Jessie en eut le souffle coupé. Elle refoula quelques larmes et fit un pas en arrière, bouleversée, désemparée, submergée par une joie douce-amère. Luz. Sa sœur Luz. Les années avaient adouci son visage et sa beauté, laissé quelques empreintes çà et là. Ses cheveux étaient d'un roux moins intense. Elle avait porté trois enfants et cela se voyait : elle était plus ronde que la Luz dont Jessie se souvenait.

« Surprise, dit-elle d'un ton qu'elle voulait enjoué. J'aurais dû t'appeler avant, je sais.

— Mais non, ce n'est rien. Je suis tellement contente de te voir… ça, c'est bien toi ! »

Vraiment ? se demanda Jessie. Se connaissaient-elles encore ? Elles étaient restées en contact par téléphone et e-mail, mais Jessie ne faisait plus partie de la vie de Luz depuis longtemps. Jessie contempla le visage de sa sœur, y découvrant le reflet déformé du sien. Elles avaient toutes deux les mêmes cheveux, de légères taches de rousseur sur le nez, « la couleur d'un parcours de golf écossais », prétendait leur mère.

Son regard fut attiré par une personne qui s'avançait sur le porche, une jeune fille élancée en short et tricot noir sans manches, les cheveux d'un roux enflammé, le regard dénotant la curiosité. Ébahie, Jessie lâcha sa sœur. Serait-ce sa fille, son tout petit bébé, qui serait devenue cette jeune femme timide et éblouissante ?

Elle se tourna vers Luz, qui arborait un sourire tendu.

« Surprise, reprit cette dernière, le ton tout aussi faussement gai, invitant de la main Jessie à s'avancer.

— Je ne suis pas encore aveugle, c'est bien Lila ! » s'exclama-t-elle avec une ironie qu'elle seule pouvait percevoir.

21

Elle tendit les mains vers la jeune fille, qui resta sans bouger. D'abord paralysée par la peur, Jessie finit par baisser les bras. Elle sentit, sans le voir, que Luz faisait signe à Lila, dans quelque langage secret entre mère et fille.

« Ah. Salut. » La voix de Lila était familière ; elle l'avait entendue au cours de ces rares appels téléphoniques au-delà du Pacifique. La jeune fille esquissa un sourire, demeurant sur ses gardes tel un coureur du dimanche face à un gros chien.

C'est toi qui l'as cherché, cet instant… tout est ta faute, pensa Jessie en ravalant sa douleur. Elle se tint immobile, prête à embrasser Lila. Cette situation gênante était sur le point de devenir insupportable quand Lila descendit les marches. La jeune fille l'étreignit maladroitement mais Jessie, n'y tenant plus, la prit dans ses bras.

« Oh, Lila, serre-moi fort », marmonna-t-elle derrière des larmes qu'elle n'osait montrer.

Lila resserra son étreinte, le cœur de Jessie s'envola. Elle se laissa envoûter par le parfum citronné des cheveux de Lila, la fraîcheur de sa peau, la chaleur de sa respiration. Elle embrassait sa fille pour la première fois, c'était un grand moment ; elle se demandait si quelqu'un pouvait saisir l'état d'enchantement dans lequel elle se trouvait. Elle avait les yeux fermés. Curieux. Quand on se tient si près d'une personne, on ne peut la voir mais tous les autres sens sont en éveil.

Elle ouvrit les yeux et vit Luz, qui les observait. Les joues tachetées de Lila s'étaient empourprées. Jessie avait l'impression de regarder un miroir, un miroir fantastique capable d'effacer les moments difficiles, les nuits blanches, toutes les erreurs commises.

« Qui c'est, maman ? » Cette question venue de la maison rompit le charme.

« Moi ? » répondit Jessie en imitant une marionnette du *Puppet Show*. Il fallait bien qu'elle finisse par lâcher Lila, alors elle se tourna vers le petit lutin ébouriffé. « *Qui c'est, maman ?*

La tata disparue, voilà qui je suis. » Elle souleva le petit garçon sous les bras et le fit voler dans les airs à l'en faire hurler de rire. « Moi, je sais qui tu es. Tu es le lutin Broumpristoche.

— Non, non, non.

— Alors tu es Scottie. Tu as quatre ans et ton chien s'appelle Castor. »

Il fit un grand « oui » de la tête. Jessie le reposa à terre puis s'adressa aux deux autres garçons, qui la dévisageaient avec curiosité depuis le seuil. « Ton frère Wyatt a onze ans, Owen huit ans et il met du ketchup sur tout ce qu'il mange. » Wyatt donna un coup de coude à Owen, qui était resté bouche bée et n'avait apparemment pas remarqué la grosse tache rouge en travers de son tee-shirt.

« Et Lila, elle mange quoi ? » Scottie désirait ardemment tester la magicienne.

« Ce qu'elle veut. »

Les garçons firent de gros yeux et se mirent à pouffer de rire.

« Maman ! Elle a dit…

— J'ai dit : je meurs de soif. »

Les quatre enfants se précipitèrent à l'intérieur. Luz s'attarda pour embrasser sa sœur une fois de plus. Souriante, les yeux humides, elle soupira : « Je n'arrive pas à croire que tu sois là, juste devant moi. » Elle observa Jessie de la tête aux pieds, sa jupe rose virevoltante et son caraco en soie jaune de Bombay. « Les enfants sont maintenant persuadés que tu es Mary Poppins. Allez, rentrons, sœur prodigue, je vais voir si je peux mettre la main sur cette recette de veau gras.

— Je suis végétarienne, dit Jessie sentant la pique subtile.

— Et ils ne t'ont pas arrêtée à la frontière du Texas ? »

Jessie trébucha sur la première marche et se rattrapa à sa sœur en s'efforçant de rire.

« Désolée, ce doit être le décalage horaire. »

23

Elle pénétra alors dans l'univers chaotique d'une vie de famille. La télévision, la radio et une chaîne stéréo étaient toutes trois allumées en différents points de la maison. Le fouillis propre aux gamins – des crosses de hockey, des patins à roulettes, des livres d'école et des gadgets en plastique aux formes indéfinissables – recouvrait le sol du salon. Une odeur de sauce spaghetti en train de mijoter épiçait agréablement l'atmosphère.

« Tu vois, nous avons abattu un mur pour profiter de cette grande pièce, expliqua Luz en lui tendant un verre de thé glacé. Je n'arrive pas à croire que tu sois là.

— Eh oui ! Juste à l'heure du dîner !

— J'allais mettre des pâtes en route. Tu en voudras ?

— Avec plaisir ! J'ai une faim de loup.

— Alors, au travail ! Tu vas me tenir compagnie. » Luz lui indiqua un tabouret près du comptoir de la cuisine. Elle enfila un tablier en deux temps trois mouvements. *Un tablier. Ce n'est pas vrai, ma sœur porte un tablier*, pensa Jessie.

Comme à son habitude, Luz ne tourna pas autour du pot :

« Et Simon ? »

Jessie hésita. Simon ? Elle le connaissait depuis seize ans mais faisait-il vraiment partie de sa vie ? Il avait été son professeur, son mentor, son amant. Leurs chemins s'étaient croisés plusieurs fois, retrouvailles après séparations, sans pour autant les inciter à s'engager davantage. Finalement, l'année précédente, après avoir entendu le verdict des médecins, elle avait voulu mettre à l'épreuve leur engagement mutuel. Ils avaient échoué.

Tout cela était trop compliqué à formuler. Elle répondit :

« Simon m'a plaquée.

— Qui ça ? demanda Lila, qui les avait rejointes.

— Un emm…, enfin un sale type, se ravisa-t-elle sur un regard courroucé de sa sœur. Nous avons bossé tous les deux, nous sommes sortis ensemble jusqu'où jour où j'ai… jusqu'à la semaine dernière. » Elle retint un soupir de frustration. Quand on est marié, on peut divorcer mais quand on ne l'est pas, on ne sait pas bien comment se quitter. Simon avait tenté de fuir le problème en prétextant maladroitement un nouveau projet dans l'Himalaya et en lui demandant de ne pas prendre de décision trop hâtive.

« Jessie, je suis désolée… Quel idiot, celui-là. » Luz lui mit une main sur l'épaule.

En réalité, Jessie n'avait pas eu le cœur brisé. Désormais habituée aux séparations, elle était partie sans regret, désirant simplement trouver au plus vite un refuge où elle pourrait se terrer et prendre le temps de guérir. Mais cette maison n'était pas un refuge ; et Jessie ne guérirait jamais.

« Lila, tu veux bien mettre la table ? Et apporte aussi une chaise pliante de la véranda. »

Avec un pincement au cœur, Jessie observa la jeune fille obéir aux demandes de Luz avec un air belliqueux qu'elle ne prit pas la peine de masquer. D'un geste brusque, Lila ouvrit la porte coulissante menant à la véranda et en rapporta une chaise, qu'elle glissa sous la table aux multiples rallonges.

Lila. Jessie s'était fredonné ce prénom de nombreuses fois, allongée dans son lit à penser, à se poser des questions, à émettre des vœux… Oh, Lila ! Un soupir aussi doux qu'une brise d'été. Des semaines après son départ définitif de l'hôpital, elle avait reçu de Luz la photo d'un nouveau-né tout rouge ; il aurait pu être n'importe quel bébé. Au dos était écrit : « Nous l'avons appelée Lila Jane, en remerciement aux deux infirmières qui nous ont tant aidés. »

Certainement. Elles, au moins, s'étaient battues pour garder Lila en vie, alors que Jessie fuyait les États-Unis sans un regard en arrière. Seule, la poitrine gonflée du lait inutilisé qui lui rappelait sans cesse ce qu'elle avait abandonné, Jessie avait regardé cette photo des heures durant, résistant à l'envie de revenir sur ses pas. Que de regrets elle avait éprouvés : celui de ne pas avoir pu tenir son bébé, surprendre son premier sourire, ses premiers pas, ses premières dents. Toutes ces pensées n'avaient fait qu'accentuer la douleur. Heureusement, le manque d'argent et la distance qui les séparait l'avaient empêchée de commettre une erreur.

Luz assigna une tâche à chacun des garçons. Wyatt devait couper le pain, ce qu'il accomplit à grand renfort d'effets sonores dignes d'un karatéka. Owen sortit chercher son père. Scottie, affecté au poste de plieur en chef des serviettes en papier, concurrença Wyatt en émettant des bruits d'avion : la cuisine fut déclarée zone de conflit.

Ayant sans doute remarqué le regard attendri et peiné de Jessie, de l'autre côté de la table en pin recouverte de porcelaine ébréchée et de couverts mal assortis, Lila lâcha : « C'est une maison de fous. »

Jessie se mit à rire ; Lila n'avait pas esquissé le moindre sourire. *Dis-moi que j'ai bien fait de t'offrir cette vie-là.*

3

Un instant plus tard, on tapa du pied devant la porte.

« Attention, intrusion. Attention, intrusion », annoncèrent les visiteurs avec une voix de robot. Owen, à cheval sur les épaules de son père, baissa la tête au moment de passer la porte.

« Ian ! » Jessie s'avança vers lui ; Owen se laissa basculer en avant et Ian lui fit faire la culbute pour le reposer à terre. Elle serra maladroitement son beau-frère dans ses bras.

Il fit un pas en arrière et lui sourit. Il faisait partie de ces hommes qui conservent une allure de gamin toute leur vie, qu'ils aient vingt, trente ou quarante ans. À soixante ans, il porterait encore ce tee-shirt et la même taille de jean qu'à la fac de droit ; il aurait les mêmes yeux bleus, et toujours ces grandes mains douces.

Jessie était tendue. Elle savait qu'en venant ici elle aurait à le côtoyer, mais elle n'était pas préparée à revoir ce corps mince, ses cheveux en pagaille, ses épaules larges et le franc sourire qui animait son visage.

« Salut, beauté. Ça fait un bail.

— Salut, Ian. Tu as l'air en pleine forme. » Elle se sentit envahie par un flot d'émotions confuses. Par amour pour Luz, ils avaient depuis longtemps décidé d'oublier leur vieille mésentente et de se parler normalement.

« Attention, avec le boulot que je viens d'abattre, je sens le fauve. » Il déposa un baiser dans la nuque de Luz, affairée devant le plan de travail. « Vous êtes une esclavagiste, madame Benning. » Puis il prit Scottie sous le bras comme un ballon de football et monta se laver les mains.

Le dîner fut servi : pâtes, sauce à la viande, sauce sans viande sortie d'un bocal, salade, pain. Luz paraissait nerveuse mais elle maîtrisait parfaitement la situation, jonglant avec les verres de lait et les assiettes de spaghettis. Jessie se sentit transformée en plat de résistance lorsque les enfants se mirent à l'arroser de questions.

« Tu es vraiment la sœur de notre maman ?

— Oui, sa petite sœur. J'ai trois ans de moins.

— Tu es connue ? Maman nous a dit que tu étais une photographe très connue.

— Votre maman est trop gentille. Mes photos sont publiées dans les magazines mais personne ne me connaît. Les photographes deviennent rarement célèbres. Enfin, c'est quand même un métier très sympa.

— Comment ça se fait que tu parles bizarrement ? s'enquit Owen, en train de jouer avec les croûtons de sa salade.

27

— Eh bien, j'habite en Nouvelle-Zélande depuis seize ans ; j'ai dû y prendre un petit accent. Le plus drôle, c'est que là-bas aussi ils trouvent que je parle bizarrement.

— Pourquoi en Nouvelle-Zélande ? C'est super loin, fit remarquer Lila.

— C'est une longue histoire, intervint Luz. Je ne pense pas…

— Pour tout vous dire, coupa Jessie sous le regard crispé de sa sœur, c'est grâce à votre maman si j'ai pu partir. » Elle posa les yeux sur Lila. « J'ai la chance d'avoir une sœur extrêmement généreuse. Nous devions passer notre diplôme la même année mais nous n'avions pas assez d'argent pour payer deux inscriptions universitaires. Luz a décidé de me laisser ma chance et d'abandonner pour chercher du travail.

— Oui, mais tu avais la meilleure moyenne, les meilleures chances de réussir et de trouver du travail à l'étranger avec Simon Carrington.

— J'espère que tu es une sœur aussi formidable que Luz, glissa Jessie à l'intention de Lila.

— Oh oui ! lança Scottie. C'est ma plus gentille sœur. »

Lila lui ébouriffa les cheveux. « Forcément, t'en as pas d'autre. » La tension était passée. Jessie se leva et afficha un sourire malicieux : « J'ai des cadeaux pour vous.

— Des cadeaux ! Génial ! » s'exclamèrent les garçons. D'un signe de tête, Luz les autorisa à quitter la table ; ils s'excusèrent et suivirent Jessie dehors. Après avoir fouillé le coffre de la voiture, ils en extirpèrent un sac regorgeant de trésors. Dans sa précipitation, Jessie avait tout de même pris le temps de choisir des cadeaux pour sa famille : une statuette maorie en bois waka pour Scottie, un terrifiant masque en bois kauri pour Owen et un modèle réduit de canoë de guerre maori pour Wyatt. Ian, quant à lui, reçut un bouchon de bouteille ouvragé, et Lila, des barrettes en paua, coquillage brillant de Nouvelle-Zélande. Elle esquissa un sourire timide : Jessie ne pouvait rêver mieux. Pour finir, elle offrit à Luz un collier de jade ciselé.

« Le motif s'appelle le koru. Il a la forme de la crosse de fougère qui symbolise la naissance, la mort et la renaissance. Elle représente la vie éternelle et la réincarnation.

— Rien que ça !

— Rien que ça.

— Tout est bon à prendre ! » Luz éclata de rire et embrassa Jessie ; une lueur d'envie sincère traversa son regard. « Tu as dû en voir, des jolies choses.

— C'est ici que c'est joli. J'adore la façon dont vous avez arrangé la maison. »

Le téléphone sonna mais personne ne se précipita pour répondre. Luz remarqua l'étonnement de Jessie : « Nous ne répondons pas au téléphone pendant les repas.

— On a fini de manger ! protesta Lila.

— La table n'est pas débarrassée. » Luz ignora le regard venimeux de Lila.

Le répondeur se déclencha, on distingua clairement la voix d'un adolescent.

Lila rougit. Elle resta muette tandis que Wyatt entonnait avec ses frères : « Elle est amoureuse, même qu'il s'appelle Heath Walker. Elle est amoureuse, elle est amoureuse… »

Lila marmonna une injure, jeta sa serviette sur la table et courut à l'étage. Wyatt et Owen se félicitèrent de leur réussite en rigolant comme des petits diables jusqu'à ce que Ian leur demande de se taire. Scottie continua de chanter tout bas : « D'abord, y'a l'amour, après y'a l'église et ensuite Lila aura un gros ventre sous sa chemise ! »

Luz croisa le regard de Jessie : « Bienvenue à la maison ! » Jessie lui adressa un sourire peiné.

Les garçons furent privés de dessert.

« Ça, c'est parce qu'elle a même pas fait de dessert », murmura Wyatt, ce qui lui valut de mettre les assiettes au lave-vaisselle.

Owen et Wyatt furent ensuite expédiés à la douche. Scottie s'empara de *Joyeux Noël, Flocki !*, un livre en piteux état, et partit à la recherche de Lila ; elle lui aurait certainement déjà pardonné et lui lirait une histoire. Ian sortit afin de préparer un des cabanons pour Jessie.

« Rien de tel qu'un bon dîner en famille pour se détendre. » Luz ôta son tablier, le posa sur le dos d'une chaise. Elle dénicha une bouteille de vin rouge, deux verres, puis se dirigea vers la véranda. « Voici le moment idéal pour un verre de merlot », déclara-t-elle en imitant une annonce publicitaire.

Elle alluma une bougie à la citronnelle censée tenir les moustiques éloignés et elles s'installèrent confortablement tandis que Luz remplissait les deux verres dépareillés.

Luz leva le sien. « Je suis heureuse que tu sois de retour. Et on ne peut plus surprise. » Jessie voulut entrechoquer les verres mais manqua celui de Luz et renversa la moitié du vin.

« Maudits…, jura-t-elle entre ses dents. Désolée…

— *De nada.* Avec quatre enfants, je suis devenue une pro de ces petites catastrophes. »

Elles savourèrent leur merlot. À l'autre bout du lac, le soleil formait une ligne de feu sur l'horizon. L'eau endormie resplendissait, entrecoupée çà et là, au gré des ondulations, de traînées sombres qui effrayaient Jessie. Elle n'aurait su dire lesquelles étaient réelles et lesquelles n'existaient que dans ses yeux.

« Tu as téléphoné à maman ? demanda Luz.

— Non, j'aurais dû. » Leur mère habitait Scottsdale avec son quatrième mari. Stan ? Non, Stu. Stuart Burns. Jessie ne l'avait jamais rencontré. Par principe, elle refusait de faire ami-ami avec ses beaux-pères étant donné qu'ils ne tenaient pas longtemps le coup, mais il fallait reconnaître que Stu détenait un record de durée. Glenny prodiguait actuellement ses conseils de professionnelle sur un golf municipal, si bien qu'elle n'avait pas le temps de s'ennuyer, comme à l'époque où elle était constamment en tournée.

Jessie et Luz se turent. Il y avait tant à dire qu'elles restèrent silencieuses, à l'écoute des bruits accompagnant le crépuscule : le clapotis de l'eau, l'impénétrable appel des oiseaux dans la forêt, le bruissement du vent entre les érables aux grandes feuilles éparpillées sur la rive sud du lac.

Luz posa les talons sur le bord de sa chaise et enserra ses genoux. Elle avait la peau bronzée et du vernis à ongles rose sur un seul pied. Tout semblait à moitié fini : les projets, le vernis à ongles, le jardin. C'était l'histoire de sa vie. Elle avait quitté l'université avant d'obtenir son diplôme pour épouser Ian et adopter Lila. Jessie se demandait si Luz ne profitait qu'à moitié de sa vie ou si elle ne finissait rien parce qu'elle avait des choses plus importantes à faire ailleurs.

De l'autre côté du lac, à quatre cents mètres de là, une camionnette qui lui semblait familière s'arrêta devant une maison en bois à flanc de colline. Le conducteur était peut-être l'homme qui lui avait indiqué la route. « Tu connais le voisin d'en face ? » Jessie voulait surtout combler le silence.

« Pas vraiment. Je sais qu'il a une petite fille de dix-huit mois environ. Il était pilote en Alaska et il est venu vivre ici quand sa femme est morte ou l'a laissé tomber. Il a un drôle d'avion suisse dans un hangar du comté et il a déjà rendu service à Ian pour son boulot. Il s'appelle Rusty ou Dusty. Plutôt beau gosse, si tu veux tout savoir. » Le regard de Luz était devenu brillant.

« Luz !

— Eh ! Les mères aussi ont le droit de fantasmer !

— C'est son hydravion là-bas ?

— Oui. Il donne des cours et propose des vols touristiques. Un passionné des airs, en quelque sorte. Tu pourrais lui demander de te faire survoler les érables. Enfin, si tu restes un moment.

— Je ne sais pas. » Jessie pensait que le vin l'aiderait à se détendre, mais elle avait toujours l'estomac noué.

Le doux clapotis du lac apportait une note d'intimité. Luz était silencieuse ; pourtant, Jessie entendait clairement ses pensées : *Quelle est la raison de ton retour ?*

La brise léchait la surface de l'eau et s'infiltrait parmi les feuilles d'érable. Jessie inspira profondément. « Si je suis revenue… c'est pour la voir. » Elle connaissait aussi la question suivante. *Pourquoi maintenant ?*

« Je n'aurais jamais dû rester si longtemps loin de vous. Les années ont passé si vite. J'ai… » Elle ne disait pas toute la vérité. Elle but une grande gorgée de vin, surprise par la terreur qui s'emparait d'elle, si longtemps après avoir accepté la réalité. Sa vie prenait un tournant : elle quittait Simon mais ce n'était pas tout. Elle s'acharna à garder son terrible secret. « On a rompu, Simon et moi, et puis…

— Et puis ? »

Je ne peux pas le dire maintenant.

« Rien n'allait plus. Je voulais voir Lila et rencontrer les garçons et… tu m'as manqué. » Jessie ne s'était pas rendu compte, avant de prononcer ces paroles, à quel point cela était vrai. « Je suis désolée.

— Tu n'as pas besoin de t'excuser. Je ne suis pas une sainte non plus, répliqua Luz.

— Toi ? Bien sûr que si. » Jessie l'avait toujours su, depuis que Luz avait joué le rôle de la Vierge Marie dans un spectacle de Noël à l'école primaire. Jessie, dans les chœurs sacrés, devait faire tinter une cloche au moment approprié. Elle revoyait encore sa grande sœur, tout de bleu vêtue, agenouillée devant une poupée emmaillotée couchée dans un panier. Une lumière savamment diffusée sur le visage de Luz lui avait donné un air de piété maternelle qui avait touché toutes les mères du public ; même le professeur de gymnastique avait essuyé une larme.

Déjà à cette époque, songea Jessie.

Bien entendu, leur mère avait manqué la représentation. Chaque année en décembre, Glenny participait au tournoi du Coronado Golf Club de San Diego. Quel voisin s'était occupé d'elles cette année-là ?

« Luz ? Tu crois que je n'aurais pas dû revenir ?

— Mais non, ne dis pas de bêtises. (Luz posa sa main tremblante sur celle de Jessie.) C'est juste que je n'avais jamais imaginé que tu reviendrais un jour. Ton travail là-bas avait l'air si bien. Tout semblait marcher comme dans un rêve pour toi. »

Jessie retira sa main. « Un rêve, oui, qui a duré longtemps mais… c'est fini maintenant. » Elle serra les accoudoirs de son fauteuil. « Luz, vous avez déjà pensé à le dire à Lila ?

— Bien sûr, nous y avons pensé. » Des ombres hantaient le visage de Luz, les ombres de la nuit, les ombres du mystère et de la douleur.

« Mais vous ne lui avez jamais dit.

— C'était ton idée et nous étions d'accord pour la respecter. Nous sommes venus nous installer ici quand elle avait trois ans ; il n'y avait personne pour poser de question maladroite devant elle car personne ne nous connaissait. On me fait toujours remarquer à quel point elle me ressemble.

— C'est vrai, elle te ressemble.

— Elle *nous* ressemble, à toutes les deux. On nous a même dit qu'elle ressemblait à Ian, tu te rends compte ! »

Jessie avala une petite gorgée de vin. Oui, elle se rendait très bien compte.

« En fait, j'ai abordé le sujet avec Lila. Le jour où j'ai essayé de lui expliquer, j'étais enceinte de Wyatt. Elle avait quatre ans. Elle m'a demandé si j'étais devenue aussi grosse quand elle était dans mon ventre. Je ne pouvais pas lui mentir, alors je lui ai dit qu'elle avait poussé dans le ventre d'une autre dame, mais qu'à sa naissance j'étais devenue sa maman. Elle a ri et m'a répondu que j'étais bête ; je n'ai pas insisté. Je ne voulais pas être cruelle en l'inondant d'informations qui n'auraient fait que l'embrouiller. Elle n'en a jamais reparlé, elle ne doit pas s'en souvenir. C'était une enfant difficile, toujours à prendre des risques.

— Comment ça, des risques ? Tu ne m'en as jamais parlé. Je n'étais quand même pas injoignable ; tu pouvais m'écrire, m'envoyer un mail, me téléphoner. »

Luz se passa la main dans les cheveux. « Ça n'a jamais été très grave mais on s'est fait des cheveux blancs. Quand on est arrivés ici, elle s'est tout de suite dirigée vers le ponton pour plonger, alors qu'elle ne savait pas nager. La même année, elle est allée faire un petit tour pour caresser le taureau des voisins. Puis elle s'est cassé le bras en sautant du toit de la grange des Walker : elle s'était attaché des ailes aux bras, croyant qu'elle pourrait voler. Alors, je ne l'ai plus quittée des yeux jusqu'à la maternelle. Elle adore les sports extrêmes, le rafting, le ski nautique, tout ce qui comporte des risques. Depuis tout bébé, elle a cette rage au corps. Je ne sais pas pourquoi, peut-être parce qu'on s'est tellement inquiétés depuis sa naissance.

— Elle tient peut-être ça de moi. » Jessie savait que cette idée avait également traversé l'esprit de sa sœur.

« C'est trop facile de dire cela ! répondit Luz. Nous avons élevé notre fille comme ça. Ian et moi, nous ne sommes pas parfaits. J'étais si peu disponible pour elle quand les garçons étaient petits. Même aujourd'hui, je trouve à peine le temps d'aller aux toilettes, encore moins de psychanalyser ma fille. »

Ma fille. Jessie en eut le cœur serré. Calée au fond de son fauteuil, elle encaissa le coup. Il était plus confortable pour

Luz que Jessie se trouve à vingt-cinq mille kilomètres de là, elle pouvait le comprendre. C'était tellement plus simple.

« Elle fait des histoires à l'école, elle joue la comédie. Tu as vu son comportement avec moi tout à l'heure. Mon petit ange s'est transformé en démon, fait l'école buissonnière et le mur la nuit, grimpe en haut du réservoir, descend en rappel du pont ferroviaire, se baigne nue dans le lac. Je n'arrête pas de me dire que c'est normal à son âge, qu'elle passera le cap de l'adolescence comme tout le monde, mais cela ne fait qu'empirer.

— Comment vous gérez cela ?

— Nous sommes allés parler au conseiller d'éducation, mais j'ai l'impression que cela n'a pas servi à grand-chose.

— Est-ce que le conseiller sait pour…

— Non, bien sûr que non. Lila ne le sait pas, alors tu penses bien qu'on ne va pas le dire à un étranger. Seule maman est au courant et elle ne l'a jamais dit à personne.

— Lila vit sans doute une crise d'identité.

— Elle a quinze ans et demi. On fait des crises pour tout à cet âge-là. »

Luz avait changé ; pourtant elle était toujours la même à bien des égards. Pendant toutes ces années, elle avait continué à envoyer des dizaines de photos magnifiques. Des portraits et des instantanés qui révélaient sa richesse personnelle, centrés sur les enfants principalement, pas sur Ian. Quand on l'apercevait, il s'amusait avec eux, jouait au cerf-volant, faisait décoller des fusées faites maison, courait à côté d'un des garçons qui essayait son nouveau vélo, ramait dans une barque. Luz, quant à elle, se tenait toujours derrière l'appareil. Comme Jessie, elle avait choisi d'étudier la photographie à l'université ; ses photos étaient remarquables. Ce passe-temps était devenu une passion pour les deux sœurs, cependant Luz avait mis ses ambitions de côté pour fonder une famille.

Jessie se leva et s'étira. « Bon, je vais me coucher. Je ne sais même plus quel jour on est. »

Luz la serra dans ses bras. « Le décalage horaire. Tu dois être lessivée. Va te coucher, Ian a déposé ta valise là-bas. »

Derrière elles, la lumière jaillissait des fenêtres de la maison ; la climatisation laissait entendre son sifflement dans le silence de la nuit. À l'étage, un morceau de rock faisait vibrer les vitres.

Sur le chemin du cabanon, Luz s'arrêta et serra fortement la main de Jessie. « Tu penses rester combien de temps ?

— Je ne sais pas. Si cela te pose un problème…

— Bien sûr que non. Tu peux vivre ici aussi longtemps que tu te sentiras chez toi. »

Jessie lui serra aussi la main en se pinçant les lèvres : elle ne s'était jamais sentie chez elle ici. Ni ailleurs. « Je n'ai pas encore de projet défini. » Les paroles les plus honnêtes qu'elle ait prononcées de la soirée. « J'ai appelé Blair LaBorde dès mon atterrissage à Austin. » Blair était une vieille amie rencontrée à l'université, une ambitieuse issue de la haute société et qui se souciait peu des conventions de ce monde-là. Après son doctorat, elle avait enseigné quelques années puis était devenue la journaliste vedette d'un magazine d'informations sur papier glacé, le *Texas Life*.

Quelle ironie de vouloir chercher à travailler ici maintenant ! Mais elle avait besoin de s'occuper pour oublier. Elle trouverait un réconfort dans le travail, comme toutes les fois qu'elle s'y était réfugiée afin de ne pas affronter certaines obligations. Quand elle prenait des photos, elle pouvait disparaître à travers l'objectif et voyager dans un cadre théâtral, où le monde imaginaire se substituait à la réalité.

« Tu as appelé Blair et pas nous ?

— J'ai besoin de travailler ; il fallait que je le lui dise. »

Luz se détendit, tout à fait consciente des problèmes pratiques que soulevait Jessie. « Avec les relations qu'elle a, elle trouvera sûrement des missions à te proposer.

— C'est ce qu'elle m'a dit. Quand je lui ai parlé d'Edenville, elle a retrouvé une vieille piste, une histoire du coin qu'ils n'ont pas encore étudiée. Elle m'a promis de voir si elle pouvait faire quelque chose.

— Alors, c'est comme si c'était fait. Je me demande bien de quoi il s'agit. » Elles s'arrêtèrent au chemin accidenté qui menait aux trois cabanons. « Ce n'est pas tout à fait les cinq étoiles où tu dors d'habitude ; on n'a rien d'autre. »

Jessie se mit à rire en secouant la tête. « Tu as une image très déformée de ma vie de star internationale.

— Peut-être, mais c'est une vie de star quand même.

— Tu parles. Toi au moins, tu as une vie, une vraie. » Jessie rit de nouveau, pourtant elle perçut la tension dans l'air comme si elle n'avait jamais quitté les États-Unis.

4

Un verre et la bouteille à moitié pleine à la main, Jessie avança à travers bois. Elle avait hâte de se mettre au lit, de chasser cette fatigue étourdissante.

Enfant, elle était effrayée par la forêt et si elle devait la traverser dans l'obscurité, elle retenait sa respiration tout du long de peur d'inhaler les méchants esprits de la nuit. Ce soir-là, elle retint également sa respiration et la même terreur s'empara d'elle ; contrairement à cette petite fille aux nattes en pagaille, elle savait ce qui l'effrayait. Il n'était plus question de monstres cachés dans les érables soupirants, les noirs de caroubier échevelés ou les chênes squelettiques.

Ian avait déposé ses valises, allumé quelques lampes et enclenché la climatisation, qui diffusait un air fleurant légèrement le moisi. Le cabanon comportait une minuscule cuisine, un salon avec vue sur le lac, une petite chambre et une salle de bains au fond. Un monde restreint, tout simple, sans menaces ni espoirs.

« Salut.

— Dans la chambre, répondit Ian.

— Aaah ! Ça devient intéressant ! » Bien que tout fût changé, Jessie s'efforçait de le taquiner comme du temps où ils s'étaient rencontrés, quand elle aimait bien faire la fête. Dans la chambre lambrissée, elle trouva son beau-frère en train de se battre avec un drap-housse trop petit pour l'énorme lit.

« Laisse tomber ! répondit-il en souriant. Viens plutôt m'aider, s'il te plaît. »

Elle lorgna sur le fouillis de draps et de couvertures. « Pourtant, tu as l'air de te débrouiller comme un chef. » Elle s'empara d'un coin du drap et le fit rentrer de force. Ian fit de même de l'autre côté du lit. Seulement, chaque fois qu'ils réussissaient à enfiler un côté, l'autre se défaisait. Ian finit par s'étendre sur le lit, bras et jambes écartés, afin de tenir les coins pendant que Jessie les mettait en place.

« Qu'est-ce qu'il ne faut pas faire pour coller un homme dans son lit ! Tu avais raison tout à l'heure, tu sens le fauve », remarqua-t-elle en retroussant le nez. Ils s'affairèrent dans un silence complice ; elle était contente d'être à l'aise avec lui. À une époque, ils ne pouvaient pas se supporter, et avant cela ils s'étaient entendus un peu trop bien. Maintenant, ils faisaient le nécessaire pour ne pas attrister Luz.

Chez Ian Benning, tout était plus grand que nature : sa beauté, sa voix, son rire... ses émotions. C'est ce qui l'avait attirée, de longues années plus tôt, avant même qu'il ne rencontre Luz. Ian et Jessie ne s'étaient jamais aimés, mais la jeunesse et leur désir insatiable les avaient conduits à vivre une aventure brève et intense qui s'était vite embrasée pour finir en cendres.

Par la suite, ils n'avaient jamais évoqué cette histoire et personne n'était au courant, pas même Luz. Cela remontait si loin ; Jessie y pensait rarement, surtout depuis que son cœur enfermait un secret plus grand encore, un secret que même Ian n'aurait pu percer.

Jessie était alors une étudiante en photojournalisme assez fêtarde qui paraissait plus que son âge. Lui passait sa troisième année de droit dans la même université. Elle avait la réputation d'être une fille légère et leur relation n'avait fait que suivre les lois de la biologie. Ils s'étaient rencontrés lors d'une fête sur le campus et avaient passé la nuit ensemble. Pendant trois semaines, il avait représenté tout ce dont elle avait rêvé – au plan physique. Mais quand ils ne se bécotaient pas, rien ne les rassemblait. Il croyait que le théâtre expérimental était une idée farfelue du centre d'art de la ville ; pour elle, une cour ne pouvait être qu'au sein d'une école. Au beau milieu de la troisième semaine, ils avaient simplement arrêté de se voir, d'un commun accord. Elle s'était alors lancée dans un projet animé par Simon Carrington, un professeur invité de Nouvelle-Zélande. L'homme et le sujet qu'il exposait l'avaient immédiatement fascinée.

Peu après, Luz tomba amoureuse. « Il est parfait, Jess. J'ai tellement hâte que tu fasses sa connaissance. Il est étudiant en droit… »

Tout à leur honneur, Ian et Jessie ne montrèrent pas leur étonnement lors de cette rencontre. Si Luz remarqua leurs regards interloqués, l'air gêné qu'ils arborèrent tous les deux, les sourires réservés, elle n'en parla jamais. Ce jour-là, lorsque Jessie avait serré la main de Ian, les caresses sur sa peau nue lui étaient revenues à l'esprit. Un sourire fugace lui avait rappelé le goût de sa bouche. Quel étrange moment. Incestueux ? Non, leur secret n'avait pas de nom.

Ils n'en dirent jamais un mot à Luz, incapables de lui faire de la peine, désireux de la protéger. Ils l'aimaient tous les deux profondément et voulaient la garder à l'écart des erreurs passées.

« Jess, tu es sur quelle planète, là ?

— Oh ! Excuse-moi. » Elle tapota les oreillers et les apposa contre la tête de lit. « Alors, comme ça, Lila vous donne du fil à retordre. »

Il pâlit et se crispa avant de prendre une grande inspiration. « Je ne sais plus comment m'y prendre. La puberté lui est tombée dessus. À l'entendre, je lui empoisonne la vie. Je l'aime, Jess, je l'aime de tout mon cœur. Mais elle est ado maintenant, et j'ai vraiment du mal à savoir ce que je dois faire. »

Elle scruta son visage à la recherche d'un indice ; connaissait-il le secret ? Son regard était sincère. Il ne savait rien. Incroyable. Lila ne connaissait pas sa mère biologique, son père encore moins.

Lorsque Jessie avait compris qu'elle était enceinte, Ian l'avait prise entre quatre yeux pour lui poser cette inévitable question : « C'est moi le père ? » Simon lui avait demandé exactement la même chose. Elle leur avait donné à chacun la même réponse : elle avait menti à l'un et dit la vérité à l'autre.

Elle avait regardé son ex-amant dans les yeux, cet homme grand et beau qui aimait sa sœur et lui avait affirmé : « Non. » Qu'aurait-elle pu dire d'autre ? Si elle avait admis que l'enfant était de lui, il aurait dû choisir entre assumer ses responsabilités et ne rien révéler à sa femme. La vie serait devenue un cauchemar pour tout le monde, alors Jessie avait pris la seule décision qui préserverait son entourage.

Dès le premier rendez-vous chez le médecin, Jessie avait constaté que la date de conception coïncidait avec une certaine soirée bien arrosée de tequila, qui s'était terminée sous la véranda de la vieille maison que Ian partageait avec quelques étudiants en droit. Elle n'en avait jamais soufflé mot à personne. Luz aimait son mari et Jessie ne voulait pas lui briser le cœur.

Elle passa le reste de la grossesse à arranger l'adoption, demander un passeport, programmer sa future vie à l'étranger. Simon et elle partaient photographier les merveilles du monde. Ian, sur le point de devenir avocat, épousait sa sœur et ils allaient fonder une famille. C'était si simple.

Mais à vingt et un ans, seule, effrayée, elle n'avait pas encore compris qu'on ne gouverne pas son cœur. Savoir son bébé entre les mains de son vrai père et de Luz amoindrirait la douleur et la perte, avait-elle alors pensé. Envoyer toutes ses économies pour payer l'hôpital l'exonérerait d'une certaine façon. Mais la douleur était restée vive.

Ian enclenchait le ballon d'eau chaude quand son bip retentit. Il fronça les sourcils en examinant le petit écran.

« Des problèmes ? s'enquit Jessie.

— Zut ! Je m'y attendais. Il faut que je me rende à Huntsville ce soir. »

Il devait certainement s'occuper d'un procès de dernière minute. Elle constata qu'il avait mis de côté ses problèmes avec Lila et pensait déjà à cette affaire. Être avocat dans le couloir de la mort au Texas occasionnait pas mal de frustrations. « Tu ferais bien d'y aller.

— C'est la vie. Je vais dire bonne nuit à tout le monde et partir pour l'aérodrome. Si tu as besoin de quoi que ce soit, demande à Luz. » Il la serra brièvement dans ses bras.

« D'accord. Merci pour tout, Ian. Et bonne chance. » Debout à la porte, elle le regarda s'éloigner vers la maison d'une allure décidée, cet homme bon qui allait essayer d'en empêcher un mauvais de mourir.

Après son départ, elle versa le reste de vin dans son verre et s'installa sur le vieux ponton, devant le cabanon, afin d'y profiter des dernières lueurs du jour. L'eau était noire et tranquille, l'air, rafraîchi par la nuit qui s'avançait. La fatigue s'empara d'elle et ses paupières se firent lourdes.

Elle s'obligea à tenir ses yeux ouverts : elle devait regarder. Seize ans auparavant, elle avait fui dans un vent de panique, avant que la survie de son bébé prématuré ne soit assurée, avant même qu'il ait un nom. Jessie était maintenant revenue, en désespoir de cause, désireuse d'affronter la réalité, de combler le vide de ces années perdues, d'expier ses fautes et, peut-être, de trouver la rédemption. Il fallait commencer par Lila.

Elle devait voir sa fille. La regarder. Observer la lumière tomber sur ses cheveux au petit matin, l'apparence de ses yeux lorsqu'elle pleure ou sourit, la manière dont ses mains reposent sur la couverture la nuit, dont ses lèvres s'avancent sur une tranche de pastèque.

Jessie souhaitait la seule chose qu'elle ne pouvait obtenir : un peu plus de temps. Elle avait consulté de nombreux médecins et spécialistes de Taipei à Tokyo, elle en verrait d'autres au Texas, mais partout on lui avait répété la même chose. On ne connaissait pas les causes de sa maladie ; on ne savait pas la soigner. Face à ce diagnostic, elle s'était mis en tête d'accomplir la seule chose qui lui semblait importante : elle était revenue pour voir son enfant avant l'extinction des feux.

5

Cette femme du *Texas Life* commençait sérieusement à lui taper sur les nerfs, pensa Dusty Matlock en raccrochant violemment le téléphone. Bon sang ! En quelle langue fallait-il le lui dire ?

Blair LaBorde lui faisait penser à Pico de Gallo, son terrier Jack Russell. Têtu comme une mule, insensible aux injures, incapable de s'arrêter quand il faut. Sa spécialité à elle : fouiller dans la vie des gens. Elle en avait besoin pour gagner sa vie, tout comme lui devait voler dans les airs. La manière dont sa femme était morte et avait mis leur enfant au monde faisait de lui la proie rêvée de ce genre de vautours : il avait déjà rebuté d'autres magazines tels *People* et *Redbook*. Ambre allait sur ses deux ans et il avait réussi à remettre un peu d'ordre dans sa vie. La plaie ne saignait plus, le patient survivrait, mais les cicatrices subsisteraient. L'arrogante journaliste n'arrangeait rien.

Le téléphone sonna de nouveau ; il s'en empara brusquement. « Écoutez, mademoiselle LaBorde, comment faut-il vous le…

— C'est Ian Benning, votre voisin de l'autre côté du lac.

— Oh, désolé ! Je m'attendais à quelqu'un d'autre. » Dusty ne s'étendit pas sur ses ennuis avec la fouineuse ; il aurait peut-être dû. Benning étant avocat, il savait sans doute comment se débarrasser des indiscrets. « Je peux vous aider ?

— Il faut que j'aille à Huntsville ce soir. Vous pourriez m'y emmener ? »

Dusty n'eut pas besoin de réfléchir longtemps ; le service immédiat, c'était sa spécialité. « On se retrouve sur la piste dans une heure et demie. Ça vous va ?

— Et comment ! Merci. »

Dusty était content de rendre ce service. Benning avait déjà fait appel à lui plusieurs fois et le bouche-à-oreille à propos de Matlock Aviation commençait à faire son effet.

« Ay, *mujer.* » Dans la pièce voisine, Arnufo siffla son admiration. « Viens voir ce que j'ai trouvé. »

Dusty entra dans la pièce qui donnait sur le lac. Le vieux Mexicain se tenait devant un télescope, l'œil collé à l'oculaire. L'appareil était tourné en direction du ponton situé près d'un cabanon, de l'autre côté du lac.

« Laisse cette pauvre Mme Benning tranquille, vieux *cabra.*

— Ce n'est pas Mme Benning. Regarde. Je pense que *la Roja* a une sœur. »

Dusty mit sa main en visière et aperçut une femme assise au bord du ponton ; elle balançait ses longues jambes blanches. Le soleil couchant éclairait ses cheveux roux. Au premier abord, elle ressemblait à Mme Benning, mais à mieux y regarder…

Il l'observa brièvement, puis détourna le regard. « C'est sans doute elle que j'ai croisée aujourd'hui. » Il repensa à cette jolie femme à l'air rêveur, garée sur le bord de la route comme si elle était perdue, installée dans sa voiture de location dernier cri.

« Tu aurais dû te présenter. »

Dusty remit le capuchon sur l'objectif. « Cet instrument sert à regarder les étoiles, pas à espionner les voisins. »

Mécontent, Arnufo se redressa, insistant. « On devrait préparer un gâteau et aller se présenter.

— C'est ça. »

Un braillement s'échappa du parc où se trouvait Ambre, debout, ses petites mains agrippées aux mailles du filet. Les deux hommes se précipitèrent vers le bébé, qui les accueillit avec son plus beau sourire.

« Salut, ma blondinette. » Dusty lui passa la main dans les cheveux. Elle leva les bras, ouvrant et fermant les mains, suppliant qu'on la sorte de là. Mais ces prières s'adressaient à Arnufo, ce qui n'était pas pour déplaire à Dusty étant donné l'odeur qui se dégageait de la couche. Il fit un pas de côté. « Je te la donne, *jefe*. Je parie qu'elle t'a concocté une petite surprise.

— Tu devrais avoir honte. C'est toi son père.

— Je sais, mais j'ai besoin de jeter un œil à la météo et je dois obtenir un plan de vol. J'emmène Ian Benning à Huntsville ce soir.

— Je vais te préparer des *tortas* pour dîner. » Arnufo Garza était bon cuisinier ; il avait appris à se débrouiller aux fourneaux à San Diego, dans un ranch, quand il était encore célibataire. Il souleva la petite. « Viens avec ton *papacito*. Ce n'est pas une couche qui va me faire peur. »

À eux trois, ils formaient une famille peu ordinaire. Quand Dusty était enfant, Arnufo et son épouse, Teresa, étaient employés par les Matlock comme gardiens de la grande maison de Stoney Creek, à Austin. Teresa l'avait pour ainsi dire élevé, sa mère étant trop occupée par les sœurs de Dusty.

Deux ans auparavant, lui et Arnufo avaient tous deux perdu leur femme au cours du même mois ; Dusty lui avait proposé de passer ses vieux jours à s'occuper d'Ambre pendant qu'il se chargerait de faire décoller son affaire, au sens propre comme au sens figuré.

Il caressa de nouveau les cheveux de sa fille, si soyeux qu'ils glissaient entre les doigts, puis se dirigea vers l'appentis qui lui servait à la fois de bureau et d'atelier. Au grand dam de ses ambitieux parents, il était fou d'aviation, pas de l'industrie pétrolière. Il avait passé son brevet de pilote avant le permis de conduire et n'avait cessé de parcourir le ciel depuis. À vingt et un ans, il avait acheté un Pilatus PC-6A turboporteur ; ensuite, pendant quinze ans, il avait travaillé en Alaska, à transporter des ouvriers vers des mines, des plates-formes pétrolières et des pipelines situés dans des coins si reculés qu'on se serait cru sur une autre planète.

Les zones sauvages d'Alaska titilleraient toujours l'aventurier en lui, mais la naissance d'Ambre l'avait conduit à prendre d'autres résolutions. Notamment celle de quitter ce désert de glace pour retrouver l'État du Texas et Edenville, un monde aux décors de carte postale. Sa petite compagnie d'aviation se portait bien. Entre les millionnaires de l'informatique et les bons vieux patrons du pétrole, Dusty n'avait pas le temps de s'ennuyer. C'était dans un tout autre domaine qu'il ressentait un profond manque et il avait conclu que rien n'y pourrait changer. Ses parents se plaignaient qu'il habitait trop loin d'Austin ; pourquoi ne cherchait-il pas une maison plus près ?

Ils ne pouvaient pas comprendre. Karen était morte à l'automne, quand les arbres revêtent des tons enflammés en Alaska. Elle avait toujours aimé cette période de l'année, lorsque la glace apparaît sur les lacs et qu'il faut remplacer les flotteurs de l'avion par des skis. Elle aurait été heureuse de savoir que sa petite fille grandissait dans un endroit où les arbres changent de couleur par magie. Ces arbres égarés au milieu du Texas offraient à la vue un spectacle inoubliable, comme si l'on trouvait une perle dans une huître ou un trèfle à quatre feuilles au milieu d'une prairie. Rare, inattendu, relevant du miracle. Découvrir des érables en ce lieu n'avait rien de comparable, cela défiait toutes les lois de la nature.

Depuis la fenêtre de son bureau, il observa la femme assise sur le ponton. Il ne la voyait pas très bien mais Arnufo avait raison. Elle faisait certainement partie de la famille de Mme Benning. D'où pouvait-elle bien venir et pourquoi ne l'avait-il pas vue avant ?

Tu aurais dû te présenter.

Arnufo prodiguait souvent ce genre de conseils, mais il prenait la vie plus à la légère, lui. La mort aussi, d'ailleurs. Au cours de l'existence, on s'efforce de bien travailler, de prendre soin de sa famille et de tenir ses promesses. Si la mort emporte un proche, votre femme de cinquante-deux ans par exemple, eh bien, il faut apprendre à vivre autrement.

« À toi de te prendre en main, lui conseillait souvent Arnufo. N'attends pas que la vie t'apporte quoi que ce soit, tu serais déçu. C'est à toi de faire des choix. »

Dusty avait essayé de flirter à plusieurs occasions ces derniers mois, n'en sortant que plus déprimé chaque fois. Son cœur semblait momifié. Il se sentait bien mieux lorsqu'il se contentait de faire tourner sa compagnie et d'élever sa fille. En tout cas, il en était persuadé.

« Me présenter, marmonna-t-il en allumant l'ordinateur pour obtenir un bulletin météo et une autorisation de vol. Salut, je suis Dusty Matlock et ça fait deux ans que j'ai pas baisé.

— Certaines femmes se feraient un plaisir de relever un tel défi. » Arnufo venait de le rejoindre, une charmante bambine parfumée perchée sur la hanche. Tout en tirant sur l'attache du boléro d'Arnufo, elle jacassait avec l'étrange conviction que son babil était compris par les deux hommes.

« Ah oui ! Qui, par exemple ?

— Bunny Summer à l'aérodrome, pour commencer ; elle t'a offert une assiette entière de brownies et tu ne l'as jamais rappelée pour la remercier. Et Serena Moore, à l'épicerie ? Celle avec les *muy grande*... » De sa main libre, il dessina une énorme paire de seins.

« Ça va, j'ai compris. J'aurais dû me présenter. »

Arnufo lança la petite dans les airs, fredonnant une chanson espagnole ; elle le gratifia d'un adorable gloussement. Le vieil homme et Ambre s'entendaient à merveille.

Père de cinq grandes filles, grand-père plusieurs fois, il se délectait de la compagnie des gamins.

Tout souriant devant son écran d'ordinateur, Dusty n'en éprouvait pas moins un vague malaise. La petite était si heureuse en compagnie d'Arnufo ! Dusty, lui, ignorait comment s'y prendre avec les enfants. Il aimait sa fille, d'un amour encore plus fort, peut-être, qu'un amour paternel ordinaire en raison de la mort de Karen, mais il ne savait pas pour autant se débrouiller avec Ambre. À vrai dire, il s'en occupait maladroitement, il l'aimait maladroitement. Il était capable de déchiffrer un tableau de bord en allemand, un manuel de vol en chinois ou une carte météo incompréhensible. Il pouvait calculer de tête le temps de montée et de descente ainsi que la consommation de carburant. Mais il ne parvenait pas à lire sur le visage de sa fille.

Arnufo l'observa travailler en silence. Dusty se rendit sur le site météo et plans de vol, puis suivit la procédure. Une trajectoire à soixante et onze degrés, 192,2 milles marins. Des lignes de rhumb défilèrent sur l'écran et l'imprimante délivra une carte en couinant.

« Prends *la princesa*, dit Arnufo en lui tendant la petite. Je vais préparer tes affaires.

— Il faut encore que j'appelle la tour et que la base militaire me délivre une autorisation ; ensuite je pourrai y aller. »

Le bébé dans les bras, Dusty suivit Arnufo dehors. Le coucher de soleil avait étendu un voile doré sur le lac. Ambre exprima son mécontentement à voir Arnufo s'éloigner vers la maison, mais elle ne pleura pas cette fois-ci. Pico de Gallo les rejoignit en courant, l'aidant à oublier son chagrin. Ce chien était fou mais amusant : Ambre l'adorait. Elle se mit à gigoter dans les bras de Dusty, lui assenant des coups de genou dans le ventre. Elle sentait bon les fleurs, le soleil et le lait chaud.

Ambre émit quelques gargouillis en étirant sa petite main vers le lac. La femme du ponton était devenue une silhouette dans l'obscurité du couchant. Elle renversa la tête en arrière en avalant une gorgée de vin, semblable à un mannequin des affiches parisiennes de 1900.

« *Papacito* Arnufo pense que j'aurais dû me présenter à cette dame.

— Da, répondit Ambre.

— Qu'est-ce que tu veux dire par là ?

— Ba.

— Sans blague. »

Le ciel pourpre parsemé d'étoiles s'assombrit en un bleu indigo. Une nuit claire, idéale pour voler. Là-bas, l'étrangère du ponton se leva et partit.

Ce soir, il emmenait Ian Benning à Huntsville. Il poserait peut-être une ou deux questions sur l'étrangère.

6

C'est pas vrai, pensa Lila Benning en se couvrant les oreilles, *quelle famille d'abrutis dégénérés !* Bien qu'elle eût mis la musique aussi fort que possible, sans toutefois dépasser la limite autorisée, Lila entendait encore les trois rigolos dans la chambre à côté, qui se préparaient à passer une soirée de plus à jouer les crétins. L'amusement semblait consister en un concours de faux pets, obtenus en mettant les mains sous les aisselles. Lila se laissa chavirer sur son lit et enfonça la tête dans une montagne d'oreillers et d'animaux en peluche.

« Vous vous calmez un peu, là-haut ! » Comme on pouvait s'y attendre, la sommation venue du rez-de-chaussée les stoppa un instant.

Son père accompagna ces paroles d'un coup de poing contre le mur ; les crétins se turent. Puis les inévitables chuchotements reprirent, tels ceux des Lilliputiens du *Magicien d'Oz* qui sortent leur nez des pétales de fleurs, le volume augmentant progressivement jusqu'à ce que les lits superposés s'entrechoquent et que les ricanements deviennent exubérants.

« Si je monte… »

Cette menace fut suivie d'un silence plus bref encore et d'un tapage effroyable car, on le savait depuis le début, le but du jeu était de faire sortir papa de ses dossiers afin qu'il les rejoigne.

Ses grosses bottes heurtèrent les marches dans un grondement sourd, le tout avec une lenteur effrayante. « Boum-bam, boum-bam… » À chaque pas, il prononçait une syllabe en grommelant, tel l'ogre de *Jack et le Haricot magique*. Lorsque Ian entra dans la chambre des garçons, Lila l'entendit pousser un grognement, suivi de petits cris de cochons et de grincements de ressorts tandis qu'il tentait de soumettre les crétins. Le rituel prit fin comme d'habitude. Séance de chatouilles, puis lecture d'un passage de *Joyeux Noël, Flocki !*, suivi d'un « Bonne nuit, les gars » et, enfin, le silence.

Lila glissa la tête hors de sa tanière et attendit. Son père frappa doucement à la porte.

« Je suis là », répondit-elle.

Il entra, hésitant. Il se comportait souvent de la sorte ces derniers temps. Il marqua une pause, un moment d'incertitude, qui resta en suspens telle une question sans réponse. Il ne tergiversait pas avec les garçons mais, avec elle, il n'allait jamais droit au but. La lumière tamisée diffusée par l'économiseur d'écran de l'ordinateur soulignait sa grande carrure. Ses amies lui faisaient souvent remarquer que son père était sacrément mignon, pourtant elle ne le voyait pas ainsi. Ce qu'elle voyait, c'était un père qui travaillait dur toute la semaine, pêchait le week-end sur Eagle Lake et la traitait comme si elle venait d'une autre planète.

« Salut, ma grande.

— Salut. Elle est où, maman ?

— Je crois qu'elle me prépare un sac pour Huntsville. » Mal à l'aise, il traîna des pieds sur place. Dans la chambre de Lila, aux murs recouverts de posters de hard rock, au sol jonché de livres d'école, de matériel de sport et de maquillage, il ne savait jamais où se mettre, ni où poser son regard. La vue d'un soutien-gorge ou – pis encore – d'une petite culotte accrochés à une poignée de porte le rendait nerveux. « Alors, qu'est-ce que tu penses de ta tante Jessie ? »

Lila haussa les épaules nonchalamment. « Je sais pas. C'est la première fois que je la vois. » En réalité, Lila était fascinée. Elle ne connaissait sa tante qu'à travers les petits mots griffonnés au dos d'une carte postale d'Indonésie ou du Japon, les mails envoyés d'un cybercafé à Katmandou et le traditionnel coup de téléphone pour Noël, qui arrivait toujours la veille de Noël à cause du décalage horaire. Tout cela n'avait jamais semblé bien réel. Sa tante était restée une vague idée, une sorte de personnage de roman ou un parent mort depuis longtemps, comme grand-mère Joan. En tant qu'individu, Jessie semblait intéressante, peut-être même un peu bizarre, avec ses cheveux roux au carré, quelques mèches blondes autour du visage. Une version plus jeune, plus mince et plus branchée de sa mère, sans les airs courroucés, les longs soupirs ni la désapprobation qui guettait au fond du regard.

« Tu vas pouvoir faire connaissance avec elle maintenant qu'elle est là. »

Lila haussa de nouveau les épaules, tira sur un fil de son jean coupé aux genoux. « Peut-être. » *Il est grand temps*, pensa-t-elle, *que quelque chose d'intéressant se passe dans cette famille.*

« Bonne nuit, ma grande. On se voit après-demain. » Il lui planta un baiser sur le front et sortit. Allongée sur son lit, elle pensa à lui, à ce qu'il devait éprouver en rendant visite à la famille d'un homme que l'État était sur le point d'exécuter. Que pouvait-il bien leur dire ? Que ressentait-il ?

En général, les enfants d'avocats étaient enviés. Leurs pères gagnaient beaucoup d'argent, conduisaient des BMW et prenaient l'avion pour partir en vacances. Le père de Lila, lui, n'appartenait pas à cette race. Elle était suffisamment grande pour comprendre que son travail était important, mais encore assez jeune pour souhaiter qu'il en retire davantage que des brèves dans le journal et des interviews sur une chaîne de télévision juridique.

Quelques instants plus tard, sa mère entra, un gros tas de linge plié dans les bras. « Salut, mon ange.

— Salut. » Cela faisait longtemps que Lila n'était plus un ange, elles en étaient toutes deux conscientes.

« Tu rangeras ça dans tes placards, s'il te plaît.

— Ouais. Avant qu'ils soient démodés. Promis. » Elle prit la pile de shorts et de tee-shirts pour la poser au pied du lit, sur celle de la veille. Luz lui lança un regard lourd de sous-entendus, mais ne dit rien. C'était inutile. Lila savait très bien de quoi elle était coupable. Se réfugiant dans l'indifférence, elle demanda : « Pourquoi elle est là, Jessie ? »

Sa mère semblait avoir la tête ailleurs, l'air nerveux peut-être, alors que Lila ne l'avait jamais vue nerveuse. D'habitude, elle était toujours sûre d'elle, résolue. « Je ne sais pas trop, en fait. Elle doit faire des photos pour un magazine, je crois. » Elle rabattit une mèche de cheveux derrière l'oreille ; elle paraissait toujours fatiguée, tourmentée, et Lila en avait assez. Ces derniers temps, tout l'agaçait chez sa mère. Elle ne portait plus que des shorts délavés, des tee-shirts récupérés, ne mettait plus de rouge à lèvres, se faisait des queues de cheval ridicules, mangeait le reste de tartine au beurre de cacahuètes que Scottie n'avait pas finie au petit déjeuner au lieu de se préparer quelque chose pour elle ; elle faisait semblant de regarder MTV avec sa fille tout en lisant ses bouquins touristiques sur la Provence ou le Tibet, l'air songeur jusqu'à ce qu'une image sexy apparaisse à la télé. Son visage revêtait alors une expression de désapprobation... quelle hypocrisie ! Elle n'était pas cool et le savait. Plus grave encore, elle s'en moquait.

« Alors. Que penses-tu d'elle ? demanda sa mère.

— Papa m'a posé exactement la même question.

— Et donc ?

— Qu'est-ce que tu veux que je te dise ? Elle est bien. On a juste dîné avec elle. Je suis quand même pas censée l'aimer au premier coup d'œil parce qu'on fait partie de la même famille. »

Ébahie, sa mère cligna des yeux. L'espace d'une seconde, elle devint presque jolie.

« Je ne sais pas ce que tu es censée éprouver. De la curiosité, peut-être.

— Laisse tomber. »

Luz hésita, puis se pencha pour l'embrasser. Elle sentait la femme au foyer : graisse de cuisson, shampooing, déodorant de supermarché. « N'oublie pas tes devoirs.

— T'inquiète. » Lila savait pertinemment qu'elle ne ferait ni espagnol ni algèbre ce soir-là.

Elle avait d'autres projets. Heureusement, elle n'aurait pas longtemps à attendre. Son père partait pour Huntsville moins d'une heure plus tard et, quand il s'en allait, sa mère se couchait tôt pour s'endormir sur *Maisons de rêve* ou *Voyages et Liberté*. Lila n'aurait pas à supporter les bruits de ressort ni les rires étouffés de ses parents. Ce genre de chose lui était insoutenable.

Ce soir-là, elle ne perçut que leurs murmures pendant que son père finissait de mettre des affaires dans un sac. Ils parlaient certainement de Jessie et de ce type dans le couloir de la mort ; peut-être aussi du rendez-vous avec le conseiller d'éducation de Lila, le lendemain, auquel son père ne pourrait assister. Tant mieux. Ils s'acharnaient à tenter de comprendre ses « problèmes », à vouloir la motiver, rehausser son estime personnelle, comme si tout cela pouvait la propulser en tête de la classe avec, en prime, une chambre parfaitement rangée.

T'as tout compris, maman.

Elle entendit son père faire démarrer la voiture pour se diriger vers l'aérodrome et, enfin – il était temps –, les lumières s'éteignirent et le calme s'installa dans la maison.

Un léger claquement la tira de ses pensées. Le cœur battant la chamade, elle se précipita à la fenêtre. Le coup du caillou sur la vitre était vieux comme le monde mais efficace. Elle alluma et éteignit sa lampe trois fois de suite pour signifier qu'elle arrivait.

Lila connaissait maintenant l'escalier par cœur. Les marches trois, six et onze craquaient, alors elle les évitait. Elle s'éclipsa par la porte de la cuisine, traversa la véranda, et il se tenait là, devant elle.

Heath Walker. Sa raison de vivre.

On aurait cru un dieu à le voir debout, une main sur la hanche, l'autre offrant à Castor un morceau de viande hachée pour que cet idiot de chien ne sonne pas l'alarme. Lila sauta au cou de Heath, qui lui enserra la taille. Il avait d'épais cheveux ondulés dans lesquels elle adorait passer les doigts. Ils s'embrassèrent, unissant leurs lèvres humides et leurs langues insatiables. Heath était d'humeur à faire la fête. Elle sentit les goûts des cigarettes dérobées et de la bière mélangés dans sa bouche.

« Allons-y, murmura-t-elle en le tirant par la main. Dépêchons-nous. »

Il jeta le reste de viande hachée à Castor et ils filèrent dans les bois. Il se garait toujours de l'autre côté de la propriété afin de ne pas se faire remarquer avec le bruit du moteur ou les phares.

« Merde. » Lila s'immobilisa, agrippée à la main de Heath.

« Quoi ?

— On a de la visite. Ma tante dort dans le cabanon. Merde.

— Elle nous a peut-être pas entendus. »

Ils avancèrent sur la pointe des pieds. Lila retenait son souffle afin de ne pas respirer les mauvais esprits flottant dans l'atmosphère. Seul petit os dans cette aventure : pour atteindre la Jeep, il fallait passer devant les trois cabanons. Avec un peu de chance, elle ne les verrait pas. Si la chance les abandonnait, il leur faudrait inventer une histoire de devoirs de maths ou de chimie.

Seule la chambre était allumée. Pourvu qu'elle n'entende rien.

Raté. À l'instant où Lila et Heath sortaient de l'ombre, Jessie était là, debout devant la porte, une main au-dessus des yeux.

« Lila ? fit-elle à voix basse. C'est toi ? »

Lila laissa tomber la main de Heath. « T'inquiète pas », lui souffla-t-elle avant d'afficher son sourire spécial prof, même si Jessie ne lui faisait penser à aucun prof. Lila était bonne comédienne, elle le savait, et cela lui avait évité d'être virée de l'école ou surprise à faire du vol à l'étalage... mais Jessie était photographe, comme maman. Elle se sentit tout à coup nerveuse : est-ce qu'un photographe pouvait distinguer plus de choses que les autres ?

« Oui, Jessie, c'est moi.

— Viens à la lumière, que je te voie. »

Lila obéit, tirant Heath à ses côtés. Sa tante portait un short en soie imprimée de petites étoiles et de lunes, avec un débardeur. Lila les trouvait jolis, elle aurait pu choisir le même ensemble pour elle.

« Je te présente mon copain, Heath. Il est venu m'emprunter mon bouquin de chimie.

— Salut, Heath. Enchantée. » Jessie tendit la main dans la mauvaise direction puis rectifia aussitôt, un séduisant sourire collé aux lèvres. Son accent, inhabituel, la rendait encore plus mignonne.

« Enchanté, m'dame. » Heath était très bien élevé quand il le fallait, pensa Lila avec fierté. De la manière dont il l'avait regardée dans les yeux, puis lui avait serré la main, jamais elle ne devinerait à quel point il était soûl.

« Tu es drôlement studieux pour venir emprunter un bouquin à cette heure-là.

— S'il te plaît, Jessie, on n'a pas l'intention de faire de bêtises, supplia Lila. On veut juste se promener au bord du lac. » Elle fit de son mieux pour prendre un ton désespéré sans avoir l'air de jouer la comédie. Il fallait que cela marche. Absolument. Si Jessie les dénonçait, elle risquait de perdre Heath. Il était élève en terminale, capitaine de l'équipe de football et célèbre arrière. Toutes les filles voulaient sortir avec lui ; il pourrait fort bien vouloir se débarrasser d'une imbécile incapable de faire le mur pour passer la soirée en sa compagnie.

Jessie hésita, manifestement en train de réfléchir à la situation.

« On ne fait rien de mal, je te promets. »

Un doigt sur la bouche, Jessie finit par répondre : « D'accord. Ça va pour cette fois, Lila. Je ne voudrais pas que nous partions du mauvais pied toutes les deux. »

Drôle de phrase. *Partir du mauvais pied.* Comme s'il s'agissait de commencer quelque chose avec elle. Lila y songerait une autre fois. Pour l'instant, elle voulait célébrer sa victoire. Son visage s'illumina et, sans réfléchir, elle sauta au cou de sa tante. Bizarre de la serrer dans ses bras alors qu'elle venait à peine de la rencontrer. « Merci, tu es super sympa ! »

D'abord surprise par la spontanéité de Lila, Jessie l'étreignit fortement puis recula d'un pas. « Ne faites pas de bêtises, surtout. Et n'oublie pas, Lila, si ta mère me demande quelque chose, je serais obligée de lui dire la vérité.

— T'inquiète, on ne fera rien de mal. Pas vrai, Heath ?

— Y'a pas de souci, m'dame. Merci. » Il afficha ce sourire timide qui faisait craquer Lila et sous lequel tante Jessie sembla également fondre. Elle lui adressa en retour un regard doux, confiant, pas un regard soupçonneux comme maman. Lila sentit une vague de bonheur et de fierté l'envahir lorsqu'elle prit la main de Heath pour la serrer brièvement. Elle souhaitait conserver ces instants à jamais dans sa mémoire, afin de se rappeler à quel point la vie était belle.

Ils filèrent vers le lac, puis empruntèrent un chemin tortueux pour rejoindre la Jeep de Heath. Une fois installée dans la voiture, elle poussa un soupir de soulagement : « Cette fois-ci, c'était juste.

— Ça, tu l'as dit. » Il se pencha vers elle et l'embrassa, la main glissant doucement le long de sa poitrine.

Une décharge électrique la parcourut de part en part, mais elle se dégagea de son étreinte. Bien qu'il insistât depuis peu pour avoir des relations sexuelles, elle avait résisté, sachant cependant qu'elle ne tiendrait pas longtemps. Elle attendait de trouver le bon moment et le bon endroit afin que tout soit parfait. « Ils doivent se demander où on est. On y va, décida-t-elle.

— O.K. » Il démarra, tourna au rocher fendu puis s'engagea sur la route. Lila alluma la radio et un morceau au rythme d'enfer emplit la voiture. Peu après, ils ramassèrent quatre passagers supplémentaires. Travis Bridger, son jeune frère Dig et les deux meilleures amies de Lila, Kathy Beemer et Sierra Jeffries. Travis, âgé de dix-sept ans, l'air suffisamment vieux pour acheter de l'alcool dans la ville voisine, fit passer des canettes de bière bien fraîches.

« Le nectar des dieux, mes potes », annonça-t-il. Il but une longue gorgée avant de laisser échapper un rot impressionnant.

Lila se retourna et entrechoqua sa bière avec les autres. « À la vôtre. » Elle en avala un tiers cul sec ; cette boisson amère et pétillante n'avait rien de spécial. La deuxième descendit toute seule, puis Lila sentit ses membres s'engourdir légèrement, un sourire inexpliqué se figer sur ses lèvres, et le monde alentour devint flou.

« Plaisir suivant pour la galerie. » Heath lui tendit un joint, elle plaqua l'allume-cigare à son extrémité, inspira profondément puis retint sa respiration, luttant pour ne pas tousser, tandis qu'elle passait le joint à l'arrière. Lila les regarda tous les quatre, Kathy sur les genoux de Dig parce qu'il n'y avait pas assez de ceintures de sécurité. Elle éclata de rire et ouvrit une troisième canette pour célébrer l'événement. Quelle joie d'avoir des amis comme eux et Heath, qui la comprenaient même si elle ne disait pas un mot, qui l'aimaient bien même si sa mère était nulle, son père incompréhensible et ses frères enquiquinants. Ses amis l'acceptaient telle qu'elle était. Grâce à eux, chaque soir pouvait être une fiesta.

Les phares de la Jeep dessinaient un long cône de lumière sur la route déserte, leur faisceau balayant les chênes buissonnants, les noirs de caroubier et les bestioles qui déguerpissaient dans les buissons. Le véhicule semblait entraîné par la bière, le hasch et les rires. Lorsque Heath étendit la main pour lui caresser la joue, Lila se consuma de bonheur.

« Alors, grand chef, tu nous emmènes où ? demanda Dig, la voix rauque parce qu'il retenait une bouffée.

— Seven Hills ! » s'écria Lila. Kathy renchérit : « Seven Hills ! »

Heath garda les yeux sur la route, un sourire radieux aux lèvres. « Accordé. » Il décapsula une autre canette, en but une lampée et la plaça sur le repose-bouteille.

Un frisson d'impatience parcourut Lila. Seven Hills était l'endroit de prédilection pour effectuer des vols planés et la Jeep de Heath était la meilleure voiture pour ce genre d'exploit. Depuis le divorce, son père, plein aux as, lui offrait ce qu'il y avait de mieux, notamment le tout dernier modèle de Jeep, la perfection en matière de quatre roues motrices, idéale pour décoller.

En raison de la popularité croissante de ce « sport », une journée de prévention avait été organisée au lycée sur le sujet. Ignorant les rires des élèves et le chahut, le chef d'établissement et un officier de police aux lunettes de soleil opaques avaient tenu un discours présentant les dangers auxquels s'exposaient les adolescents irresponsables, buveurs de bière et fumeurs de haschisch, qui s'amusaient à faire des vols planés en voiture sur les collines. Ces pauvres adultes coincés n'avaient rien pigé. Il ne s'agissait pas de prendre des risques ni de se rebeller contre la société. Il s'agissait de voler.

« Tout le monde est prêt ? » s'enquit Heath. Ils approchèrent la série de montagnes russes de Seven Hills, situées tout près d'une carrière abandonnée, au milieu de nulle part. Par le bouche-à-oreille, les lieux avaient vu leur fréquentation augmenter à une vitesse incroyable ces derniers temps. D'autres personnes en camionnette et tout-terrain prenaient déjà leur envol. Elle reconnut la Ford Bronco de Judd Mason. Il y avait aussi une vieille camionnette qui aurait pu appartenir à n'importe qui si ses flancs n'avaient été ornés de flammes et si son propriétaire, Leif Ripley, n'avait laissé échapper son traditionnel *Yee-haw* !

Heath vérifia sa ceinture. À l'arrière, il n'y en avait que trois ; Heath demanda à Dig de passer la sienne à Kathy.

« Cramponne-toi au plafond, mon gars. Toi aussi, Lila chérie. »

Pleine de tendresse et d'admiration, elle lui déposa un baiser sur la joue. Heath était un conducteur vraiment prudent. Et avec lui, prudent ne voulait pas dire ennuyeux. Il fit gronder le moteur, émit un appel de phares afin de signaler aux autres qu'il était prêt à décoller, puis écrasa la pédale d'accélérateur.

« Ouah ! s'écria Dig. Vas-y, mon pote ! »

La Jeep gravit la colline comme une flèche : lancement réussi. Sierra et Kathy crièrent, mais Lila était muette de stupeur, clouée par la vitesse. Elle se cramponna plus fort encore au plafond.

Puis arriva le grand moment. Le décollage. Au sommet de la colline, la Jeep s'envola, les quatre roues quittèrent le sol. Le pare-brise formait un cadre parfait pour admirer le ciel infini rempli d'étoiles. On avait l'impression d'être à l'intérieur du vaisseau spatial de *Star Trek*. Pendant un instant, tout ralentit – le temps, la respiration, le rythme cardiaque –, les cris provenant de la banquette arrière s'évanouirent, laissant place au silence respectueux qui traduisait l'état de choc et d'émerveillement des passagers.

Vint ensuite l'inévitable atterrissage à couper le souffle. Heath le réussit royalement, tel un pro des cascades à Hollywood. Tout le monde cria de joie et Dig, l'idiot, voulut ouvrir une bière pour fêter l'événement. La boisson fraîchement secouée éclaboussa toute la voiture.

« T'en as encore à apprendre, Dig, fit Travis en donnant une tape à son frère.

— J'ai mal au cou, gémit Kathy. Mon derrière a sauté d'un mètre en l'air. »

Heath éclata de rire et se dirigea vers la deuxième colline. Il prit alors une voix de présentateur télé pour annoncer : « Entrez dans l'espace ! Traversez l'ultime frontière ! » Puis il écrasa l'accélérateur. Pendant quelques secondes, les roues arrière patinèrent, emplissant l'air d'une irrespirable odeur de caoutchouc brûlé. Enfin, la Jeep s'élança. Ils décollèrent à plus de cent kilomètres à l'heure. À l'atterrissage, la voiture rebondit de travers et dérapa à plusieurs reprises, laissant échapper quelques étincelles. Lila eut l'impression de sentir son épaule se désintégrer lorsqu'elle cogna la portière. *Pas grave si j'ai un bleu*, pensa-t-elle en criant d'allégresse. Elle se sentait heureuse et voulait croquer la vie à pleines dents.

La colline suivante était sa préférée : une longue avancée suivie d'une crête saillante et d'une pente abrupte pour atterrir. « Encore une, supplia-t-elle. S'il te plaît. »

Heath fit rugir le moteur. « Voilà ce que je voulais entendre. » Elle sentit son cœur gonfler de fierté ; lui, qui était si exceptionnel, venait de lui faire un compliment.

« Alors, là, c'est la bombe ! hurla Dig.

— Je me sens pas bien, couina Sierra. Je me suis mordu la lèvre et ça saigne.

— Garde la bouche bien fermée pour le prochain saut, conseilla Travis en lui glissant un bras protecteur autour des épaules.

— Allez, Heath. À fond ! » s'exclama Dig.

La Jeep se déchaîna, bondit en avant, donnant à Lila la sensation de laisser son estomac sur place. À mesure qu'ils gravissaient la côte, le ciel s'agrandit devant eux, profond et rempli de promesses. Les sens de Lila étaient comme aiguisés : elle entendit les rires de ses amis derrière le tapage de la radio, sentit la puanteur du caoutchouc contre l'asphalte, l'afflux de sang dans ses oreilles lorsque les roues de la Jeep quittèrent le sol.

Le véhicule s'envola encore plus haut que d'habitude. Elle le savait. Elle savait que ce décollage était différent lorsque Dig tapa sur ses genoux en criant « Géniaaaal ! ». Puis lorsque Kathy murmura « J'ai peur » et qu'elle-même commença à voir le ciel tournoyer, et encore lorsque Heath s'agrippa au volant et dit : « Oh, merde ! »

Quelque chose n'allait pas. Chacun d'eux s'en rendit compte, tout à coup, comme si un courant électrique les traversait, rapide, bouleversant. Lila ouvrit la bouche, incapable de savoir si elle criait ou non. Ses mains s'agitèrent puis empoignèrent l'accoudoir. Les cris des uns et des autres emplirent la Jeep, la nuit, le monde, l'univers.

Le temps ralentit une fois de plus. La voiture semblait flotter, maintenue en l'air par la terreur et les vœux prononcés à voix basse, les prières resurgies de l'école du dimanche et éparpillées sur la route, qui avait disparu.

En un clin d'œil, tout était fini. Ils avaient dû décoller de biais, de telle sorte qu'il était impossible d'atterrir correctement. La Jeep, devenue incontrôlable, s'écrasa au sol, se libérant au passage du pare-brise, qui sauta telle une puce. La voiture rebondit, fit des tonneaux, comme le jour où Lila, partie en kayak sur la rivière Guadalupe, avait appris à se retourner et s'était soudain retrouvée la tête sous l'eau, à deux doigts de se noyer, jusqu'à ce que sa mère la sauve en la tirant par le bras.

Mais cette fois-ci, il n'y avait personne pour la sauver. Elle se noyait dans un océan de douleur tandis que la Jeep enchaînait les volte-face, soulevant un nuage de poussière et d'amarantes. Lila entendait crier et pleurer ; Heath, Kathy, qui avait si peur, et Dig, qui prenait la vie à la rigolade. Quelqu'un fut éjecté de la voiture – elle n'aurait su dire qui –, rebondit comme une balle en caoutchouc puis disparut. Elle eut le temps de voir toute sa vie défiler avant que la Jeep ne daigne s'arrêter dans un dernier soubresaut, tel un dinosaure au seuil de la mort. La douleur, la peur et les prières retentissaient parallèlement à l'autoradio, qui continuait de cracher sa musique, imperturbable.

C'était la fin de la chanson ; le DJ annonça la météo à l'heure pile. Lila se demanda de quelle heure il s'agissait. Les pensées se bousculaient dans son esprit. Elle entendit des pleurs comme jamais auparavant : un gémissement aigu, pas tout à fait humain, l'indicible agonie d'une créature suppliant qu'on la libère de ses souffrances. Elle avait les yeux pleins de poussière et de sable, de bris de verre et de sang.

Une publicité pour de la bière retentit dans ses oreilles : « Pour un bon moment entre amis… la bière Michelob… » Elle sentait une odeur de pisse et de merde, se demanda si cela venait d'elle, espérant même que ce soit le cas car cela voudrait dire qu'elle était vivante.

« Avec les voitures Ford, vous vous sentirez désormais prêt à avaler les kilomètres… »

Bouger. Il fallait qu'elle essaie de bouger. Elle se rendit alors compte qu'elle était suspendue la tête en bas, retenue par la ceinture qui lui sciait la chair. Elle pivota la tête, déclenchant une douleur intense. La lune, blanche comme neige, envoyait ses rayons à travers les fissures dans la vitre à côté. La boîte à gants s'était ouverte et avait déversé son contenu ; une petite veilleuse y brillait.

Heath. Elle ne voyait pas son visage, tourné de l'autre côté ; juste son épaule écrasée contre le volant. Ses cheveux blonds semblaient ruisseler tel de l'or liquide. Sa main pendait, molle, parsemée de petites taches sombres. Du sang.

Lila ferma les yeux. *Pourquoi ai-je été méchante avec Scottie ? Froide avec papa ? Pourquoi j'ai pas rangé ma chambre ? Oh, pitié ! Je ferai tout ce qu'il faut, je serai parfaite si vous me laissez vivre.*

« J'ai peur… » Ces mots étaient chuchotés par l'un des passagers.

Le moteur tournait encore et Lila perçut une odeur d'essence et de gaz d'échappement. Un cliquetis résonnait dans sa tête : son propre claquement de dents. Elle referma la mâchoire et essaya de distinguer les autres à l'arrière, au prix d'une douleur intense. Elle entrouvrit les yeux, aperçut Kathy qui regardait dans le vide et ne cessait de répéter : « J'ai peur. J'ai peur. »

Quelqu'un d'autre parla. Elle n'aurait su dire qui, mais elle eut l'impression d'entendre un chant distant, monotone : « Par pitié, mon Dieu. Par pitié, mon Dieu… » Une supplication tronquée ; cette personne avait perdu l'habitude de prier.

Elle entendit distinctement un liquide tomber goutte à goutte et tourna davantage la tête, bravant la douleur lancinante dans son épaule. Un corps reposait sur le sol à l'extérieur de la voiture, mais les autres en étaient encore prisonniers. Le siège arrière présentait un amas de bras, de jambes, de canettes écrasées, de vêtements froissés, de taches sombres, brillantes et humides impossibles à identifier. Un seul visage lui apparaissait clairement. Celui de Dig. C'était lui qui avait donné sa ceinture. Son visage brillait comme la lune, pâle, rond, distant, mystérieux. Il avait les yeux fermés. Un ruban noir visqueux dégoulinait du coin de sa bouche ; un second de son oreille.

Le cliquetis reprit dans la tête de Lila, plus fort, plus vite. Malgré son claquement de dents régulier, elle parvint à émettre un autre son, le seul qui puisse l'aider à combattre la douleur et la peur envahissantes, le seul qui lui vienne à l'esprit :

« Maman. »

7

Avant même de répondre au téléphone, Luz avait compris. Elle recevait l'appel que toute mère redoute, un appel teinté de l'appréhension réservée aux personnes dont le monde est construit sur l'amour voué à leur entourage. L'appel lui annonçant que sa vie avait basculé pendant qu'elle était profondément endormie.

Elle se réveilla immédiatement, saisit le téléphone au milieu de la deuxième sonnerie. Au moment où elle tint le combiné dans la main, l'adrénaline avait déjà évacué tout engourdissement de son corps. Elle passa en revue les horreurs qui pouvaient lui arriver. L'avion de Ian s'était écrasé. Sa mère avait eu une crise cardiaque. Jessie… ça devait être ça : Simon appelait pour supplier Jessie, il n'avait aucune idée de l'heure aux États-Unis. Par chance, c'était un soir de semaine et les enfants étaient tous en sécurité dans leurs lits.

En décrochant, elle regarda son réveil. L'affichage digital rouge sang indiquait 1 h 36.

« Allô !

— Êtes-vous un parent de Lila Benning ? »

Son corps devint de glace. « Oui, répondit-elle avec une voix d'un calme trompeur. Je suis Lucinda Benning. » En général, elle n'employait pas son nom de baptême car elle le haïssait, mais elle n'avait pas non plus l'habitude de recevoir des appels au beau milieu de la nuit.

« Madame, mon nom est Peggy Moran, je suis infirmière au Hillcrest Hospital. Votre fille a été admise au…

— C'est une erreur. Ma fille dort dans sa chambre.

— … service de traumatologie… »

Luz enregistra l'information tandis qu'elle sautait du lit, coinçait l'appareil entre l'oreille et l'épaule, enfilait quelques vêtements. « Je ne comprends pas. Lila est dans son lit.

— Madame, il y a eu un accident de voiture impliquant un groupe d'adolescents…

— Un groupe d'… c'est impossible. » Un bref sentiment de soulagement la parcourut, étourdissant telle une drogue. « Nous sommes en semaine. Elle est là, à la maison. » Agrippée au téléphone, elle se précipita dans la chambre de Lila pour vérifier que l'infirmière se trompait bien : Lila était en sécurité et en parfaite santé dans son lit et tout cela n'était qu'un horrible cauchemar. Mais non. La chambre désordonnée était vide.

« Madame, j'ai peur que ce soit bien votre fille. Nous l'avons identifiée grâce au permis de conduire trouvé sur elle. »

Le soulagement s'évanouit tout à coup, envolé comme le ballon échappé des mains d'un enfant. Au passage, Luz saisit son sac à main accroché à une poignée de porte. « Elle est consciente ? Je peux lui parler ?

— Elle est en radiologie en ce moment.

— Est-ce que… » Luz ne parvint pas à extraire les mots du flot d'horreurs qui l'envahissait. « Je prends la route. J'ai au moins soixante kilomètres à faire pour vous rejoindre. Vous avez besoin d'une permission quelconque pour la soigner, l'opérer… » Chancelante, elle s'interrompit pour s'appuyer contre la rampe d'escalier. Elle se demandait comment elle arrivait à dire tout cela.

« Il est encore trop tôt pour vous répondre, madame. » L'infirmière n'ayant aucune autre information, Luz raccrocha.

Que dois-je faire ? Il fallait qu'elle parte. Sur-le-champ.

Pour la première fois de sa vie, Luz souhaita avoir un téléphone mobile. Ian en avait un pour son travail, mais elle n'avait jamais vraiment apprécié ces bestioles électroniques. Maintenant, elle donnerait n'importe quoi pour en posséder un. Elle voudrait être déjà partie et pouvoir avertir Ian tout en avalant les kilomètres jusqu'à sa fille. Au lieu de cela, elle faisait les cent pas en essayant de joindre l'hôtel de Huntsville où il passait la nuit quand l'un de ses clients arrivait au bout du couloir.

Depuis des années, les épouses des collègues de Ian l'avaient mise en garde : « N'appelez jamais votre mari en pleine nuit quand il est sur une affaire. » Les avocats du couloir de la mort, en particulier, sont assistés par tout un tas de jolies internes enthousiastes, à leur entière disposition. Avec un bel homme comme Ian, elles devaient être prêtes à aller loin. En général, les internes étaient jeunes, ferventes, idéalistes, dévouées... et sexy. Ces pensées lui traversèrent l'esprit le temps que l'opérateur nonchalant prenne la peine de décrocher puis d'appeler la chambre de Ian.

« Madame, ça ne répond pas. Vous voulez laisser un message ? »

Elle tâcha de s'exprimer le plus clairement possible, laissa le nom de l'hôpital, raccrocha et fit rentrer le chien. Elle tenta de prévenir Ian par l'intermédiaire de son bip puis essaya son téléphone mobile. Il ne répondit pas non plus, alors elle laissa le même message. *Bon sang, Ian, qu'est-ce que tu fabriques ?*

Elle refusa d'y songer davantage ; d'ailleurs, elle ne voulait penser qu'à Lila. En haut des escaliers, elle s'arrêta devant la chambre des garçons, entrouvrit la porte pour s'assurer de ce qu'elle savait déjà : ils étaient profondément endormis. Elle s'imprégna du bruit de leur respiration, de l'odeur de leurs corps engourdis.

Jessie, pensa-t-elle. Dieu merci, elle était là. Elle pourrait veiller sur eux. Puis Luz hésita. Jessie n'avait pas la moindre idée de ce qu'il fallait faire pour préparer trois gamins qui vont à l'école. Luz n'avait pas le temps d'y penser, Jessie se débrouillerait bien. Et puis les enfants connaissaient la routine.

Elle sortit, balança son énorme sac dans la voiture et démarra. Elle laissa chauffer le moteur et se dirigea vers le cabanon de Jessie, manquant trébucher à plusieurs reprises dans l'obscurité. « Jessie, dit-elle en frappant à la porte. Jess, réveille-toi ! » Elle ouvrit la porte et trouva sa sœur debout, émergeant tout juste de la chambre, les yeux ensommeillés.

« Je suis désolée de te réveiller mais il y a eu un accident de voiture. »

D'endormie, Jessie devint aussitôt attentive. « Quoi ?

— Lila est à l'hôpital. Il faut que j'y aille tout de suite. »

Jessie pâlit d'un coup. « Lila !

— Ils viennent d'appeler. Elle est au Hillcrest Hospital. J'ai laissé des messages à Ian et j'y vais, là, tout de suite.

— Mon Dieu, c'est impossible. » La voix de Jessie devint tremblante ; elle s'appuya sur le chambranle de la porte. « Un accident de voiture ? Mais elle…

— Écoute, Jess, les enfants dorment. J'ai laissé Castor dans la maison. Tu veux bien les rejoindre ? » Luz s'aperçut que son esprit était devenu incontrôlable, elle ne parvenait pas à se concentrer. « Si je ne suis pas rentrée à temps, tu voudras bien les réveiller vers sept heures et leur préparer un petit déjeuner ? Le car passe prendre Owen et Wyatt en haut de la colline à huit heures moins le quart. Tu pourras…

— File ! T'inquiète pas pour nous. » Jessie prit les choses en main avec un autoritarisme inhabituel. « Dès qu'il y a du nouveau, tu m'appelles. » Elle serra sa sœur dans ses bras puis la poussa vers la porte. « Je m'occupe de tout. »

Les paroles de Jessie résonnaient dans la tête de Luz. Elle conduisait bien au-dessus de la vitesse autorisée, sans toutefois risquer de perdre le contrôle de son véhicule. Elle semblait anesthésiée, insensible. Au cours de cet interminable trajet, des paires d'yeux jaunes et mystérieux défilèrent au bord de la route, comme autant de créatures nocturnes ; elle savait qu'elle ne ferait aucun écart et ne ralentirait pas au passage d'un cerf ou d'un tatou. Elle avait l'impression de s'être droguée à la novocaïne, d'avoir engourdi son esprit pour retarder le moment où l'horreur s'en emparerait et le réduirait en lambeaux.

Arrivée à l'hôpital, elle se gara de travers dans l'espace réservé aux visiteurs, puis elle se dirigea vers l'entrée principale, sous une grande porte cochère qui lui aurait donné le sentiment de pénétrer à l'intérieur d'un hôtel cinq étoiles s'il n'y avait eu la réception des ambulances sur un côté.

Luz s'interdit de regarder ; elle voulait éviter d'avoir à imaginer sa fille allongée, momifiée, coincée entre une minerve, une planche et une couverture ignifugée, impuissante, sans défense loin de sa mère.

Les portes automatiques s'ouvrirent sur un foyer semi-circulaire grouillant de monde : la police de la route, les employés des urgences, les membres du personnel hospitalier ; des femmes pleurant dans les bras de leur mari, des gens âgés tapotant la main de femmes plus jeunes, des enfants ahuris en pyjama, occupés à tourner en rond ; tous à moitié habillés. Les mauvaises nouvelles ne laissent pas le temps de se faire une beauté, même au Texas.

Luz se frayait un chemin jusqu'à l'accueil quand elle aperçut les parents de Kathy ainsi que la mère et le beau-père de Heath. Elle ne se rappelait pas leur nom. Depuis quand ne connaissait-elle plus les parents des amis de Lila ? Autrefois, elle discutait avec d'autres mamans, assises près du lac, tandis que leurs enfants jouaient dans les bacs à sable ; elle invitait des familles entières pour un barbecue ou un volley-ball le dimanche après-midi. Les parents s'asseyaient ensemble dans les tribunes pour les compétitions de natation ou les rencontres de football, encourageant leurs enfants. Mais ces enfants avaient grandi, les parents s'étaient perdus de vue, ayant moins besoin les uns des autres. Maintenant, ils se saluaient poliment aux réunions parents-professeurs ou à l'église.

Elle s'appuya sur le comptoir recouvert de papiers, de graphiques, de pots à crayons bon marché et de trombones. « Lila Jane Benning, s'il vous plaît. Je suis sa mère.

— Oui, madame. » La réceptionniste, l'air soucieux, pianota sur les touches de son clavier. « Voyons un peu. Elle est sortie du service de réanimation. On l'a transférée dans la salle d'observation n° 4. Son état est stable. Vous pouvez la voir. J'appelle un agent hospitalier qui vous y conduira… »

Luz ne prit pas la peine d'attendre le guide et se mit en quête de sa fille. Elle passa devant le service de traumatologie ; un bref coup d'œil lui permit d'entr'apercevoir des médecins et des infirmières rassemblés autour d'un lit à roulettes recouvert d'un drap, leurs blouses blanches tachées comme des tabliers de boucher, le sol jonché de compresses de gaze ensanglantées, d'emballages bleus et blancs chiffonnés. Un embranchement partant du couloir central indiquait « Service de réanimation ». Elle continua son chemin et tomba sur une grande pièce rectangulaire aux parois de verre. Quatre lits y étaient installés, tous occupés et entourés d'une multitude de chariots à pansements chargés d'instruments, de matériel de perfusion contenant quelque élixir mystérieux, d'écrans rapportant toute activité sur leurs graphiques. Elle discerna aussitôt sa fille : un corps immobile allongé sur le dos, enseveli sous les draps et dont la moitié supérieure était cachée par un rideau. Seule une main délicate en dépassait, deux doigts raccordés à un écran par l'intermédiaire d'une pince et d'une bande Velcro. Luz connaissait cette main. Petite et gracieuse comme les siennes. Lila avait les yeux fermés, le visage pâle mais serein, un masque à oxygène posé sur le nez et la bouche.

« Lila. » Luz se précipita au bord du lit. Tout à coup, elle se mit à trembler et se sentit fondre de l'intérieur. *L'infirmière a dit que son état était stable*, se rappela-t-elle. « Bébé, je suis là. »

Pendant un instant, Luz se serait crue à la naissance de Lila, quand elle n'était qu'un petit organisme isolé dans une couveuse, trop fragile pour qu'on la touche. Luz se souvint avoir pressé son corps contre le cylindre transparent, l'avoir serré dans ses bras, à prier : « Reste en vie, s'il te plaît, fais-le pour moi… »

Elle s'interdit de trembler, prit la main de sa fille, remarqua sa perfection et repensa à ce nouveau-né prisonnier d'un nid de tubes, au service néonatal. Ses mains étaient alors si transparentes qu'on distinguait chacune des veines ; Luz avait parfois imaginé qu'elle voyait le sang couler dans ces fragiles vaisseaux. Et ces petits ongles transparents, si beaux et surprenants à la fois.

Le temps était venu d'être punie, pensa Luz, le cœur serré. Elle recevait le châtiment qu'elle avait attendu la peur au ventre depuis le jour où Lila était née.

Elle avait pris l'enfant de sa sœur. Peu importe que ce fût pour toutes les bonnes raisons du monde et que Jessie l'eût suppliée d'adopter le bébé. Luz s'était toujours sentie indigne d'un tel don, incapable de devenir la mère d'un être si fragile, si parfait, si proche de la mort qu'il en était déjà devenu ange.

Mais Lila avait survécu. Elle avait grandi merveilleusement. Luz venait presque de la perdre à nouveau.

Son état est stable. Luz n'était pas certaine de ce que cela signifiait. Elle caressa la tête de sa fille d'un geste apaisant, instinctif. Elle sentit la poussière et le sable dans ses cheveux, ainsi qu'une matière dure et collante. Elle empestait le vomi, le sang et l'essence, tant d'odeurs étrangères sur le corps de son enfant, cette petite fille si difficile, qui demandait à aller au magasin spécialement pour acheter un déodorant à la vanille et un gel douche antiseptique.

« Lila, tu m'entends, ma chérie ?

— Maman. » Son chuchotement était aussi doux et fin qu'un chant d'oiseau.

Luz résista à une nouvelle vague de tremblement, provoquée cette fois-ci par le soulagement. « Ma puce, tout va bien se passer maintenant. Je suis là. »

Lila n'ouvrit pas les yeux. Bien qu'elle fût immobile, elle semblait se laisser aller, se replier.

« Chérie…

— Vous devez être madame Benning. » Un jeune homme au léger accent et à la peau mate la salua. Il portait une blouse et des chaussons blancs immaculés ; une étiquette épinglée à sa poche de poitrine indiquait son nom, Roland Martinez. Ses gestes étaient vifs et précis, son sourire, professionnel et rassurant. « Ces cheveux roux sont donc un trait de famille. »

Il ouvrit un dossier. Luz sentit la panique l'assaillir. *Mon Dieu, s'ils avaient effectué je ne sais quel test révélant que je ne suis pas la mère biologique de Lila !* Elle reprit son sang-froid. « Que s'est-il passé ?

— Avec cinq autres jeunes gens, votre fille a été victime d'un accident de voiture. Lila a eu beaucoup, beaucoup de chance. Énormément. Elle avait bouclé sa ceinture et ses blessures sont superficielles. »

Il parcourut le dossier qu'il tenait entre les mains. « C'est le Dr Raman, traumatologue, qui l'a admise ici. Après consultation dans son service, on l'a envoyée subir quelques radios et un scanner. Il n'y a aucune trace de lésion interne. Autrement dit, elle n'a rien de cassé. » Il lui montra quelques clichés. Éclairés par le négatoscope du radiologue, les os de Lila apparaissaient tels de fragiles fantômes.

« Elle souffre d'une légère lacération sur une jambe, une contusion au niveau de l'épaule droite, due à la ceinture, quelques égratignures provoquées par des bouts de verre. Il faudra faire surveiller tout cela par votre médecin de famille, mais votre fille est miraculée, je peux vous le dire. Elle a beaucoup de chance d'être sortie indemne d'un tel accident.

— Dans ses cheveux, c'est du sang ?

— Il provient d'une autre victime. » Le Dr Martinez parlait très calmement, sans quitter Luz du regard. Elle ne se permit pas de poser des questions sur les autres enfants. Pas encore.

« Pourquoi a-t-elle l'air sonné comme ça ? Elle est en état de choc ?

— Elle a 1,2 gramme d'alcool dans le sang, madame Benning. »

La respiration de Luz s'accéléra, conjurant une nouvelle vague de panique. Soûle. Lila avait bu. Bon sang, comment avait-elle fait pour ne pas s'en apercevoir ? Était-elle une mère indigne ?

« Comment est-ce arrivé ? »

Le Dr Martinez s'appuya contre une chaise et glissa le dossier sous son bras. « Madame Benning, vous connaissez les vols planés en voiture ?

— Quoi ?

— Entre jeunes, ils disent qu'ils vont décoller. »

Abasourdie, elle fit non de la tête.

« C'est la dernière trouvaille des caïds du coin. Les gamins s'entassent dans des tout-terrain et s'élancent à vive allure en haut d'une colline. Comme dans les films. Le problème, c'est que les cascades professionnelles n'ont rien à voir avec la réalité. D'après le premier rapport d'expert, la Jeep est restée en l'air sur plus de vingt mètres et, ensuite, elle a fait des tonneaux sur environ quarante mètres. Lila était à l'avant, toujours attachée, lorsque les secours sont arrivés.

— Et moi qui la croyais endormie dans son lit. » Luz ferma les yeux une seconde puis s'obligea à regarder sa fille. « Lila, pourquoi tu as fait cela ? murmura-t-elle. Pourquoi une chose pareille ? »

Lila esquissa un sourire. « Je voulais juste voler.

— Madame, vous êtes venue seule ? » s'enquit le Dr Martinez d'une voix compatissante.

En fait, ce qu'il demandait, c'est si elle vivait seule, si son mari l'avait laissée tomber, s'il n'y avait personne pour l'aider à ramasser les morceaux en cas de coup dur.

« Mon mari est en mission, mais il va revenir dès que possible. Qu'est-ce qu'il va se passer maintenant ?

— La police voudra peut-être lui poser des questions. Ensuite, elle pourra partir, sauf changement imprévu de son état. » Il lui tendit une planche à pince et un stylo. « Il faut que vous remplissiez cela. »

Luz prit les formulaires. Elle était si soulagée qu'elle se mit à trembler et à claquer des dents. Elle se décida à poser la question tant redoutée : « Et les autres enfants ?

— Quatre d'entre eux sont soignés ici. » Il avait des yeux noirs, soulignés d'épais cils, pleins de compassion et de secrets. « La dernière victime a été transportée en hélicoptère jusqu'à Brackenridge.

— Qui est-ce ?

— Je n'ai pas le droit de le dire, madame Benning. »

Elle l'avait lu des centaines de fois dans les journaux : « La famille n'a pas donné l'autorisation de révéler le nom de la victime. » Ensuite, elle osa penser l'impensable. *Dieu merci, ce n'est pas mon enfant.*

Le bip du Dr Martinez vibra bruyamment contre une table métallique. « Excusez-moi. »

Perdue dans ses réflexions, Luz lui adressa un signe de tête. Lila semblait sommeiller, à moins qu'elle ne se cachât derrière ses paupières. Luz fut frappée de comprendre soudain à quel point Lila avait été proche de la mort ou de perdre un bras, d'être estropiée.

Je voulais juste voler. Toute sa vie, elle avait couru après ce que Luz ne pouvait lui offrir. Voler était un exemple parmi tant d'autres.

Luz tenta de se concentrer afin de remplir les fastidieux formulaires. Passé médical. Sa main tremblait. Autrefois, Luz rêvait elle aussi. Petite, elle s'imaginait voyageant à travers le monde, prenant des photos d'endroits que la plupart des gens ne visiteraient jamais. Le Taj Mahal, les grottes de Lascaux, les plaines de Nasca. Dans son imagination, il n'y avait jamais eu de place pour un mari et des enfants. Mais Luz avait mis ses rêves de côté pour épouser à bras-le-corps une vie à laquelle elle ne s'attendait pas.

Elle ne croyait pas au coup de foudre jusqu'au jour où il s'était manifesté dans une bibliothèque bondée sous la forme d'un jeune étudiant en droit, l'air sérieux, qui lui souriait à l'autre bout de la table. À cet instant précis, ses rêves avaient pris un tout autre caractère. Ils avaient rapidement voulu se marier. Luz travaillerait pendant que Ian terminerait ses études ; ensuite, ce serait à son tour de reprendre l'université. Il n'était pas question de discuter, Luz avait toujours mis les autres en premier, Jessie, puis Ian. Elle avait le don pour attendre. Peut-être sa mère l'y avait-elle entraînée. Toute son enfance, elle avait attendu, attendu le bus pour l'école, attendu que sa mère fasse attention à elle, attendu l'arrivée d'un chèque…

Ian voulait devenir un avocat du couloir de la mort. À l'époque, elle n'avait pas compris tout ce que cela impliquait. Pour elle, épouser un avocat signifiait avoir une vie stable, être à l'abri du besoin. Elle imaginait déjà une grande maison dans un quartier calme d'Austin, les soirées en compagnie d'une multitude d'amis intéressants – non, fascinants. Leur avenir était tout tracé, plein de promesses.

Seule ombre au tableau : Jessie et Ian se détestèrent au premier regard. Ils n'en vinrent jamais aux mots désobligeants, mais l'atmosphère était tendue. Quand elle leur demanda à tour de rôle la raison de cette mésentente, aucun ne lui répondit clairement. Jessie prétendit vouloir s'assurer que sa sœur serait heureuse avec un « type » comme lui. Quant à Ian, il qualifia Jessie d'excentrique.

Bien entendu, Luz défendit sa sœur, mais Jessie et Ian ne sympathisèrent jamais. Puis, deux semaines avant le mariage, Jessie avait bouleversé sa famille en annonçant qu'elle était enceinte et ne pouvait pas garder le bébé.

Quand Luz lui avait demandé qui était le père, elle avait simplement répondu : « Pas la peine d'en parler. » Luz en avait conclu qu'il devait être marié et elle avait proposé son aide à Jessie. Elle ne serait pas la première à élever seule son enfant. Jessie ne voulait pas avorter, mais elle ne pouvait pas non plus s'occuper du bébé. Elle était effrayée. Elle avait pleuré une nuit entière, Luz à ses côtés. « Je ne suis même pas capable de garder un poisson rouge en vie », avait-elle articulé entre deux sanglots, se remémorant un lot de tombola qu'elles avaient gagné étant petites.

Simon l'avait invitée à participer à un projet photographique soutenu par la BBC, qui devait commencer cet automne-là à l'étranger et finir, peut-être des années plus tard, à l'autre bout du monde. Les voyages et le travail seraient difficiles pour un célibataire, impossibles pour une personne ayant un enfant à charge. Néanmoins, Jessie voulait faire partie du projet, c'était la chance de sa carrière, une occasion qui ne se représenterait peut-être jamais.

Un bébé aussi était une occasion qui ne se représenterait peut-être jamais, s'était dit Luz.

« Je suis horrible. J'ai honte. Mais je ne ferai pas une bonne mère. »

Luz avait dit à Ian qu'elle voulait adopter le bébé à sa naissance. Il était devenu blanc comme neige et lui avait demandé quelles étaient ses raisons. Elle ne pouvait pas laisser Jessie l'abandonner. Leur enfance peu orthodoxe avait rendu cette dernière incapable d'être mère. Luz, elle, voulait materner la terre entière. « Cet enfant est ma chair et mon sang », avait asséné Luz.

Ian ayant voulu savoir, balbutiant, qui était le père, Luz lui avait fait part de ses doutes au sujet de Simon. Ian avait finalement accepté. Cependant, pour Luz, son consentement avait l'air d'une capitulation. Elle avait gagné la bataille mais resterait toujours, en secret, jalouse de ces couples pleinement heureux d'adopter. Ian n'avait pas eu le choix. Il était devenu père dans la douleur. Elle l'en avait aimé davantage. Au lieu de partir en voyage de noces à Hawaii, ils s'étaient occupés du bébé à la clinique, repoussant leur projet à plus tard.

Au septième mois de grossesse, un incident provoqua des contractions que les médecins ne purent arrêter à temps, et l'enfant prématuré fut placé sous respirateur artificiel. Dès la naissance, Luz se mit à aimer cette toute petite fille d'un amour intense.

À l'annonce du pronostic, Jessie s'affola et insista pour remplir les formulaires d'adoption quelques heures à peine après l'accouchement. Lila avait si peu de chances de survivre que Luz et Ian n'hésitèrent pas à signer, ne serait-ce que pour donner à cette enfant des parents pour la pleurer et un nom autre que Bébé Ryder. Luz demanda à Jessie si elle devait prévenir le père. Elle répondit simplement qu'il était au courant et Luz la crut folle.

Luz laissa tout tomber pour s'occuper de son petit miracle, qui survivait contre toute attente, jour après jour, dans sa couveuse. Devenue indissociable du cylindre transparent qui contenait son bébé, elle veilla de nombreuses heures, célébrant chaque inspiration artificielle de ce corps trop petit, remerciant Dieu pour chaque instant de vie qui lui était accordé. La dévotion de Luz finit par remplacer le sang nourricier qui aurait dû passer par le cordon ombilical de la mère. Par la puissance de son amour, elle parvint à nourrir cet enfant, à lui insuffler sa force et sa détermination.

Le jour où ils purent ramener Lila à la maison, Luz rangea sur une étagère les livres de voyage et les rêves qui les accompagnaient. Épuisée comme si elle avait subi un accouchement difficile, Luz oublia que ce n'était pas elle qui avait porté l'enfant. Cette nouvelle expérience lui offrait un autre rêve : celui de voir son bébé grandir en bonne santé. Ce vœu fut exaucé et Lila devint une petite fille merveilleuse, un don du ciel que Luz accueillit avec des larmes de gratitude.

Mais Lila était aussi la fille de Jessie, reconnut Luz en cochant les cases du questionnaire sur les antécédents familiaux. Et si elle avait eu besoin de sang ? Luz frissonna. L'arrivée fortuite de Jessie combinée à cet accident lui rappelait brutalement la parenté biologique de Lila.

Elle remplit l'inévitable encadré « tuteur légal ». Qu'il avait été simple de respecter le souhait de Jessie en gardant l'adoption secrète ! De retour à Edenville, ils s'étaient réinventés, modifiant leurs projets. Ils avaient cessé de préparer des voyages, de toute manière futiles comparés aux obligations qui les retenaient. Puis Wyatt était né, Owen et enfin Scottie. Les trois grossesses n'avaient pas toutes été programmées, mais toutes furent accueillies avec une égale joie stoïque. Ian travaillait dur et était un bon père, même s'il avait toujours traité Lila différemment, la peur de la perdre continuant à le hanter. Luz aimait tant ses bébés qu'elle s'était sacrifiée sans même s'en rendre compte.

Ainsi, les années s'écoulèrent, les rêves s'évanouirent comme les feuilles d'automne des arbres égarés d'Eagle Lake, progressivement, si bien qu'elle ne remarqua rien jusqu'au jour où elle leva les yeux et vit que les couleurs flamboyantes avaient laissé la place à un marron terne et uniforme. Elle refusa alors de se laisser envahir par l'amertume : ses journées étaient bien remplies, son mari l'adorait, leurs quatre enfants étaient en bonne santé…

Luz se mordit la lèvre et termina de remplir le formulaire. Elle regarda Lila dormir un moment, de plus en plus impatiente. De l'autre côté du couloir, elle aperçut les parents de Heath, le visage tendu, en discussion avec trois médecins. Les nouvelles n'étaient pas bonnes. Elle détourna le regard, espérant qu'ils ne la verraient pas : la culpabilité du survivant n'est pas si simple à assumer.

Luz posa la planche à pince avant de se mettre à arpenter la chambre sans quitter Lila des yeux. On aurait dit une princesse celtique, délicate, d'une beauté éthérée. Elle semblait également avoir hérité du caractère extravagant de sa mère biologique, de son désir d'attirer l'attention, de son charme, de son intelligence. Luz se demandait comment Jessie pouvait avoir transmis tant de choses à une enfant qu'elle avait quittée à l'aube de son premier jour.

« Madame Benning ? »

Elle sursauta et, gênée, leva les yeux vers l'homme trapu qui venait de porter la main à son chapeau pour la saluer. Il arborait la chemise bleue à manches longues, le cordon autour du cou et les bottes de l'uniforme de police. Sur son badge, on pouvait lire « P. McKnight ». Il portait, à la hanche et à l'épaule, l'attirail habituel : un revolver dans son étui, des menottes, un talkie-walkie, une matraque. Il respirait la confiance en soi comme tout homme qui a fait le serment de protéger et de défendre ses concitoyens ; cependant, Luz lui reprochait intérieurement de n'avoir pas su protéger Lila contre sa nature rebelle ni les dangers que représente une voiture remplie d'adolescents.

« Je suis l'agent McKnight, madame. J'aurais quelques points à éclaircir au sujet de l'accident. » Il en savait plus qu'elle ne pouvait lui en apprendre, mais ils purent reconstituer un scénario probable. Lila avait fait le mur pour rejoindre Heath dans sa Jeep ; ils étaient passés prendre les autres gamins pour se rendre à Seven Hills. Luz se sentait mal à l'aise de devoir exposer à cet inconnu les difficultés qu'elle éprouvait à élever sa fille : les mauvaises notes, l'absentéisme de plus en plus fréquent, les silences impénétrables, les cris qui leur échappaient lorsque la frustration devenait ingérable. La bière, le hasch. Depuis combien de temps cela durait-il ? Luz n'en avait aucune idée.

Elle lança un regard désespéré à l'agent de police, las d'entendre toujours les mêmes histoires. « J'aime ma fille. Je n'ai pas vu cette catastrophe arriver. Je ne savais pas qu'elle avait l'habitude de sortir dans notre dos pour boire et fumer. » Il s'excusa car son talkie-walkie s'était mis à grésiller. Luz jeta un coup d'œil à sa montre. Cinq heures et demie, déjà. La nuit avait filé et toujours aucun signe de Ian.

Elle se rendit dans la salle d'attente et fouilla son sac à la recherche de quelques pièces de monnaie qu'elle introduisit dans le téléphone, puis composa son numéro.

Jessie décrocha au milieu de la première sonnerie. « Comment va-t-elle ?

— Elle va bien, se dépêcha de répondre Luz pour épargner à sa sœur des secondes d'angoisse supplémentaires. Quelques coupures, des bleus. Ils vont bientôt la laisser partir ; en fait, je ne sais pas ce qu'on attend. Je n'ai pas réussi à joindre Ian, je lui ai laissé un message, il doit être sur la route. » Elle se serait bien passée de le lui dire ; comme si elle était incapable de trouver son mari et se sentait tenue de faire des excuses à sa place.

« Comment c'est arrivé ? »

Luz inspira profondément. Malgré elle, elle était sur la défensive, tournant et tournant encore le doigt autour du fil téléphonique. « Elle a fait le mur hier soir. »

À l'autre bout de la ligne régnait un lourd silence, que Luz ne sut analyser. Elle prit de nouveau une profonde inspiration, puis continua : « Elle a rejoint d'autres gamins et ils sont allés sur la colline pour faire des cascades en voiture. »

Luz changea le combiné d'oreille et essuya sa main en sueur sur son pantalon avant de décrire ce en quoi consistait la dernière lubie des adolescents. Tout en parlant, elle imaginait la Jeep de Heath dans les airs, se délestant des enfants au-dessus des chênes buissonnants et des amarantes. « Apparemment, c'est un jeu tout nouveau.

— Pas si nouveau que ça, rétorqua Jessie après un moment d'hésitation.

— Qu'est-ce que tu veux dire ?

— Tu te souviens de la voiture que j'avais à seize ans ?

— À peu près. » Elle se rappelait une guimbarde verte, la vitre coincée en position ouverte et la minuscule radio qui beuglait du rockabilly. Puis elle se remémora ce jour où elles l'avaient remorquée à la casse après que Jessie l'avait ramenée toute branlante à la maison, un pneu en lambeaux et l'avant tellement embouti qu'il était impossible de la réparer.

Luz sentit un frisson la parcourir. « Tu veux dire que…

— Sur la route de Ridgetop, en allant à la carrière, c'est là qu'ils sont allés ? Seven Hills ? La bêtise est vraiment un trait de famille. Enfin, tu es sûre que Lila n'a rien de grave ?

— Oui. Elle est un peu sous le choc, c'est tout. » Luz ne voulait pas mentionner l'alcool.

« Et le garçon ?

— Comment sais-tu qu'il y avait un garçon ?

— Il y a toujours une histoire de garçon là-dessous, pas vrai ? Tu viens de me dire qu'elle était allée retrouver des amis.

— Oui, c'est vrai. Il y avait trois garçons et trois filles dans la voiture.

— Oh, mon Dieu ! Comment vont les autres ?

— L'un d'eux a été transféré en urgence à Brackenridge. Je crois que… » Elle se rapprocha du mur, comme si elle voulait disparaître. « Je crois qu'il est mal en point, mais personne ne veut rien dire. J'ai peur pour Lila. J'ai peur de sa réaction quand elle refera surface.

— Tout ira bien, Luz. Nous serons là pour la soutenir.

— Merci, Jess. Nous rentrons dès que possible. »

Luz raccrocha, gardant en tête le visage de sa sœur. Quel choc de la voir débarquer chez eux si soudainement ; elle était le portrait craché de Luz en plus jeune, plus rayonnante. Le sourire jusqu'aux oreilles, elle venait d'arriver telle une tornade multicolore et maintenant elle s'occupait des garçons.

Luz se retourna pour balayer la salle du regard. Elle avait emmené Lila aux urgences plus d'une fois, d'abord quand elle s'était ouvert le menton en tombant de la balançoire, puis la fois où elle s'était foulé la cheville en sautant du toit de la grange. Wyatt aussi avait dû s'y présenter, l'an dernier, un dimanche, après s'être blessé avec un clou rouillé et, quelques années auparavant, elle-même s'y était rendue car elle ne voulait pas évoquer le mal dont elle souffrait devant leur médecin de famille.

À présent, la salle d'attente était le siège d'un véritable chaos, se remplissant davantage de monde au fil des minutes. Quand elle reconnut Mme Linden, la conseillère d'éducation, elle saisit l'ampleur de l'incident. Six enfants se trouvaient dans la voiture. Six familles, six mères tirées de leur sommeil au milieu de la nuit. Les conséquences se feraient sentir telles les vagues qui s'enchaînent autour d'une pierre jetée à l'eau, traçant des cercles de plus en plus larges, touchant de plus en plus de personnes.

Les gens pleuraient, se disputaient ou priaient. Les policiers interrogeaient à qui mieux mieux. Nell Bridger s'effondra dans les bras de Mme Linden. Nell avait deux fils, Travis et Dig. Lequel était dans la Jeep ? Peut-être bien les deux.

Elle tenta de se frayer un chemin pour la rejoindre mais son amie était déjà partie, soutenue par la conseillère. Le désespoir emplissait bruyamment la salle. Luz voulut se mettre les mains sur les oreilles dans l'espoir de noyer cette cacophonie de cris et de pleurs.

Au milieu du chaos, elle aperçut son mari, scrutant la salle de son regard inquiet. Ils se rejoignirent et elle s'accrocha à lui, heureuse d'avoir trouvé un refuge en pleine tempête.

Elle ne dit rien, préférant le silence aux reproches qu'elle voulait lui faire. Le travail lui prenait parfois toute son énergie. Il avait des horaires aléatoires, qui l'avaient empêché d'assister à des anniversaires, à des premiers pas, à des compétitions de natation et à des réunions de professeurs parce qu'il était au tribunal, dans une lutte contre la montre pour sauver quelqu'un de la mort. Elle était fière de lui mais, parfois, elle aurait aimé qu'il soit plus présent.

« Elle va bien ? Je peux la voir ? » murmura-t-il.

Elle sentit ses doigts se crisper sur la chemise de Ian, ses genoux flancher avant de s'effondrer contre lui. « Elle va bien. »

Ils étaient encore enlacés lorsque le flash d'un appareil photo les surprit. Les journalistes étaient là, impatients de dénicher ce qui ferait vendre du papier ou du temps d'antenne. S'emparant de la main de Ian, Luz progressa à travers la foule en direction du couloir central et ils se hâtèrent vers la salle d'examens.

Assise dans son lit, Lila buvait de l'eau à petites gorgées. Autour de sa tête, les cheveux roux formaient un halo aux éclats de rubis tandis que la lumière crue du plafond avait ôté toute couleur de son visage. Dès qu'elle aperçut Ian, elle baissa les yeux. « Papa.

— Bonjour, ma chérie. » Il s'arrêta au pied du lit et la regarda comme s'il la vénérait ou la craignait. Il ne la toucha pas, se bornant à poser la main sur le drap épais qui lui recouvrait les jambes. Ian n'avait presque plus de contact avec Lila ; depuis qu'elle avait atteint l'âge de la puberté, il la considérait comme une étrangère, une créature exotique que seuls des spécialistes pouvaient comprendre. « Tu es sûre qu'elle va bien ? chuchota-t-il à Luz.

— Oui. Reste avec elle. » Luz en avait assez de cet hôpital. Elle ne voulait plus voir ces couloirs beiges, cette salle d'examen remplie d'équipements effrayants censés déterminer votre état ou l'heure de votre mort. « Je vais chercher quelqu'un pour nous aider à ficher le camp d'ici. » Elle le laissa debout près du lit.

Après avoir dû s'occuper d'un prématuré, Luz savait comment s'y prendre avec l'administration d'un hôpital. Sa détermination la rendit très sèche face au Dr Martinez ; elle l'informa que s'il ne libérait pas Lila immédiatement, elle quitterait l'hôpital avec sa fille sans plus de formalités. Il lui promit de s'en occuper sur-le-champ. Luz était toujours étonnée de voir qu'elle pouvait se montrer intimidante. C'étaient ses enfants qui la rendaient virulente. Depuis le premier jour où elle avait posé les yeux sur Lila, Luz était devenue férocement protectrice.

Armée d'une liasse de papiers et d'imprimés dûment signés, elle retourna dans la salle d'examen et annonça la bonne nouvelle à Ian. Tandis qu'il se dépêchait de donner les dernières instructions, le Dr Martinez équipa Lila d'une minerve afin d'éviter toute complication. L'appareil orthopédique ainsi placé autour de son cou lui donnait l'air d'une déesse égyptienne en colère. Elle s'assit à contrecœur dans la chaise roulante afin de gagner le parking.

Le plus pénible fut la traversée de la salle d'attente, où les familles se retournèrent sur leur passage : Lila était la première à quitter les lieux. Certains parents la regardèrent avec envie, pensant avec amertume que leur propre enfant devrait rester plus longtemps.

Ils atteignaient la porte principale lorsqu'une femme, les yeux rougis et le visage pâle, vint à leur rencontre. « Je suis Cheryl Hayes, la mère de Heath Walker. »

Heath Walker. Le premier amour de Lila. Essayer de contenir leur passion revenait à vouloir interrompre la marée. Mignon, avec son accent texan et ses yeux noirs irrésistibles, il avait attiré leur fille dehors pendant la nuit pour l'impressionner au volant, lui avait fait prendre des risques démesurés, s'était trouvé à deux doigts de la tuer.

« Lucinda Benning, répondit-elle d'une voix tendue. Voici mon mari, Ian. »

La femme ne fit pas attention aux présentations. Elle tourna son attention vers Lila, qui levait vers elle un regard grave. « Madame Hayes, comment va Heath ?

— Très mal, bien sûr. Ses blessures sont sans gravité, Dieu merci, mais il ne pourra pas participer à la saison de football ni à la fête de l'université ! C'est votre faute, jeune fille. » L'accusation tomba comme un couperet. « Heath ne serait jamais sorti, hier soir, si vous ne l'y aviez obligé…

— Attendez un peu… » Luz était en train d'exploser. Du coin de l'œil, elle vit Lila se crisper mais ne put s'empêcher de continuer. « C'était votre fils, au volant. Vous n'allez tout de même pas accuser…

— Excusez-nous. » Ian venait de l'interrompre calmement, la main posée dans le dos de Luz. « Nous devons tous surmonter cette dure épreuve, madame Hayes, et ce n'est pas en désignant des coupables que nous y arriverons. Je souhaite un très bon rétablissement à votre fils, madame. » Ian n'était pas avocat pour rien. Ce tour de passe-passe permit de calmer la mère de Heath suffisamment longtemps pour qu'ils puissent atteindre la porte. Il escortait Luz et Lila dehors avec efficacité quand Luz éclata, rouge de colère. « Comment cette femme ose-t-elle ?

— Elle est bouleversée. On essaie toujours de trouver un responsable dans ce genre de situation, répondit Ian.

— Elle a dit la vérité, glissa Lila tandis que l'agent hospitalier repliait le repose-pieds du fauteuil et qu'elle se relevait avec raideur pour marcher vers le parking. Je voulais que Heath nous fasse voler. J'adore ça. »

Luz se sentit devenir de glace et tendit les clefs à Ian. Il les suivit jusqu'à la voiture, retint la portière pour Lila. Elle se glissa à l'intérieur et s'empressa d'attacher sa ceinture – non sans grimacer de douleur – avant que ses parents ne lui rappellent de le faire. Puis elle s'adossa au siège et ferma les yeux.

« Heath était au volant, enchaîna Luz en prenant la place du passager. C'est lui qui conduisait, il est donc responsable. »

Lila bâilla et soupira. Son absence de réaction n'était qu'une façade ; Luz vit une larme couler sur la joue de sa fille et se perdre dans la minerve. Elle se retranchait derrière une armure de silence.

Ils quittèrent le parking de l'hôpital sans un mot. Leur fille venait de subir un accident traumatisant. Elle ne s'était pas encore confiée sur tout ce qu'elle avait vu, entendu, ressenti au cours de ces affreuses minutes. « Je ne me rappelle pas. » Voilà tout ce qu'elle avait su dire à l'agent de police. Était-ce la vérité ? Luz l'ignorait. En revanche, elle savait avec certitude que son instinct de mère l'enjoignait à ne pas poser de questions tout de suite. Mieux valait laisser le soleil se lever paisiblement sur Edenville.

Ian, lui, était dépourvu de cette sensibilité maternelle. Il était homme, avocat qui plus est, et d'une franchise à toute épreuve. « Tout va changer à partir de maintenant.

— On en parlera à la maison. D'accord, chéri ? » La main tremblante, elle ramena ses cheveux en arrière, se tourna vers Lila et la vit profondément endormie, les yeux fermés, la mâchoire pendante.

Elle tendit le bras pour caresser la main de sa fille. Le paysage qui défilait par la fenêtre était un amalgame d'asphalte, de collines grésières, d'herbe jaunie et de ciel bleu. Les coucous allaient et venaient à toute vitesse entre deux buissons d'aubépine tandis que le bétail se rassemblait autour des pierres à sel déposées par les cow-boys. Des camions et des cars scolaires à rayures jaunes et noires, telles d'énormes abeilles, passaient avec fracas. Des voitures s'arrêtaient dans les centres commerciaux, en quête d'un distributeur de vidéos ou d'une laverie automatique. Pour quiconque n'avait pas passé ces dernières heures à repenser sa vie, le jour qui éclaircissait les collines était des plus ordinaires.

« Où étais-tu cette nuit ? demanda Luz à Ian.

— On s'est réunis tard pour passer en revue tous les recours parce qu'on a dû attendre que le directeur prenne son service de nuit. On a commandé des pizzas et puis on n'a pas vu l'heure passer. C'est seulement après que j'ai eu ton message ; j'ai réveillé Matlock pour qu'il me ramène en avion. Il n'y avait personne dans la tour de contrôle quand nous sommes arrivés à l'aérodrome, alors il a dû se débrouiller pour obtenir une autorisation de je ne sais qui. Je suis venu aussi vite que possible, chérie, tu le sais. Mais je n'ai jamais été assez rapide pour toi, c'est ça ?

— Quoi ?

— Laisse tomber. Nous sommes tous les deux fatigués. Qui garde les enfants ?

— À ton avis ? Jessie, qui veux-tu ?

— Je pensais que tu aurais appelé quelqu'un de plus… quelqu'un qui les connaît mieux.

— Jessie était sur place. Et puis, c'est leur tante quand même.

— Ouais.

— Apparemment, cela ne te plaît pas qu'elle s'occupe d'eux. »

Il jeta un coup d'œil dans le rétroviseur intérieur. « C'est une excentrique. Elle l'a toujours été. Je ne dis pas qu'elle ferait du mal aux enfants, mais elle ne fait attention à rien.

— Arrête ça, Ian, s'il te plaît. Elle a changé en seize ans. Elle n'est plus la Jessie que tu connaissais. Nous avons tous changé. Et ne t'inquiète pas, quelle que soit la situation, Jessie s'en sort toujours.

— Donne-moi un seul exemple où elle t'a aidée – toi – à t'en sortir.

— Elle m'a sauvé la vie. Je ne te l'avais jamais dit ?

— Jessie ? rétorqua Ian, incrédule. Tu as bu trop de café, cette nuit.

— C'est pourtant la vérité. Cela s'est passé quand nous étions gamines, un hiver où il a fait très froid. Les étangs étaient tellement gelés qu'on pouvait patiner dessus. Les gens disaient que ce n'était pas arrivé depuis cinquante ans. Alors, bien sûr, il a fallu qu'on y aille. On a dû marcher une bonne heure à travers bois pour atteindre l'étang de Cutter. On n'avait pas de patins, pourtant on a quand même réussi à glisser toute la journée avec nos grosses chaussures. Jessie et moi sommes restées bien après tous les autres. Eux, devaient rentrer avant la tombée de la nuit, mais nous… enfin, tu connais maman. Elle était plutôt du genre à ne pas remarquer qu'on était sorties. »

Luz remonta une jambe sur le siège et s'assit de côté afin de regarder Lila dormir. Son but avait toujours été d'être le genre de mère que Glenny Ryder n'avait pas su devenir. Les autres enfants rentraient chez eux, dans une maison chaude avec des lumières aux fenêtres et une soupe sur le poêle, tandis que Luz et Jessie s'installaient des heures devant une télévision abrutissante en mangeant une assiette de sandwichs.

« Il commençait à faire sombre mais on avait envie de faire encore un tour. Juste un. Cela doit être la seule fois que j'ai battu Jessie dans une course. Et puis je suis mal tombée, j'ai dérapé et je me suis cognée à un arbre. Ma cheville était douloureuse et mon coude saignait très fort. J'étais incapable de poser le pied par terre. La nuit est tombée, très rapidement. Elle m'a allumé un feu ; je ne savais même pas qu'elle en était capable, ni qu'elle trimbalait toujours des allumettes sur elle. Elle est retournée en ville pour chercher de l'aide ; d'ailleurs, j'ignore toujours comment elle s'est débrouillée pour ne pas se perdre dans les bois. En tout cas, elle est arrivée à Edenville à six heures pile, au moment où les gens allumaient leur poste pour les nouvelles. Tout le monde a cru qu'elle criait au loup, alors elle est montée dans la voiture du shérif, l'a démarrée et a branché les gyrophares. Je suis sûre qu'elle aurait foncé seule à travers bois s'ils n'avaient pas accepté de l'accompagner. Jessie est très forte quand on la met à l'épreuve. Mais cela ne lui arrive pas souvent.

— Parce que c'est toujours toi qui prends les décisions difficiles, marmonna Ian.

— Quoi ?

— Tu m'as très bien entendu. » Il prit une profonde inspiration pour essayer de se calmer. « Je suis désolé, chérie, mais tu dois admettre que tu as été plus qu'une sœur pour Jess. »

Luz étendit le bras afin d'écarter une mèche de cheveux tombée sur le front de sa fille. Quelle aventure d'être la mère de Lila ! Seize ans plus tôt, Luz avait changé de cap et elle continuait d'avancer en terrain inconnu.

Ian conduisait avec nonchalance, le poignet enveloppant le haut du volant, négociant les courbes avec précision. Il fit un écart pour éviter la carcasse d'un cerf, dispersant les corbeaux attablés.

« Ça va, madame B. ? »

Elle opina de la tête, même si un sentiment d'abattement l'accablait.

« Bien. Qu'est-ce qu'on va faire de notre délinquante juvénile ? demanda-t-il, l'air sévère comme s'il était au tribunal. Je pense qu'il faudrait la priver de sortie. Condamnation à vie. »

Luz acquiesça. Assignation à résidence. Tout allait changer à partir de maintenant, se jura-t-elle, la main sur celle de sa fille. Dorénavant, eux seuls feraient la loi.

À dater de ce jour, rien ne serait plus comme avant.

8

« T'es comme ma maman sauf que t'es pas pareille », déclara Scottie.

Le plus jeune des neveux de Jessie était debout sur un tabouret de cuisine avec pour tout vêtement un tee-shirt « Vive le Texas ». Après une nuit blanche, elle avait eu du mal à habiller et à faire déjeuner les deux grands avant de les envoyer au bus. Scottie était resté planté devant la télévision pendant les quarante dernières minutes, la tête posée sur son chien endormi.

« Je suis comme ta maman parce que je suis sa sœur. » Jessie avait le nez dans un panier rempli d'habits propres, qu'elle avait trouvé sur le sèche-linge. « Ah ah. » Elle en sortit un slip Spiderman. « Je parie que c'est le tien.

— Perdu. C'est à Owen.

— Mais tu pourrais le mettre aujourd'hui.

— Non. » Il la regarda avec un air très sérieux qui le vieillit quelque peu.

« Et celui-là ? demanda Jessie en dénichant un slip arborant un personnage de dessin animé qu'elle ne reconnaissait pas.

90

— C'est à Wyatt. Elle est où, maman ? » Son sérieux était sur le point de tourner au désespoir. Jessie comprit que Scottie ne s'était encore jamais réveillé sans sa mère dans la maison.

Dur, dur. Pas vrai, mon petit gars ?

Elle ne saurait comment réagir s'il se mettait à pleurer. Elle fouilla de plus belle dans le panier pour en tirer un petit bout de dentelle : un string.

« Celui-là est à toi, j'en suis sûre.

— N'importe quoi ! » Il esquissa un sourire.

« Ah bon ? répondit Jessie en prenant un air incrédule. Tu veux dire que tu ne portes pas de dessous en dentelle rose ?

— C'est à Lila. »

Ah ? Lila n'était-elle pas un peu jeune pour ça ? « Tu ne verrais pas un slip à toi, là-dedans, par hasard ?

— Non.

— Alors, tu veux te promener cul nu toute la journée ?

— Tu as dit "cul".

— C'est un gros mot ?

— Nous, on dit "derrière".

— Très bien, j'essaierai de m'en souvenir. » Elle balaya du regard la pièce en pagaille et aperçut un petit maillot de bain accroché à une poignée de porte. C'était un bermuda de surfeur recouvert de fleurs d'hibiscus bleues. « Scottie, j'ai une super idée, annonça-t-elle en pointant le doigt vers la porte.

— Mon maillot de bain ! » Il descendit tant bien que mal du tabouret et traversa la pièce en tortillant son popotin.

Jessie tendit la main pour attraper le short. Elle ne rencontra que du vent.

Pitié. Pas maintenant.

Elle essaya de nouveau, se cognant les doigts sur la porte. *Concentre-toi.* Déterminée, elle rétablit son champ visuel et parvint à attraper le maillot. « Voilà, dit-elle en le lui tendant.

91

— Wah-la », répéta Scottie, tout sourire.

Quelques minutes plus tard, son sourire ne l'avait pas quitté alors que Jessie avait déjà perdu patience : son neveu avait insisté pour enfiler son slip tout seul et cela ne le gênait pas d'y passer la journée.

Dire que Luz avait eu quatre enfants et n'était pas encore devenue folle. Comment faisait-elle ? Tout en regardant Scottie se débrouiller, réussir à introduire un pied, puis l'autre, dans le short, Jessie se sentit soudain transportée par une immense tendresse. Ce gamin était vraiment adorable, avec ses boucles couleur chocolat en désordre, son petit bout de langue qui dépassait tellement il était concentré, ses petons grassouillets se battant contre le tissu. Elle pensa soudain à toutes les années qu'elle aurait pu passer auprès de Lila. *Mon Dieu, qu'est-ce que j'ai fait ?*

« Je suis contente d'avoir pu te voir avant qu'il ne soit trop tard, se murmura-t-elle à elle-même.

— Quoi ? »

Elle sourit. « Je disais juste que je suis contente de te voir. Je suis la tata la plus heureuse du monde. »

Il continua à s'habiller et passa un temps fou à serrer la bande Velcro autour de sa taille. En attendant, Jessie avait mis la main sur un flacon de vernis à ongles rose, dont elle se peignait les doigts de pied dans le but de se prouver qu'elle y voyait toujours de l'œil droit. Son champ visuel diminuait peu à peu, mais elle distinguait encore très bien de près. Lorsqu'elle releva la tête, Scottie l'observait. Sans un mot, il lui présenta son petit pied.

Jessie lui appliqua du vernis d'une façon solennelle, presque rituelle. L'air qu'il prit la combla de joie. Toutefois, d'humeur changeante ce matin-là, il parut de nouveau inquiet : « Elle est où, maman ?

— Elle a dit qu'on pouvait manger des Cheetos.

— C'est vrai ?

— Et du soda à la fraise. » Elle lui saisit la main et le conduisit jusqu'au réfrigérateur.

Depuis que Luz l'avait tirée de son sommeil, un sentiment de culpabilité grandissait en elle. *J'aurais pu empêcher Lila de partir.* Elle n'arrivait pas à s'en remettre, à oublier cette pensée. Elle était devenue complice de Lila en la couvrant comme s'il s'agissait d'une simple cachotterie d'écoliers. « On veut juste se promener au bord du lac. Je te le promets. »

Pourquoi n'avait-elle pas mis en doute cette affirmation ? Il aurait suffi de la regarder droit dans ses grands yeux verts. Était-elle donc déjà aveugle ? Comment avait-elle fait pour ne pas voir qu'elle jouait la comédie ? Elle aurait dû comprendre immédiatement, parce qu'elle s'était retrouvée face à elle-même en plus jeune. À l'âge de Lila, elle avait l'habitude de mentir, elle était complètement déchaînée. La seule personne qui ait jamais été capable de lire en elle était Luz, bien sûr. Bon sang ! Elle était prête à abandonner le peu de vue qu'il lui restait pour retourner dans le passé et corriger sa faute.

« Alors ? Elles sont où, les chips au fromage ? » réclama Scottie.

Elle caressa ses boucles soyeuses. « J'en ai vu dans le garde-manger, je crois. »

Il la suivit à travers la cuisine. Elle le souleva, l'assit à table sur un rehausseur, ouvrit un mini-sachet de Cheetos puis lui versa un verre de soda à la fraise. Il se jeta sur la nourriture et eut le temps d'entamer le contenu du sachet avant qu'elle se rende compte de son erreur et lui donne une coupelle de flocons d'avoine.

Son cœur battait la chamade. Tout arrivait trop vite et elle ne parvenait pas à ralentir le rythme. Elle n'y était jamais arrivée. Sa fille semblait tenir d'elle. Elle se retrouvait là, à offrir à cet enfant le petit déjeuner le plus déséquilibré qui soit. Elle brûlerait en enfer.

Elle ouvrit les fenêtres pour laisser entrer la fraîcheur matinale et s'assit auprès de Scottie. Le coin-repas baigné de soleil était plus petit que dans son souvenir ; pourtant, presque rien n'avait changé. La table en chêne tigré était toujours là, avec quelques rayures supplémentaires, sans doute. Sur une étagère à babioles se trouvait une horloge miniature à affichage digital qui indiquait 2 h 26.

« Elle n'est pas à l'heure, cette horloge, remarqua-t-elle comme si un enfant de quatre ans pouvait y montrer de l'intérêt.

— C'est l'horloge « Jessie ».

— Ça veut dire quoi ? »

Il haussa les épaules. Alors elle comprit : Luz l'avait réglée sur l'heure de la Nouvelle-Zélande. Elle la reconnaissait bien là. Jessie téléphonait sans se soucier de ce genre de détails, sans penser à l'heure qu'il pouvait être au Texas. Mais, apparemment, Luz savait toujours l'heure qu'il était chez Jessie.

Près de l'horloge se dressaient quelques vieux trophées de golf gagnés par leur mère, servant maintenant de chevalets pour les photos encadrées des enfants. Un mur entier avait été transformé en fresque photographique.

« Je parie que c'est ta maman qui a pris toutes ces photos.

— Voui.

— Je l'ai deviné parce qu'elle prend les plus belles photos du monde. Pas vrai ?

— Voui. »

Jessie s'intéressa tout particulièrement aux portraits de Lila. On la voyait à des âges différents, depuis la petite fille qui tient à peine sur ses jambes jusqu'à la princesse tout de vert vêtue, un bouquet de chrysanthèmes entourés de serpentins accroché sur son corsage, debout à côté du garçon de la veille au soir, beau à tomber. Keith ? Non, Heath. Un amateur aurait pris une photo quelconque d'un joli couple, mais Luz n'était pas une simple photographe amateur. Son travail était excellent. Elle avait l'œil et savait déclencher l'appareil au bon moment pour saisir l'essence des personnages. Leur jeunesse et leur vulnérabilité, leur beauté, leur force et leur audace. Jessie se demanda si ces deux jeunes seraient toujours aussi intrépides après cette nuit.

« Je me souviens quand ta mère a reçu son premier vrai appareil photo. C'était à Noël, elle avait douze ans et moi neuf. Notre maman…

— Ta maman ? interrompit Scottie, l'air sceptique.

— La dame toujours bronzée, expliqua Jessie en se demandant quand il l'avait vue pour la dernière fois. Celle qui vous demande de l'appeler Miss Glenny.

— Ah, oui ! Et grand-père, il me fait faire des tours dans son fauteuil magique. »

Jessie n'avait aucune idée de ce dont il parlait ; elle reprit son histoire. « Donc, Miss Glenny avait signé un accord avec la boutique de Main Street, pour avoir un véritable appareil et toutes les pellicules qu'elle voulait. »

Cette année-là, la presse avait beaucoup parlé de Glenny Ryder et de ses filles, qui possédaient les mêmes cheveux roux et le même sourire éblouissant. Luz et Jessie avaient accompagné leur mère en tournée telles une photographe professionnelle et son assistante. C'était une bonne année. Jessie se souvint d'avoir été gâtée ce Noël-là, dans leur maison de Broken Rock, en plus des deux ou trois trophées remportés par sa mère.

Elle se souvenait très clairement de leurs séances de développement. En voyage, la moindre salle de bains devenait une chambre noire où elles s'enfermaient pendant des heures. Elles trempaient le papier dans le révélateur et là, comme par magie, l'image apparaissait. La photographie tenait du miracle, mélange de lumière et d'alchimie dont résultait un paysage ou un portrait figé. La lueur de l'ampoule rouge sang colorait les mains et le visage des deux sœurs, créant un cocon rempli d'ombres fantomatiques dans lequel elles avaient l'impression d'être seules au monde.

Peu après entra en scène le deuxième mari de Glenny, un homme jeune, blond, bronzé, qui dépensa l'argent de Glenny deux fois plus vite qu'elle ne le gagnait et disparut un beau jour sans laisser d'adresse à ses créanciers. Luz n'en avait pas moins continué sa carrière de très jeune photographe, prenant grand soin de son appareil. Jessie se demandait parfois si elle n'avait pas volé à sa sœur ses rêves de petite fille.

À présent, elle découvrait ce que Luz avait choisi en échange.

Elle posa son regard sur un splendide portrait des quatre enfants en train de jouer dans un champ de lupins bleus. Les enfants appartenaient au paysage autant que les chênes et les collines onduleuses.

« Tu dois être drôlement fier des photos de ta maman.

— Voui.

— Tu sais dire autre chose que *voui* ? » Elle l'imita à la perfection, ce qui fit apparaître sur le visage de Scottie un joli sourire tout rose à la fraise.

« Voui. »

Elle le prit tout à coup dans ses bras, savourant sa chaleur et son odeur de bébé.

Un cri au loin attira son attention, puis elle perçut un mouvement sur le lac. À travers la grande fenêtre, elle vit un vol de huards descendre en flèche sur le lac.

« Scottie, regarde. » Elle reposa son neveu sur sa chaise et ils observèrent en silence. Les oiseaux atterrirent en V avec une précision quasi militaire, puis se laissèrent glisser sur l'eau jusqu'au ponton de l'autre côté du lac, où l'hydravion vert et blanc dansait doucement. « Tu l'as déjà vu voler, cet avion ?

— Voui, c'est le papa d'Ambre qui le conduit. »

Le pilote. Luz l'avait appelé Rusty ou Dusty. « C'est ton amie, Ambre ? »

Elle croisa le regard de Scottie et ils dirent en chœur « Voui » avant de se mettre à rigoler. Ce moment d'innocence et de gaieté partagées perdura tandis qu'ils admirèrent les oiseaux en train de prendre leur envol en un mouvement uniforme. Elle put presque sentir l'air s'engouffrer sous leurs ailes déployées, comme si elle s'envolait avec eux, happée par leur majestueuse évolution. Derrière eux se dessina un sentier de perles scintillant au soleil levant.

Les huards franchirent la cime des érables égarés, s'inclinèrent pour changer de direction puis disparurent. Cette vision magnifique raviva les inquiétudes de Jessie et elle tenta de lutter contre un soudain sentiment de perte. *Que verrai-je lorsque mes yeux m'auront abandonnée ?*

« Jessie ?

— Oui ? » L'habitude aidant, elle reprit un visage serein sans même y penser.

« J'ai envie de faire pipi.

— Tu sais où se trouve la salle de bains. »

Il glissa hors de son siège, lui tendit la main et la regarda d'un air inflexible. En lui prenant la main, elle s'aperçut qu'il avait les doigts rouges et collants. « J'espère que tu ne vas pas nous faire un pipi à la fraise », lui dit-elle en le conduisant au bout du couloir.

Il grimpa sur son pot comme un cow-boy monte en selle. Une carte criblée d'étoiles pendait au mur : « Pour Scottie sur son pot. » *Eh bien*, pensa Jessie, *eux qui trouvaient ma vie exotique*.

En fourrageant sous le lavabo à la recherche d'un rouleau de papier toilette, elle remarqua un vieux sachet de pharmacie et ne put s'empêcher d'y jeter un coup d'œil. Un test de grossesse inutilisé. On ne pouvait pas dire que sa sœur n'était pas préparée à tout. Soudain, Scottie se leva d'un bond comme si un alligator lui avait croqué les fesses. « Maman est rentrée ! »

Il devait être équipé d'un sonar, telles les chauves-souris, pensa Jessie en lui barrant la route pour qu'il remonte son bermuda et se lave les mains. Il se les essuya sur son maillot tout en courant vers la porte d'entrée, déboula sur le porche, Castor à ses trousses. Il sauta les marches une par une, ses petits pieds nus frappant les planches.

La joie peinte sur le visage de Scottie était la meilleure réponse aux questions que Jessie se posait. Aucune carrière, même la plus prestigieuse, ne pouvait remplacer le visage d'un enfant ni le son de sa voix lorsqu'il se met à chanter : « Maman est rentrée ! »

Luz sortit de la voiture et attrapa Scottie en vol pour le serrer fort dans ses bras. Par-dessus sa petite tête ébouriffée, elle observa Jessie, qui se demanda ce que cachait son regard. Un sentiment de soulagement ? Des accusations ?

Debout devant la porte, Jessie ne fut qu'à moitié surprise de voir un homme grand se déplier pour sortir du côté du conducteur. Ian avait donc traversé l'État la nuit dernière pour récupérer sa fille. Lila connaissait-elle sa chance ?

9

En voyant sa belle-sœur sur le porche, Ian Benning eut une pensée qu'il n'avait jamais révélée à personne : son épouse n'était pas la seule femme ravissante avec laquelle il avait couché.

Le fait de revoir Jessie, des années après, le lui confirma.

Il ne l'avait à aucun moment formulé à voix haute, mais c'était vrai. Vêtue d'une petite jupe légère et d'un haut près du corps, elle ressemblait à un mannequin pour lingerie ; autour d'elle flottait une aura de mystère et de danger. L'atmosphère changeait en sa présence. L'air semblait vibrer d'énergie comme avant un orage. Devant elle, les hommes désiraient accomplir des prouesses, décrocher la lune et la déposer à ses pieds. Au cours de sa liaison passagère avec Jessie, elle ne l'avait jamais vraiment laissé la connaître, un aspect qui devait intriguer bon nombre d'hommes mais qui avait frustré Ian. À l'instant même où la flamme s'était affaiblie, elle avait disparu, en route pour une autre aventure. Il s'était alors senti soulagé, comme s'il venait d'esquiver une balle invisible et silencieuse.

Quelques semaines plus tard, alors qu'il commençait à l'oublier, il l'avait revue. Il en avait eu le souffle coupé. Elle se trouvait dans la bibliothèque et aidait un étudiant sourd à rédiger son devoir de biologie – ce fait même aurait dû lui mettre la puce à l'oreille. Lorsqu'il s'approcha, il se rendit compte qu'elle n'était pas Jessie, mais une personne qui lui ressemblait étrangement. Elle surprit son regard… alors il se présenta. Son nom était Luz Ryder, la sœur de Jessie. Elle possédait le même charme, la même voix, mais n'avait pas la beauté déconcertante, diabolique de Jessie, ni son énergie communicative. Luz, au contraire, était très calme, chaleureuse ; elle vous touchait droit au cœur et vous apaisait l'esprit. Pour Jessie, un homme aurait combattu des dragons, tandis que Luz donnait envie d'accomplir des tâches plus réalistes, plus durables et, par conséquent, plus difficiles. Elle lui donnait le désir de devenir un homme bien, de se mettre à la hauteur de ce qu'elle attendait de lui. Ce jour-là, Ian tomba amoureux d'elle avant même le coucher du soleil ; il n'avait cessé de l'aimer depuis.

Lorsqu'il avait revu Jessie dans un autre contexte, sachant qu'elle était la sœur de Luz, il s'était senti un peu gêné au premier abord, puis l'embarras s'était estompé à mesure que Ian et Jessie avaient pris conscience de leur point commun : leur amour pour Luz.

Quelque temps après, Luz l'avait informé de la grossesse de Jessie, dont elle voulait adopter le bébé. Ian avait résisté. Il voulait commencer sa vie auprès de Luz sur de bonnes bases, sans avoir à payer les pots cassés derrière Jessie. Mais dès lors qu'il s'agissait de sa sœur, Luz devenait intransigeante. Il n'avait pas eu le choix.

Sans en parler à Luz, Ian avait vu Jessie entre quatre yeux pour lui poser cette inévitable question. Aujourd'hui encore, il entendait sa réponse : « Non. » Il l'avait crue sur parole. Elle menait une vie tumultueuse et pleine de mystères et il savait qu'elle fréquentait d'autres hommes. Parfois, la question le tarabustait, mais Jessie avait été claire. D'une certaine manière, il était plus facile de tourner la page. Il avait commis une erreur de jeunesse, s'était laissé entraîner par ses pulsions, point.

Dès sa naissance, Lila avait représenté l'élément dominant de la famille. Elle leur en faisait voir de toutes les couleurs. Ian s'efforçait de traiter leurs quatre enfants de la même manière, mais l'éducation de Lila exigeait autre chose. Il l'aimait intensément, quoique d'un amour compliqué, n'arrivant pas à savoir ce qu'elle attendait de lui et vice versa.

« Papa ! » Scottie le ramena à la réalité en s'élançant vers lui, tel un homme canon. Ian l'attrapa et le fit sauter dans ses bras. Son fils sentait les chips et le sucre. Chacun de ses enfants occupait une place bien particulière dans son cœur ; celle de Scottie était toute de rires et de joie. En confiance dans les bras de son père, Scottie renversa la tête en arrière et écarta les bras pour que Ian puisse le faire tourner.

« Tu m'as manqué, petit monstre.

— C'est Jessie qui s'est occupée de moi.

100

— Je vois ça. » Ian croisa le regard de Jessie un bref instant.

Elle descendit les marches – pieds nus, jambes longues, fines et bronzées, deux tatouages maoris à des endroits troublants – et courut à la voiture. Elle lui toucha le bras d'une façon impersonnelle, puis s'avança vers la portière arrière. « Lila, tout va bien ? demanda-t-elle à sa nièce, qui s'extirpait de la voiture.

— Qu'est-ce qu'il a, ton cou ? demanda Scottie.

— Ça va, fit la jeune fille en rejetant d'un geste de la main les adultes qui tournaient autour d'elle. Ça ira mieux quand je me serai débarrassée de ce truc. » Avant que Luz ait pu l'en empêcher, Lila avait décroché la bande Velcro de sa minerve. Castor bondit dessus et secoua son nouveau jouet dans tous les sens.

« Bonjour, toi. » Jessie prit Lila délicatement dans ses bras, de peur de la briser.

Ian tenta d'imaginer à quoi Jessie pensait en ce moment précis, où elle embrassait sa nièce, en réalité sa fille.

« Tu n'as pas mal à la tête ? s'enquit Luz. Pas de vertiges ?

— Non, maman. » Lila dissimula à peine son exaspération. Elle essayait de ne pas montrer son émotion, mais son menton tremblait.

« Je suis fatiguée. »

Scottie se dégagea de l'emprise de Ian en se tortillant, comme si son père était un simple tronc d'arbre. « Lila, pourquoi t'es toute sale ? Ils ont quoi, tes cheveux ? »

Lila et Scottie s'entendaient très bien, sans qu'on sache vraiment pourquoi. Lila le repoussait constamment comme s'il était un pauvre moucheron, mais si elle se croyait seule avec lui, elle le câlinait.

« Lila !

— Qu'est-ce que tu veux, petit crapaud ?

— Où t'as trouvé ces ongles ? » Avant qu'elle ait eu le temps de s'échapper, il lui saisit la main et observa attentivement ses ongles rouge feu.

« Je suis née comme ça.

— C'est pas vrai.

— Je t'assure.

— Non ! »

Ils entrèrent tous deux dans la maison en continuant à se renvoyer la balle. Ian sursauta au bruit de la moustiquaire claquant derrière eux.

« Tu es tellement pâle, fit observer Luz en lui prenant le bras. Ça va aller, tu verras, ajouta-t-elle, rassurante. Tout ira bien.

— Bon sang ! Comment peux-tu dire ça ? Tu n'as donc pas compris ? Tout s'est effondré comme une saloperie de château de cartes, cette nuit. J'ai perdu des procès. J'ai vu des assassins mourir. J'ai vu des innocents mourir pour des crimes commis par d'autres. J'ai tenu leurs mères dans mes bras. Mais ce qui nous arrive est pire. Cela concerne ma propre famille. Je suis supposé vous protéger et qu'est-ce qui arrive ? Ma propre fille manque de se tuer. J'ai tout raté.

— Non, Ian, interrompit Jessie. C'est ma faute. »

Ian et Luz se tournèrent d'un bloc vers elle, l'air angoissé.

« Comment ça, ta faute ? demanda-t-il.

— Asseyez-vous, je vais vous expliquer. » Ils s'installèrent à l'ombre d'un chêne vert de Virginie taillé en forme de parasol, sur des chaises métalliques aux bords rouillés.

Impatient de comprendre, Ian regardait Jessie avec intérêt. Le retour de la sœur prodigue. Il n'arrivait toujours pas à se faire à sa présence. Au lieu de l'accueillir, il aurait préféré construire un mur. Mais aucune barrière, quelle qu'elle soit, ne pourrait se mettre entre Jessie et ce qu'elle voulait.

Elle semblait sortie d'un rêve, assise là, avec ses longues jambes parfaites repliées sous sa chaise, ses pieds nus, son vernis à ongles rose. Un tatouage tribal s'étalait sur sa clavicule droite. Ian eut alors l'impression de trahir Luz et reporta

102

son attention sur elle. « Ça va, chérie ? Tu veux une tasse de café ?

— Parlons d'abord avec Jess. » Elle envoya un sourire encourageant à sa sœur. « J'aimerais bien comprendre comment cela pourrait être ta faute.

— Je l'ai vue partir avec son petit ami. » La voix de Jessie tremblait. « Hier soir, elle me l'a présenté et je les ai laissés continuer leur chemin tranquillement. »

Ian lança un regard à Luz, qui dévisageait sa sœur comme si elle venait de recevoir un coup de pied dans le ventre. D'une main, Ian se mit à masser doucement les muscles tendus de la nuque de Luz. Jessie croisa les bras. À cet instant, elle n'était plus si belle, elle semblait perdue, tout simplement. Au travail, il avait déjà croisé des gens qui avaient cet air-là. Il ne s'agissait pas des condamnés à mort, plutôt de leur famille : la mère, les sœurs, les enfants, qui avaient parcouru les dédales du système pénal pour ne trouver, au bout du compte, qu'une cellule froide et la chambre de la mort.

« Elle est sortie la nuit dernière pour voir son ami. Ils sont passés près du cabanon et je les ai entendus.

— Au milieu de la nuit ?

— Avec le décalage horaire, je ne sais pas très bien l'heure qu'il était. J'ai entendu des voix, alors je suis sortie et je les ai vus. J'ai dû leur faire peur. Lila m'a présentée à Heath et ils m'ont affirmé qu'ils voulaient juste faire un petit tour près du lac. » Elle regarda alternativement Ian et Luz. « Ils m'ont paru sincères.

— Un petit tour. » Luz avait adopté cette voix sèche qui possédait le don de vous saisir aux entrailles. Ian faillit se sentir navré pour Jessie. « Depuis quand un gamin fait faire le mur à sa copine, à onze heures du soir, juste pour un petit tour ? »

Ian continuait à lui masser le dos, mais elle n'y prêtait pas attention.

103

« Je me suis bien doutée qu'ils feraient autre chose que marcher, mais je n'aurais jamais pensé qu'ils iraient voler avec leur voiture. » Jessie secoua la tête. « Je n'arrive pas à croire qu'elle m'a menti. »

Ian éclata d'un rire amer. « Tu vis sur quelle planète ?

— Pourquoi n'es-tu pas venue me réveiller ? s'enquit Luz.

— Lila n'est plus un bébé qui risque de se noyer dans le lac. » Jessie scruta sa sœur dans les yeux ; Ian se rendit compte de l'effort que cela lui demandait. « Luz, je suis désolée. Je ne sais pas comment te le dire autrement.

— Tout cela aurait pu être évité, souffla Luz. Si tu les avais empêchés…

— Eh ! » Ian se surprit lui-même à l'interrompre. « Tu sais bien que cela ne marche pas comme ça. Surtout avec Lila. Si elle a pris l'habitude de sortir en douce, ce serait arrivé, un jour ou l'autre, avec ou sans Jessie. »

Jessie lui adressa un sourire reconnaissant qu'il ignora. C'était Luz qui le préoccupait ; ces derniers temps, elle ne savait plus par quel bout prendre Lila, et quand elle commençait à avoir peur, elle frappait au hasard. Ian aussi avait peur pour Lila mais il gardait son sang-froid. Quoi que l'on désire, les gens font ce qu'ils veulent, des idioties, des prouesses, des gestes qui vous brisent le cœur ou vous rendent heureux, et personne n'y peut rien changer, pas même une mère.

Luz ferma les yeux pour tenter de se décontracter. Ian eut l'impression d'avoir désactivé une bombe, puis il éprouva un sentiment de culpabilité à se sentir soulagé.

« Il a raison, dit Luz finalement. Tu ne pouvais pas savoir ce qu'ils allaient faire ; tu n'aurais pas pu les arrêter. Mais si seulement… » Elle s'interrompit ; Ian savait que Jessie avait deviné la suite. *Si seulement tu avais essayé.*

« Je n'aurais jamais dû revenir, jamais dû la revoir. C'est comme si j'avais amené une malédiction sur votre famille. Il vaudrait mieux que je parte tout de suite.

— Ah, pour ça, tu es la championne. » La franchise était une des spécialités de Luz. « Sauf que j'ai besoin de toi ici, bon sang ! » D'ordinaire forte, Luz s'effondra en larmes. « Tu ne peux pas te tenir tranquille pour une fois et rester un peu avec nous ?

— Luz… Excuse-moi. Ne pleure pas. »

Les deux sœurs se levèrent et s'étreignirent longuement. Ian, resté à l'écart, put constater leur désespoir partagé. Bien qu'elles ne se soient pas vues depuis des années, le lien qui les unissait était loin d'avoir disparu.

« Tu me faisais si peur, toi aussi, quand nous étions petites, chuchota Luz.

— C'est plutôt toi qui faisais peur », rétorqua Jessie en retrouvant le sourire.

Luz ne comprit pas cette allusion, mais Ian si. « Nous ferions mieux de rentrer nous occuper de Lila », dit-il.

Luz acquiesça et lui prit la main tendrement, puis il sentit son étreinte se raffermir à mesure qu'elle se préparait à affronter Lila.

« Je pourrai lui parler, plus tard ? demanda Jessie.

— C'est une bonne idée, répondit Ian. Elle te doit de sacrées excuses après le mensonge qu'elle t'a raconté.

— Et le mensonge que nous, nous lui avons raconté ? répliqua-t-elle aussi sec. On devrait peut-être s'excuser aussi, vous ne croyez pas ? Vous savez très bien de quoi je parle. »

Luz se raidit. « Pas maintenant, Jess. Elle n'a pas besoin de cela pour l'instant. »

Ian se retint de réagir. Comme il était facile pour Jessie de revenir, le sourire aux lèvres, après tant d'années, pour annoncer qu'à son avis il faudrait tout avouer à Lila, comme si leurs problèmes pouvaient être soudain résolus. Il ne voyait pas pourquoi le sujet était resté si important. Avant même que Lila ne vienne au monde, elle leur appartenait, à Luz et à lui. Le retour de Jessie n'y changerait rien – il l'espérait.

« Laisse tomber, Jess. Aucun de nous n'est capable de réfléchir en ce moment. »

Ian comprit qu'elle acceptait une trêve, pas la capitulation.

Main dans la main, Ian et Luz retournèrent à la maison. Scottie était installé devant la télévision, dont le volume était beaucoup trop fort. Il mangeait des Cheetos et buvait quelque chose de rouge. Délicatement, en un seul mouvement, Luz l'embrassa sur le front, lui retira les Cheetos ainsi que le gobelet rougeâtre et baissa le volume. Il ne se rendit compte de rien. Scottie était sans aucun doute le plus facile à vivre de leurs enfants. Il se renfonça dans les coussins du fauteuil et continua à regarder *Bob le Bricoleur*.

« On est en haut avec ta sœur, d'accord ?

— Voui. »

Lorsqu'ils pénétrèrent dans sa chambre, Lila était au lit, feignant de dormir.

« Ta mère et moi voulons te parler. »

Elle cligna des yeux et les regarda, inexpressive.

« Assieds-toi, s'il te plaît. La situation est sérieuse.

— À peine. » Elle prit un air renfrogné en se calant contre les oreillers.

« Tu peux garder tes remarques désobligeantes pour toi, commença Luz d'une voix glaciale.

— Pas la peine de me faire la morale, coupa Lila sèchement. Pas la peine de me dire que j'ai fait une connerie, que j'aurai plus jamais le droit de sortir et qu'avant vous étiez si fiers de moi mais que maintenant vous avez honte et que je devrais avoir honte aussi, que les décisions que je prends aujourd'hui sont pour la vie, et qu'à cause de mes choix ridicules je gâche mes possibilités…

— Au moins, nous savons qu'elle nous a écoutés, fit remarquer Luz, ironique.

— … et si je ne me ressaisis pas, je vais finir avec un tablier en polyester et un chapeau en papier… »

106

— Ça suffit. » La voix de Ian résonna étrangement comme celle de son père, militaire, dont il avait tant bien que mal essayé de se distancer. « Lila. » Il s'arrêta net afin de ne pas dire ce qui venait de lui traverser l'esprit : *J'ai eu affaire à des meurtriers bien plus polis que toi.* « Tu as certainement remarqué que ton petit monde a été bouleversé en l'espace d'une nuit. Cela ne change en rien le fait que tu sois notre fille. Ta mère et moi n'avons pas eu le temps d'en discuter dans les détails, mais il va falloir changer beaucoup de choses.

— Tiens donc », murmura Lila, imperturbable.

Mon Dieu, d'où sortait-elle ? D'une émission de Jerry Springer ?

Le téléphone sonna, une seule fois ; Jessie avait probablement décroché.

D'humeur bagarreuse et provocante, Lila s'était penchée pour attraper le sans-fil mais Luz l'avait devancée. « Eh ! s'exclama Lila. C'est peut-être pour moi. Des nouvelles de mes amis. Je veux savoir s'ils vont bien.

— Je te tiendrai au courant. Tu es privée de téléphone, de chaîne stéréo, télévision et ordinateur.

— J'ai besoin de savoir comment ils vont ! protesta Lila. Tu ne peux pas me couper de…

— Tu t'es coupée du monde toute seule, Lila. En faisant l'imbécile dans notre dos, tu as remis tous tes privilèges en jeu. »

Déjà livide, le visage de Lila pâlit davantage. « Je suis désolée. J'ai été stupide et je ne referai plus ça, c'est promis.

— Nous sommes au moins d'accord sur un point : c'était complètement stupide. » Le regard de Luz se radoucit et elle posa la main sur l'épaule de Lila. « Lila, nous ne voulons pas te perdre, tu sais.

— Ce sera tout ? » Lila se recula dans son lit, hors d'atteinte.

Luz laissa tomber sa main, sans plus de réaction à l'hostilité de sa fille. « Il va falloir arranger cette chambre. Cela fait trop longtemps que je n'ai pas vu la couleur du sol. Les posters de hard rock, du balai, et tu me feras le plaisir de repeindre les murs, ils en ont besoin.

— Alors, d'après toi, c'est un poster qui a provoqué l'accident ?

— J'ai dit : les posters à la poubelle. Tu prendras le bus pour aller et revenir de l'école. Il est hors de question que tu remontes en voiture avec des copains... » Elle énuméra les termes de l'assignation à domicile d'une manière si froide et si contrôlée que même Ian n'aurait pu faire aussi bien.

Il observa Lila, son visage, ses émotions. Il était censé pouvoir évaluer le fond d'une affaire, conclure si justice avait été rendue et persuader les autres que son opinion était correcte. Dans le cas de sa fille, il se sentait désarmé.

« Qu'est-ce qui te fait croire que ça va changer quoi que ce soit ? demanda Lila. Je vais te détester encore plus, maintenant. »

Voilà bien une Ryder, sans aucun doute. Une dure à cuire. « Ne parle pas comme ça à ta mère.

— Désolée, marmonna-t-elle.

— Au moins, tu seras vivante pour me détester. » Luz cacha sa peine du mieux qu'elle put. « Je ne m'attends pas à des remerciements, mais ma fille restera en vie. » Elle fit volte-face et sortit de la chambre. À l'autre bout du couloir, on entendit la douche. C'était là que Luz partait pleurer, là où personne ne pouvait la voir, là où l'eau noyait ses sanglots.

« Pourquoi elle veut que je reste en vie, d'abord ? gémit Lila, en larmes. Elle me déteste, de toute façon.

— Allons, ne dis pas n'importe quoi. »

10

« Dustin Charles Matlock, tu ne peux pas rester seul jusqu'à la fin de tes jours. Tu sais que j'ai raison.

— Je ne suis pas seul, maman, répondit Dusty, au téléphone.

— Tu es dans la fleur de l'âge, mon grand, enchaîna-t-elle comme si elle ne l'avait pas entendu. Il est temps de laisser le passé au passé. »

Dusty regarda Ambre en train de construire une tour à l'aide de ses cubes de mousse éparpillés dans la pièce. « Oui, m'dame.

— Bon. En tout cas, la fille de Leafy Willis vient d'arriver à Austin pour faire son internat et elle ne connaît absolument personne…

— Donne-moi son numéro, je l'appellerai. » Il avait appris à ne pas discuter avec sa mère ; elle avait peut-être raison. Ne serait-ce que pour Ambre, il se devait de mettre le passé de côté pour recommencer à vivre. Il se sentait seul, parfois, mais les chasseresses que lui envoyait sa mère n'étaient pas le genre de compagnie qu'il recherchait. Le fait qu'il soit veuf attirait pas mal de jolies filles, seulement il n'avait pas encore tiré le bon lot.

Elle débita un numéro de téléphone. « Tiffani avec un i. »

Il marqua un temps de pause comme s'il était en train de noter. « D'accord, maman.

— Elle veut devenir neurochirurgienne. »

Docteur Tiffani, pensa-t-il. *Avec un i.*

« Bien. Alors, tu vas l'appeler et tu l'emmènes dîner dans un endroit agréable. Et n'oublie pas de me rendre visite avec Ambre cette semaine.

— Oui, m'dame.

— Passe-moi la petite.

— Maman, elle ne sait pas encore parler.

— Si tu l'empêches de parler à sa grand-mère, elle n'apprendra jamais, c'est sûr. Laisse-moi discuter un peu avec ma petite-fille. Je ne l'ai pas vue depuis deux semaines. Je t'assure, Dustin, si tu habitais à Austin comme nous le voulions, ton père et moi…

— Je te la passe. » Dusty préférait éviter toute dispute avec sa mère au sujet de son installation à Edenville. Il tendit le combiné à Ambre. « Tiens, bout de chou. C'est mamie Lili. » L'aîné de sa sœur avait donné ce surnom à sa grand-mère Louisa Matlock, et tous les petits-enfants s'étaient mis à l'appeler ainsi.

La petite saisit le téléphone. Comme toujours, elle réussit à mettre l'écouteur sur son oreille puis, au grand étonnement de son père, elle se mit à dire : « Ba. »

Ensuite, elle prit une position d'écoute, tête penchée. Dusty l'observa. De quoi les femmes pouvaient-elles bien parler entre elles à longueur de temps ? Il avait grandi dans une maison remplie de femmes – trois sœurs qui volaient toute l'attention de leur mère et une gardienne qui s'occupait de lui –, il était donc sûr de lui en disant des femmes qu'elles étaient bavardes ; malgré cela, il se trouvait bien incapable de citer un seul de leurs sujets de conversation. À dire vrai, il n'avait jamais vraiment su déchiffrer les pensées ni les sentiments féminins, et il en venait à douter d'être capable d'élever sa fille, même si tout se passait bien pour le moment. Lorsque Ambre aurait appris à parler, que se diraient-ils ?

Elle gazouilla à l'intention du combiné, écouta, puis gazouilla de nouveau. Enfin, elle se désintéressa, posa le téléphone et passa à autre chose. Dusty le reprit mais sa mère avait raccroché.

Arnufo entra, le courrier à la main, le déposa sur la table et se dirigea aussitôt vers Ambre. Sur ses talons, Pico de Gallo trottina jusqu'à son bol de nourriture.

« Da ! s'écria Ambre en piétinant ses cubes de mousse pour se précipiter dans les bras d'Arnufo.

— Comment va ma *princesa* ? » Il la souleva dans les airs, déclenchant une série de petits rires délicieux.

« Bavarde, ce matin », lâcha Dusty en passant le courrier en revue. Un gros titre en première page du *Edenville Register* accrocha son regard. Il prit le journal ; le fait de voir l'histoire noir sur blanc lui glaça le sang. « Bon Dieu, marmonna-t-il en parcourant l'article.

— Ne blasphème pas devant ta fille, dit Arnufo.

— Une voiture pleine de gamins a fait des tonneaux, cette nuit, à Seven Hills. C'est pour cela que je suis rentré plus tôt. La fille des Benning était dans l'accident pendant que j'accompagnais Ian à Huntsville. Il a fallu reprendre l'avion pour Austin au milieu de la nuit. » Le visage livide de Ian Benning sur la piste de décollage hanterait l'esprit de Dusty un certain temps. Il avait suivi cet homme dans un enfer que chaque parent redoute. Dusty était bien placé pour savoir que la vie ne tient qu'à un fil. En un clin d'œil, tout peut basculer.

Il s'arrêta en bas de la page. « L'un des gamins est mort. » *Conformément à la volonté de la famille, l'identité de la victime ne peut être révélée.* Mon Dieu ! Non. Pas la fille de Ian Benning. C'est impossible, pensa Dusty. On ne peut jamais savoir dans ce genre de situation. Son regard resta figé sur le journal, le gros titre alarmant et la terrible photographie d'une Jeep défoncée. Hier encore, ces enfants faisaient leurs devoirs d'école, jouaient au football, dînaient en famille, se disputaient avec leurs parents.

Arnufo fit un signe de croix. Ambre se toucha la tête avec le poing en essayant de l'imiter. Il lui donna un baiser, puis la reposa à terre.

« Fichue histoire, grommela Dusty en laissant le journal de côté. J'ai tellement de peine pour leur famille. Voilà ce qu'on gagne à faire des enfants, ils vous brisent le cœur à coup sûr. »

111

Arnufo se servit du café, en offrit une tasse à Dusty et apporta une petite brique de jus de fruit pour Ambre. « Un jour ou l'autre, on finit toujours par avoir le cœur brisé.

— Peut-être, mais autant l'éviter.

— Pourquoi ?

— Parce que ça fait mal, *viejo*. Voilà pourquoi.

— Et alors ? Quand on est un homme, un vrai, on supporte sa peine.

— Quand on est un vrai idiot, on fait tout pour tomber dedans.

— Quand on est un vrai trouillard, on l'évite. » Arnufo reprit Ambre dans ses bras. « Et qu'est-ce que tu veux faire ? La donner aux gitans ?

— Je peux m'endurcir, je suppose.

— Écoute, *jefe*, j'ai cinq filles. Elles m'ont toutes brisé le cœur plusieurs fois. Grâce à cela, je sais que je suis en vie, que j'ai toujours un cœur. Et je suis content de le savoir. »

Dusty scruta le visage rond de sa fille et l'esprit de Karen se manifesta mystérieusement dans son joli sourire. « C'est vrai, finit-il par dire. Tu as sans doute raison.

— Elle t'apportera beaucoup de joie et de réconfort, promit Arnufo.

— Elle m'apportera beaucoup de nuits blanches et de frais de scolarité.

— Et tu en remercieras Dieu. » Il fit boire une gorgée de jus de fruit à la petite avant de la reposer.

Dusty se rendit compte qu'elle commençait à être fatiguée. Généralement, juste avant la sieste, elle rampait plus qu'elle ne marchait et laissait Pico un peu tranquille. Il retourna à son courrier, ouvrant tout d'abord une grande enveloppe de Blair LaBorde. Nom d'une pipe ! Quelle obstinée, celle-là !

Elle lui envoyait un exemplaire de *L'Investigateur* plié à la page de l'article suivant : « Une femme décédée donne naissance à un bébé en bonne santé. » Plusieurs photographies de mauvaise qualité le représentaient, lui, dépouillé de toute humanité, ou encore montraient un patient comateux et un nouveau-né, censés représenter Karen et Ambre. Il en resta saisi, incapable de réfléchir. Puis une vague de sentiments diffus l'envahit ; enfin, il sentit la rage se déchaîner en lui.

Il chiffonna le journal et le lança à travers la pièce. S'emparant du téléphone, il composa le numéro qu'il connaissait maintenant par cœur. « Vous êtes allée trop loin, mademoiselle LaBorde ! lâcha-t-il lorsqu'elle décrocha.

— Ah, je vois que vous avez reçu mon courrier. » Elle ne semblait pas surprise. Cette fouineuse savait parfaitement quelle serait la réaction de Matlock à la vue de l'article. « Écœurant, vous ne trouvez pas ?

— Je ne l'ai pas lu.

— Vous pouvez me croire, c'est écœurant.

— De ce côté-là, je vous fais confiance. »

Imperturbable, elle poursuivit : « Vous êtes un sale trouillard, Matlock. Et têtu avec ça. Vous voulez laisser cet article sans suite ? Vous voulez que ce tissu de mensonges représente les derniers écrits sur ce qui s'est passé ? Écoutez, je ne vous connais pas et je ne connais pas non plus votre histoire. Je sais juste que cette femme, qui prétend être la meilleure amie de votre épouse, a vendu une version bien différente de la vôtre à ce torchon. Vous voulez que votre fille lise cela quand elle sera grande ?

— Quand elle sera grande, personne n'y pensera plus. La semaine prochaine, tout sera oublié.

— Peut-être. Peut-être pas. Pour de l'argent, certaines personnes sont prêtes à dire des mensonges. Mon patron, lui, est prêt à vous payer pour rétablir la vérité. Ce sera une petite garantie pour l'avenir de votre fille. »

Il n'était pas tenté. S'il l'avait été, il aurait vendu son histoire au plus offrant. Au contraire, il avait préféré se retrancher derrière une carapace afin de tenir tout le monde éloigné. Dès le début, il avait exigé de l'hôpital que rien ne soit révélé à quiconque. Pendant un certain temps, personne n'était venu fouiller dans sa vie privée, puis il avait fallu que la presse s'en charge et c'était Blair LaBorde qui était montée à l'assaut.

« Ne vous inquiétez pas pour ma fille, je suis capable de m'occuper de son avenir.

— Je n'en doute pas une seconde, monsieur Matlock. »

Dans sa tête, il entendit les mots que Blair LaBorde ne voulait pas prononcer : *Comment pouvez-vous en être si sûr ?* Autrefois, Karen aurait pu déclarer la même chose, avec la même conviction. *Je suis capable de m'occuper de ma fille.* Oui, elle aurait pu le dire ; elle avait toutes les raisons d'y croire car elle était jeune et en bonne santé. Ce que Blair LaBorde sous-entendait, c'est que lui aussi, malgré toutes ses bonnes intentions et ses belles déclarations, pourrait se retrouver aussi impuissant que Karen. Cela pouvait arriver à n'importe qui.

Son regard heurta de nouveau le quotidien aux titres accrocheurs. Il retranscrivait une autre version de son histoire, voyeuriste et inexacte, celle que Nadine Edison avait bien voulu délivrer moyennant finances. Ambre grandirait et, un jour, elle apprendrait ce qui s'était passé. Il détestait ce torchon et l'idée que sa fille puisse tomber dessus. Il jeta un œil au contrat joint à l'article.

« C'est quoi l'exclusivité ? finit-il par demander, sa colère s'étant transformée en résignation.

— Vous ne racontez votre histoire à personne d'autre que moi.

— Là, vous ne courez aucun risque.

— Cela peut durer deux jours. Un seul, peut-être. »

Il grimaça en imaginant de longues heures de conversation avec cette femme. « Je ne sais pas encore. Je vous tiens au courant. » Puis il la salua d'un ton bourru avant de raccrocher.

« Tu devrais le faire, intervint Arnufo, qui avait parfaitement saisi de quoi il retournait.

— Occupe-toi de tes oignons. » Dusty savait pourtant qu'il n'en ferait rien.

« Je n'ai pas vraiment connu ta femme, mais je sais qu'elle avait un cœur en or. Si elle était là, elle dirait que cette histoire est merveilleuse. Ambre en est la preuve. »

Dusty ne pouvait contester l'altruisme de Karen, qualité dont elle avait fait usage dans toutes ses décisions, jusqu'à la dernière. Son amour pour lui avait été simple et limpide. Elle était la personne la plus honnête qu'il eût rencontrée. Il entendit sa voix lui chuchoter dans le vent : *Ils veulent te payer pour raconter une histoire étonnante. Et vraie, qui plus est. Qu'y a-t-il de mal à cela ?*

« C'est sordide, grommela Dusty. Je deviendrais un profiteur. »

Arnufo lui agita le journal sous le nez. « Ça, c'est sordide. Et puis, moi, j'aime bien *Texas Life*. De belles photos. De bonnes recettes. Une bonne politique. » Il termina son café en lâchant un soupir satisfait et observa Dusty occupé à feuilleter le contrat.

« C'est le bon choix à faire, conclut Arnufo. Tu vas pouvoir raconter au monde une aventure à la fois tragique et miraculeuse. Les gens ont besoin d'articles comme ça ; ils peuvent en tirer des leçons.

— Je me fiche de ce dont les gens ont besoin. Il ne s'agit pas d'eux, il s'agit de ma fille.

— Alors tu ferais mieux de ne pas faire d'erreur, *jefe*. » Arnufo sortit fumer son cigare. Une chaise longue et une boîte de conserve remplie de sable l'attendaient tous les matins sous la véranda, où il restait tranquillement à fumer en admirant le lac.

Finalement, c'est Karen qui prit la décision ce jour-là. Ambre traversa la pièce à quatre pattes, s'accrocha à la jambe de Dusty et se redressa. Sa tête arrivait à la hauteur du genou de Dusty. Elle semblait toujours faire preuve de patience avec lui. À sa manière, elle essayait de l'aider. Ses petits poings fortement agrippés au pantalon, elle posa la tête sur la jambe de son père en émettant un grognement de plaisir. Puis elle le regarda de ses grands yeux innocents si semblables à ceux de Karen et lui sourit de sa petite bouche en forme de cœur, la bouche de Karen.

Ambre, par sa présence, prouvait combien la vie est précieuse ; elle vous offre parfois l'inattendu alors qu'elle vous a tout pris. À ce moment précis, il sentit la présence de Karen, il entendit son cœur battre au même rythme que le sien.

Sans quitter la petite des yeux, Dusty décrocha le téléphone.

11

Jessie se désigna responsable en chef du téléphone. Elle voulait protéger Luz et Ian des autres parents inquiets, des professeurs et des journaux. Puis ce fut au tour d'une agence de presse et du Service de sécurité publique de les contacter. Ensuite, un agent d'assurance. Voulant éviter de perturber sa sœur, Jessie alla jusqu'à installer un bureau de fortune sous la véranda, à l'ombre d'un parasol. Elle s'était équipée d'un téléphone sans fil, d'un bloc-notes avec crayon, d'un grand verre de thé glacé et surveillait d'un œil son plus jeune neveu qui tournoyait à s'en rendre malade sur le pneu suspendu à un chêne vert non loin de là.

La plupart des gens qui appelaient la prenaient pour Luz. Leurs voix étaient très proches, bien que l'accent texan de Jessie présentât quelques traces de néo-zélandais.

« Je ne savais pas que Luz avait une sœur ! proclama sur un ton agressif une matrone de l'église baptiste.

— Je ne savais pas qu'elle fréquentait une église. » Jessie avait tant de choses à découvrir sur la vie de sa sœur. Année après année, elles étaient restées en contact, Luz de façon plus consciencieuse que Jessie, bien évidemment. Dans la plupart des coups de fil et des mails échangés, c'était Luz qui demandait des nouvelles de Jessie et non l'inverse. Elle s'en voulut de constater combien elle avait été égocentrique. Tout ce temps, elle avait supposé que sa vie était plus intéressante et n'avait, en conséquence, cessé de s'étendre sur ses aventures aux quatre coins du monde. Certains de ses messages ressemblaient aux reportages d'un correspondant chevronné, donnant vie à un paysage que ses lecteurs n'auraient jamais la chance de voir.

Au cinquième appel, elle avait perfectionné son jeu. Les blessures de Lila étaient superficielles, l'hôpital l'avait laissée sortir. Elle ne savait vraiment pas comment se portaient les autres et, de toute façon, ce n'était pas à elle de révéler leurs noms. Elle ignorait également à qui appartenait la voiture, ni qui la conduisait au moment de l'accident.

Elle mentait un peu. Le conducteur était Heath, la coqueluche du lycée.

Pour la plupart, les appels venaient de personnes bienveillantes, qui voulaient témoigner de leur soutien. Les autres ne téléphonaient que par curiosité, comme cette femme de l'église. La goutte qui fit déborder le vase fut versée par Grady Watkins, dit « le fin limier », un avocat censé vous faire gagner de l'argent sur le dos des autres.

« Vous êtes un ami des Benning ? s'enquit Jessie.

— Écoutez, je sais que c'est un moment difficile pour toute la famille et je ne voudrais pas que des tracas financiers viennent compliquer la situation.

— Vous n'êtes donc pas un ami de la famille. Alors, comme ça, vous proposez d'entamer une procédure contre le conducteur, sa famille, le fabricant de l'automobile, le fabricant de pneus et l'hôpital, c'est bien cela ?

— Madame, mon travail est de mener une enquête et de faire le nécessaire pour éclaircir la situation, rétablir la justice et dédommager les victimes de cette horrible tragédie.

— Et votre pourcentage serait de… ?

— À négocier avec la victime et sa famille », lâcha-t-il d'un ton doucereux.

Elle lui raccrocha au nez. Ah, les avocats ! Le rebut du genre humain, quoi qu'en dise son beau-frère. Elle ajouta cet appel à sa liste et dessina une mine renfrognée dans la marge. Cet accident l'avait considérablement ébranlée. Lorsque Luz l'avait réveillée, elle avait été prise de panique mais avait tout gardé en elle, incapable d'extérioriser ses réactions. *Et si quelque chose était arrivé à Lila ? Si les médecins avaient eu besoin de renseignements à son sujet, de savoir qui étaient ses parents biologiques ?*

Depuis sa scène avec Luz et Ian, l'idée ne cessait de la travailler. Elle se sentait de plus en plus convaincue que le temps était venu d'apprendre la vérité à Lila. En outre, impératifs médicaux mis à part, Lila n'avait-elle pas tout simplement le droit de savoir qui elle était ?

Luz avait admis que, dernièrement, ils vivaient une période difficile avec Lila. Lui apprendre la vérité ne la métamorphoserait sans doute pas en élève modèle, mais cela aggraverait-il la situation ? Qui en bénéficierait ? Qui en pâtirait ?

Insatisfaite, elle soupira puis jeta un coup d'œil vers Scottie. Assis dans le pneu trop haut, il essayait de se balancer en avant et n'arrivait qu'à projeter de la poussière avec ses pieds.

« Dis donc, cow-boy, tu veux que je te pousse ?

— Voui. » Les mains bien serrées autour de la corde, la tête rejetée en arrière, il hurlait de plaisir chaque fois qu'elle le propulsait plus haut.

« Bon, tu te tiens bien, d'accord ? » Jessie éprouva tout à coup une forte inquiétude. Hier encore, elle n'aurait pas réfléchi une seule seconde aux dangers que représentait une balançoire pour un petit garçon, mais voilà que son esprit se mettait à échafauder des hypothèses toutes plus horribles les unes que les autres. Elle n'avait jamais pensé que l'éducation des enfants se vivait dans la crainte d'un malheur.

« Tu te tiens bien fort.

— Voui, je me tiens.

— Promis ?

— Promis. »

Elle le poussait de plus en plus haut quand, tout à coup, une ombre vint grignoter une partie de sa vue.

Pas maintenant.

Elle ne ressentit aucune douleur, mais un flash lumineux suivi d'un brouillard obscurcit le champ visuel de son œil droit.

Pitié.

On ne lui avait jamais appris à prier et elle ne s'y était mise que depuis l'apparition de ce mal mystérieux. Elle priait de façon primitive, comme un enfant qui a tout juste entendu parler de Dieu, répétant sans cesse les mêmes supplications désespérées.

Pitié, ne laissez pas ma vue s'éteindre.

Auparavant, elle devenait furieuse à la pensée que ses prières étaient ignorées. Mais peut-être ne demandait-elle pas ce qu'il fallait. Les spécialistes lui avaient tous répondu à contrecœur qu'il n'existait aucun remède. À en juger par le

rétrécissement de son champ visuel, les lumières disparaî-
traient bientôt pour toujours autour d'elle.

« Très rapidement », lui avait confié le Dr Tso dans sa
somptueuse clinique aseptisée du centre de Taipei. Le
Dr Hadden était même allé plus loin : « S'il vous reste
quelqu'un à voir, c'est le moment ou jamais. »

S'il vous reste quelqu'un à voir…

Ces mots l'avaient ramenée chez elle. Et, pour l'instant,
elle n'avait réussi qu'à tout gâcher.

Scottie volait dans les airs, le visage tourné vers le ciel,
inconscient des soucis de sa tante. « Regarde ! Regarde,
Jessie. De là-haut, je peux voir le monde entier.

— C'est super. Profites-en. Regarde-le bien, ce monde formidable.

— Formidable ! répéta Scottie.

— Sers-toi de tes jambes pour continuer à te balancer. J'ai
un coup de fil à passer. » Elle sortit son portefeuille de la ceinture en soie qu'elle portait autour de la taille. Des années de
voyage l'avaient habituée à toujours garder le nécessaire sous
la main.

Elle eut un pincement au cœur en extirpant une vieille
carte d'embarquement, prisonnière de son passeport couvert
de tampons. Depuis qu'elle avait abandonné son bébé, elle
avait sillonné la planète, espérant trouver quelque chose.
Quoi ? Elle-même ne le savait pas. D'aussi loin qu'elle se souvenait, il lui avait toujours manqué un élément dans sa vie,
dans son cœur, dans son monde. Elle avait toujours été en
quête de ce qui pourrait la combler, lui permettre de s'épanouir. Pour ce faire, elle avait choisi de voyager, de partir à la
découverte d'endroits merveilleux, simples ou miséreux.
Grâce à son appareil photo, elle avait capturé de saisissantes
images, qui ne l'avaient pas rendue riche mais lui avaient au
moins permis de payer ses frais médicaux, petit à petit.

Si Jessie avait choisi de voyager de par le monde, Luz avait rempli sa vie de façon plus directe et manifeste : elle s'était mariée, avait eu des enfants, s'était installée dans la maison de famille. Jessie se demandait si sa sœur était vraiment épanouie. Aurait-elle le courage de lui poser la question ? Et si la réponse était non ?

Elle s'assit à son bureau de fortune et sortit une petite carte professionnelle de son portefeuille. Une esquisse représentait un golfeur. Un nom était inscrit en lettres d'or gaufrées : Glenny Ryder. Championne de golf. Ces seuls mots figuraient sur la carte, mais il n'en fallait pas davantage pour définir Glenny. Personne, pas même ses filles, ne pouvait vraiment songer à elle sans penser au golf et à ses championnats.

Tout autre qualificatif serait inapproprié. « Glenny Ryder, mère de deux enfants », avait toujours sonné faux. Elle avait certes donné naissance à deux filles, elle les avait même aimées à sa façon, mais elle ne s'était jamais conduite en mère auprès d'elles. Elle tourna et retourna la carte entre ses doigts. Et « Glenny Ryder, épouse » ? Non, cela n'allait pas non plus. Elle avait dû être mariée trente ans en tout, à quatre hommes différents. « Glenny Ryder : épouse en série. »

Elle inclina la carte de manière à pouvoir lire ces chiffres qu'elle n'avait jamais mémorisés parce qu'ils ne cessaient de changer et qu'elle appelait rarement. Au dos se trouvaient trois numéros, dont deux barrés. Elle composa le plus récent.

« Allô ? »

Jessie dut réfléchir une seconde avant de retrouver le prénom de son beau-père. « Stu. C'est Stu à l'appareil ?

— Luz ?

— Non, c'est Jessie.

— Eh bien, pour une surprise, Jessie ! C'est gentil d'appeler. Comment vas-tu ? » Il avait une voix douce, qui lui rappela celle d'un animateur de radio.

Elle se pinça la lèvre. « Bien. Je suis aux États-Unis. Je rends visite à ma sœur.

— C'est fantastique ! Vous devez bien vous amuser toutes les deux, après tout ce temps.

— Oui, oui. » Jessie ferma les yeux pour se le représenter. Sa mère avait le don d'attirer et d'épouser les hommes charmants qui dépensaient son argent à tort et à travers. Stuart ne devait pas être une exception. Luz avait assisté au mariage à Las Vegas quelques années auparavant et lui avait bien sûr envoyé des photos. Jessie se rappelait vaguement un bel homme assis auprès de sa radieuse épouse, derrière une table recouverte de drapeaux. Apparemment, il n'était pas plus jeune que Glenny, c'était déjà ça. Sa mère portait une robe fourreau en soie couleur ambre, laissant apparaître ses bras athlétiques ; et ses cheveux, roux vif, étaient trop longs pour une femme de son âge. Pourtant, cela lui allait à ravir.

« Maman est là ?

— Elle est au club.

— J'aurais dû m'en douter, répondit-elle sur un ton ironique.

— Elle joue de mieux en mieux. Tu dois vraiment être fière d'elle.

— Et comment !

— Si tu veux, elle a un téléphone mobile, à n'utiliser qu'en cas d'urgence. »

Elle griffonna le numéro. « Merci, Stuart.

— Je t'en prie. Tout va bien ?

— … Ça roule. Mais j'ai besoin de parler à Glenny.

— Elle sera sûrement contente de t'entendre. »

Jessie raccrocha et tapota des doigts sur la table. *À n'utiliser qu'en cas d'urgence*. Qu'entendait-elle par là ? Pour sa mère, l'urgent était de réclamer un chèque en retard ou de faire remplacer le manche de son driver en graphite.

En réalité, Glenny Ryder n'était pas méchante ; elle n'était pas une mauvaise mère non plus. Elle avait simplement donné une éducation peu conventionnelle à ses filles. Depuis Augusta jusqu'à Palm Springs, elles avaient toutes trois parcouru les autoroutes verdoyantes des golfeurs américains, en chœur avec Jackson Browne et Carole King.

En tournée, elles vivaient tels les démunis, dans des motels portant des noms comme *L'Auberge au clair de lune*, leur voiture garée tout près de la pancarte délavée et grinçante indiquant « Chambres disponibles ». Pendant l'année scolaire, elles habitaient la maison d'Eagle Lake, surveillées par des voisins pas toujours présents ou des nounous peu attentionnées, jusqu'au jour où Glenny les avait jugées capables de se débrouiller seules, c'est-à-dire lorsque Luz eut neuf ans et qu'elle fut assez grande pour attraper la clef cachée sur le linteau en grimpant sur une chaise.

Par chance, aucun incident majeur ne survint au cours de toutes ces années. Les deux sœurs s'élevèrent toutes seules, Luz avec zèle et Jessie avec extravagance. Pendant ce temps-là, Glenny collectionnait les trophées et les maris, les premiers se révélant plus productifs et durables que les seconds. Ayant toujours voulu prendre les décisions difficiles sans leur mère, les filles apprirent à résoudre leurs problèmes avant même que Glenny en eût connaissance. Depuis leur plus tendre enfance, elle les avait habituées à se montrer indulgentes : sa carrière remplissant le réservoir de la voiture et leur estomac, elle passait avant leur éducation.

L'habitude s'était rapidement instituée, comme un accord tacite. *N'en demandez pas trop à Glenny car elle a bientôt un tournoi. Et si elle ne gagne pas sa part…*

Eh bien, l'heure de l'incident majeur vient de sonner, pensa Jessie. À un point qu'elle n'aurait jamais pu imaginer. Quelque part dans le monde doit se trouver un mode d'emploi ou une liste des choses à faire quand votre vie s'écroule. Le premier point de cette liste était sans doute d'appeler sa mère.

Mais Glenny Ryder n'était pas comme toutes les mères. Elle ne ressemblait à aucune autre.

Salut, maman. Je suis en train de devenir aveugle et la fille de Luz a fait le mur la nuit dernière. Elle a failli se tuer en voiture avec d'autres gamins ivres occupés à faire les imbéciles. Et toi, ça va ?

Brusquement, elle saisit le téléphone et composa le numéro d'un air déterminé. En attendant que sa mère décroche, Jessie se représenta le terrain de golf au luxe artificiel, ses fairways d'un vert surnaturel se déroulant au pied des yuccas et des cactus géants, ses mares en forme de haricot sec qui semblaient plus rafraîchissantes qu'elles ne l'étaient en réalité dans cette chaleur désertique.

Une voix étouffée répondit : « Pour Glenny Ryder, je vous écoute. »

Il n'y avait que sa mère pour engager quelqu'un à répondre au téléphone à sa place sur un terrain de golf.

« Je suis sa fille Jessie. J'ai besoin de parler à ma mère.

— Jess ! Salut, ma grande ! » Jessie reconnut la voix du caddie. Glenny Ryder et Bucky McCabe travaillaient ensemble depuis plus de vingt ans, il représentait ainsi la relation la plus durable que Glenny eût jamais eue.

Jessie sourit. « Salut, toi. Tu suis toujours ma mère partout ?

— Il faut bien que quelqu'un s'y colle.

— Je dérange, là ?

— Eh bien, tu appelles au beau milieu d'un magnifique backspin. Mais, ne t'inquiète pas, le mobile était en mode vibreur.

— Pratique. Je peux lui parler ?

— Bien sûr. » Bucky hésita. « Ça me ferait plaisir de te revoir, ma grande.

— Moi aussi. »

Quelques secondes plus tard, une autre voix se fit entendre. « Jessica Didrickson Ryder, c'est toi ? » Comme à son habitude sur un terrain de golf, Glenny chuchotait afin de ne pas troubler les joueurs.

« Salut, Glenny. Je sais que je te dérange, mais j'ai quelque chose d'important à te dire. »

Elle marqua un moment d'hésitation. « Qu'est-ce qui ne va pas ? » s'enquit Glenny.

Par où commencer ? « Je suis aux États-Unis. Chez Luz.

— Bienvenue, championne. Vas-y, dis-moi tout. » La voix de Glenny, grave et douce, la trahissait : elle avait dû enchaîner les soirées cocktails et fumer trop de Virginia Slims.

Pourquoi avait-elle pensé qu'appeler sa mère serait une bonne idée ? « Luz a des problèmes avec Lila. Et moi, je… » Les mots restèrent coincés dans sa gorge. Comment expliquer ce qui lui arrivait ? Elle-même avait du mal à comprendre. Sa maladie avait un nom – AZOOR –, les médecins en connaissaient les caractéristiques, mais rien ne pouvait la soigner. Jessie ne trouva aucune bonne raison de partager ce secret avec sa mère. « Bref, Lila est sortie en douce de la maison, hier soir, pour faire une virée en voiture avec d'autres jeunes et ils ont eu un accident.

— Oh, mon Dieu !

— Elle n'a presque rien. Ce n'est pas le cas de tout le monde. » Jessie ferma les yeux, se demandant ce que Lila avait vu, entendu et ressenti. Combien de temps serait-elle hantée par des images cauchemardesques ? Quand finirait-elle par s'enquérir de l'état de santé des autres ? Comment son jeune cœur fragile et mystérieux accepterait-il la dure réalité ?

« Luz est bouleversée. Je pensais qu'il fallait te prévenir.

— Oh, la pauvre ! » Glenny soupira bruyamment.

Jessie n'aurait su dire si elle parlait de Lila ou de Luz. « Tout le monde a passé une nuit blanche.

— Tu penses que je devrais venir ? »

Une mère ne pose pas ce genre de questions, se dit Jessie, *elle suit son instinct.*

Elle ouvrit les yeux. « Je ne sais pas, répondit-elle sans arrière-pensée. C'est à toi de voir, Glenny.

— Stu a une conférence à Phoenix, la semaine prochaine… Et puis, je vous dérangerais plus qu'autre chose. » Elle se dérobait déjà. Un peu plus et elle supplierait Jessie de lui donner sa bénédiction, de lui répondre : « Bien sûr, Glenny. Tu ferais mieux d'attendre que tout rentre dans l'ordre. » Autrement dit, elle ne viendrait pas.

« Bien sûr que non, tu ne dérangerais pas. Avec les trois cabanons, on a toute la place qu'il faut.

— Je ne sais pas… Tu ne connais même pas Stuart. »

Jessie se pinça les lèvres ; elle pensa à tous les amis de sa mère qu'elle avait évité de croiser à la maison.

« Raison de plus. Je serais ravie de le rencontrer.

— Bon, je vais voir ce que je peux faire. »

Jessie comprit qu'elle ne viendrait pas. Il lui arrivait de se défiler de la même manière. Sur le moment, elle n'arrivait pas à dire non, mais elle ne savait pas davantage répondre aux attentes de son entourage. Elle ne voulait pas s'impliquer.

Rien ne pourrait la faire changer d'avis.

Jessie entendit un signal d'appel. « Ah, quelqu'un d'autre essaie de m'appeler.

— Eh bien, je ne te retiens pas. »

Cela fait longtemps que tu as cessé de nous retenir, Glenny.

En gardant un œil sur Scottie, Jessie répondit au signal d'appel ainsi qu'à la douzaine de communications suivantes : des amis, des voisins, d'autres professeurs, des collègues de Ian. Mais aucun signe des familles des autres enfants blessés. Elle nota consciencieusement les numéros de téléphone, offrit une version abrégée de l'accident et remercia chacun pour sa sollicitude.

Entre deux, elle tenta de faire un bilan de son état visuel afin de se rassurer tant bien que mal. Elle était habituée à un certain nombre d'exercices, comme celui dans lequel elle tendait le bras et levait un doigt, puis le dirigeait lentement sur les côtés et repérait l'endroit où elle le voyait disparaître.

« Tu fais quoi ? » demanda Scottie, intrigué.

Elle esquissa un sourire. « Je regarde mon doigt jusqu'à ce qu'il disparaisse. »

Il l'imita, mais tourna la tête pour suivre son doigt.

« C'est de la triche, cow-boy. Il ne faut pas bouger la tête.

— Pourquoi ? Si je garde l'œil sur le doigt, je le vois plus longtemps.

— Tu as raison. Quand on n'arrive plus à voir quelque chose, il faut tourner la tête pour le suivre du regard.

— Voui. »

Qui aurait pensé que la compagnie d'un garçon de quatre ans serait si enrichissante ?

Contrairement à Scottie, Lila n'était ni simple ni directe. Elle s'était montrée rusée, manipulatrice, menteuse et difficile à approcher. Par ailleurs, elle savait être charmante, drôle, moqueuse et ravissante. Jessie se reconnut en elle. C'était la même désinvolture, la même imprudence qui l'avaient conduite à commettre les plus grosses bêtises de sa vie : coucher avec des hommes qu'elle n'aimait pas, abandonner trop facilement, partir trop vite. Laisser la panique et le chagrin influencer sa décision de garder ou non sa fille.

À l'époque, elle était persuadée que l'adoption était dans l'intérêt du bébé mais, maintenant, elle n'en était plus si sûre. Pourquoi cet accident de voiture était-il arrivé ? Pourquoi ? Elle était pourtant restée à l'écart. N'était-ce pas une partie du contrat signé avec Dieu ? Elle avait confié son enfant à sa sœur, calme et robuste, voulant par là s'assurer que Lila n'hériterait pas de son caractère excentrique.

Et pourtant, cette jeune fille semblait bien partie pour ressembler davantage à sa mère biologique.

Scottie s'amusait tout près de la balançoire ; le téléphone sonna de nouveau.

« Famille Benning, bonjour. »

Un silence. « J'aurais voulu parler à Jessie Ryder, s'il vous plaît. »

Étonnée, Jessie fronça les sourcils. « C'est elle-même.

— Blair LaBorde, de *Texas Life*. »

Jessie reconnut la voix traînante et chaleureuse de son ancien professeur de journalisme. « Je ne m'attendais pas à avoir de tes nouvelles si rapidement.

— Je ne pensais pas trouver si rapidement, pour tout te dire. D'ailleurs, tu es déjà sur place pour le boulot que je t'ai réservé. »

Le sang de Jessie ne fit qu'un tour. « Pas question, tu ne veux quand même pas que je fasse des photos pour l'accident…

— L'accident ? Quel accident ? »

Jessie se leva et fit cent pas ; elle s'en voulut de ne pas avoir su tenir sa langue.

« Ce n'est pas au sujet de l'accident ?

— Non. Mais pourquoi pas ? On devrait peut-être.

— Certainement pas. » Jessie lui devait des explications. D'une manière ou d'une autre, Blair finirait par apprendre ce qui s'était passé, alors elle lui résuma l'histoire.

Blair siffla. « Six gosses. Bon sang, c'est moche.

— La communauté ici est très soudée. La pilule est dure à avaler. » Elle décida simplement de ne pas révéler à quel point elle était concernée. « Alors, quel sera mon travail ?

— Eh bien, tu sais, la piste dont je t'ai parlé… J'ai un peu harcelé le type en question. Ça pourrait faire un sacré reportage. »

Elle sous-entendait qu'il sortirait sans doute de l'ordinaire. L'idée de se mettre à travailler lui remonta le moral. La psychologue qui avait étudié sa candidature de participation au programme d'orientation et de mobilité d'Austin avait conseillé à Jessie de s'accrocher à son travail pour « conserver ce rapport primordial entre la photo et ses yeux ». Bien sûr, une carrière reposant sur la vue devenait absurde. Mais elle pouvait se permettre encore une mission.

« J'écoute.

— Voilà. Il y a longtemps, notre magazine voulait interroger un habitant d'Edenville et puis on avait laissé tomber le sujet. C'est quand tu m'as dit que tu retournais là-bas que j'y ai jeté un coup d'œil. »

Jessie sentit son cœur flancher. S'il s'agissait de Ian ? Ian Benning, le noble avocat du couloir de la mort, sans le sou, prêt à combattre toutes les injustices malgré l'opposition d'un père conservateur. Il correspondait bien aux histoires à la David et Goliath. « Ah oui. Alors, qui est-ce ?

— Un inconnu. C'est la dimension humaine de son histoire qui nous intéresse. Un truc à pleurer, tu verras. J'attends la réponse du type. Il est plus têtu qu'une mule et pas con, avec ça.

— Dimension humaine ? Pourquoi moi ? Je fais des photos de montagnes, de ponts suspendus, pas de…

— On est d'accord, je ne te parle pas d'un pont suspendu mais d'un type, qui s'appelle Matlock. » Des ombres surgirent devant Jessie, qui se crispa avant de comprendre qu'il s'agissait seulement de branches d'arbres agitées par le vent.

« O.K. Occupons-nous de lui. »

12

Lila dormit toute la journée, comme autrefois lorsqu'elle avait une otite et de la fièvre. Seulement ce jour-là, à son réveil, baignée dans la lumière du soleil qui inondait sa chambre en fin d'après-midi, elle ne se sentait pas mieux.

Elle entendait tout le monde s'agiter en bas : le téléphone sonnait sans arrêt, son père faisait les cent pas et grommelait des propos incompréhensibles, sa tante intervenait de temps à autre avec son léger accent. Sa mère semblait hors d'elle parce qu'elle n'arrivait pas à joindre sa meilleure amie, Nell Bridger. Dans l'espoir de ne plus penser à la dernière fois qu'elle avait vu Dig et Travis, Lila ferma les yeux très fort.

Après avoir somnolé un certain temps, elle entendit Owen et Wyatt rentrer de l'école en claquant la porte ; quelqu'un leur ordonna de faire moins de bruit. Scottie réclama Lila mais on lui interdit de la déranger ; il pleurnicha. Lila aurait bien aimé qu'on le laisse monter. Est-ce qu'elle n'avait plus le droit de le voir, lui non plus ?

Elle resta allongée, fiévreuse, un peu sonnée. Elle aurait voulu être de nouveau petite, dorlotée par sa mère assise au bord du lit à lui caresser le front, tandis qu'elle nageait dans le brouillard. Elle regrettait la saveur amère des boissons énergétiques qu'on lui faisait avaler, la jovialité des programmes télévisés pour enfants, *Sesame Street* entre autres, le sentiment qu'un monde souriant attendait son rétablissement. Mais elle n'était plus un bébé ; ses parents le lui avaient clairement fait comprendre en imposant de nouvelles règles. En même temps, ils la privaient de sortie comme si elle avait l'âge de Wyatt et qu'elle avait balancé des balles de golf dans le lac.

Ils n'y comprenaient rien. Elle était l'aînée, la seule fille. On lui demandait toujours de garder ses petits frères, d'aider au ménage, de supporter les trois rigolos. Pas étonnant qu'elle fasse le mur, boive de la bière et s'amuse avec les copains.

Pour oublier sa frustration, elle se mit à passer en revue les images auxquelles sa mémoire voulait bien lui laisser accès, tout aussi méthodiquement qu'elle avait recensé ses blessures au moment de l'accident pour essayer de se calmer. Certains souvenirs étaient limpides, d'autres vagues, comme si quelqu'un avait soufflé sur le miroir où se reflétait son esprit, noyant les détails dans un voile de buée. Les minutes d'agonie, au cours desquelles elle était restée prisonnière de la voiture, à écouter la radio beugler, à sentir les relents d'essence, lui avaient semblé durer l'éternité. Quelqu'un, sans doute Kathy, était devenu hystérique, criant et pleurant telle une bête affolée.

Lila se rappela avoir eu les mains sur ses oreilles, oubliant les larmes qui coulaient. Non seulement elle avait prié, mais elle avait aussi fait des promesses à Dieu : avoir quinze de moyenne générale si elle n'avait rien de cassé, devenir bénévole au centre de soins pour malades d'Alzheimer si elle n'avait pas besoin de points de suture. Elle ne se plaindrait plus jamais des travaux ménagers si personne n'était blessé…

Enfin, les pompiers et une ou deux ambulances – peut-être davantage – étaient arrivés, arrosant les lieux d'une lumière blanche artificielle. Des infirmiers et d'impressionnants pompiers avaient débarqué en masse sur la colline comme autant de fourmis. De toutes les vitres s'approchaient des visages sinistres. Des voix brusques aboyaient des ordres, mentionnaient un « plan d'extraction » ou appelaient des renforts.

Judd Mason, qui avait assisté à l'accident parce qu'il était venu faire la même chose qu'eux dans sa Bronco, était apparu à une fenêtre de la Jeep, inclinant la tête pour mieux scruter à l'intérieur. Avant que les secours n'aient eu le temps de le décoller de là, il avait dit tout haut ce que les autres pensaient tout bas : « Pu-tain de bor-del ! Regardez qui est là… »

Un pompier, tellement jeune qu'il ne devait pas avoir besoin de se raser, avait attrapé Judd par le col et l'avait fait déguerpir en vitesse. Une fois son aplomb perdu, Judd était tombé à genoux et avait vomi. Le jeune sauveteur avait lui aussi regardé à l'intérieur : son visage était proche, déformé par le verre brisé, ses yeux d'ange remplis de douleur. « Une personne consciente par ici ! avait-il crié aux autres sans la quitter des yeux, sans flancher. Alors ! Vous l'amenez, cette civière ? »

D'autres sauveteurs s'étaient approchés, lui posant tout un tas de questions : « Sais-tu ce qui est arrivé ? Quel jour sommes-nous ? Quelle année ? Où as-tu mal ? » À ce moment-là, elle avait été intimement persuadée d'être mourante. Elle avait eu la sensation de se trouver au fond de l'eau et de vouloir respirer sans y parvenir.

En état de choc, le corps envoie ce genre de signaux au cerveau, lui avait par la suite expliqué le Dr Martinez. Elle avait été persuadée qu'elle ne pourrait plus jamais respirer.

Elle ne se souvenait plus de son extraction, ni du trajet en ambulance. Elle était restée sur un lit à roulettes pendant de longues minutes avant d'être interrogée par la police, puis passée en radiologie et lavée sommairement, à la suite de quoi on lui avait fait une intraveineuse et on l'avait placée en salle d'observation en attendant l'arrivée de sa mère.

Dépêche-toi, maman… L'avait-elle dit à voix haute ? Peut-être, elle n'en était pas sûre.

À la seconde même où Luz était entrée dans la salle, Lila sut qu'elle survivrait. Elle n'avait pas montré son soulagement, s'était retenue de fondre en larmes. Elle ne voulait pas que sa mère sache à quel point elle avait eu peur, ni combien elle s'était sentie perdue. Depuis toujours, elle se battait pour prouver qu'elle était indépendante ; elle usa alors de ses moyens de défense habituels – colère, mépris, sarcasme – et pria pour sortir de là le plus vite possible.

D'après les médecins, elle avait eu plus de chance que les autres. « Juste un peu secouée », lui avait gaiement annoncé le technicien après lui avoir fait passer un scanner. De la chance ! Pouvait-on parler de chance alors que le garçon qu'elle aimait et ses meilleurs amis étaient…

Lila se glissa tant bien que mal hors du lit et saisit le téléphone. Pas de tonalité. On avait débranché la base. Elle le reposa violemment mais fut soudain prise de vertiges et dut s'accrocher à la commode. Elle se sentait comme Dorothée au pays d'Oz lorsque la tornade emporte sa maison, la faisant tourbillonner sans espoir de se poser un jour. Elle se dirigea à tâtons vers le fauteuil ballon en rotin situé dans un angle de la chambre et s'y assit en serrant les genoux contre sa poitrine. Elle sentait la transpiration et le vomi ; elle avait sur elle des taches de sang appartenant à quelqu'un d'autre. Elle se rendit compte qu'elle n'avait pas pris la peine de se doucher avant de sombrer dans le sommeil.

Où pouvait bien être Heath ? Avait-il pris une douche, lui ? Elle laissa échapper une petite plainte.

« Salut. Comment tu te sens ? »

Lila releva péniblement la tête. « Jessie. Elle est où, maman ?

— Elle s'occupe de tes frères, je suppose. Il m'a semblé t'entendre bouger. Tu as besoin de quelque chose ? »

Lila appuya la tête contre le coussin du gros fauteuil ballon et regarda sa tante fixement. Elle ressemblait à une fée rousse parée de tatouages. La tête lui tourna légèrement. Jessie était comme sa mère, mais pas tout à fait. Sa mère qui aurait pris de l'ecstasy, peut-être.

Tu as besoin de quelque chose ?

Ouais, chère tante : si on essayait de remonter le temps jusqu'à hier soir ?

Les vertiges disparurent et elle remarqua le sans-fil accroché à la ceinture de Jessie. « Il faut que j'appelle quelqu'un, je dois absolument savoir comment vont les autres. Kathy est ma meilleure amie, on se connaît depuis la maternelle. Elle a eu tellement peur dans la voiture, hier. Je veux juste entendre sa voix. »

Jessie désigna du doigt le téléphone posé près de l'ordinateur. « Eh bien, vas-y.

— Il ne marche plus, sûrement la batterie. Je peux emprunter le tien, s'il te plaît ? »

Jessie s'approcha. Elle sembla ne pas remarquer la pile de livres éparpillés au milieu de la chambre, donna un coup de pied dedans et faillit tomber. « Bon sang, marmonna-t-elle. Tes parents ont raison au moins sur un point : ta chambre a vraiment besoin d'être rangée. »

Elle venait de faire un pas dans l'obscurité.

« Je peux te l'emprunter ? »

Jessie s'assit sur la chaise devant la coiffeuse et fit face à Lila. « Lila, tu m'as menti. N'oublie pas cela. La nuit dernière a commencé par un mensonge. J'ai été assez stupide pour te croire. Je dois vivre avec ça, maintenant. Je dois vivre en pensant à ce qui est arrivé parce que je t'ai fait confiance. Le caddie de ma mère disait toujours : "Tu m'as bernée une fois, tu devrais avoir honte. Si tu me bernes une seconde fois…

— … c'est moi qui aurai honte", poursuivit Lila en chœur avec sa tante. Je connais ce proverbe. »

Jessie resta silencieuse. Elle avait une façon bizarre de regarder les gens. Comme si elle ne voyait pas seulement avec les yeux, mais avec le corps tout entier ; comme si elle voulait vous absorber.

Tu m'as bernée une fois, tu devrais avoir honte…

Avait-elle honte ?

Lila agit de façon appropriée en pareille situation : « Jessie, je suis vraiment désolée de t'avoir menti. »

La nuit dernière a commencé par un mensonge.

Elle ravala sa salive et ressentit une vive douleur physique, la première depuis son retour de l'hôpital. « Je suis désolée. »

Jessie ne bougea pas. « Je ne suis pas la seule à qui tu dois des excuses. »

Lila était au bord des larmes ; elle essaya de les refouler en fermant les yeux très fort. Elle s'était fait la promesse de ne plus pleurer, de se comporter comme si tout lui était égal, de ne pas révéler ses sentiments afin de laisser le moins d'emprise possible aux autres et de ne pas se retrouver obligée de leur faire plaisir au lieu de se faire plaisir à elle-même. C'était une promesse difficile à respecter, mais la vie elle-même est difficile.

Elle rouvrit les yeux. « En fait, tu es venue me voir avec un air pas content parce que j'ai menti, mais tu ne veux pas de mes excuses.

— Ce n'est pas si simple. Ce que je veux, c'est que tu sois sincère. Je sais que tu es vraiment désolée d'avoir fait le mur avec ton copain et d'avoir eu cet accident, mais je ne crois pas que tu sois vraiment désolée de m'avoir menti. Tu ne me connais même pas, en fait, alors j'imagine que cela t'est égal.

— Tout m'est égal ! C'est plus facile comme ça. » Ce cri de désespoir sortit de lui-même. Les larmes suivirent, chaudes et humiliantes. Leur chaleur, leur force tranquille lui brûlaient les joues. « Tu comprends, Jessie, c'est plus simple si je dis que tout m'est égal. »

Misérable et honteuse, elle se recroquevilla pour disparaître au creux du fauteuil. Sa tante s'avança vers elle, trébuchant sur une pile de linge que Lila avait laissée traîner, puis s'assit et mit ses bras autour de Lila, la serrant bien fort malgré le mélange d'odeurs désagréables, et Lila pleura encore plus fort.

Une fois qu'elle avait commencé, il lui était impossible de s'arrêter. Elle resta là à sangloter dans les bras de sa tante ; enfin, la pression retomba peu à peu et elle finit par se sentir mieux. Elle ne prenait plus jamais ses parents dans les bras. Elle était toujours fâchée contre eux ou sur le point de se fâcher. Avec sa tante, c'était différent : elles se connaissaient à peine, il n'y avait rien en jeu. Et cela lui permit de pleurer librement.

« J'ai eu peur, Jessie. Vraiment peur. » Sa tante lui caressa les cheveux, puis lui tendit une serviette de toilette trouvée dans son sac de sport. En se redressant, Lila s'aperçut que des larmes avaient également coulé sur les joues de Jessie. « Pourquoi tu pleures ?

— Tu sais, ma puce, c'est la première fois que je te tiens dans mes bras pour te bercer », répondit-elle la voix tremblante.

Ne sachant quoi dire, Lila se mit à lui tamponner le visage. Sa tante retroussa le nez. « C'est risqué, de s'essuyer là-dedans.

— C'est carrément risqué de s'aventurer dans ma chambre.

— Tu la préfères comme ça, en désordre ?

— Non, pas du tout. Mais j'ai horreur de ranger.

— Tu devrais faire un petit effort de ce côté-là, si tu veux mon avis. »

Lila repensa aux chutes que Jessie avait évitées de justesse. « De toute façon, je suis obligée de le faire maintenant, les parents ne m'ont pas laissé le choix. Il ne leur reste plus qu'à mettre des barreaux à la fenêtre. Plus jamais je ne verrai la lumière du jour.

— Ne dis pas cela ! » Une sorte de panique avait brièvement marqué le visage de sa tante.

« Je t'assure. Ils veulent me retenir prisonnière jusqu'à ma majorité. Ils s'en fichent si je meurs d'ennui.

— Si tes parents s'en fichaient vraiment, ils te laisseraient faire tout et n'importe quoi, comme si tu n'existais pas. »

Lila se leva. Elle avait mal partout et se sentait fragile, pourtant elle n'avait aucune blessure. Elle commença à ramasser les vêtements qui jonchaient le sol et les balança dans un panier à linge sale. Jessie l'observa un instant puis tira de sa ceinture un morceau de papier sur lequel étaient griffonnés quelques numéros. Elle décrocha son téléphone et sortit dans le couloir. Lila colla aussitôt son oreille à la porte.

Sa tante expliquait qu'elle faisait partie de la famille d'une des victimes et voulait se renseigner sur l'état des autres enfants. Ensuite, plus rien : elle écoutait attentivement en acquiesçant de temps à autre. Elle finit par dire : « Elle est réveillée ? Vous pourriez essayer de faire sonner le téléphone dans sa chambre ? Oui. Je comprends. Très bien, j'attends. »

N'y tenant plus, Lila ouvrit tout à coup la porte : « Kathy ? »

Jessie lui fit signe que oui, rentra dans la chambre et prit le fauteuil pour s'asseoir. Elle avait l'air d'un ange, entourée de coussins colorés, sa petite jupe sympa retombant sur le côté. Elle s'immobilisa en faisant signe à Lila de ne pas faire de bruit. « Kathy ? C'est bien toi ? Ne quitte pas, quelqu'un voudrait te parler. »

Un sentiment d'allégresse monta en Lila lorsqu'elle saisit le combiné. « Merci, lui souffla-t-elle en remuant les lèvres silencieusement. Kathy ? C'est moi, Lila. Ça va ?

— Non. » La voix de Kathy était fatiguée, affaiblie. « J'ai la jambe cassée à deux endroits. J'ai aussi des côtes cassées et ils m'ont fait des points de suture au menton. C'est l'horreur, j'ai eu mal, tu peux pas savoir. Heureusement, ils m'ont donné un truc contre la douleur mais j'ai pas le droit de boire. Je crève de soif.

— Et Heath, tu l'as vu ?

— Non. » Kathy laissa s'écouler un long silence.

« Kathy, qu'est-ce qu'il y a ?

— Ma mère a dit que Sierra s'était fait opérer, qu'elle avait eu une hémorragie interne. Elle a aussi un pied broyé. »

Lila ferma les yeux. *Ce n'est pas possible. Je suis en plein cauchemar.* « Mais… et son équipe d'athlétisme ?

— Elle n'en fait plus partie. » La voix de Kathy était étrange, comme pâteuse. « T'es où, toi ?

— Ils m'ont laissée rentrer. Mes parents m'ont privée de sortie pour l'éternité.

— Ça va sûrement être pareil pour moi. Dès qu'ils auront fini de s'apitoyer sur mon sort.

— Avec les miens, ça n'a pas duré longtemps.

— Dur, dur.

— Ouais. Et les autres ? T'as des nouvelles de Travis et Dig ? »

On lui prit soudain le téléphone des mains. Sa mère se tenait là, le visage de marbre.

« Hé, j'étais en train de parler ! » Lila essayait de se retrancher derrière le mépris.

Luz raccrocha.

« Il fallait que je sache comment vont mes amis. J'ai le droit de savoir.

— Dorénavant, je me chargerai d'obtenir ces renseignements à ta place. » Elle enchaîna à l'attention de Jessie : « Elle n'a pas le droit d'utiliser le téléphone jusqu'à nouvel ordre.

— Je pensais que ça lui ferait du bien d'avoir de leurs nouvelles, se défendit Jessie.

— Tu pensais… » Luz s'arrêta et inspira profondément. « Écoute, si nous la privons de téléphone, c'est pour une bonne raison. Lila, tu ne peux pas… Comment te dire cela ? » Sa voix flancha. Lila commença à s'inquiéter. Elle n'avait jamais vu sa mère dans cet état. Elle n'était plus méchante ni en colère mais triste, préoccupée. « Chérie, je ne voulais pas que tu l'apprennes par le téléphone.

— Kathy était en train de me dire… » Lila s'arrêta net. Ces derniers temps, elle n'avait pas hésité à contredire sa mère, mais l'expression inscrite sur son visage était de mauvais augure. « Quoi ? » chuchota-t-elle, regrettant d'avoir épuisé ses réserves de larmes sur l'épaule de sa tante.

Sa mère approcha, Lila fit un pas en arrière. Résignée, Luz croisa les bras, le téléphone toujours à la main. « Vous avez eu un accident très grave. Tout le monde dit que c'est un miracle si tu n'as aucune blessure. Tes amis n'ont pas eu autant de chance.

— Je sais que Sierra a eu le pied broyé.

— Certains ont subi des blessures plus graves encore. »

Lila s'arrêta de respirer. Elle parvint à souffler le prénom de Heath.

Sa mère fit non de la tête en fixant le téléphone. « Il survivra. » Elle ne savait que faire de ses mains, ramassait des affaires, les reposait. « Chérie, c'est Albert Bridger – Dig. » Elle marqua une pause, le visage encore plus pâle. « Il a été très grièvement blessé ; ils l'ont transporté d'urgence dans un service de traumatologie. Ils ont fait tout ce qu'ils ont pu pour le sauver. » Luz avala sa salive avec difficulté. Elle était à bout. « Lila, Dig est mort. »

Jessie eut le souffle coupé. Lila n'arrivait pas à reprendre sa respiration non plus.

Non. Non. Non ! Elle ne dit pas un mot, et pourtant son esprit hurlait. Son cœur hurlait. Elle rejeta la réalité. Pas Dig. Dig avait tout juste treize ans ; il était le dernier de la famille. Il venait d'intégrer l'équipe de football junior de l'école. Il faisait des économies pour s'acheter une mobylette tout terrain. Elle le connaissait depuis que sa mère l'avait planté dans le bac à sable du parc de Spring Valley, à trois ans.

Il n'était pas mort. Pas lui. C'était impossible.

Lila refusait de montrer à quel point elle souffrait. Elle réagit comme si elle n'avait pas entendu sa mère. Si elle se retenait de hurler, de pleurer, de balancer ses affaires dans tous les sens, de s'arracher les cheveux, alors rien n'était réel. Dig n'était pas mort.

« Trésor », reprit sa mère.

Lila l'arrêta en interposant sa main. Elle connaissait la suite. Luz prendrait cet air familier et terre à terre pour expliquer à Jessie qui était Dig, depuis quand ils connaissaient sa famille et combien tout cela était triste. Ensuite, elle énoncerait une liste de choses à faire, comme préparer un ragoût, commander des fleurs, trouver quelque chose d'affreusement sentimental et banal à réaliser, par exemple planter un arbre en son honneur devant l'école.

Luz regarda la main de Lila. « Je vais rester un peu avec toi. »

Lila acquiesça, puis changea aussitôt d'avis. « J'ai besoin d'être seule.

— Tu es sûre ? »

Elle opina de nouveau. *Je t'en prie.*

Sa mère et sa tante se regardèrent. La première sortit de la chambre et fit signe à Jessie de la suivre. Sa tante jeta un coup d'œil en arrière. Elle avait des yeux bizarres. Cette drôle de façon d'observer les gens était peut-être due à ses habitudes de photographe.

Enfin elle sortit, laissant la porte entrouverte.

Prise de frissons malgré les vingt-cinq degrés ambiants, Lila serra les bras contre sa poitrine. Elle ferma les yeux et vit apparaître le visage de Dig, la tête renversée en arrière, la pomme d'Adam saillant de son cou maigre alors qu'il riait aux éclats et donnait sa ceinture à Kathy. Heath venait de faire passer le joint. Lila venait de lui prêter sa calculatrice graphique, qui était encore chez lui. Avait-il eu le temps de finir les exercices d'algèbre ? Avait-il caressé son chien, prononcé un vœu en regardant les étoiles, entendu la nouvelle chanson des Tigers ? Elle pensait avec tristesse à tout ce qu'il n'avait pas eu le temps de faire. Il ne ferait plus partie de l'équipe de football, il n'affronterait jamais sa timidité pour inviter une fille au bal de l'école, il ne verrait plus le reflet des feuilles d'automne sur le lac, ne s'assiérait plus autour d'un feu de camp, ne rirait plus avec ses amis.

Un terrible chuchotement refit surface dans l'esprit de Lila. *C'est votre faute, jeune fille.* Ce chuchotement, d'abord faible, devint de plus en plus fort, de plus en plus prégnant, jusqu'à lui emplir la tête, à noyer toute autre pensée. Mme Hayes avait raison. Sans elle, Heath ne serait jamais sorti la nuit dernière, Dig serait encore en vie et Sierra n'aurait pas perdu son pied.

« … la principale raison pour laquelle je l'ai privée de téléphone. » Elle entendit la voix de sa mère s'atténuer à mesure qu'elle descendait les escaliers.

« Je suis désolée. J'ai bien compris, maintenant. » Sa tante semblait crispée, gênée.

« J'aimerais que tu respectes les règles que nous avons fixées à Lila. »

Les règles que nous avons fixées. À l'entendre, on aurait cru qu'elle les avait gravées dans la pierre, quelque part en haut d'une montagne.

« Ne t'avise pas de nous laisser tomber maintenant, Jess. J'ai besoin de toi. »

Chapeau. Sa mère était à deux doigts de faire fuir sa propre sœur. Quelle prouesse. Cependant… jamais auparavant Lila ne l'avait entendue dire qu'elle avait besoin de quelqu'un.

« … le gamin qui est mort ? demandait sa tante.

— Je connais sa mère depuis très longtemps. Elle n'est pas mariée, elle habite une caravane près du *Ranch aux deux chiens*… » Sa mère continua à parler de la famille de Dig pendant quelques minutes, puis conclut comme prévu : « Je vais leur préparer un ragoût. »

Lila ferma la porte et s'y adossa, puis se couvrit les oreilles. Elle ne voulait plus rien entendre. À chaque parole, Dig mourait un peu plus.

13

Depuis plus d'un an, Jessie était officiellement aveugle de l'œil gauche et perdait peu à peu la vue de l'autre œil. Elle avait refusé la réalité et combattu farouchement cet ennemi insaisissable, parvenant tout au plus à repousser l'inévitable. Son obstination ne suffirait pas à empêcher ce qui devait arriver. Elle devait se faire une raison et accepter son handicap, qui allait grandissant. Elle commença donc à organiser sa vie future avec rationalité et détachement, ayant néanmoins l'impression d'avoir sauté du haut d'une falaise. L'interminable chute ne menait nulle part.

Elle appela l'institut Beacon pour aveugles situé à Austin, où elle s'était déjà inscrite depuis la Nouvelle-Zélande. D'une voix neutre, elle prit rendez-vous, puis raccrocha et se mit sous la douche, persuadée qu'elle y pleurerait toutes les larmes de son corps. Mais elle resta là, prostrée, comme écrasée par l'eau ruisselante et le sentiment que tout cela n'était pas réel.

Paradoxalement, son œil droit avait fini par se stabiliser. Un an plus tôt, elle était passée par le même stade pour l'œil gauche. Pendant des mois, sa vision était restée vitreuse, elle percevait des éclats de lumière mystérieux ou croyait regarder à travers une vitre recouverte de gouttes de pluie. Et puis un jour, ces symptômes s'étaient estompés tout seuls : l'inflammation diminua, le dysfonctionnement rétinien s'atténua et une partie de son œil lui permit de voir de nouveau avec une remarquable clarté. Cette rémission soudaine et inattendue suscita de faux espoirs, qui disparurent cruellement quelques jours plus tard en même temps que sa vue.

Le peu de vision qu'il lui restait à l'œil droit était excellente mais, cette fois, elle se garda bien d'espérer. Elle sortit de la douche et se sécha les cheveux devant le miroir ; elle cligna des yeux plusieurs fois, regarda de droite à gauche, de haut en bas, utilisant les mêmes repères que les médecins afin de contrôler la progression de sa maladie.

Ils pensaient toujours découvrir une méthode miracle qu'ils n'auraient pas encore essayée.

AZOOR faisait référence à une rétinopathie focale aiguë des couches externes. Pour Jessie, ce mal signait la fin de sa vie. Elle ne comptait plus les jours passés dans des cliniques spécialisées, la tête immobilisée·dans un étau rembourré, les électrorétinogrammes n'apportant que de mauvaises nouvelles, anéantissant ses espoirs, l'amenant à se résigner pour la laisser en proie à la désolation. Comme une pellicule mal introduite dans un appareil photo, la rétine de ses yeux devenait inutilisable.

Les médecins de la clinique ophtalmologique de Christchurch avaient procédé à tous les tests que la technologie et l'expérimentation permettaient. La cicatrisation prépapillaire avait épaissi le voile grisâtre qui s'étendait devant ses yeux. En Extrême-Orient, d'éminents spécialistes lui avaient annoncé ne rien pouvoir faire de plus. Les médecins qu'elle avait vus jusque-là, thérapeutes et autres experts, l'avaient classée parmi les rares cas irréversibles de cette maladie. La plupart des patients retrouvaient la vue en trois ans, seuls quelques-uns restaient incurables. Jessie en faisait partie. On lui apprit qu'il était temps d'admettre la réalité et de planifier sa vie en fonction de son état à venir. On lui conseilla de s'inscrire à l'institut Beacon pour aveugles, un centre international qui bénéficiait d'une importante antenne à Austin.

Les spécialistes étaient partagés sur l'origine d'une telle maladie : le hasard, les gènes, l'environnement ? Jessie, elle, avait sa propre théorie : il s'agissait d'une force qui dépassait sa volonté et anéantissait n'importe quel traitement imaginable. Il était peut-être question d'un châtiment. Elle s'était servie des gens, leur avait tourné le dos ou les avait abandonnés. Elle en payait maintenant le prix.

À présent, elle craignait que la malédiction soit contagieuse, qu'elle touche celle pour qui elle venait de parcourir la moitié du globe. Elle avait voulu voir Lila avant de perdre la vue. Et, le soir même de son arrivée, Lila avait failli mourir. Jessie aurait mieux fait de disparaître mais Luz l'en empêchait : « J'ai besoin de toi », lui avait-elle dit.

Lila était venue pleurer au creux de son épaule : Jessie connaissait enfin le plaisir d'avoir un enfant, de l'aimer, de le serrer si fort contre soi que les cœurs s'emmêlent, même si cet enfant vient de commettre une terrible erreur, même s'il sent le vomi, l'essence et le sang.

Assise au bord du lit, elle ajouta une couche de vernis corail sur ses ongles de pied. Puis elle enfila une robe beige sans manches et sa veste de travail, une petite merveille en toile kaki, criblée de poches, d'œillets, de boucles, de cordons et de compartiments à fermeture Éclair.

Elle ne savait pas trop comment se préparer à un reportage de ce genre. Quel objectif allait-elle utiliser ? Quel type de pellicule ? Photos argentiques ou numériques ?

Elle se surprit à se sentir nerveuse. À la voir s'agiter ainsi, il était impossible d'imaginer qu'elle avait vu publier plusieurs milliers de ses photos et été sélectionnée pour toutes les grandes récompenses, notamment le prix MacGregor en Australie, que son travail était utilisé pour de nombreuses campagnes publicitaires en Extrême-Orient, qu'elle avait fait plusieurs expositions en solo. Aujourd'hui, elle devait photographier le type de l'autre côté du lac. La belle affaire ! La différence, c'était le secret profondément enfoui au fond d'elle-même : elle était sur le point de réaliser son dernier reportage photographique. Sa carrière prenait fin.

Quelques instants plus tard, habillée, préparée et… crispée, elle apparut sur le seuil de la maison de Luz.

« Tata ! » Scottie se jeta sur elle et resta accroché à ses cuisses comme une sangsue tandis qu'elle avançait dans l'entrée.

« Salut, cow-boy. » Elle lui ébouriffa les cheveux.

« Oh, la fifille ! taquina Owen. Il a du vernis rose sur les pieds.

— Je suis sûre que tu es jaloux. Wyatt et toi, vous aimeriez bien en avoir aussi.

— Beurk ! » entonnèrent-ils en chœur en réussissant à couvrir le son de la télévision.

Depuis la cuisine, Luz s'écria : « Baissez-moi le son… »

Wyatt saisit la télécommande et coupa le son.

«… de cette télévision.

— Salut, les garçons. » Jessie était contente de retrouver une vie un peu plus routinière après leur week-end mouvementé. La cérémonie s'était déroulée à l'église baptiste dans la tristesse et la torpeur, suscitant une douleur inhabituelle ; chacun semblait commotionné, vidé. Les jeunes enfants ne savaient que faire de leur peau, sans doute effrayés par le comportement des adultes, qu'ils voyaient pleurer et s'embrasser. Jessie s'était assise tout au fond avec Lila et lui tenait la main. Elle comprenait que la jeune fille n'ait pas eu envie d'assister au service, mais Luz n'avait rien voulu savoir. Dès qu'elle le put, Lila se faufila hors de l'église pour se réfugier dans la voiture, où elle préféra rester seule en silence, tâchant de faire face au chagrin, à la culpabilité et à Dieu seul sait quoi encore.

Tout semblait se calmer à présent. Eu égard à la tragédie, les écoles du secteur avaient déclaré facultative la présence des enfants. Des conseillers socio-psychologiques se tenaient à la disposition des familles. Apparemment, Luz avait décidé de garder Owen et Wyatt à la maison. Lila, quant à elle, refusait catégoriquement de mettre les pieds au lycée, affirmant que tout le monde lui sauterait dessus et l'accuserait d'être à l'origine de l'accident.

« Alors, quel est le programme aujourd'hui ? » demanda Jessie à ses neveux, qui avaient la chance d'être jeunes et de ne pas se poser de questions.

Ils restèrent sans mot dire, l'air timide, les yeux rivés sur elle, cette étrangère que personne n'avait invitée. Elle se demanda s'ils associeraient toujours sa venue à un désastre. « Vous étiez en route pour attaquer un navire de pirates, c'est ça ? Non ? Alors, vous alliez attraper un tatou dans les bois ? »

Owen, celui du milieu, sembla très intrigué par la seconde hypothèse.

« Pourquoi pas creuser un trou dans la terre pour rejoindre la Chine ?

— Voui ! lança Scottie.

— Et si vous alliez ranger votre chambre ? intervint Luz depuis la cuisine. Inspection dans un quart d'heure et ensuite on partira faire des courses. Si votre chambre est en ordre, je vous emmène au McDo. »

Leurs visages s'illuminèrent et les garçons se précipitèrent vers l'escalier, manquant s'écraser les uns les autres dans la cavalcade.

Jessie rejoignit sa sœur. « Eh bien ! Tu l'as appris où, ton tour de magie ? C'est un truc de M. Spock ? »

Luz se pencha et sortit du four un ragoût fumant au fromage. « Tu sais, je pourrais lui en apprendre deux ou trois à ce type. La corruption, ça marche bien. »

Jessie se pencha sur le plat et huma le doux fumet en fermant les yeux.

« Soupe de poulet à la tomate, gratinée au fromage, dit Luz. Pour la famille de Dig. Des proches de Nell sont là pour les funérailles et il faudra bien les faire manger. Je pensais lui déposer le plat en allant en ville. » Elle écrivit les consignes de réchauffage sur un Post-It qu'elle colla sur le couvercle en Pyrex.

Jessie devait s'habituer à l'idée que sa sœur avait construit sa vie ici, s'était fait de nouveaux amis, qui connaissaient très bien Luz, sans doute mieux qu'elle-même. « Tu es proche de Nell Bridger ?

— Oui. Je la connais depuis que les enfants sont tout petits. » Elle déposa le ragoût au fond d'un double sac en papier. Son visage, sa bouche, ses yeux exprimaient la tristesse. « Sans ses garçons, elle est perdue. Je les ai pris en photo pour illustrer leurs cartes de vœux depuis qu'ils sont tout bébés. »

Dig et Travis. L'aîné, grièvement blessé, devrait encore rester quelque temps à l'hôpital.

« Je ne sais pas comment elle va s'en sortir. » Luz renifla et se passa la main sur la joue. « Tout ce que je trouve à faire, c'est lui apporter un ragoût.

— Elle a besoin de te voir. Avec ou sans ragoût. Où est Ian ?

— Il est parti pour la capitale, tôt ce matin. » Manifestement, c'était habituel. « Il a pris la voiture de location pour la déposer à Austin et il reviendra avec un collègue de Marble Falls.

— Et Lila ?

— Je la laisse dormir. On verra plus tard.

— Il faudra bien qu'elle rejoigne le monde des vivants un jour ou l'autre.

147

— Pas aujourd'hui, en tout cas. » Luz leva les yeux vers Jessie en ôtant son tablier « Embrassez le cuisinier ». « Alors, ça y est, tu vas travailler.

— Eh oui !

— C'est du rapide.

— Tu connais Blair. Elle a plus d'un tour dans son sac. Et puis, il faut bien que je gagne ma vie, de toute façon. »

Luz sourit. « Comment ? Je croyais que tu faisais cela pour laisser libre cours à ton esprit artistique !

— Je le fais pour régler mes dépenses avec une carte de crédit. » Elle hésita. « En ce moment, je n'ai plus très envie de photo.

— Tu veux rire ? C'est toute ta vie. »

C'était. Jessie se força à sourire. « C'est à la mode de changer de carrière. J'aimerais bien essayer d'écrire. Ou de tresser des corbeilles. » Luz éclata de rire, persuadée que Jessie se moquait d'elle. Jessie jeta un regard aux photos de famille posées sur une étagère au-dessus du coin-repas. « C'est toi qui as su laisser libre cours à ton esprit artistique. »

La richesse de la vie de sa sœur transparaissait dans le moindre recoin de cette maison, grâce à des petits détails que la plupart des gens ne remarquaient pas : une carte d'Owen affichant un énorme « Je t' ♥ Maman », aimantée sur la porte du réfrigérateur. Une manique portant une inscription brodée au point de croix : « Luz, ton amour réchauffe notre cœur. » Et, bien sûr, le mur recouvert de photos représentant des visages riants ou concentrés, inconscients de la présence de la photographe, des enfants en pleine action ou endormis, ou encore brandissant une récompense ou un trophée.

« C'est vrai. » Luz passait un coup d'éponge sur le plan de travail. « Je n'ai jamais eu le courage de les encadrer, alors je me suis mise à les coller au mur un peu n'importe comment. Un jour, Ian a posé du plexiglas dessus et, du coup, le résultat n'est pas si mal. » Elle croisa le regard de Jessie. « Tu as l'air nerveuse.

— Je n'ai pas l'habitude de prendre les gens en photo.

— Oh, arrête ! C'est comme si je disais que je n'ai pas l'habitude de photographier les monuments ou les paysages. » Elle se planta devant son mur. « Ah ! Effectivement, je n'ai pas l'habitude. » Elle se mit à rire. « Il faut dire aussi que pour prendre des photos de lieux exotiques, il est nécessaire de voyager un minimum. »

Jessie montra du doigt une photo de Wyatt déguisé en abeille tueuse, armé d'un sabre luminescent de *La Guerre des étoiles*. « Et ça, ce n'est pas exotique ?

— Moi, j'appelle cela bizarre. » Tout en buvant leur café, elles évoquèrent leurs années d'université. Si Jessie se prenait alors pour Ansel Adams, célèbre photographe paysagiste américain, Luz était Annie Liebovitz, l'une des meilleures portraitistes qui soit. Autrefois, Jessie insistait pour aller jusqu'à Enchanted Rock attendre le parfait coucher de soleil, tandis que Luz préférait s'asseoir dans le parc de Barton Creek afin d'immortaliser des familles en train de pique-niquer, des enfants qui jouaient ou des personnes âgées assises sur les bancs. Elles parlèrent du matériel de Jessie, du tout dernier appareil numérique au vieux Nikon qu'elle avait toujours gardé. Elles passèrent un moment très agréable, le premier depuis l'arrivée de Jessie, mais bien trop bref. Soudain, elles entendirent un bruit sourd puis : « Maman, il m'a pris mon… »

Un coup de klaxon rassembla le bruyant troupeau à la porte d'entrée. Castor aboya en signe de bienvenue.

« Y'a quelqu'un qui arrive ! cria Scottie.

— On sait, crétin. » Owen le poussa pour ouvrir la porte.

« Je suis pas un crétin.

— Si, si, si.

— Non, non, non.

— Ouah ! La bagnole ! »

Owen sortit sous la véranda en faisant signe à Jessie et Luz de venir. Un nuage de poussière de caliche tourbillonna autour du dernier modèle de Cadillac avec habillage intérieur blanc et or, et plaques d'immatriculation personnalisées sur lesquelles on pouvait lire : « Une pour toutes… » Une femme gigantesque en tailleur Escada émergea de la voiture, dont elle fit le tour pour ouvrir le coffre.

Depuis toutes ces années, Blair LaBorde n'avait pas beaucoup changé. Ses cheveux blonds, toujours aussi volumineux, possédaient une teinte champagne que seule une certaine classe de Texanes parvenait à obtenir ; sa mise en plis aurait fait honneur à Farrah Fawcett. Un rouge à lèvres haut de gamme soulignait sa bouche, son sourire appliqué, ses belles dents blanches. Son air déterminé et optimiste lui servait à cacher un profond mal-être assorti de l'impitoyable ambition qui sévissait, au Texas, parmi les femmes d'un certain âge. Ses mains s'agitaient nerveusement tandis que son nez remuait comme si elle était sur le point d'éternuer. Quelques secondes suffirent à Jessie pour remarquer ces détails, le temps d'avancer vers l'allée. Elle avait développé le don d'enregistrer rapidement ce qui lui passait sous les yeux.

« Jessie Ryder ! s'exclama Blair avec son accent traînant de Dallas tout en ouvrant le coffre de la Cadillac. Et Luz ! Bon sang, vous n'avez pas changé. On entendrait presque la musique du générique quand vous arrivez quelque part ensemble.

— À nous trois, cela pourrait donner *Charlie et ses Drôles de dames*, suggéra Jessie.

— Faudrait qu'on se mette au kung fu ! rétorqua Blair en prenant un air innocent.

— Un jour peut-être…

— Mais qui va jouer Charlie ? » s'enquit Luz.

150

Blair embrassa Jessie, puis Luz. Des années auparavant, elle avait été leur mentor ; en effet, sous ses dehors extravagants se cachait une femme intelligente, titulaire d'un doctorat en communication. « Eh bien ! Ça fait un sacré bail. » Elle fit un signe de la main aux garçons agglutinés devant la porte, les yeux écarquillés. « Ce sont les tiens ? demanda-t-elle à Luz.

— Oui, mes petits bouts de chou.

— Et ta fille ?

— Ça ira. Elle a eu beaucoup de chance.

— C'est ce que j'ai entendu. Je suis soulagée pour vous.

— Bien. Je vais vous laisser travailler, dit Luz en repartant vers la maison.

— Prête ? questionna Blair à l'adresse de Jessie.

— J'espère.

— J'adore ce que tu fais. J'ai eu l'occasion de voir deux ou trois photos dans des journaux. »

Jessie posa son appareil dans le coffre encombré de coupures de presse, de courriers électroniques imprimés et d'une boîte d'archives remplie de dossiers. « Tu as vu mes photos ?

— Non, je disais cela comme ça », admit Blair sans le moindre remords. Elle sortit une tablette de chewing-gum, en fit sauter un et le mit dans la bouche. « Nicorette ?

— Non, merci. »

Blair haussa les épaules et en prit un deuxième. « Un de mes groupes d'aliments les plus importants ces temps-ci. O.K. On y va ? »

Jessie acquiesça, essayant tant bien que mal d'oublier la boule de nerf qui lui nouait l'estomac. C'était un petit boulot, rien de plus. Elle avait photographié les merveilles du monde, elle n'allait pas se laisser impressionner par un père de famille.

« Ça va être du gâteau, Jess. J'ai entendu dire que tu étais la meilleure. »

Jessie rit et s'installa à la place du passager. « J'ai entendu la même chose à ton égard.

— Ah, ça fait plaisir ! Allez, on va bien s'amuser toutes les deux. » Elle engagea la voiture sur la route et se mit à tapoter des doigts sur le volant. « C'est mignon par ici. » Les ongles de sa main droite étaient parfaitement manucurés, recouverts d'un vernis rouge vif. Les ongles de sa main gauche étaient complètement rongés.

Elle remuait sans arrêt. « Quel enfer d'arrêter de fumer !

— Je te comprends. Je l'ai fait plusieurs fois, moi aussi, admit Jessie. Tu travailles sur cette histoire depuis longtemps ? Tu ne m'as pas dit grand-chose à part que le type est du coin.

— Je lui cours après depuis plus d'un an. Il ne voulait rien lâcher, comme tous ceux qui prétendent vouloir protéger leur dignité et leur vie privée. Mais tout peut se marchander ; il suffit de se mettre d'accord sur le montant ! Ce type-là a été plus coriace que les autres. J'étais même sur le point d'interroger une tierce personne à sa place, une femme qui est allée voir la presse à son propos il y a quelque temps. Mais il a fini par céder.

— Ça m'a l'air bien compliqué. En général, mes sujets de reportage ne sont pas en mesure de refuser quoi que ce soit.

— Ah bon ? C'est quoi, ton domaine ?

— Les forêts tropicales humides en Asie ou les barrières de corail dans le Pacifique sud, par exemple.

— Depuis combien de temps tu étais partie ?

— Quinze ans. »

Blair siffla. « Alors, tu n'as pas dû entendre parler de l'affaire Matlock. » Elle bifurqua sur le chemin de Springside en direction du versant sud d'Eagle Lake.

« Non. »

Blair fit une bulle de chewing-gum et sourit. « Eh bien, ma fille, tu vas voir, son histoire sort de l'ordinaire. C'est le moins qu'on puisse dire. »

152

Elle tourna dans l'allée menant à la maison Matlock, une bâtisse d'allure chaotique coincée sur la berge qui descendait au lac. En contrebas, un imposant hangar à bateaux piquait du nez dans l'eau, non loin d'un quai récemment construit qui s'avançait telle une flèche dans le lac. L'hydravion vert et blanc y était amarré.

« D'habitude, je préfère programmer l'entretien et les prises de vue à des moments différents, expliqua Blair. Mais ce papillon-là a été si dur à attraper qu'on va tout faire aujourd'hui. Comme ça, il aura la paix. »

Elle gara la voiture à l'ombre d'un gigantesque myrte pourpre et sortit. Un petit terrier surgit des buissons à la vitesse d'une fusée, aboyant tant et plus. Le chien était suivi d'un vieil homme, petit, la peau tannée, de grands yeux marron, le regard serein. En espagnol, il donna au chien l'ordre de se taire et fit un signe de tête à Blair.

« Vous devez être monsieur Garza. Je vous présente ma photographe, Jessie Ryder. »

Le vieil homme hocha la tête en guise de salut. « Il est dans l'atelier ; il répare un moteur.

— Merci. Nous trouverons le chemin. »

Elles descendirent la berge abrupte. « Génial. Il doit être complètement déboussolé, le pauvre gars. Je lui avais dit qu'on venait aujourd'hui, se plaignit Blair.

— C'est aussi bien, répondit Jessie sur un ton qui se voulait rassurant. C'est souvent plus intéressant quand le sujet est pris par ses activités habituelles. Au fait, d'après Luz, il est plutôt mignon.

— Eh bien ! Qu'est-ce qu'on attend ? » Devant l'atelier, Blair se repassa du rouge sur les lèvres. Elle tendit le tube à Jessie, qui le refusa. Blair frappa à la porte entrouverte.

« Monsieur Matlock ? Dusty ? dit-elle de sa voix innocente.

— Entrez, c'est ouvert. » Il leur tournait le dos, penché sur son travail, leur offrant ainsi une vue imprenable sur son beau derrière.

L'atelier sentait l'huile de graissage. Le soleil qui se déversait par les fenêtres avait déjà réchauffé la pièce. Un petit ventilateur oscillant soufflait tranquillement en direction des établis recouverts d'outils. Éclairé à contre-jour par les fenêtres situées derrière lui, Matlock se redressa nonchalamment et fit face à ses visiteuses.

Jessie fut comme transportée. La lumière tombait sur lui en soulignant sa silhouette avec une précision quasi lyrique. Cette vision resterait gravée dans sa mémoire. Il avait des cheveux bruns aux larges boucles dans lesquelles on avait envie de plonger les doigts. Chaussé de bottes de travail usées, il mesurait plus d'un mètre quatre-vingts. Il portait un jean et un tee-shirt trempé de sueur qui lui collait à la peau.

Ses bras étaient musclés, ses abdominaux, saillants. Lorsqu'il s'avança à la lumière du jour, Jessie vit ses yeux, plus bleus que l'eau d'Eagle Lake.

Fichtre ! Elle aurait dû emprunter ce rouge à lèvres, finalement.

14

Dusty avait fait de son mieux pour oublier la venue de la journaliste. Il regrettait déjà de l'avoir autorisée à retranscrire son histoire. Maintenant, sa Cadillac était garée dans l'allée et elle se trouvait devant lui, par trop glorieuse. Blair LaBorde, une femme grande, blonde, avide de succès, lui empoisonnait la vie depuis qu'elle avait entendu parler de l'extraordinaire naissance d'Ambre. Blair éblouissait telle une pierre précieuse minutieusement travaillée ; dix ans plus tôt, elle aurait pu devenir mannequin et poser pour son magazine de luxe.

Mais c'est l'assistante, et non Mlle LaBorde, qui attira l'attention de Dusty. Vêtue d'une veste de pêcheur sophistiquée, debout au milieu des moteurs, pales de toutes tailles, outils électriques et toiles d'araignée, elle était néanmoins charmante. Son visage aurait pu être celui d'une actrice de cinéma ; d'ailleurs, elle lui semblait familière. En se rapprochant d'elle, il remarqua les traits gracieux qui adoucissaient son visage parfait, lui conférant une humanité qui l'entraîna à l'observer plus que nécessaire.

« Merci d'avoir accepté de nous recevoir, annonça Blair sans lui laisser le temps de voir l'effet qu'il produisait sur la collaboratrice. Je vous présente Jessie Ryder. Elle est la meilleure. Vous ne serez pas déçu.

— Dans quel domaine ? » Il continua de dévisager la ravissante Jessie, qu'il avait l'impression de reconnaître. « On s'est déjà rencontrés ?

— Je suis en visite chez ma sœur, Luz Benning. Elle habite de l'autre côté du lac. Vous connaissez son mari, Ian. »

Il s'en souvenait maintenant. La voyageuse perdue sur la route, la femme du ponton. Il promena son regard sur elle et elle changea de position comme pour éviter des avances déplacées. Ce signe d'irritation ne fit que l'attirer davantage.

« Les gens prennent souvent Jessie pour Luz, intervint LaBorde.

— Ce n'est pas mon cas. » Il s'en voulut soudain d'être si direct, étant donné le drame que vivaient les Benning. « Dusty Matlock, dit-il en s'essuyant la main dans un chiffon gras couvert de rouille et en la lui tendant.

— Enchantée, répondit Jessie, qui sembla faire en sorte de ne pas voir la main tendue.

— Je suis désolée pour votre nièce. Elle va mieux ?

— Oui. C'est un grand soulagement. Ian vous téléphonera certainement quand il aura le temps. C'est gentil de l'avoir emmené à l'hôpital en pleine nuit. »

Charmante voix, pensa-t-il. *Accent texan et un petit quelque chose d'exotique.*

« Je suis content qu'elle n'ait rien eu de grave. » Ian Benning était un client, peut-être un jour deviendrait-il un ami. Il ne souhaitait que du bien à sa famille et se sentait soulagé que sa fille soit indemne… sinon, sa belle-sœur ne serait pas venue travailler. « Transmettez-leur le bonjour de ma part. »

Il se dirigea vers la porte et sortit. Pico traversait la cour à la poursuite d'un oiseau moqueur. Ambre marchait à pas hésitants derrière lui, riant aux éclats parce que Arnufo faisait mine de l'attraper. Elle portait une couche qui pendouillait et un tee-shirt « Cow-boy de Dallas » tout taché. Arnufo avait prévu de la faire belle pour les journalistes, mais il était apparemment en retard sur son programme. Ambre gazouilla et se dépêcha de rejoindre son père, s'accrochant à son pantalon tout en observant les étrangères. Il lui passa la main dans les cheveux, balaya le sol de son pied afin de s'assurer qu'il n'y avait pas un nid de fourmis rouges, après quoi elle s'en alla vadrouiller ailleurs.

Jessie Ryder était partie fouiller dans le coffre de la Cadillac. Quelques instants plus tard, elle revenait armée d'un appareil photo sophistiqué et commençait déjà à mitrailler, accompagnée par le ronronnement du moteur. Pendant plusieurs secondes, Dusty se sentit désarmé. Puis traqué telle une proie. Même absorbée par son travail, la photographe continuait à le perturber. Il éprouvait une envie irrésistible de toucher sa peau, de humer ses cheveux, de rester debout la nuit entière à discuter avec elle. Il lui semblait bien étrange d'éprouver ce genre de sensations envers l'ennemi. Que lui arrivait-il ? Elle le bouleversait, non parce qu'elle tentait de le prendre en photo contre son gré mais parce qu'il ressentait à nouveau des émotions qu'il croyait enfouies profondément en lui.

Surprenant, songea-t-il. Il arbora cependant une mine renfrognée avant de se tourner vers Blair LaBorde. « Vous ne m'aviez pas dit que vous prépariez une embuscade.

— Je vous avais dit que j'amènerais un photographe.

— Non.

— Eh bien, surprise ! » Elle lui fit son numéro de charme. « Les photos représentent soixante-quinze pour cent du magazine.

— Je ne lis pas votre magazine.

— Vous êtes sur le point d'offrir à des centaines de lecteurs une histoire merveilleuse parce que vous aimiez votre femme et que vous êtes un père exemplaire, insista LaBorde. Je suis sûre que vous apprécierez nos photos.

— Vous savez pertinemment pourquoi je vous accorde cet entretien, répliqua-t-il sèchement. La soi-disant bonne amie de Karen a fait écrire n'importe quoi à votre concurrent et je veux remettre la vérité à plat. Mais vous voudrez bien m'excuser si je ne veux pas de photographies d'Ambre ni de moi dans votre torchon. »

Blair resta imperturbable. « Nos responsables photo sont les meilleurs et Jessie Ryder jouit d'une réputation internationale. Et je peux vous assurer que je suis une journaliste digne de ce nom. » Elle ne se laissa pas impressionner par l'air furieux qu'il venait de prendre, ce qu'il ne put qu'admirer malgré lui. « Monsieur Matlock, j'ai eu affaire à des chefs de gang, à des assassins, à des évangélistes adultères et j'en passe. Vous aurez du mal à m'intimider. » Blair LaBorde restait polie quoique ferme. « Je publierai la vérité, je vous le promets, mais ne me mettez pas des bâtons dans les roues. »

Jessie Ryder, elle, ne s'encombrait pas de formalités. « Alors, on commence ? »

Bon sang, pensa Dusty en la regardant. Il n'y avait pas à dire, il avait envie de la séduire. Finalement, il aimait bien la franchise avec laquelle elle se servait de son appareil photo. Elle ne se cachait pas dans l'ombre pour violer sa vie privée, comme ces journalistes assoiffés qui l'avaient espionné au téléobjectif une fois l'histoire révélée au grand jour.

Il prit la petite sur la hanche. Elle replia sa main sous la manche du tee-shirt trempé de sueur. « Je vais me préparer. »

15

Blair, tout sourires, se tourna vers Jessie. « Il t'aime bien.

— Tu joues les Madame Irma ? » Jessie ne put s'empêcher de regarder Dusty Matlock s'éloigner vers la maison, les jambes moulées dans son vieux jean, la petite collée à lui telle une ventouse.

« Oui, j'ai un don pour ces choses-là.

— Tu ne m'avais pas dit que les appareils photo l'intimidaient.

— Ma chérie, crois-moi, rien ne peut intimider cet homme. »

Exact, reconnut Jessie. Il respirait la confiance en soi et plus encore. Elle n'était pas simplement intriguée. Entre deux liaisons avec Simon, elle avait eu l'occasion de connaître beaucoup d'hommes, mais elle n'avait jamais rencontré quelqu'un comme Dusty Matlock. Elle venait de tout gâcher en prenant des photos à brûle-pourpoint ; d'habitude, ses sujets n'avaient pas autant de tempérament.

Le vieil homme, Arnufo Garza, apporta une glacière remplie de petites bouteilles de Coca en verre plongées dans la glace. Il se dirigea vers le ponton, où il déposa son fardeau sur une table de pique-nique en séquoia patinée par les intempéries. « J'espère que cela ne vous dérange pas d'être *al fresco* pendant que je m'occupe de la maison. Nous n'avions pas compris que vous prendriez des photographies aujourd'hui.

— Je peux revenir à un autre moment, suggéra Jessie.

— Cela nous ferait très plaisir, mais il vaut mieux que vous restiez. Je pense que Dusty préfère régler cette histoire une bonne fois pour toutes. »

Elle sentit la chaleur monter en elle, ses joues rougir. Elle ne comprenait pas pourquoi elle rougissait toujours autant, après la vie de délurée qu'elle avait menée.

Il ouvrit deux bouteilles, donna la première à Blair et tendit la seconde à Jessie. D'une main incertaine, elle parvint à la saisir, rassurée par sa silhouette fraîche et familière.

Blair fouilla dans son sac. « Monsieur Garza, je peux vous poser une question ? »

Il sourit, apparemment plus à l'aise que Matlock avec cette interview. « Bien entendu, *señorita*. »

Blair sortit son dictaphone numérique de la taille d'un paquet de cigarettes et le posa sur la table. « Depuis quand travaillez-vous pour M. Matlock ? »

Arnufo regarda calmement l'enregistreur. « Officiellement ou officieusement ? »

Blair s'installa dans une chaise longue. « Comme vous voulez.

— Peu importe. C'est juste une phrase que j'ai toujours rêvé de prononcer un jour. Pourquoi présumez-vous que c'est moi qui travaille pour lui ?

— Ce n'est pas le cas ?

— Pourquoi n'avez-vous pas demandé depuis combien de temps Dusty travaille pour moi ? »

Blair eut la délicatesse de rougir, bien que très brièvement. Puis elle reprit son sérieux professionnel. « Veuillez m'excuser et reprenons : travaille-t-il pour vous ?

— Non. » Une étincelle brilla dans ses yeux, il lissa sa belle moustache poivre et sel avant d'arrêter son regard sur le dictaphone. « Je m'appelle Arnufo Chavez y Garza. J'ai soixante-neuf ans. Je suis né dans l'État de Jalisco, au Mexique, et, en 1974, j'ai émigré en toute légalité. Il y a deux ans, mon épouse est décédée et je suis ici parce que Dusty et Ambre ont besoin de moi, mais aussi parce que j'ai envie de rester actif ; ça me plaît comme ça.

— Dans quel état d'esprit était Dusty lorsqu'il a perdu sa femme et gagné une fille ?

— Cette question est pour lui, pas pour moi. » Il pivota vers le lac et la brise souleva ses cheveux gris. Il se retourna tout à coup, ayant entendu la porte s'ouvrir bien avant Jessie.

« Elle arrive, Arnufo. » La voix de Dusty provenait de l'intérieur de la maison.

« *La tengo* », dit M. Garza. La petite vint à sa rencontre en se dandinant, levant ses mains potelées vers lui ; une auréole de cheveux clairs entourait son visage de chérubin.

Blair prit un air consterné. « C'est quoi cet accoutrement ? »

Jessie se retint de sourire. « Je parie que c'est sa plus belle robe. » Enveloppée de satin et dentelle bon marché, Ambre avait l'air d'un gâteau d'anniversaire recouvert de nappage rose. C'était le genre de robes que l'on trouvait en vente dans les *fiesta* sud-américaines, celles que l'on pourrait mettre aux fillettes pour leur première communion, celles qu'un homme attentionné mais sans goût serait susceptible de choisir.

Arnufo souleva la petite dans les airs pour la faire rire. Jessie, n'écoutant que son instinct, s'empara de son appareil. On entendit le moteur bourdonner tandis qu'elle prenait plusieurs clichés rapprochés des deux personnages : le vieil

160

homme bienveillant et l'enfant, la tête renversée, manifestement heureuse de voler. « Merci, dit Jessie. Je pense tenir là de jolies prises de vue.

— Impossible de rater les photos de bébés. Mais celles d'un vieil homme... »

Elle lui adressa un clin d'œil. « Allez raconter cela à Sean Connery, lui qui n'est jamais satisfait. »

Matlock sortit de la maison. Il s'était douché en un rien de temps. Des boucles brunes et brillantes lui tombaient sur le front. Une chemise en denim impeccable, déboutonnée en haut, manches retroussées, faisait ressortir le bleu intense de ses yeux. Sur la poche de poitrine, brodé à la machine, un logo représentant une paire d'ailes illustrait le nom de la compagnie Matlock Aviation.

Lorsqu'elle aperçut son père, Ambre se mit à gazouiller et à se tortiller dans tous les sens. Matlock la prit dans les bras, s'emmêlant les doigts dans le bouillon de dentelles et de satin. Avec une patience exemplaire, Ambre s'accrocha à la manche de chemise de son père et attendit qu'il s'installe face à Blair. « Allons-y. »

Jessie se sentit bêtement nerveuse. « Très bien.

— Quand vous voulez, lâcha-t-il sèchement.

— Oubliez-moi, faites comme si je n'étais pas là. Je n'existe plus, d'accord ? » Elle s'entendit bafouiller sans parvenir à s'arrêter. Il y avait quelque chose en lui... plus il était sec avec elle, plus elle était fascinée.

Il la regarda sans cacher son attirance. « C'est ça. Comme si vous n'étiez pas là. » Il croisa les jambes et installa Ambre confortablement sur lui, où elle se mit à jouer avec les ailes brodées sur sa chemise. Blair appuya sur le dictaphone. « Bien, Dusty. C'est à vous. Nous voulons toute votre histoire, du début à la fin. » Il inspira profondément, retint son souffle un instant, puis expira lentement. Jessie interposa son objectif entre elle et lui, tel un bouclier qui pourrait la

161

protéger de l'élan de tristesse venu obscurcir le visage de Dusty ; elle aurait voulu détourner le regard.

Il ferma les yeux quelques secondes ; quand il les rouvrit, il semblait être ailleurs, loin de tous. Il se mit alors à parler. « Karen et moi formions un couple comme tous les autres. Nous nous sommes rencontrés, nous sommes tombés amoureux et puis nous avons décidé de nous marier. Nous avons monté une petite compagnie de vol en Alaska et commencé à faire des projets pour notre premier bébé. Rien d'extraordinaire, comme je vous l'ai dit. Jusqu'à ce qu'elle meure, deux mois avant de donner la vie à notre fille. »

16

L'œil froid et noir de l'appareil photo devint plus hésitant ; Dusty en fut le premier étonné. À en juger par sa manière de manipuler son matériel, Jessie Ryder semblait bénéficier d'une longue expérience. Il l'imagina en train de photographier à son aise les hommes politiques, les victimes et héros de catastrophes dans de petites villes perdues. Il remarqua cependant que le lourd objectif n'était pas toujours sûr de lui, trahissant des nerfs à fleur de peau.

« Désolée, murmura-t-elle. Ce que vous venez de dire m'a troublée. »

Encore maintenant, après deux ans, Dusty percevait la présence de Karen comme si le drame avait eu lieu la veille. Elle avait le sens de l'humour, était d'une honnêteté à toute épreuve ; elle aurait été fascinée par le déroulement de toute cette histoire. « C'est pour cela que vous m'interviewez », commenta-t-il.

Il la vit rougir et se rendit compte qu'il était fasciné, lui aussi, par une femme paraissant si expérimentée et si émotive à la fois. Pour la première fois en deux ans, il éprouva des émotions qu'il pensait avoir rayées de sa vie, tel ce sentiment puissant d'attirance pour une jolie femme. Rien que pour cette raison, il avait envie de la remercier, car elle venait de lui prouver qu'il était encore en vie et voulait le rester. En l'apercevant, il était sorti de deux ans de torpeur, et plus les minutes passaient, plus son impression première se confirmait. Sinon, comment ferait-il pour rester là, à mettre sa vie et son cœur à nu sans s'effondrer ?

La chaleur lui avait peut-être tapé sur la tête. Ou alors c'était elle. Tout à coup, il sentit LaBorde l'observer dans ses rêveries. *Du calme, mon grand*, se dit-il. Elles étaient venues pour une sale affaire et il avait accepté le marché.

« On continue ? » LaBorde sembla étonnamment compatissante.

Il se concentra de nouveau sur son douloureux passé et fixa son regard sur la petite boîte noire posée sur la table. Le dictaphone percevrait-il le supplice enduré par Karen, le sentiment de perte qui avait noyé le cœur de Dusty chaque jour depuis lors ?

« Avec Karen, nous avions tout ce dont nous pouvions rêver et tout donnait à penser que nous mènerions une vie longue et heureuse. Elle était jeune et robuste, elle-même pilote, mais elle a décidé de ne plus voler quand elle a su qu'elle attendait un bébé. Au cours du sixième mois de grossesse, elle continuait à marcher quatre kilomètres chaque jour. » Il voyait encore sa jeune femme pleine de vitalité, ses cheveux blonds et soyeux brillant sous le soleil intense de l'été d'Alaska, parmi les forêts boréales de bouleaux et d'épicéas ou les fleurs gigantesques de leur jardin. Les digitales et les roses trémières devenaient géantes, puis fleurissaient abondamment, avant que l'hiver précoce ne les tue.

Le jour où tout bascula, le soleil de la fin d'après-midi était aussi intense que son sourire, la brise aussi cinglante qu'un fouet. Elle revint de sa balade fraîche et heureuse, le bout du nez rosi par le froid. Comme tous les jours, elle posa la main sur la poitrine de son mari, juste au-dessus du cœur, et se pencha pour l'embrasser. Lui avait-elle paru essoufflée ? Chancelante ? Était-il trop occupé pour le remarquer ?

Il venait de traiter des plans de vols long-courriers. Ils avaient prévu d'emménager en ville avant que l'hiver ne s'installe. Leur station estivale ne manquait pas de charme, ni de défis en tout genre, mais pour la naissance de leur premier enfant, la sécurité passait avant l'aventure. Ils avaient décidé de sous-louer un appartement à Fairbanks, une petite ville animée, tout près de North Star Hospital, où devait naître le bébé ; il était question de rejoindre leur maison par avion au printemps suivant. Un projet des plus simples. Il n'aurait jamais pensé que tout se passerait si mal, si vite.

Ce jour-là, une intonation inhabituelle dans la voix de Karen lui fit lever le nez des papiers dans lesquels il était plongé.

Après qu'elle l'eut embrassé, son attitude changea. « Je ne me sens pas bien. J'ai mal à la tête.

— Tu veux t'allonger un peu ? Je vais te faire une tisane…

— Je ne voudrais pas passer pour une douillette mais, là, ce mal de tête est différent. Il faut que je voie le médecin. Tout de suite. »

Le contraste entre la gravité de ses paroles et la douceur de sa voix l'avait stupéfait. Quelque chose clochait.

Il fit pivoter son fauteuil et se leva pour la soutenir. « C'est le bébé ?

— Non. » Elle hésita, sembla désemparée et confuse, contrairement à son habitude. Elle chuchota : « C'est moi. »

Consulter le médecin n'était pas si simple. Il ne suffisait pas de prendre la voiture pour aller jusqu'à la clinique à l'autre bout de la ville. D'un geste rapide, il alluma la radio et l'ordinateur portable, prévint les deux hommes de l'équipe au sol responsable de la piste. Pour la conduire chez le praticien, il lui faudrait voler quarante-cinq minutes. Ils laissèrent la maison ouverte, les tomates à moitié découpées sur le plan de travail, près de la liste de courses écrite par Karen à l'encre violette. Pendant qu'il s'engageait sur la piste, elle appelait son docteur grâce au téléphone mobile. Elle essayait de rester calme et claire en décrivant ses symptômes : mal de tête aigu… douleur étrange, difficile à décrire… aucune contraction, mais ce mal de tête… Sur son visage tendu et pâle, il vit la terreur se mêler à la confusion. Que lui arrivait-il ? Pourquoi ?

Dusty était un pilote expérimenté. Il avait passé cinq ans à transporter des travailleurs de passage, des pétroliers, des cadres et des millionnaires le long de la colonne vertébrale de l'Alaska aux bords déchiquetés, par-delà les blanches étendues, aussi belles que traîtresses. Il avait sauvé la vie de plusieurs Indiens Inupiats en leur livrant un sérum, évacué des hommes tombés dans des trous, des voyous qui s'étaient cassé le nez au cours de querelles d'ivrognes. Deux ans plus tôt, il avait même transporté une femme sur le point d'accoucher et son jeune mari, effrayé, jusqu'à l'hôpital. Ensemble, ils avaient compté les contractions et ri nerveusement entre deux séries, se disputant pour savoir s'ils appelleraient le bébé Del Rey, du nom de la ville où il avait été conçu, ou bien Macon, du nom de la ville où ils habitaient. La femme était plus jeune que son mari ; jamais elle ne dit : « Quelque chose ne va pas. »

Ces quelques mots allaient bouleverser le monde de Dusty, son avenir. Il le savait déjà lorsqu'il attacha son blouson d'aviateur et aida Karen à enfiler le sien. Il n'était pas sûr, mais il pensait se souvenir que Karen lui avait paru tout à coup fragile, tel un oiseau, tandis qu'il lui guidait une main dans la manche de son blouson.

Son équipe au sol était la meilleure de l'État, et ses hommes firent de leur mieux le soir où Karen quitta le désert de l'Alaska pour toujours. À ce moment-là, une part enfouie de lui-même savait qu'elle ne reviendrait pas. C'était écrit sur son visage déformé par la douleur ; on pouvait le lire au fond de ses yeux.

Il vola aussi vite que son turbopropulseur dernier cri le permettait, sans tenir compte de la résistance du vent ni de la consommation de carburant. Karen demeura sans bouger, attachée dans son siège, les yeux fermés, la sueur perlant au-dessus des lèvres.

Dans l'autre siège se trouvait Nadine Edison, une maîtresse d'école dont la qualité irréfutable fut d'être l'amie de Karen. Elle lui avait souvent tenu compagnie, l'aidant à tout organiser pour le bébé. Pendant le vol, elle lui parla sans arrêt, essaya de la rassurer. Elle lui dit combien elle était aimée, que le bébé allait être magnifique, qu'elle serait fière d'être tata Nadine.

Ambre gargouilla et poussa un petit cri, tirant ainsi Dusty de ses pensées ; il interrompit son histoire et revint au présent. « La seule chose que cette amie ne lui a pas dite, c'est qu'elle gagnerait beaucoup d'argent en vendant son témoignage à la presse populaire. »

Il jeta un œil sur sa fille, gros œillet rose dans sa robe de dentelle. Arnufo l'avait achetée au *Mercado del Sol*, à San Antonio. Il était difficile d'imaginer Ambre suffisamment grande pour lire cette histoire un jour, mais il savait que le moment viendrait.

« Et vous faisiez confiance à Nadine Edison ?

— Karen, oui. Personnellement, je n'avais pas d'opinion sur elle.

— Je vois. Continuez. Votre femme est restée calme pendant le trajet. »

Il acquiesça. Le ciel pollué de la ville n'avait jamais paru si accueillant, ni le bâtiment nord plus beau. Pourtant, avant même que Karen ne perdît connaissance, il eut un mauvais pressentiment. « Je lui ai dit que je l'aimais. Je n'ai pas arrêté de le lui dire. » Il baissa les yeux vers ses mains, tendit et détendit nerveusement ses doigts. « Je suppose que tout le monde réagit comme cela dans ces cas-là, quand on perd espoir, quand il n'y a plus rien à faire. Elle m'a dit trois choses avant l'atterrissage. » Il se remémora l'attroupement d'ambulances aux gyrophares allumés qui attendaient sur la piste. Ces gens les connaissaient, Karen et lui, ils étaient des amis. À l'aérodrome, tous voulurent aider.

« Notre dernière conversation a été enregistrée. » Dans une situation différente, Dusty aurait ri en voyant l'expression de Blair LaBorde. « Oui, la bande de l'enregistreur de données a été conservée. Oui, je vous la ferai écouter. Et oui, je vous en donnerai la transcription. Je n'ai pas honte de ce que j'ai dit.

— Quelles sont ces trois choses ? demanda Blair.

— Elle m'a dit qu'elle m'aimait, qu'elle aimait le bébé. Elle m'a demandé de sauver le bébé, quoi qu'il arrive. » Il marqua une pause, avala une grande gorgée de Coca. « Ensuite, elle m'a dit qu'elle se sentait mourir. »

Dans l'esprit de Dusty les souvenirs se mêlaient au présent de manière quasi surréaliste. De l'autre côté du lac, la maison des Benning était vivante, comme toujours : les enfants qui courent dans tous les sens, les gens qui vont et viennent. Les derniers instants passés avec Karen se cristallisèrent sous ses yeux puis volèrent en éclats.

Il lança un regard furtif à Jessie Ryder. Elle venait d'entrer dans sa vie sans y avoir été invitée, et pourtant elle semblait avoir sa place ici. Elle allait mettre en scène son désespoir mais, en même temps, elle couchait la vérité noir sur blanc pour le bien d'Ambre. Un jour, sa fille serait assez grande pour regarder les photos de Jessie, pour lire l'histoire qu'il racontait.

« Voilà. Ses dernières paroles. »

L'enregistreur de données avait également capté sa voix tendue et affolée : « Karen ! Karen ! C'est pas possible, elle vient de perdre connaissance. Bon sang, faites quelque chose ! » avait-il crié à Nadine, en liaison radio avec le sol où attendaient les ambulances.

Karen avait perdu toute couleur, toute vie ; tandis qu'il devait continuer à voler, sa vie se désintégrait à dix-huit mille pieds de haut. Pendant la course effrénée de l'aérodrome à l'hôpital, il était passé par la panique et par le déni. Puis son cœur était devenu le siège de tourments insoutenables : avant même d'avoir entendu le verdict des médecins, il sut qu'elle était perdue. Rupture d'anévrisme. Son cerveau était mort. Restait à décider du moment où la débrancher. Il les entendait parler, voyait la ligne continue de l'électro-encéphalogramme, mais ne pouvait accepter la réalité. Il s'agissait de son cœur, de sa femme, de son avenir, allongés là, sur le lit roulant.

De nouveau, il jeta un regard à Jessie Ryder. Elle était immobile, comme clouée sur place. Elle ne photographiait plus. Les larmes coulaient sur ses joues. Leurs regards se croisèrent et elle tenta de se reprendre, se redressa dans son fauteuil, s'agrippa aux accoudoirs et avala sa salive péniblement.

« Ça ne va pas ? s'enquit-il, surpris.

— C'est la première fois que j'entends votre histoire. » Ambre se mit à rire et Jessie la regarda. « C'est sans doute pour elle que vous avez accepté de nous livrer tout cela. »

Sa vivacité d'esprit plut à Dusty. Drôle de moment pour éprouver de tels sentiments. Le courant qui passait entre eux devint presque tangible, créant une certaine tension dans l'atmosphère. « Je lui dois au moins ça, révéler la vérité au grand jour. Mais je ne comprendrai jamais pourquoi le public est fasciné par ce genre d'histoire.

— En apprenant le malheur des autres, les gens espèrent y échapper de leur côté, analysa Blair. Cela doit représenter une sorte de talisman contre leur propre souffrance. Il est toujours plus simple d'apprendre que c'est un autre qui vit une tragédie. »

Dusty crut voir le visage de Jessie s'assombrir sur ces paroles de Blair. Il se demanda si l'accident de la veille n'était pas plus grave qu'elle n'avait daigné le dire. Pourtant, elle semblait focalisée sur lui. Elle était attentive, non à la manière de Blair LaBorde, à fouiner partout, mais plutôt comme une personne assise autour d'un feu, l'oreille tendue amicalement vers le conteur, pleine de sympathie et de compassion. Il aurait dû y être habitué mais, chez Jessie Ryder, cette attention acquérait une tout autre dimension. Elle lui donnait envie de prendre le temps d'expliquer, de regarder son propre cœur, d'en remuer les cendres afin de voir si une petite étincelle ne pourrait lui redonner vie.

Il vida sa bouteille et poursuivit son récit à l'intention du dictaphone, dont la matérialité amortissait les émotions. « À un moment donné de la grossesse, le bébé devient réel. Vous y croyez, vous ? »

Blair haussa les épaules. « Je n'ai jamais été enceinte. »

Il se tourna vers Jessie. Elle fut sur le point de parler mais referma la bouche. Ses joues s'empourprèrent et elle resta silencieuse.

« L'une des infirmières de service à North Star est venue me voir pour m'expliquer cela. Elle prétendait qu'il arrive un moment pendant la grossesse où tout devient réel. Mais ce jour n'était pas encore arrivé pour moi. Nous avions décidé, avec Karen, d'acheter tout le nécessaire pour le bébé quand nous aurions emménagé en ville, en attendant le jour J.

Donc, nous n'avions encore rien prévu. » Ils avaient à peine évoqué quelques prénoms, aucun faire-part n'était commandé et ils n'avaient bien sûr jamais songé à prendre des arrangements au cas où l'impensable se produirait.

« Après, lorsque Karen… » Il s'arrêta, se ressaisit. « J'étais assis au bord de son lit. Je venais de discuter pour la centième fois avec un énième médecin, conseiller ou que sais-je encore. Ils m'ont tous dit qu'elle était partie, que c'était fini. » Les heures d'angoisse se confondaient ; mais il se souvenait pourtant de sa belle au bois dormant, la douceur de sa peau et l'odeur de ses cheveux. Il essayait de se convaincre qu'elle était partie quelque part et ne reviendrait jamais. Mais elle restait si… présente.

« Un spécialiste est venu me parler des dons d'organes et m'a appris qu'à partir du moment où le cerveau meurt, le reste du corps attend de s'éteindre, lui aussi ; il fallait donc décider rapidement. Ils m'ont fait tout un cinéma selon lequel elle avait un corps sain, elle était une personne généreuse et avait signé sa carte de donneur – comme tout le monde, non ? Et c'était vrai, d'ailleurs, elle avait sur elle une carte de donneur. De mon côté, j'étais entièrement d'accord avec les conséquences que cela représentait. Elle aurait fait la même chose à ma place. »

Il respira profondément. « Le problème, c'est qu'elle n'était pas tout à fait morte, pas encore. C'est à ce moment-là que j'y ai pensé. Ils étaient tous là, à me raconter que le corps de ma femme gardait en vie un cœur, des poumons, des reins, de la cornée, de la peau, tout ce que vous voudrez, mais personne n'a mentionné l'autre vie qu'elle portait en elle. »

Dusty vit à cet instant le visage de Jessie exprimer un choc, puis la tristesse et enfin, lorsqu'elle tourna les yeux vers Ambre, la compréhension et la gratitude. Ambre rappelait à Dusty la dure décision qu'il avait dû prendre. Les médecins pouvaient faire naître le bébé sur-le-champ et débrancher le respirateur artificiel, faisant de Dusty un veuf avec un bébé prématuré. Ils pouvaient laisser le bébé mourir dans le ventre de sa mère, ou encore maintenir Karen en vie aussi longtemps que possible, en contrôlant la croissance du fœtus jusqu'à ce qu'il soit suffisamment vigoureux pour être mis au monde, probablement six à huit semaines plus tard. Un choix existait encore pour le bébé, plus pour Karen. La vie de Dusty venait d'éclater en morceaux. Il se haïssait pour la promesse qu'il avait faite à sa femme ; il avait peut-être même haï son bébé, qui prolongeait sa souffrance.

« Je n'ai pas été très correct avec l'infirmière de service cette nuit-là. Elle n'arrêtait pas de me parler du bébé. Je lui ai hurlé dessus. Et pendant tout ce temps-là, j'étais au chevet de Karen, je lui tenais la main. » Il s'arrêta et regarda de nouveau au loin. Le lac bordé d'arbres devint flou et tremblotant, mais ses larmes devaient rester privées. Seuls les faits seraient exposés au grand jour.

Il scruta Jessie, parvint à lire dans son cœur en observant ses lèvres émues, ses paupières tremblantes. Il supposait qu'elle n'avait rien supporté de si dur ; pourtant, il décelait aussi la souffrance sur son visage. Ressentant une grande affinité pour elle, il la voyait avec une sensibilité accrue. Il ne la connaissait pas et, pourtant, il avait l'impression de pouvoir lire dans son cœur à livre ouvert. Quelle sensation étrange ! Il était sûr de lui. Depuis la mort de Karen, plusieurs femmes avaient essayé de le consoler, de partager sa peine, de le séduire, mais cela n'avait jamais marché. Et maintenant, sans en être consciente, Jessie lui offrait quelque chose de différent. Elle lui permettait d'accepter sa souffrance et de croire qu'un jour il pourrait aimer à nouveau.

Arnufo sortit de la maison et vint chercher Ambre pour l'emmener jouer au ballon dans la cour. Ni Blair ni Jessie ne bougèrent.

« Ils déclarèrent ma femme officiellement décédée. Pendant deux mois, je lui ai rendu visite jour après jour ; je lui ai parlé comme si elle pouvait m'entendre ; je lui ai passé la musique sur laquelle nous aimions danser. Ils n'arrêtaient pas de me dire qu'elle était morte, mais son corps était chaud, beau, et je me suis plusieurs fois laissé aller à penser qu'elle était juste endormie. Quand je lui tenais la main, je sentais son pouls battre. Pendant tout ce temps, au fond de moi, je savais qu'ils finiraient par venir la chercher, qu'ils retireraient le bébé puis les organes de Karen et l'emmèneraient loin de moi. » Cela l'avait rendu à moitié fou d'observer le ventre de Karen gonfler, de savoir que son corps inerte allait donner vie à un individu qu'il ne connaissait pas. L'au revoir s'était prolongé dans l'agonie.

« Le moment venu, son médecin accoucheur a supervisé le déroulement de l'opération, de A à Z. J'ai assisté à un véritable marathon ; ils devaient tout surveiller à la fois. Le médecin m'a fait écouter les battements de cœur du bébé et m'a expliqué comment tout allait se passer. Mais personne ne m'a dit comment survivre à cette épreuve. »

À la seconde même où il avait tenu sa fille dans les bras, il s'était rendu compte de la beauté de son sacrifice. Il la nomma Ambre, d'après la couleur des yeux de Karen. Il aurait voulu l'appeler Karen, mais il craignait d'être incapable de prononcer son nom sans éprouver de tristesse. Il se passa la main sur le front et respira un grand coup. *Autant tout raconter.* « À un moment donné, j'ai envisagé de la confier à une maison d'adoption. »

Jessie en eut le souffle coupé. Les joues en feu, elle fit semblant de manipuler son appareil.

« Pourquoi ne l'avez-vous pas fait ? questionna Blair.

— Eh bien, il s'en est fallu de peu. Finalement, je n'ai pas réussi à me séparer d'elle, mon cœur m'en a empêché. Je devais affronter la réalité. C'était mon destin, aussi dur que cela puisse être. L'abandonner n'aurait rien donné de bon. »

Des premiers mois de la vie d'Ambre, Dusty ne se souvenait pas d'avoir beaucoup dormi. L'alcool le rendant encore plus triste, il ne buvait pas mais il avait néanmoins l'impression d'avoir sans arrêt la gueule de bois. Le chagrin, la colère et même la haine étouffaient son cœur jusqu'à l'empêcher de respirer ; il en venait parfois à poser la main sur le téléphone, prêt à appeler l'avocat qu'il avait contacté au sujet d'une adoption, pourtant il ne franchit jamais le pas. Son bébé dépendait de lui, et c'est grâce à cette pensée qu'il put tenir bon, minute après minute, nuit après nuit, et cela durait depuis deux ans.

Dans le silence qui suivit, Dusty se sentit à vif, vulnérable, mais également allégé. Il trouvait la situation absurde : bien qu'il ne connaisse rien de cette femme, il se sentait heureux de la rencontrer. Elle venait empiéter sur sa vie privée, et elle semblait aussi vulnérable que lui. La compassion de LaBorde sonnait faux, pas celle de Jessie. Sa réaction intéressait énormément Dusty. Au lieu de le regarder avec pitié, comme tant d'autres, elle admirait Ambre, le sourire aux lèvres.

Sans le savoir, elle entrait dans l'histoire de Dusty. Elle était plus qu'une photographe engagée pour lui mettre le cœur à nu. Il regarda dans les yeux celle qui venait de pénétrer dans sa vie : l'avenir semblait lui sourire à nouveau.

17

Jessie n'arrivait pas à mettre de mots sur ce qu'elle éprouvait. Le cœur brisé, elle imagina Dusty assis au chevet de sa femme, en train d'écouter leur musique en lui tenant la main, en lui parlant sans cesse, comme si elle était toujours là. Jessie ne parvenait pas à se détacher de cette vision. Comment vit-on le fait d'aimer une personne à ce point ? De la perdre ? De connaître le jour et l'heure de son dernier soupir ? De savoir que son cœur encore chaud sera ôté de sa poitrine et offert à un étranger ?

Incapable de soutenir davantage son regard irrésistible, elle se tourna vers Blair LaBorde et la fusilla des yeux. *Tu ne m'avais pas dit...* Elle lui avait simplement parlé d'un veuf revenu d'Alaska pour élever sa fille, pas d'un personnage tragique obligé de supporter l'insoutenable.

« Excusez-moi. » Elle se leva et se dirigea vers Arnufo et la petite tout en vérifiant que son appareil était bien chargé. Voilà pourquoi elle ne photographiait que des arbres, des formations rocheuses, des mosaïques antiques et des vestiges de civilisations disparues. Elle n'aurait pas dû accepter pareille mission. Son travail ne serait jamais à la hauteur de cette tragédie. Elle se rendait compte à présent que les précédents clichés d'Ambre et d'Arnufo ne pouvaient pas coller. Il y manquait cette qualité indéfinissable que l'on acquiert en prenant le temps de voir et de photographier avec son cœur. Elle devait réessayer.

Lorsqu'elle s'approcha, la petite se cacha derrière les genoux d'Arnufo. Jessie n'avait pas l'habitude des enfants, mais elle les savait capables de percevoir votre humeur. Peut-être pouvaient-ils sentir la peur, comme les chevaux. Elle ralentit et afficha un sourire tendre.

« Elle aime bien qu'on la prenne en photo ? demanda-t-elle à Arnufo en changeant d'objectif.

— Oh, que oui ! fit-il en adressant un sourire affectueux au petit bout de chou. Elle a l'habitude. Elle a énormément d'admirateurs. »

Jessie s'agenouilla. « Elle a l'habitude des étrangers aussi ?

— Pas spécialement, mais elle aime bien le contact avec les gens.

— Bonjour, beauté », dit Jessie d'une voix douce en lui tendant les mains. Le petit visage de poupée était simple et attendrissant. Jessie réfléchit à ce qu'elle venait d'apprendre : cette enfant était née d'une femme morte. Elle était le fruit de l'amour et du sacrifice ; son existence même était un miracle. La petite posa une main dans celle de Jessie ; ses doigts minuscules papillonnaient. Jessie imagina Lila à son âge et referma sa main sans y penser.

Inquiète, Ambre grimaça puis se mit à pleurer. Arnufo rassura Dusty d'un signe de tête. Il prit ensuite l'enfant dans les bras et invita Jessie à les suivre. Couvrant les pleurs d'Ambre, il remarqua : « De ce côté-là, elle ne ressemble pas du tout à son père. Elle attend de vous connaître pour accorder sa confiance et vous laisser l'approcher.

— En quoi son père est-il différent ?

— Lui, il est proche de tout le monde. Jusqu'au jour où on lui montre que l'on n'était pas digne de sa confiance. »

Il fallait être courageux pour se conduire ainsi, pensa Jessie. Ou éperdument innocent. Elle n'était assurément ni l'un ni l'autre. Elle repensa au visage de Dusty lorsqu'il avait mentionné que l'amie de Karen avait vendu leur histoire à la presse à scandales. Il avait semblé davantage surpris que trahi.

Elle recentra son attention sur Ambre, qui était à présent sur ses gardes. Elle aurait dû étudier de plus près les techniques de sa sœur, observer son mur de photos en détail, même si les secrets de Luz étaient difficiles à percer. Les visages des enfants y apparaissaient ouverts, frais et naturels. Arnufo avait raison : la confiance était la clef du mystère. Elle ne pouvait pas considérer cette enfant comme une statue de Napoléon ou un vignoble toscan.

« J'aimerais prendre d'autres photos de vous deux. À moins que vous n'ayez pas confiance en moi non plus.

— Je suis trop vieux pour faire confiance à une jolie femme… et trop fou pour mettre ce principe en application.

— J'aurais bien voulu vous rencontrer plus tôt ! Où étiez-vous caché pendant tout ce temps ?

— J'étais occupé à élever cinq filles aussi belles que vous. »

Elle détourna son visage. Les moments où elle regrettait de ne pas avoir de père étaient rares mais cruels.

« Nous sommes prêts », dit Arnufo. Ils étaient tous deux face à l'appareil ; il regarda droit devant et prit une position curieuse, presque militaire. Les photos sur lesquelles les sujets posent sont rarement intéressantes. Cependant, cette petite fleur délicate dans les bras du vieil homme moustachu formait une composition des plus attendrissantes. Le contraste entre la peau parcheminée d'Arnufo et celle d'Ambre, soyeuse comme un pétale de rose, incarnait la différence entre l'innocence et l'expérience.

Elle déclencha l'obturateur plusieurs fois d'affilée, sans se soucier du film. Des années passées dans des coins reculés, équipée d'un appareil entièrement manuel, lui avaient enseigné à prendre le temps de choisir ses compositions afin de limiter la quantité de pellicules utilisées. Elle était maintenant libérée de ces contraintes.

Et pourtant, ce jour-là, elle sut que la première photo était la bonne. Le portrait ferait fureur. Les prises de vue s'enchaînèrent tandis que Jessie devenait plus assurée. Arnufo, embrassant la propriété du regard depuis sa chaise longue, le ciel en arrière-plan, ressemblait à un hidalgo d'un autre âge. La petite s'habitua progressivement à elle, lui témoigna quelques preuves d'attention en lui apportant le fruit de ses découvertes : une brindille, une plume, une feuille morte. Jessie la suivait, moteur ronronnant. Elle appréciait les gestes inopinés de l'enfant, qu'elle trouvait intrigants et même charmants. Elle prit Ambre en train de rigoler avec le petit terrier marron et blanc, puis debout près du lac, montrant le ciel du doigt. Cette enfant était si merveilleuse qu'elle insufflait une incroyable fraîcheur autour d'elle. Une fois de plus, Jessie pensa à ce qu'elle avait perdu, aux chances qu'elle avait laissé passer. Elle n'avait jamais élevé d'enfant alors que c'était peut-être la plus grande des aventures.

« Je suis inquiet quand elle est au bord de l'eau. »

Jessie se redressa en entendant Dusty Matlock s'approcher derrière elle. « Désolée. »

Arnufo dit quelque chose en espagnol.

La petite poussa un cri de joie en apercevant son père et se dirigea vers lui.

« Je l'ai, *jefe*, avertit Dusty. Tu veux bien préparer un thé glacé pour la dame là-bas. » Il souleva Ambre dans ses bras. « Vous aimez les enfants ? »

Elle ne s'attendait pas à cette question.

Il sourit devant son hésitation. « Ce n'est pas une question piège, madame. »

Elle replaça l'appareil devant ses yeux et prit quelques photos sans y réfléchir. « Je n'ai jamais passé beaucoup de temps avec des enfants. » Elle ressentait le besoin de mettre une sorte de barrière entre elle et Matlock ; il l'intriguait par de nombreux côtés, notamment le fait qu'il avait envisagé de faire adopter sa fille. Lui ne le savait pas, mais leurs choix étaient le complément l'un de l'autre.

Elle observa ses mains carrées, fortes, assurées en toute situation, sauf lorsqu'il s'agissait de tenir la petite. La robe de dentelle remontait contre sa poitrine, l'ourlet festonné lui caressait le menton. Dusty Matlock semblait aussi perdu qu'un homme entré par erreur dans les toilettes des dames : il était mal à l'aise. Mais il était aussi en adoration devant sa fille et Jessie tenta de saisir cette image contrastée.

« Elle est belle, commenta Jessie. On doit souvent vous le faire remarquer.

— Sans arrêt. »

Cela ne pouvait pas marcher. Le courant ne passait pas. Jessie savait pourquoi. « Monsieur Matlock, Dusty, je voulais vous dire à quel point je suis désolée pour votre femme.

— On me le répète souvent, ça aussi.

— Et, cela vous réconforte ?

— Non.

— Vous avez autre chose pour vous réconforter ?

— Oui. »

Elle se sentit soulagée. S'il avait dit non, il aurait été le genre de type à se murer dans son chagrin. Elle n'aurait pas dû y attacher tant d'importance, et pourtant... « C'est Ambre qui vous donne envie de vivre ?

— Oui, mais pas seulement. Il y a du nouveau.

— Oh... Vous pourriez être plus précis ? »

Il avait un sourire magique, à vous brûler la peau. Elle était décontenancée par son attitude imprévisible, par ses sautes d'humeur. Il était comparable à l'eau du lac, tantôt démontée par temps orageux, tantôt simplement agitée par la brise, ou encore lisse comme un miroir. Tout à coup, elle vit la photographie qu'elle cherchait tant à réaliser. Dusty arborait ce sourire si spécial, Ambre levait la tête pour le regarder avec émerveillement tandis que son petit visage était illuminé par un rayon de soleil. Jessie prit une seule photo ; elle n'en voulait pas davantage. Après qu'elle eut baissé son appareil, il lui souriait encore.

18

Par un après-midi pluvieux, Luz et Jessie partirent en ville toutes les deux pour ensuite vaquer à leurs occupations chacune de son côté. Jessie voulait utiliser les scanners du libre-service informatique pour créer quelques images numériques à partir de ses clichés. Luz, quant à elle, rendait visite à Nell Bridger.

Luz fit démarrer la voiture, puis baissa sa vitre. « Les garçons ! Vous êtes gentils avec votre grande sœur, d'accord ? » cria-t-elle. Owen leur fit signe depuis la balançoire.

Jessie attacha sa ceinture. « Elle garde souvent les petits ?

— C'est elle l'aînée, c'est son boulot. »

Jessie se retint de dire que Lila était encore une gamine et qu'il fallait lui laisser le temps d'en profiter, mais elle n'était pas en position de juger. Elle écouta la pluie tomber, les grondements du tonnerre à travers la campagne. Elle tenta de s'asseoir plus confortablement et désigna le paquet à côté d'elle : « C'est un autre plat pour ton amie ?

— Oui, des lasagnes. »

La compassion qu'éprouvait Luz à l'encontre de Nell était aussi sincère que profonde ; Jessie était fière d'avoir une sœur si attentionnée, prête à écouter ses sentiments, à foncer au beau milieu de la crise, désireuse de porter le fardeau des autres sans ignorer qu'elle aurait certainement quelques mauvais coups à essuyer. Avait-elle toujours été ainsi ? Oui. D'aussi loin que Jessie se souvenait. « Elle a de la chance de t'avoir.

— J'apprécie ta marque de confiance, mais je ne sais pas si je suis d'une grande aide. Je ne peux rien faire pour réparer le mal qui a été fait.

— Ce n'est pas à toi de réparer. Tu as déjà réfléchi à cela ? » Elle se mordit la lèvre et ajouta : « On ne peut pas résoudre les problèmes de tout le monde.

— Je sais bien, je ne suis pas naïve. Je fais juste ce que je peux pour aider les gens. »

On aurait pu résumer Luz avec ces quelques mots, pensa Jessie. Voilà aussi pourquoi elle ne pouvait se résigner à lui parler de sa maladie, car Luz essaierait d'arranger les choses, elle s'échinerait à faire l'impossible et ne laisserait jamais Jessie se débrouiller par elle-même.

Mal à l'aise, elle changea encore de position et prit son courage à deux mains pour révéler à Luz ce qu'elle voulait dire vraiment. Le vent battait les halliers, poussant un lièvre affolé hors de sa cachette. Dans le ciel, un caracara décrivait des cercles, espérant sans doute profiter de cette proie facile, mais le lièvre s'enfonça dans les prés. « Il faut que je te parle de Lila. »

Luz continua à regarder droit devant, les yeux rivés sur la route détrempée. Une fraîcheur humide soulevant une odeur de moisi s'échappait du système de ventilation. Ses bras se raidirent sur le volant comme si elle se préparait à un choc. « C'est-à-dire ? »

Elle était sur la défensive ; Jessie comprit que Luz ne lui faciliterait pas la tâche. *Très bien*, pensa-t-elle. Rien de tout cela n'était facile mais, pour une fois, elle ne plierait pas devant sa sœur. « Quand tu m'as annoncé l'accident, je me suis dit qu'elle pourrait avoir besoin de sang, ou de tissus, ou de quelque chose qui montrerait…

— J'y ai aussi pensé, confessa Luz.

— Et ?

— Et je suis soulagée que le problème ne se soit pas posé.

— Mais il aurait pu.

— Ce n'est pas le cas.

— Et tu t'es demandé ce que tu ferais si cela arrivait un jour ? Demain ? Dans un an ?

— Et toi, tu t'es demandé ce qu'on a fait ces quinze dernières années ? » Luz prononça ces mots lentement, sur son ton autoritaire de grande sœur que Jessie avait toujours détesté.

Elle aperçut le visage angoissé de Luz et ravala sa rancœur. « Ce que je voulais dire, c'est qu'on ne peut pas prévenir ce genre de situation. À mon avis, on a là une occasion de lui en parler et elle ne se représentera pas de sitôt. J'ai passé des heures et des heures à me demander qui est Lila. Et que tu le veuilles ou non, nous sommes liées, elle et moi. »

À quelques kilomètres de la ville, de hauts pacaniers élancés balançaient leurs branches au gré du vent. Quelques noix mûres bombardèrent la voiture lorsque les deux sœurs s'engagèrent sous la voûte des branches. Luz avait une respiration irrégulière. « Bien sûr, Jess, elle te ressemble beaucoup. Tu sais, Lila est notre soleil, depuis toujours. Même quand elle fait le mur et manque de se tuer en voiture, elle reste notre petite chérie. Ian et moi, nous ne pourrions pas l'aimer plus, même si... » Elle chercha ses mots.

« Même si tu l'avais mise au monde », compléta Jessie.

Luz se raidit de nouveau. Bras tendus. Position de défense. *De quoi a-t-elle peur ?* s'inquiéta Jessie. *D'avoir mal ? D'être trahie ?*

« Cela te gêne ? » demanda Luz.

La tension était forte. « Non, au contraire. » Elle sentait que sa sœur voulait mettre un terme à la discussion, mais elle prit sur elle pour continuer. « Je sais que, à la naissance de Lila... lorsque vous l'avez adoptée, je vous ai laissés maîtres de toutes les décisions. » Elle ferma les yeux, inspira l'air qui sentait la pluie. « Libres de lui avouer la vérité ou non. »

— C'était ton idée, Jess.

— Je pensais que si on lui apprenait la vérité, elle risquait de se sentir perdue, d'avoir l'impression d'être différente des autres. »

Luz, à présent plus détendue, acquiesça. « Avec Ian, nous étions d'accord pour respecter cette opinion.

— Eh bien, après l'accident, j'ai réfléchi… Et puis, zut ! Je n'arrive pas à dire les choses. »

Luz hésita. Jessie perçut la bataille intérieure que menait sa sœur. Elle la connaissait si bien qu'elle savait ce qu'elle ressentait. À ce moment-là, elle était effrayée.

« Jess, crache le morceau. » Luz abandonnait ses chances de changer de sujet. « Dis-moi clairement ce que tu veux. »

D'accord. Allons-y, songea Jessie. Elle posa les mains sur ses genoux, ferma les yeux et fonça. « Je pense que nous devrions dire à Lila que c'est moi qui l'ai mise au monde. »

Les essuie-glaces allaient et venaient dans le long silence rythmé par la pluie. Les feuilles tombaient, emportées par le vent. Luz resserra son emprise sur le volant. Sa peur était si intense que Jessie crut la sentir, piquante, amère comme la sueur.

« Je ne m'attendais pas à cela. Je n'aurais jamais pensé que tu changerais d'avis. »

Jessie sentit Luz devenir de plus en plus anxieuse et elle ne comprenait pas pourquoi. Sa sœur avait-elle une vision dépassée de l'adoption ? « Luz, ce n'est pas comme si j'étais partie en douce pour accoucher et abandonner le bébé. Aujourd'hui, l'adoption n'est plus une histoire de secret et de honte ; les enfants ne se sentent plus sales ou abandonnés. Si nous avons choisi l'adoption, toi et moi, c'est par amour pour un enfant, pas pour s'en débarrasser.

— Jess, tu crois que je ne sais pas tout cela ?

— Alors tu sais aussi qu'aujourd'hui les gens ne gardent plus ce genre de secrets.

— Comment ça, les *gens* ? rétorqua Luz sur un ton acerbe. Je ne te parle pas des *gens*, je te parle de Lila. Comment veux-tu, après tout ce temps, que Lila croie qu'elle n'a pas été abandonnée ? Elle ne me pardonnera jamais de lui avoir caché la vérité si longtemps. Tu penses peut-être pouvoir nous trouver un manuel pour nous sortir de ce pétrin : *Que faire si votre fille ne sait pas qu'elle est votre nièce, en quinze leçons* ?

— Je ne sais pas. Mais je ne trouve pas ça correct. » À peine avait-elle prononcé ces paroles qu'elle s'en voulut. « Luz, je ne voulais pas te critiquer. Tu as adopté mon bébé parce que je ne pouvais pas le garder. Elle était tellement fragile, on ne savait même pas si elle survivrait. Je t'ai laissé tous mes droits sur elle. C'est pour cela que je ne voulais pas revenir. Seulement je suis revenue. »

Tremblante, Luz essaya d'inspirer profondément. « Donc, ce que tu veux, c'est révéler à cette enfant rebelle et incontrôlable qu'elle a été adoptée.

— Elle est peut-être devenue incontrôlable parce qu'elle se pose des questions sur elle-même. Si on lui apprend qui elle est, elle arrivera peut-être à faire le point.

— Et si elle m'en veut parce que je lui ai menti ? Et si elle t'en veut parce que tu l'as abandonnée ?

— Donc, selon toi, on devrait lui cacher la vérité parce qu'on a peur de sa réaction ? Elle est bientôt adulte, elle a le droit de savoir. Je ne dis pas tout cela à la légère, Luz. J'y ai réfléchi des jours et des jours, bien avant l'accident. »

Luz tambourina sur le volant. Sa respiration s'était accélérée. « Parce que tu crois que je n'y ai pas réfléchi ?

— Alors ?

— Alors, il n'y a rien de simple dans cette histoire, et l'adoption n'est qu'une partie du problème. »

Jessie devina la suite dans le silence qui tomba, entrecoupé par les chuintements des essuie-glaces, le bruit sourd des noix

183

de pécan qui s'écrasaient çà et là. La confiance, la trahison, les secrets venaient compliquer la situation. Elle serra le poing entre ses jambes. Elle aurait tant aimé être sûre de ce qu'elle faisait. La vérité devait-elle absolument être portée au grand jour ou valait-il mieux la laisser dans l'ombre ? Que voulait-elle réellement ? Satisfaire ses désirs, revendiquer une partie de sa fille, ou faire cadeau à Lila de sa véritable identité ?

Si Lila venait à apprendre qui était sa mère biologique, elle demanderait certainement à connaître l'identité de son père. Ce renseignement pourrait briser la vie de Luz. Mais, une fois de plus, il s'agissait de dire la vérité.

« Luz ? » interpella Jessie, désespérée de connaître les pensées de sa sœur.

Luz secoua la tête si fort que la voiture zigzagua. Elle la ramena aussitôt au centre de la route. « J'ai besoin de parler de tout cela avec Ian. »

Jessie frissonna. Maintenant, elle savait ce que Pandore avait ressenti en soulevant le couvercle de la jarre contenant tous les maux de la terre. Elle orienta les bouches d'aération loin d'elle. « Qu'en pensera-t-il ?

— Comme toujours lorsqu'il s'agit de Lila. Ces derniers temps, il me laisse tout décider.

— Il ne s'entend pas avec elle ?

— Si, à la manière de n'importe quel père d'une fille de quinze ans. Ian préfère me déléguer ses pouvoirs. Je me demande si tous les hommes font cela quand leurs enfants atteignent l'âge de la puberté. Nous ne savons pas ce que c'est d'avoir un père, toutes les deux.

— C'est vrai. Ma pauvre Luz. »

Luz quitta la route des yeux pour regarder Jessie. « Il me faut du temps pour réfléchir à tout cela. On en reparlera… » Du coin de l'œil, Jessie crut alors apercevoir un mouvement. Ne faisant pas confiance à sa vue déclinante, elle cligna des yeux, tourna la tête et vit un petit écureuil gris se précipiter sur la route. « Luz, attention ! »

Luz fit un écart ; les pneus crissèrent sur la chaussée glissante. Elle perdit momentanément le contrôle de la voiture, qui fit un tête-à-queue. Le plat de lasagnes était sur le point de s'envoler mais Jessie le plaqua instinctivement à la banquette. Luz entendit un bruit sourd qui ne présageait rien de bon et se dépêcha de redresser sa trajectoire. Elle immobilisa la voiture. « Bon sang ! » jura-t-elle entre ses dents en jetant un coup d'œil dans le rétroviseur intérieur. Elle martela le volant de la paume des mains. « Bon sang ! Je suis bonne pour l'enfer ! »

Toujours accrochée au plat de lasagnes, Jessie se retourna pour apercevoir la petite boule de poils au milieu de la route.

« C'est pas possible, Jess ! Tu choisis toujours le bon moment, toi. Regarde un peu ce carnage.

— Mea culpa, sainte Luz. Même si c'est toi qui tiens le volant. » Jessie se ravisa à la vue du visage de sa sœur. Elle se tut, désolée pour Luz, qui ne ferait jamais de mal à une mouche. « J'ai sauvé tes lasagnes, dit-elle d'une voix douce.

— C'est toujours ça. » Luz laissa échapper un long soupir.

« Pauvre petit écureuil », chuchota Jessie. Après quoi, n'en pouvant plus, elle éclata de rire, et toutes deux s'esclaffèrent telles des sorcières.

« Nous sommes abominables », soupira Jessie.

Luz remit la voiture en branle et roula doucement. « Bon. Je suppose que rien de pire ne pourra m'arriver aujourd'hui.

— J'espère aussi, mais tu ne peux pas t'amuser à écraser des petits animaux tous les matins rien que pour être sûre de passer une bonne journée. »

Au café voisin du libre-service informatique, Jessie repéra Dusty Matlock. Installé à une table, il laissait refroidir sa tasse de café tandis qu'Ambre, assise face à lui dans un

185

rehausseur, dessinait avec une frite des figures dans le ketchup. Jessie éprouva immédiatement une certaine appréhension, différente de ce qu'elle avait pu ressentir jusque-là pour un homme. Il ne s'agissait pas d'une simple réaction face à quelqu'un de sexy qui lui témoignait un intérêt sincère. Cette attirance intempestive vers lui la prenait au dépourvu. Pour ne rien simplifier, une vague de tendresse s'empara d'elle lorsqu'elle entendit la petite babiller dans son coin.

Elle fut tentée de fuir sans qu'il remarque sa présence. Son instinct protecteur lui intimait de partir avant qu'elle ne commît la bêtise de tomber amoureuse. Ni l'un ni l'autre n'avaient besoin de cela. Lui devait se débrouiller seul avec un enfant tandis qu'elle avait des affaires à régler dans sa famille ; aucun des deux n'était en mesure d'aider l'autre.

Pourtant, elle ne put résister. Ambre leva les yeux vers elle et l'accueillit avec effusion.

« Cela veut dire "Asseyez-vous, madame", expliqua Dusty en se levant.

— Comment résister à une telle invitation ? » Elle se glissa sur la banquette près de la petite, qui lui offrit une frite toute molle. « Merci », lui répondit-elle en faisant mine de se régaler. Ambre la regarda d'un air fasciné puis laissa échapper un cri de joie. En admirant son joli visage, Jessie commença à se poser des tas de questions : qu'allait devenir cette petite personne d'ici quelques années ? Quels seraient ses goûts, ses priorités ? Qui aimerait-elle ? Quelles surprises l'avenir lui réservait-il ?

Son imagination la transporta soudain dans un passé chimérique. Elle rêva qu'elle admirait le premier sourire de Lila, sa première dent, ses premiers pas. Elle se demanda comment s'étaient déroulés son premier jour d'école, son premier rendez-vous galant. Pendant un instant, elle envia Luz, présente aux côtés de Lila chaque jour de sa vie. Puis elle considéra Ambre, à qui il restait tout à vivre. Qui aurait la chance d'être à ses côtés dans les moments importants ?

Ambre lui offrit une deuxième frite, qu'elle accepta avec un sourire. « J'étais en train de travailler sur vos photographies pour *Texas Life*. Vous voulez les voir ?

— Non merci, sans façon. » Il avait parlé à voix basse, occultant toute émotion.

« Votre histoire est extraordinaire. Blair en fera un bon article, vous verrez. » Elle aurait aimé pouvoir lui ôter sa peine, mais ce n'était pas ce qu'il attendait d'elle. « Vous ne regrettez pas au moins ?

— Bien sûr que si. Pourtant ça valait la peine d'en passer par là, parce que vous y étiez.

— Moi ?

— Sans l'article de LaBorde, je ne vous aurais jamais rencontrée. J'ai envie de mieux vous connaître, Jessie.

— Ce n'est pas une bonne idée. » Elle essaya de repousser ses avances. « Je veux rester libre comme l'air et cela ne conviendrait pas à un père de famille ayant un travail lourd de responsabilités.

— C'est ce que j'aime chez toi.

— Dusty…

— Non, laisse-moi finir. Il se passe quelque chose entre nous, tu le sais. Entre nous trois, ajouta-t-il en désignant Ambre, qui venait de poser la tête sur l'épaule de Jessie.

— C'est impossible, s'empressa-t-elle de répondre. Je suis réellement désolée pour ce qui est arrivé à votre femme, et j'espère que vous… que tu…

— Laisse-moi te parler encore un peu de ma femme. Je l'aimais. Je l'aimais de tout mon cœur, de tout mon corps. Quand elle était allongée sur ce lit d'hôpital, je n'ai pas arrêté de prier Dieu pour qu'il me prenne à sa place, qu'il utilise mes yeux, mes reins et le reste, qu'il la laisse en vie avec le bébé. Oui, je l'aimais. Et puis je l'ai perdue. Je ne m'en remettrai jamais. La douleur ne s'effacera jamais tout à fait. Elle fait partie de moi, tout comme mon amour pour elle. »

Jessie rassembla ses forces pour affronter la suite. Il allait certainement lui raconter une histoire à briser le cœur, que son amour pour Karen avait été si fort qu'il avait assez aimé pour toute une vie et n'aimerait jamais plus personne de la sorte, mais que cela ne l'empêcherait pas de coucher à droite et à gauche.

Le laïus auquel elle s'attendait n'arriva pas. Au contraire. « Je veux recommencer à aimer, Jessie.

— Pourquoi me dire cela, à moi ?

— J'ai pensé qu'avant d'aller plus loin, il fallait que nous en parlions. »

Elle n'en revenait pas. Il la surprenait. Était-il vraiment aussi merveilleux qu'il en avait l'air ? « En général, ce sont les filles qui disent ça.

— Tu n'aurais pas abordé le sujet. »

Elle était décontenancée. Elle croisa les mains et les posa sur la table. « Ah, oui ? Qu'est-ce qui te fait croire cela ? »

Délicatement, il posa les mains sur celles de Jessie. Il avait une manière familière, intime de la toucher. « Je sais que tu essaies de te protéger. Tu ne veux pas t'engager.

— Tu serais expert en la matière, monsieur Matlock ?

— Oui. Parce que avant de te rencontrer j'étais comme toi.

— Ah. Et tu es comment maintenant ?

— Prêt. Et le premier surpris. »

19

Depuis sa rencontre avec Jessie Ryder, Dusty avait du mal à dormir la nuit. Il n'arrêtait pas de penser à elle. Elle l'avait subjugué et il bouillait d'impatience à l'idée de faire plus ample connaissance. Il éprouvait un brusque besoin d'être avec elle, comme si le temps leur était compté. Depuis six mois, c'était ce qu'il cherchait à ressentir auprès d'une femme. À quelques reprises, il avait cédé aux demandes de sa mère, qui lui avait arrangé des rencontres. Mais il y avait toujours quelque chose qui n'allait pas. Il avait passé la soirée avec des femmes gentilles, jolies, sincèrement attristées par sa situation, qui s'extasiaient devant la petite et se montraient désireuses d'engager une relation avec lui. Cependant, il n'avait jamais été touché en plein cœur jusqu'à ce jour. Les sentiments qu'il éprouvait maintenant réveillaient de vieux souvenirs, le mettaient mal à l'aise, pourtant il avait décidé de tout accepter ; la tristesse, la peur, les frustrations s'apaisaient à un point qu'il n'aurait jamais imaginé.

Ce matin-là, il buvait son café en silence et observait Ambre, les cheveux baignés de soleil, quand il se mit à penser à Jessie : il mourait d'envie de la revoir. Le désir sexuel était une chose, mais là c'était différent. Sa vie était sur le point de changer, celle de Jessie aussi. Le savait-elle ?

Il se leva, prit Ambre dans ses bras au passage et fit ce qu'il n'avait pas fait depuis longtemps. Il alla droit au placard et en sortit un blouson Matlock Aviation, taille XS, fort usé. Il voyait encore Karen le porter, sourire aux lèvres, pouces en l'air depuis le siège du pilote. Sa Karen à lui, qui aimait voler, qui aimait l'aventure et son mari.

En posant le blouson contre lui, un léger parfum – indescriptible – s'en dégagea, si évocateur que Dusty faillit en tomber à genoux. Il posa Ambre à terre pour lui montrer son trésor. « C'était à ta maman.

— Mma. » Elle empoigna le tissu brillant de la doublure et scruta Dusty dans les yeux. Elle avait le regard de Karen.

« C'est ça. Ta maman. Et ceci… (Il plongea la main dans une poche intérieure et y trouva une alliance en or.)… sera toujours à moi. » Il enfila la bague et l'agita devant Ambre. « Trop grande. Arnufo ne cuisine pas aussi bien que ta maman. » Il ôta l'alliance, l'inclina pour lire l'inscription gravée à l'intérieur : *L'amour ne meurt jamais*. Lorsqu'ils avaient choisi leurs alliances, cette petite phrase n'avait pas été si lourde de sens. À présent, il en sentait le poids, jour après jour. Karen n'était plus là ; l'amour qu'il lui avait porté appartenait désormais à Ambre, tout comme l'amour que lui avait porté sa femme se lisait dans les yeux de leur fille chaque fois qu'elle le regardait.

Il replaça la bague dans la poche du blouson et fit glisser la fermeture Éclair : il se sentit tout à coup soulevé par un sentiment de légèreté. Peut-être prenait-il ses désirs pour des réalités, mais il crut ressentir l'approbation de Karen.

Auparavant, il était persuadé de n'avoir besoin de personne d'autre qu'Ambre ; il se faisait des illusions. Karen avait été maintenue en vie artificiellement jusqu'à la naissance de la petite. Il se rendait compte, à présent, que c'était lui qui avait vécu artificiellement depuis la mort de Karen. Sa rencontre avec Jessie Ryder l'obligeait à l'admettre. « Je dois le faire, ma puce, souffla-t-il à sa fille. Tu comprends ? »

« Tu as peur en altitude, mademoiselle Ryder ? »

Jessie, tout juste réveillée, debout devant la porte, clignait les yeux pour distinguer son visiteur.

« À sept heures du matin, j'ai peur de tout.

— Il est neuf heures passées.

— Ah. Tout va bien alors. Mais qu'est-ce que tu fais ici ? »

Le regard de Dusty Matlock caressa son corps de haut en bas et elle eut la soudaine impression que son short et son débardeur en soie étaient transparents.

« Je viens t'enlever.

— J'ai de l'expérience dans ce domaine, tu sais.

— Moi aussi, répondit-il en souriant. Ta tenue est superbe, mais je pense que tu devrais t'habiller. »

Tout cela est absurde, se dit-elle. En même temps, elle était irrésistiblement attirée, et interloquée aussi de le voir arriver comme cela sans prévenir.

« J'ai du café, poursuivit-il.

— Là, je ne peux plus résister. » Elle rentra dans son cabanon et prit le temps de se préparer, bien qu'elle voulût se dépêcher. Elle était impatiente d'être avec lui et cela l'ennuyait. « Calme-toi, ma grande », marmonna-t-elle.

Elle le trouvait profondément attirant. Le prendre en photo avait représenté un des défis les plus stimulants de sa carrière. Photographier des gens, transmettre leurs émotions exigeaient une compétence bien particulière. Sa rencontre avec Dusty et Ambre lui avait donné un aperçu d'une tendresse qu'elle ne connaîtrait jamais. Pour cette raison, elle aurait dû rejeter la présence de cet homme. Pourtant, lorsqu'elle mit le pied dehors, sur cette rive inondée par le soleil automnal, elle se réjouit de l'avoir rencontré.

« C'est parti. » Il se mit en route vers sa camionnette bleue.

Elle le suivit, pleine de sentiments qu'elle aurait voulu ne pas éprouver. « Où allons-nous ?

— Fais-moi confiance, je te ramènerai chez toi pour le dîner. Tu as pris ton appareil photo ? »

Elle tapota le sac en cuir usé. « Que je te fasse confiance ?

— Tu verras, tu ne le regretteras pas. »

Transportée par l'énergie débordante de Dusty, elle monta avec lui. Il alluma la radio et baissa les vitres pour le court trajet jusque chez lui. Après avoir garé sa camionnette, il mena Jessie sur le ponton où l'hydravion était amarré. Il souleva le petit loquet fragile et lui offrit sa main.

« Madame ? »

Elle sentit son corps tout entier répondre à cette voix grave, posa sa main dans la sienne. « J'ai cru que tu ne m'inviterais jamais.

— Ah, ah ! Voilà la vérité. C'est ma machine qui t'intéresse.

— Exactement. »

Il stabilisa l'appareil le temps qu'elle mette un pied sur le flotteur pour grimper. L'engin se mit néanmoins à tanguer tandis qu'elle était toujours à moitié sur le ponton. Mais Dusty était là, juste derrière elle, ses mains imposantes agrippées autour de sa taille afin de la rattraper en cas de chute. Elle se hissa tant bien que mal à l'intérieur de l'avion et atterrit brutalement sur le siège du copilote. Elle se serait crue dans un jouet pour enfant : les petits avions lui faisaient toujours cet effet. Tout y était en miniature et condensé. Les ailes et la carlingue semblaient légères, aussi fragiles qu'un manège fabriqué en canettes de bière.

« Merci. » Elle lui lança un regard empreint d'intérêt et de doute. Elle n'était pas du genre à se laisser troubler par un homme.

« Y'a pas de quoi. » Loin de paraître gêné, toute l'attention de Dusty était centrée sur elle. Il se tourna ensuite vers le tableau de commandes, entama la procédure de routine, vérifia les jauges, les soupapes, les boutons, les manettes et l'écran GPS avec une maîtrise qui révélait une longue expérience. « Alors, tes photos ?

— Il y en a de très chouettes. Blair est contente de mon travail.

— Quelle charmeuse, celle-là !

— Le charme n'est pourtant pas sa priorité. »

— Tu travailles beaucoup avec elle ?

— Non. » Leurs regards se croisèrent ; il largua les amarres. « Tu es mon premier sujet.

— Cela t'a donné envie de recommencer ? »

Elle l'observa. Sa vision s'altéra momentanément, ou bien étaient-ce les mouvements de l'avion qui lui donnèrent cette impression ? « J'ai eu tout ce qu'il me fallait du premier coup, je pense. »

Il sourit. « Sûrement pas. » Il laissa ces paroles flotter entre eux avant d'allumer la radio. Il vérifia encore quelques données puis, debout sur un flotteur, poussa l'avion loin du ponton de manière à rejoindre le centre du lac. Très gracieusement, il s'éleva jusqu'au siège du pilote. De son côté, elle attacha sa ceinture.

« Tu n'as pas l'air nerveuse à l'idée de voler, fit-il remarquer.

— Je devrais ?

— Avec moi ? Pas du tout.

— Alors, je ne suis pas nerveuse. En fait, j'ai passé beaucoup de temps à me balader dans de petits avions… plus qu'à prendre des photos pour *Texas Life*. » Elle avait volé à bord de vieux coucous du Cachemire à Katmandou. Elle avait même passé tout un trajet à hurler entre les sommets déchiquetés de l'Himalaya, à cause d'un pilote complètement défoncé au haschisch qui n'en pouvait plus de rire. Après tout ce qu'elle avait subi en Asie, ce petit oiseau lui sembla bien apprivoisé.

Son pilote l'était moins.

Il poussa un levier, tourna la clef dans le contact et le moteur se mit en route, entraînant la rotation des hélices. L'avion dériva lentement tandis que Dusty la dévisageait.

« Au cas où tu ne le saurais pas, dit-il en élevant la voix pour couvrir les vrombissements du moteur…

— Quoi ? répondit-elle, le regard suspendu à ses lèvres.

— Nous venons de faire un premier pas.

— Un premier pas ? Vers quoi ?

— Nous.

— Arrête. Tu n'es pas sérieux.

— Si, Jess. Je suis sérieux. Tout le monde pense que c'est grâce à Ambre que je suis encore là. Mais cela ne suffit pas. Elle ne peut pas me donner tout ce dont j'ai besoin. Je ne peux pas rester là à brasser de l'air indéfiniment. »

Jessie sourit ; l'espoir lui fit tourner la tête un instant puis elle s'efforça de regarder les choses en face. Lui aussi devait rester lucide. « Tu n'es pas encore remis du décès de ta femme, Matlock.

— Je ne m'en remettrai jamais tout à fait. Seulement mon existence ne s'arrête pas là. Je pensais que Karen était l'amour de ma vie.

— Comment cela, tu pensais ? Elle ne l'est plus ? »

Il régla la position d'un petit levier brillant sur le panneau de commandes. « Je l'aimais comme un fou. Mais elle ne peut pas être l'amour de ma vie, sinon cela voudrait dire que je ne peux plus aimer. » Il posa la main sur la joue de Jessie. « Comme tu peux le voir, j'ai l'intention d'aimer encore. »

Jessie, abasourdie, laissa échapper un soupir et se tassa au fond de son siège. Dusty positionna l'avion dans le bon axe et accéléra légèrement, puis il extirpa une paire de lunettes d'aviateur de sa poche de poitrine et les enfila. Le moteur rugit. D'une main légère, Dusty actionna le manche. L'avion avança lentement, oscillant telle une girouette dans le vent. Le bourdonnement du moteur s'intensifia. En un mouvement délicat et précis, petite punaise aquatique, l'appareil se stabilisa dans la bonne direction, émettant un grognement régulier, puis Dusty mit les gaz et tira le manche tout à fait vers lui. Elle constata qu'il était expérimenté. Il relâcha le manche puis le tira de nouveau jusqu'à ce que les flotteurs quittent la surface de l'eau. Le bruit alla *crescendo*. Jessie sentit le moment où le vent s'engouffra sous les ailes. L'avion s'envola en douceur, comme si un géant les avait recueillis au creux de la main pour les transporter vers le ciel. Dusty stabilisa l'appareil à basse altitude, se dirigea droit sur les sources qui alimentaient Eagle Lake afin de gagner de la vitesse avant de terminer son ascension.

Un tremblement parcourut le Cessna lorsqu'ils franchirent la rive puis il se calma. Quelques instants plus tard, ils flottaient dans les airs, tel un bateau sur des eaux calmes. Jessie aurait dû profiter de la vue, mais son regard était irrésistiblement attiré par le visage de Matlock. Il enfila son casque, repoussa les écouteurs en arrière et éloigna le micro de ses lèvres. Cette bouche.

« Tu fais souvent cela ?

— Plusieurs fois par semaine. D'habitude, je pars vers le nord, je survole Marble Falls. Aujourd'hui, j'ai envie de faire un circuit un peu plus long. Cela ne te dérange pas ?

— Non. Mais ce n'est pas ce que je voulais dire.

— Qu'est-ce que tu voulais dire ? »

Elle allait devoir être plus claire. « Embarquer une femme que tu connais à peine vers une destination inconnue.

— J'ai pensé qu'on pourrait aller jeter un œil à Lake Travis et Enchanted Rock. C'est très joli à cette époque de l'année.

— Tu n'as pas répondu à ma question. Cela t'arrive souvent ? »

Il sourit. « Ça va changer quelque chose que je te dise oui ou non ?

— Non, répondit-elle spontanément.

— Parfait. »

Ils prirent un virage incliné puis montèrent en flèche ; le soleil se reflétait sur les ailes, le paysage défilait sous leurs yeux. Le vert et le marron déteignaient l'un sur l'autre, à deux doigts d'empiéter sur les traînées bleues laissées par la rivière entre les collines. La cime des érables égarés d'Eagle

195

Lake avait tout juste commencé à virer au rouge, telle une forêt d'allumettes sur le point de s'embraser.

Dusty fit basculer un bouton : une vieille mélodie texane emplit la cabine. Jessie ferma les yeux, un sourire se dessina sur ses lèvres.

« Qu'est-ce qu'il y a ? » demanda-t-il. Elle sentit que lui aussi souriait.

« Nous nous entendons au moins sur le plan musical.

— Je n'en ai jamais douté. »

Quoi qu'il ait l'intention de faire avec elle, cela ne durerait pas. Elle serait partie avant que leur relation devienne sérieuse. Avec lui, elle avait l'impression de regarder au fond d'un puits vacillant, d'y apercevoir des profondeurs mystérieuses et attirantes, des images insaisissables et éphémères, des lueurs aux allures trompeuses.

Sans même le regarder, elle sentit son sourire confiant et plein de charme. Elle le connaissait à peine ; pourtant, le courant était si bien passé entre eux qu'elle arrivait déjà à imaginer son visage quand elle fermait les yeux. Dents blanches, peau hâlée, les yeux presque trop bleus, les cheveux presque trop longs qui rebiquent sur le col de la chemise. Mieux encore, elle se souvenait de ce petit quelque chose qu'elle avait décelé dans son regard la toute première fois qu'ils s'étaient croisés. Elle n'avait pas de nom pour cela.

Elle ouvrit l'œil gauche sur le néant. Avant de céder à la panique, elle ouvrit l'œil droit et poussa un soupir de soulagement. Refusant de laisser l'appréhension lui gâcher la journée, elle se tourna vers la fenêtre et s'abandonna à la beauté du paysage, puis sortit son Nikon F5 équipé d'un objectif stabilisateur d'image, ouvrit la fenêtre et retrouva son élément. Mystérieusement, elle avait toujours réussi à prendre des photos parfaitement horizontales. Celle qui lui avait rapporté le plus d'argent, un lever de soleil aux Seychelles, avait été faite sans grille de cadrage.

La campagne et les collines texanes se déroulaient sous leurs yeux dans toute leur splendeur. Les hauts nuages formaient des châteaux de crème fouettée aux tourelles duveteuses. Les gorges abruptes et les formations rocheuses en forme de coupoles, sculptées dans les failles géologiques limées par le temps, étaient entrecoupées çà et là par les rubans de rivière scintillants et leurs moindres affluents. Le minuscule tribunal de grande instance côtoyait le jardin municipal tout aussi miniaturisé. Un peu plus loin, elle aperçut les terrains de golf, de larges zones aux tons émeraude bordées d'immenses maisons. Ils survolèrent Lake Travis et Enchanted Rock, un dôme de granit ambré de huit cents mètres de diamètre. Son sommet en forme de coupole était marbré de fissures étranges qui le faisait ressembler à un cerveau géant.

Au cours de ses voyages, Jessie avait eu l'occasion d'admirer des paysages merveilleux, elle avait visité des endroits si reculés que personne n'en avait jamais entendu parler, mais c'était seulement ici, au Texas, qu'elle parvenait réellement à approcher l'environnement avec tout son corps. Le paysage semblait faire partie de son cœur, de son âme, au même titre que l'envie de voyager de sa mère ou l'irresponsabilité de son père. En baissant les yeux vers ces lieux de délices, mille cinq cents pieds plus bas, elle se sentit enfin chez elle.

« Et toi, cela t'arrive souvent ? » La voix de Dusty la tira de ses songes.

« Il y a longtemps, oui. J'ai survolé Luxor dans un biplan, une fois. Les ruines étaient magnifiques, mais je n'ai pas pu passer un peigne dans mes cheveux pendant plus d'une semaine.

— Je ne parlais pas de voler. »

Elle savait parfaitement de quoi il parlait, elle lui posa tout de même la question : « De quoi alors ?

— De coucher avec un homme dès la première fois. Cela t'arrive souvent ?

— Qui te dit que je vais… »

Il posa la main sur la cuisse de Jessie et la remonta, en toute indécence. Elle aurait dû s'en offusquer. « Moi. »

« L'avion ! Regarde l'avion ! » crièrent les trois neveux de Jessie en voyant l'appareil vert et blanc dériver en direction du rivage.

Jessie ne pouvait pas les entendre mais, lorsqu'elle les vit courir à fond de train vers le ponton, elle imagina leurs cris enthousiastes. Castor galopait à leurs côtés, aboyant certainement tant et plus. L'avion approcha lentement du ponton et elle ferma les yeux un instant pour essayer d'imaginer qu'elle ne voyait plus. Comment saurait-elle qu'ils étaient là ?

Dusty coupa le moteur ; aussitôt, les aboiements du chien et les cris des enfants glissèrent sur l'eau jusqu'à elle. Elle les imagina en train de sauter dans tous les sens en attendant l'arrêt de l'avion.

« Je suis si ennuyeux ? demanda-t-il en riant. Tu t'es endormie ? »

Elle ouvrit les yeux et il apparut derrière une ombre de mauvais augure qu'elle s'efforça d'oublier. « Il en faut beaucoup pour me divertir. »

Effronté comme un lycéen, il répondit : « Alors, tu es bien tombée. » Sous les yeux attentifs des garçons, il mit pied sur le flotteur et amarra l'avion avec dextérité. Jessie fut soulagée qu'il lui tende la main pour l'aider à descendre sur la terre ferme.

« Jessie ! » Scottie lui sauta contre les jambes. Il était prisonnier d'une veste de survie dernier cri, que Luz lui faisait enfiler dès qu'il s'approchait du lac.

« Voilà Dusty, dit-elle aux garçons avant de réciter leur prénom et leur âge. Il m'a emmenée faire un tour en avion. Ce midi, nous avons mangé dans un petit restaurant près de Lake Travis. »

Elle aurait parlé en maori, ils l'auraient peut-être davantage écoutée. Fascinés, les enfants s'étaient agglutinés autour de l'avion tandis que Castor reniflait et grognait après ce curieux engin. La chaleur de l'après-midi avait cédé la place à une brise rafraîchissante. Jessie leva la tête vers le ciel. Les voix des enfants se noyèrent au loin ; elle se laissa happer par le murmure apaisant du vent dans les arbres, l'appel plaintif d'un huard sur le point de se poser.

Un peu plus tard, Luz vint demander aux garçons d'aller se laver avant le repas. « Vous restez manger, j'ai tout préparé », s'empressa-t-elle d'annoncer après avoir été présentée à Dusty.

Il la jaugea d'un coup d'œil. « Si vous le dites.

— C'est ma sœur tout craché. Elle a toujours aimé donner les ordres, intervint Jessie.

— J'aime bien cela chez une femme.

— M. Garza m'a appelée pour me prévenir que vous étiez partis faire un tour en avion, alors je l'ai invité aussi, avec votre fille. » Jessie se demanda si Luz la voyait rougir à vue d'œil. « Cela faisait longtemps que je voulais vous rencontrer. Ian aime beaucoup voler avec vous. Ce soir, nous mangeons une soupe de poulet végétarienne. » Luz n'y voyait aucune contradiction.

Dusty promena son regard de Luz à Jessie. « Bon sang, que la vie est belle ! »

Le repas se déroula dans l'agitation et la bonne humeur, renforçant chez Dusty la conviction que la vie était belle et valait la peine d'être vécue. Les trois garçons de Luz et Ian Benning, débordants d'énergie, complètement dingues de la petite Ambre, s'évertuaient à expérimenter de multiples cabrioles pour la faire rire. La ressemblance entre les différents membres de la famille était frappante ; l'adolescente, Lila, ressemblait autant à sa mère qu'à sa tante, avec le petit sourire sérieux de son père en plus. Elle était calme, voire maussade, mais quoi de plus naturel après l'épreuve qu'elle venait de subir. Cependant, elle ne put retenir un sourire lorsque la petite, enthousiasmée par toute l'attention qu'on lui portait, se mit à vouloir serrer l'air dans ses bras.

Arnufo croisa le regard de Ian, assis à l'autre bout de la table, et leva sa bière pour trinquer. « Vous vivez au paradis, *amigo*, dit-il au milieu du brouhaha des enfants.

— Oui, j'ai beaucoup de chance. » Ian but une gorgée de sa Shiner, puis regarda son assiette en fronçant les sourcils. « Sauf pour ce ragoût, peut-être. Il lui manque quelque chose, ajouta-t-il en plongeant la fourchette dans un bocal de piments *jalapeño*.

— Ce qui manque, c'est un mari plus reconnaissant pour le déguster », commenta Luz.

Dusty avait immédiatement apprécié Luz, le genre de femme qui donne envie de mieux la connaître. Au premier abord, elle semblait être une épouse et une mère ordinaire, très occupée, soucieuse, mais il y avait autre chose, que Ian Benning avait certainement découvert.

« C'est délicieux, dit Jessie. Tu ne trouves pas, Lila ? »

Perdue dans ses pensées, la jeune fille regardait par la fenêtre, ses beaux yeux verts troublés par l'inquiétude. « Hmm ? Ah, oui, c'est délicieux. » Du bout de la fourchette, elle tripota ce qui lui restait de nourriture.

« Je suis passée à ton école, aujourd'hui, fit Luz. Tes professeurs disent de ne pas t'inquiéter pour les devoirs. Ton prof de maths m'a donné une liste des points à regarder, mais tu peux prendre ton temps.

— Merci. De toute façon, j'ai décidé d'y retourner demain. » Toutes deux crispées, Lila et sa mère s'observèrent un instant, laissant la tension monter entre elles, jusqu'à ce qu'Ambre, perchée sur son rehausseur, abatte tout à coup ses mains collantes sur le bras de Luz. « Ma », dit-elle.

Dusty eut un pincement au cœur, même si Ambre prononçait cette syllabe à tout bout de champ. À côté de lui, Jessie se raidit ; il glissa une main sous la table pour la lui poser sur la cuisse. Elle se raidit davantage, sans toutefois le repousser. Dieu qu'il était bon de sentir le corps d'une femme sous sa main, de frôler ses épaules, de respirer l'odeur de ses cheveux ! Il n'y avait rien de mieux au monde que de sentir l'odeur des cheveux d'une femme.

Il était à l'aise avec elle comme s'il l'avait toujours connue, mais il sentait aussi l'excitation grandir en lui. Ce qu'il ressentait pour Jessie Ryder était on ne peut plus clair. Ce qu'il voulait était on ne peut plus simple.

Il voulait tout.

20

En voyant Dusty remercier Luz pour le repas puis saluer Ian et les enfants, Jessie se sentit d'humeur mélancolique. Cette journée avait été remplie d'émotions et de plaisirs inattendus. Chaque enfant assis à table représentait un âge qu'elle n'avait pas connu chez sa fille. Ambre, tout bébé ; Scottie, d'une crédulité sans limite ; Owen, timide et curieux à la fois ; Wyatt, gauche et folâtre.

Et puis il y avait Dusty. Le moment était mal choisi pour éprouver un désir si intense envers un homme, certes courageux mais triste, qui avait enduré de terribles épreuves. Finalement, il était sans doute préférable qu'il s'en aille. Il devait décoller avant la tombée de la nuit afin de ramener le Cessna à bon port. Lila se mit à rougir quand il lui dit qu'il était content de la voir sortie indemne de l'accident. Elle esquissa un sourire en le remerciant pour ses égards.

« À plus tard », glissa-t-il tendrement dans l'oreille de Jessie.

Elle prit Ambre dans les bras puis suivit Arnufo et Dusty dehors jusqu'à la camionnette, où elle installa la petite dans son siège, côté passager. Ambre était une enfant vigoureuse, prête à affronter la vie. Bien que Jessie la portât sur la hanche, la petite se tenait à distance en tendant les bras contre sa poitrine. Sans toutefois se mettre à pleurer, Ambre avait pris un air grave et ne quittait pas Arnufo des yeux ; elle n'était pas rassurée. Elle attendait, patiente, laissant à Jessie le bénéfice du doute.

« Ne vous inquiétez pas, dit Arnufo en s'installant tranquillement à la place du conducteur. Je vois qu'elle commence à vous apprécier.

— Elle est adorable.

— Tous les bébés le sont. » Arnufo souriait.

Comment pourrais-je le savoir ? Jessie ressentait une fois de plus l'impact de la décision qu'elle avait prise si longtemps avant. Qu'avait-elle laissé passer ? La possibilité d'admirer un visage doux comme celui-ci, de rêver à la vie d'une petite personne dont elle tenait l'avenir entre les mains.

Elle resta immobile à observer Ambre, qui s'amusait avec les nombreuses attaches rembourrées de son siège. Toutes les promesses que contenait ce petit visage, aussi confuses fussent-elles, l'intimidaient et la passionnaient. En repensant au miracle auquel Ambre devait la vie, Jessie fut saisie d'émerveillement.

« Je suis contente d'avoir pu faire ces photos.

— Cette enfant est un vrai don du ciel.

— Je n'aurais pas pu supporter une telle épreuve.

— Vous savez, Dieu nous prend des choses, des choses qui nous sont précieuses. On ne sait pas pourquoi. On n'a pas à le remettre en question. Parfois, la récompense semble bien misérable face au sacrifice qu'on a fait. Et pourtant, la vie continue. On n'a pas le choix. »

Jessie passa la main dans les cheveux d'ange ébouriffés de la petite.

« T'es une sacrée puce, mademoiselle Ambre.

— Da. »

Jessie recula, s'assura que les mains et les pieds de l'enfant étaient à l'abri avant de fermer la portière.

Plus loin, sur le ponton, ses neveux et le chien criaient et aboyaient à tue-tête, émerveillés par le décollage de l'avion. Dans la lumière du soleil couchant, les gouttes d'eau qui tombèrent des flotteurs dessinèrent une traînée de diamants jaunes étincelants.

« Génial ! » s'écrièrent les enfants en se tapant dans les mains et en dansant une sorte de ronde comme s'ils accomplissaient un rite tribal. Ian, tel un grand gamin, se joignit à eux.

En retournant à la maison, Jessie croisa Lila sous la véranda.

« Alors, que penses-tu de ton voisin ?

— Maman dit qu'il est déjà tombé amoureux de toi. Je crois qu'elle a raison.

— Vous êtes trop romantiques, toutes les deux.

— Maman, romantique ? s'exclama Lila en riant. Jamais de la vie. Quand elle dit qu'un beau mec te court après, c'est pas des idées romantiques qu'elle a en tête.

— Tu le trouves beau mec ? »

Lila acquiesça d'un signe de tête.

« Alors, je ne suis pas la seule.

« — Maman dit aussi que tous les beaux mecs te couraient après. C'est vrai ? »

Jessie regarda au loin, remuant ses souvenirs.

« C'était peut-être son impression. Je n'y ai jamais vraiment pensé. » Le soleil avait plongé derrière les collines tandis que Dusty s'approchait de l'autre rive. « J'ai eu quelques mauvaises aventures ; j'avais toujours peur de me retrouver seule, sans copain. C'est ridicule. »

Ian s'approcha de la maison, littéralement enveloppé de garçons. Scottie était à cheval sur ses épaules, les genoux autour de son cou comme s'il lui faisait une prise de karaté ; Owen était accroché dans son dos et Wyatt suspendu à une jambe, debout sur le pied de son père comme sur une planche de surf.

« Qu'est-ce qui est ridicule ? demanda Wyatt.

— Les garçons, répliqua Lila.

— Pas vrai.

— Vrai.

— Pas vrai.

— Ouverture, Scottie », commanda Ian pour qu'il pousse la porte. Il se baissa au passage sous le linteau et entraîna les enfants à l'intérieur avant qu'une dispute éclate.

Jessie remarqua l'air avec lequel Lila les avait regardés ; elle en eut le cœur serré.

« Ton père et tes frères sont vraiment gentils. »

Lila s'assit sur la balancelle de la véranda, ramena une jambe contre la poitrine et laissa l'autre pendre, son pied frottant le sol.

« Ouais. Sans doute. »

Lila aurait voulu faire partie de la bande de garçons, pensa Jessie.

« Pas trop dur d'être la seule fille ?

— J'ai pas le choix. » Elle s'essuya furtivement la joue. « Ils s'amusent toujours bien ensemble. Il est jamais comme ça avec moi. Et après ce qui s'est passé, ça risque pas de changer.

— On ne peut pas revenir sur le passé, tu es assez grande pour le comprendre. Mais il y a quand même des choses qui peuvent changer ; il ne faut pas être pessimiste.

— Bon. Il fait déjà nuit. Je ferais mieux d'y aller. » Elle se leva, tituba et se rattrapa après la chaîne de la balancelle.

« Lila, ça va ?

— Il faut que je me couche tôt. Il y a école demain. »

Jessie posa un baiser sur sa tempe, savourant ce bref contact physique. Une fois Lila montée, elle rangea un peu le rez-de-chaussée, accompagnée par le sifflement du lave-vaisselle. Elle entendit une voiture mais ne la vit pas se garer ; elle continua à essuyer le plan de travail. Des bruits sourds et des cris retentirent en haut tandis que Luz et Ian mettaient leurs enfants au lit.

« Bonne nuit, tout le monde ! cria-t-elle depuis le bas de l'escalier. Je vais me coucher.

— À demain matin, répondit Luz.

— J'emporte le reste de merlot, ajouta Jessie en enfonçant un bouchon dans la bouteille qui avait été ouverte pour le dîner.

— Fais comme chez toi ! cria Luz avant de changer de ton. Owen Earl Benning, tu remets ce crapaud dehors tout de suite. »

Jessie sortit avec son neveu, qui s'arrêta un instant pour chuchoter quelques mots dans le creux de ses mains ; il s'accroupit et un petit animal s'éloigna en sautant dans les feuilles.

« Qu'est-ce que tu lui as dit ?

— Qu'il ne devait pas le prendre personnellement. Maman a horreur de toutes les bestioles. Si tu l'avais entendue quand j'ai ramené la couleuvre à gouttelettes... »

205

Elle se pencha pour l'embrasser sur le front. « Tu veux bien me faire plaisir, Owen ? Ne ramène plus jamais de serpents à la maison, d'accord ?

— D'accord. » Il s'essuya les mains sur son pantalon de pyjama et rentra.

Jessie frissonna : une forte odeur de roses lui était parvenue. Elle se demanda un instant… Est-ce que… ? Elle s'avança jusqu'à l'angle de la véranda pour voir si l'ancien rosier de Luz y était toujours. Elle s'en était occupée depuis la nuit des temps, affirmant qu'il ne mourrait jamais. Au plus profond de l'hiver, quand le vent mordant du nord s'abattait sur le Texas, le vieux rosier tenait bon. Il perdait bien quelques feuilles mais ne se laissait jamais totalement aller.

Il était toujours là. À travers les ombres de la nuit, Jessie devina que les bouquets de fleurs couleur crème dodelinaient de la tête au gré de la brise rafraîchissante. À cette époque tardive de l'année, les fleurs n'avaient rien d'extraordinaire, mais elles répandaient un parfum délicieux. Jessie tendit la main et cueillit une rose pour l'emporter dans son cabanon.

Elle prit le chemin à travers bois ; sa peur du noir n'avait pas disparu. La poitrine haletante, elle concentra son attention sur la lumière qui éclairait l'entrée de la maisonnette, minuscule point lumineux qui suffirait à la guider entre les arbres. Elle ferma les yeux pour ne plus voir la lampe. Presque aussitôt, elle trébucha et tomba à genoux. Elle parvint à sauver la bouteille de vin mais la chute lui fit claquer la mâchoire et lui laissa quelques égratignures.

« Quelle idiote », marmonna-t-elle. Après s'être relevée, elle gagna le cabanon en regardant fixement la lumière tout en essayant de penser à autre chose. Elle se sentait frustrée, insatisfaite de la conversation qu'elle avait eue avec Lila. Qu'avait-elle donc espéré ? Qu'elles deviennent meilleures amies comme par enchantement ? Elles étaient étrangères l'une à l'autre ; seuls le sang et de rares points communs les rattachaient. Lila ressemblait exactement à Jessie au même âge. Autrefois, elle faisait le mur, la nuit venue, partait en virée en voiture ou s'installait sur le ponton pour fumer un joint, toute seule parfois, jusqu'à ce que Luz finisse par se réveiller et la fasse rentrer. De quoi parlaient-elles alors ? Quelles étaient les paroles qui la réconfortaient ?

Elle se concentra sur sa marche, un pied devant l'autre, s'aventurant plus loin dans le sombre tunnel arboré en direction de la lumière. Elle serait trop agitée pour réussir à dormir. Qui ne le serait pas après pareille journée ? Et pourtant, elle se sentait frustrée, insatisfaite. Angoissée par ses projets, par son avenir.

Une silhouette inquiétante se détacha des ombres et s'approcha d'elle rapidement. Jessie s'apprêtait à crier mais, avant qu'elle ait pu émettre un son, la personne se mit à rire.

« Tu n'avais pas l'intention de boire toute seule, j'espère.

— Matlock, tu m'as fait peur ! Qu'est-ce que tu fabriques ici ?

— Je croyais que tu m'attendais.

— Ah oui. Et qu'est-ce qui t'a fait croire cela ?

— Je t'ai dit à plus tard. Il est plus tard, me voilà. » Il lui prit délicatement la bouteille des mains et lui tint la porte ouverte.

« Mais tu viens pour quoi, au juste ?

— Je viens boire un verre de vin avec ma nouvelle femme. »

Elle ne put s'empêcher de rire. « Quel toupet ! Premièrement, je ne suis pas ta femme. Deuxièmement, je ne t'ai pas invité, alors tu vas rentrer chez toi.

— Non.

— Toi alors, t'es un sacré numéro.

— Toi aussi. » Il lui retira la rose des mains et balaya le cabanon du regard. « Pas mal, mais on étouffe un peu ici. » Il ficha la rose dans un verre d'eau, ouvrit les fenêtres afin de

laisser entrer l'air frais, trouva deux verres à vin et les remplit.
« Je veux que tu saches une chose, Jessie : je ne suis pas en train de te faire un numéro de séduction pour te prouver que je suis prêt à sortir avec une femme. »

Le numéro de séduction ne lui aurait pas déplu, pourtant. « Ah bon, et qu'est-ce qu'on fait là, tous les deux ? » Il lui tendit un verre. « Nous trinquons à nos débuts. Et cela va être très bon. » Il but sans la quitter une seconde des yeux.

« Où veux-tu en venir ?

— À nous deux. » Il lui lança un sourire, doux et sensuel, qui lui fit oublier le reste du monde. Puis sans prévenir, il lui posa la main sur la nuque, l'attira à lui et appuya fermement ses lèvres contre les siennes. Malgré sa grande – et parfois regrettable – expérience, Jessie n'avait jamais reçu un tel baiser. Direct, agressif, langoureux. Un mouvement presque imperceptible de la langue suggéra qu'il avait envie d'elle.

Comment un baiser qui n'avait pas duré plus de trois secondes pouvait-il transmettre tout cela à la fois ? Avant même d'avoir pu mettre un mot sur ce qu'elle venait d'éprouver, elle avait deviné les intentions de Dusty. Le goût de ses lèvres, sa puissante étreinte parlaient d'eux-mêmes. Au moment où elle se laissait aller, prête à succomber, il fit un pas en arrière.

« Voilà. Tu sais où je veux en venir, maintenant. »

Elle ressentit le besoin de s'affirmer. En matière d'aventures amoureuses, elle n'était pas du genre timide ; cependant, elle devait avouer que personne ne l'avait jamais embrassée de la sorte. L'émotion lui avait asséché la gorge, néanmoins elle parla :

« Et ce que je veux, moi, ça ne compte pas ? »

Il se mit à rire et lui toucha le menton, lui faisant remarquer qu'elle était restée bouche bée.

« Ma chère Jessie, je sais exactement ce que tu veux et je peux te jurer que cela compte aussi pour moi. »

Il l'embrassa. Elle pensait que son premier baiser n'aurait pas d'équivalent. Celui-là était mieux encore. Dusty avait les lèvres douces, sucrées par le vin, pleines de promesses. Ce deuxième baiser était si intense qu'elle se laissa ensorceler. Une fois de plus, elle se sentit entraînée par cette faim insatiable qui s'était emparée d'elle, des années plus tôt, pour l'envoyer sur les routes du monde. Mais tout avait changé depuis. Elle sentait qu'elle avait besoin de cet homme ; ce besoin était plus grand qu'aucun autre et, par conséquent, plus douloureux. Elle avait suffisamment envie de lui pour ne pas se soucier du lendemain.

Cependant, son honnêteté lui demandait de mettre Matlock en garde.

« Je ne deviendrai jamais ce que tu espères.

— C'est-à-dire ?

— Quelqu'un qui saurait rester en place, partager ta vie de façon sérieuse.

— Nous deux, c'est sérieux.

— Tu crois vraiment ?

— Nous sommes tous les deux d'accord pour faire l'amour et j'ai bien l'intention de prendre ça au sérieux. »

Il sourit de nouveau, elle se sentit fondre davantage. Ils brûlaient les étapes mais elle en était reconnaissante, car son désir pour lui était si fort qu'elle n'avait pas le temps d'attendre. Leur envie était réciproque.

Elle se sentait grisée, apaisée. L'air vibrait, chargé d'émotions, déjà lourd des paroles qu'il n'avait pas encore prononcées.

« J'ai vécu des moments difficiles, plutôt désagréables, mais pendant ces deux dernières années j'ai découvert que j'étais un homme comme un autre ; je suis tombé amoureux d'une femme formidable, nous nous sommes mariés dans le bonheur le plus complet et puis, après, j'ai tout perdu. Aujourd'hui j'ai l'intention de me remettre à vivre. » En deux enjambées, il traversa la pièce et lui tendit la main. « Je veux me remettre à aimer, encore mieux que la première fois.

— Oh ! Doucement. Tu ne sais pas ce que tu dis.

— Je sais très bien ce que je dis. J'ai ressenti quelque chose de spécial quand on s'est rencontrés. Toi aussi, tu l'as ressenti. »

Incapable de le contredire, elle se mordit la lèvre. Cet homme était incroyable. Le simple fait d'être en sa compagnie lui donnait à goûter d'un autre monde, un monde apaisant où elle se sentait en sécurité.

« Tu sais, si tu as l'impression que je suis pressé, c'est sans doute parce que j'ai attendu si longtemps. »

Il lui prit la main et elle se leva, tremblante.

« Tu sembles sûr de toi.

— C'est mon côté pilote. Je dois prendre des décisions rapides, quasi instinctives, et je n'ai pas le droit à l'erreur. »

Il l'entraîna dans la chambre, la retint prisonnière, face à lui contre le mur, tout en défaisant un à un les boutons de sa robe.

« Ton instinct te souffle quoi, en ce moment ? »

Il repoussa délicatement la robe de ses épaules et la laissa glisser à ses pieds.

« Que tu es celle que j'attendais. »

Elle se sentit vulnérable, piégée entre le mur et son corps musclé, entre ce qu'il attendait d'elle et ce qu'elle ne pouvait lui donner. Que voyait-il donc en elle, deux ans après la fin tragique de son mariage, qui le poussât à faire une telle déclaration ? Elle éprouvait maintenant l'envie de le connaître davantage mais ne pouvait s'empêcher de le mettre en garde :

« Je ne suis pas faite pour toi.

— J'en jugerai par moi-même.

— Je suis une catastrophe ambulante, je t'assure. Tu ne devrais pas m'approcher.

— Une catastrophe ?

— Je… j'ai déjà d'autres projets et je n'ai rien à te donner. Je ne vais pas pouvoir rester longtemps ici. Il faut que tu le saches. Et puis… j'ai tendance à fuir les gens. C'est plus fort que moi.

— Voilà un défi intéressant. » Il détacha son soutien-gorge et le lança plus loin, puis se pencha pour embrasser la peau ainsi découverte. « Joli tatouage.

— Je ne veux pas te lancer de défi. » Elle désirait s'abandonner tout entière à lui, mais cela aurait été trop cruel de sa part. Bientôt, elle allait devoir partir, elle n'avait pas le choix. « Je suis sérieuse, fit-elle de plus en plus doucement. Je ne peux pas rester, même pour toi.

— Je te propose un marché : tu arrêtes de t'inquiéter pour cela, je me tais et je m'occupe de toi. » Il sortit un paquet de préservatifs, le laissa tomber sur la table de nuit.

« Je ne crois pas pouvoir respecter ma part du marché. » Tout en prononçant ces paroles, elle ferma les yeux et savoura les sensations que déclenchaient les caresses de Dusty. Le désir montait en elle. Elle était en train d'apprendre. Pas seulement à le connaître – le goût de sa peau, son odeur, la présence de son corps. Elle était aussi en train d'en apprendre sur elle-même ou, peut-être, de redécouvrir des sensations oubliées. Elle s'imprégnait du goût de sa peau, de son odeur, de ses particularités ; elle ne pouvait plus résister. Il la prit dans ses bras et la posa sur le lit.

« Maintenant, je vais te faire l'amour. Tu ne le regretteras pas. »

Jessie était rayonnante. Une aura de bonheur flottait autour d'elle lorsqu'elle entra dans la cuisine.

« Bonjour, dit Luz en posant quatre sacs en papier sur le plan de travail. Tu es en forme aujourd'hui. »

Le sourire éblouissant de Jessie explosa en rire. « C'est une belle journée, c'est vrai. »

Elle se servit une tasse de café, ajouta du sucre et de la crème à en faire déborder le contenu sur le plan de travail, sans paraître s'en apercevoir. Elle resta debout devant la fenêtre en baie qui donnait sur le lac. Le lever du soleil colorait la surface de l'eau de tons roses et dorés. La brume matinale traînait dans les recoins, tout près des rives. De l'autre côté du lac, une camionnette s'éloignait.

En une série de mouvements automatiques acquis grâce à une longue expérience, Luz prépara les paniers repas des enfants tout en observant Jessie.

« Ce sourire aurait-il quelque chose à voir avec le pilote qui a passé la nuit dans ton cabanon ?

— Tu as vu juste. Mais il ne serait pas le premier à me quitter au petit matin.

— Il reviendra. Je l'ai bien regardé hier soir. Fais-moi confiance. »

Jessie se retourna ; le soleil soulignait sa silhouette élancée. Elle portait un pyjama peu ordinaire – long pantalon et tee-shirt court ; la lumière tiède de l'aube lui redonnait l'air frais et insouciant qu'elle avait quand elle n'était qu'une jeune étudiante sur le chemin de la vie.

Luz dut lutter un instant contre un vieux démon : l'envie. Jessie n'était pas simplement belle, elle était éblouissante. Elle avait tout pour elle et tout lui était accordé avec facilité. Luz usa alors de son arme la plus redoutable pour combattre ce démon : son amour. Comment pouvait-on laisser l'envie nuire à l'amour ?

Elle entendit l'eau couler sous la douche, à l'étage ; Nelly Furtado hurlait à la radio. Lila était levée, bien décidée à se rendre à l'école. Un problème restait entier : Jessie attendait une réponse. Luz n'avait pas oublié leur dispute au sujet de l'adoption de Lila. La question planait, prête à lui tomber dessus. Peu à peu, la vie retrouverait son cours et les sujets sensibles se manifesteraient de nouveau. Allaient-ils en parler à Lila ? Quand ? Que lui diraient-ils exactement ? Comment lui présenteraient-ils les choses ?

Pourtant, ce matin-là, Jessie avait la tête ailleurs ; elle pensait à son amant, sans doute. Avec la dextérité d'un croupier, Luz disposa des tranches de pain sur le comptoir devant elle.

« C'était si bon que cela ?

— Ça n'a jamais été si bon ! » soupira Jessie en resserrant les bras autour de la poitrine.

Luz racla le fond d'un pot de beurre de cacahuètes. Sans répondre à sa sœur, elle essaya de se rappeler la dernière fois qu'elle avait ressenti cet extraordinaire bien-être après une nuit d'amour débridé. Juin ?

« Sur une échelle de un à dix, continua Jessie, ça valait environ… quatre-vingt-dix-huit. »

Luz déposa un mini-paquet de chips dans chacun des sacs en papier, ajouta un fruit – ce jour-là, une pomme –, une portion de pudding en boîte et une cuillère en plastique. Quatre sacs en papier, quatre paniers repas, quatre enfants, quatre raisons de dire à Ian : « Désolée, pas ce soir, chéri. »

Jessie s'appuya contre le plan de travail où Luz était affairée.

« On dirait que tout le monde va à l'école aujourd'hui.

— Même Scottie. Il va au jardin d'enfants jusqu'à midi. Je lui prépare un repas comme aux autres pour qu'il ait l'impression

213

d'être un grand garçon. » Elle se pencha et se mit à griffonner quelques mots sur les serviettes en papier.

« Qu'est-ce que tu fais ?

— Des petits mots d'amour. » Elle continua à écrire et à dessiner un visage souriant à côté d'un cœur sur chacune des serviettes. Ensuite elle fourra les serviettes dans les sacs puis inscrivit un nom sur chacun d'eux. Elle sentit le regard de Luz. « Quoi ?

— Tu fais cela tous les jours ?

— Les jours d'école, oui.

— Quatre repas.

— Un pour chacun des enfants. Et pour Ian aussi, quelquefois.

— Tu me surprendras toujours. »

Luz ne put se retenir de rire. « Et tout cela après presque quatre ans de fac. » Du pied de l'escalier, elle s'écria : « Tout le monde est debout ?

— Oui, m'dame. » C'est Scottie qui avait répondu. Soudain, on entendit les tuyaux vétustes se plaindre et trembler de tout leur long : Lila avait fini de prendre sa douche.

Les paniers repas terminés, Luz se mit à préparer le petit déjeuner, sortit les brocs de jus de fruit, de lait, les boîtes de céréales.

« Tu sais, Ambre est dans le groupe de Scottie au jardin d'enfants. Dusty l'a inscrite il n'y a pas longtemps. Tu as peut-être envie de déposer Scottie ce matin ? »

Jessie se retourna brusquement pour remplir sa tasse de café.

« Ambre va chez sa grand-mère à Austin, aujourd'hui. » Pour la deuxième fois, elle renversa du café sur le plan de travail en se servant. « Je ne suis pas très à l'aise au volant, par ici. J'ai tellement l'habitude de conduire de l'autre côté de la route.

214

— Comme tu voudras. C'était juste une idée. » Luz essuya le plan de travail.

Jessie sirota son café à petites gorgées, les yeux dans le vague. « Qu'est-ce que tu penses d'Ambre ? »

Luz regarda sa sœur. Jessie ne s'était jamais vraiment engagée auprès de quiconque, pas même de Simon. Peut-être Dusty serait-il le bon. S'il ne pouvait conquérir le cœur de Jessie grâce à l'aide d'Ambre, personne ne le pourrait.

« C'est un vrai petit ange. Arnufo et Dusty s'occupent admirablement d'elle. Tu peux attraper la boîte qui est juste là, dans ce placard, à droite ? Il faut remettre du sucre dans la coupelle.

— Oui, bien sûr. » Elle attrapa la boîte à sucre et l'envoya glisser jusqu'à Luz. Pendant que cette dernière remplissait la coupelle, Jessie aperçut une forme familière dans le placard.

« Ce n'est pas vrai. Tu l'as toujours ? »

Luz se sentit soudain mal à l'aise, comme si Jessie venait de déterrer un vieux secret. Ses mains tremblaient ; elle se maîtrisa et remplit la coupelle de sucre. Puis elle prit sa tasse de café et s'installa à table afin de profiter des dernières minutes de calme avant la ruée du petit déjeuner. Sa sœur la suivit, sa trouvaille dans les mains.

« Je l'avais complètement oubliée, dit Jessie.

— Moi aussi. Enfin, pas tout à fait.

— Notre boîte à vœux. » Jessie souleva le couvercle de la boîte en métal et y plongea la main.

À la voir accomplir ce geste, les souvenirs se bousculèrent dans la tête de Luz. Leur mère avait rapporté ce trophée d'un tournoi. On pouvait y lire : « Longest Drive, Fandango Woods, 9 septembre 1974. » Il s'agissait sans aucun doute du trophée le plus laid qu'elle eût jamais gagné et, si ce n'était la présence du couvercle, il aurait certainement fini au grenier. Leur mère ne l'aimait pas car elle avait perdu le tournoi.

Cette année-là avait été particulièrement difficile. Glenny n'avait gagné que de maigres prix, sans réussir à se qualifier pour la grande tournée. Luz se revoyait dans la file, à la cantine de l'école, munie des petits tickets bleu clair perforés, qui valaient chacun pour trois repas.

Des trois, seule Luz était capable de faire face à la situation. Leur mère trouvait toujours de bonnes raisons de ne pas se rendre aux services sociaux, où elle aurait pu faire la queue afin de recevoir les bons de nourriture. Bien qu'elle ne fût qu'une enfant à l'époque, c'était Luz qui faisait preuve d'humilité et allait remettre les formulaires à l'assistante sociale. Elle s'excusait pour l'absence de sa mère, prétextant qu'elle avait dû quitter la ville momentanément ou encore qu'elle était malade ou n'avait pas le temps. À l'école, elle devait ravaler sa fierté en sortant les tickets bleus. Jessie, elle, préférait sauter le repas, quitte à dérober des barres de chocolat et une canette de soda au libre-service.

Un beau matin, Luz était en train de recoudre sa chemise préférée, dans cette même cuisine, assise devant cette table éraflée, lorsque leur mère avait pris dans ses mains ce trophée qui n'en était pas un et avait déclaré :

« Voici notre boîte à vœux. »

Jessie, la plus fantasque des deux sœurs, avait aussitôt répliqué : « Je peux faire un vœu ? »

— Mais bien sûr. » Glenny leur tendit à chacune un petit bout de papier, un crayon et une pièce de monnaie. « Mais ce ne sera pas gratuit. Vous écrivez un vœu sur le papier, vous l'enroulez autour de la pièce et vous le déposez dans la boîte. La prochaine fois que je reçois un chèque, on tirera un vœu au sort et on le réalisera. »

Ainsi était née la tradition. Les filles déposaient leurs pièces, enrobées de vœux, dans la boîte. Jessie y mettait tout son cœur ; elle avait même pris l'habitude de chuchoter une prière et d'embrasser le bout de papier avant de le mettre à l'abri des regards pour un moment. De temps en temps, quand c'était jour de chance, leur mère se rappelait sa promesse. Elles devaient alors fermer les yeux et piocher un vœu.

Les petits mots qu'elles écrivaient sur les bandes de papier étaient parfois très précis : un trépied pour l'appareil photo. Parfois très curieux : une licorne. D'autres fois encore, dépassés : un vieil album de musique. Ils pouvaient aussi être poignants : un papa. Et souvent impossibles à réaliser : la paix dans le monde. Elles avaient conservé cette tradition jusqu'à l'adolescence et même après.

Un jour, en revenant du *Paradis des étoffes*, une boutique d'Edenville où elle découpait du tissu après l'école, Luz avait écrit : « Je veux faire des études à l'université. »

« Dis-moi, tu t'en sers toujours ? demanda Jessie, tirant brutalement Luz de ses souvenirs. Cela t'arrive de faire des vœux ? »

Luz but une gorgée de café. « Cela m'arrive. Mais avec quatre enfants, il y a plus de petits papiers que de chances de voir son vœu réalisé. Ian ne gagne pas des prix comme maman. Il ramène un chèque à la fin du mois et, le temps de le déposer sur le compte, l'argent est déjà dépensé. » Les frais ordinaires d'une famille telle que la leur faisaient disparaître l'argent à une vitesse affolante.

« C'est aussi le principe. Il faut toujours avoir plus de vœux qu'on ne peut en réaliser, sinon ce ne sont plus des vœux. » Jessie souleva le couvercle. « Et si on jetait un œil ? » Elle enfonça la main dans le pot, en ressortit un petit papier bien enroulé autour de sa pièce, le déplia soigneusement puis le passa à Luz qui le lut.

« C'est de Wyatt. Il n'arrête pas de parler de cette PlayStation. Je me dis que si on attend assez longtemps, il n'en aura plus envie ou on en trouvera des moins chères. Mais, vu l'écriture, ce petit mot est plutôt récent.

— Bon, j'en prends un autre. »

217

Elle tomba sur un signe qui évoquait un symbole tribal, certainement de la main de Scottie. « Je ne suis pas sûre, dit Luz, ce doit être un rat, ou alors un jouet fantaisie. »

Le vœu suivant fit rougir Luz. « Ça… c'est du Ian tout craché. » Avant qu'elle n'ait eu le temps de le mettre en boule, Jessie s'en empara et le tint à bout de bras pour empêcher Luz de le récupérer.

« Il a écrit… *une pipe* ? Je ne me trompe pas ? » Elle éclata de rire. « C'est bien un mec. Ils ne laissent jamais tomber. »

Les hommes étaient-ils tous pareils ? Comment Luz aurait-elle pu savoir ? Ian était le seul qu'elle ait connu. Au lycée, les garçons la trouvaient trop sérieuse, zélée et donc peu engageante. Elle voyait souvent de jeunes mères de seize ans trimbaler leur bébé braillard à droite et à gauche, et elle s'était promis de ne jamais se faire avoir. Elle avait donc dû éviter les garçons.

Finalement, c'est Jessie qui s'était fait avoir, mais Luz qui avait trinqué. Luz s'en voulut d'avoir une telle pensée. « Suivant. » Jessie s'arrêta de rire et lui tendit un autre papier. Luz reconnut les lettres calligraphiées : « L'écriture de Lila.

— Elle demande quoi ?

— Un vrai tatouage.

— Rien d'insurmontable. »

Luz regarda la spirale couleur ambre qui dépassait du pyjama de sa sœur. « On verra. » Jessie n'avait pas remarqué que sa sœur l'observait. Elle prit un autre vœu. Luz lut le mot qu'elle avait griffonné. « Mon diplôme.

— Universitaire ?

— Hmm. Ma licence, si possible avec mention. Encore quelques unités d'enseignement et je l'avais. Il doit être là depuis dix ans, ce mot. Ces derniers temps, j'ai surtout utilisé la boîte pour y mettre ma monnaie.

— Tu as entreposé tes rêves dans cette boîte. Tu devrais retourner à l'université et compléter ton diplôme.

— Retourner à la fac, comme ça ? fit Luz en riant. Aucun problème. Je demande à Ian d'annuler ses procès pour garder les enfants, je place le chien dans un chenil, j'interdis à Scottie d'attraper une otite, les dollars pleuvront du ciel et je n'aurai plus qu'à aller m'inscrire pour devenir la plus vieille étudiante des États-Unis.

— Si c'est important pour toi, tu le feras.

— J'ai quatre enfants…

— Oui, mais tu les voulais. Ils ne sont pas arrivés par accident.

— Ils n'étaient pas tous programmés. »

Jessie faillit s'étouffer avec son café. « Eh, doucement ! Je veux bien croire qu'il y a eu un accident, c'est même moi qui en suis responsable. Mais tu as eu trois garçons après, et tu n'es pas stupide, Luz, tu voulais ces enfants plus que n'importe quel bout de papier. »

Luz ne sut que dire. Chaque fois qu'elle avait appris l'arrivée d'un de ses bébés, elle s'était d'abord sentie désemparée et ensuite plus heureuse que jamais. Elle avait adoré porter ses enfants, donner la vie, considérant ses chevilles enflées et ses varices comme des marques d'honneur. Elle avait aimé allaiter, se laisser enivrer par le parfum chaud et laiteux du petit corps, émerveillée de pouvoir produire exactement ce dont il avait besoin.

« J'ai dû penser que je pourrais avoir les deux. » Son café était devenu froid et amer ; elle repoussa sa tasse et plongea la main dans le trophée. Étonnée de sentir autant de papiers, elle décida d'en prendre un tout au fond.

« Un voyage au Mexique. C'est ton écriture, Jess.

— Ah oui ?

— Tu as dû l'écrire juste avant de partir.

— Je n'ai jamais fait ce voyage, finalement.

— Et ton vœu est toujours dans la boîte. Il est encore temps. »

Jessie chiffonna le papier et le mit dans un coin. Luz allait faire de même avec le diplôme mais se ravisa au dernier moment, l'enroula autour d'une pièce, l'embrassa et le déposa dans la boîte, accomplissant ainsi le vieux rituel. Elle attrapa ensuite un stylo et le bloc-notes pour les courses.

« Jess, cela te dit de faire un vœu ?

— Allons-y. » Jessie griffonna une phrase sans s'apercevoir qu'elle débordait de la feuille et commençait à écrire sur la vieille table.

« Eh, Jess. Il faudrait peut-être que tu ailles chez l'ophtalmo.

— Eh bien, en fait…

— Je vais être en retard, annonça Lila en descendant bruyamment les marches. Pas le temps de déjeuner. »

Luz ne répondit rien, referma le sac en papier contenant le repas de sa fille et le déposa dans son cartable. Lila était jolie. Belle conviendrait davantage. Elle avait les cheveux encore mouillés et lisses. Sa chambre avait beau être un véritable capharnaüm, Lila avait toujours l'air de sortir d'un catalogue de vêtements.

« Plus que sept minutes avant ton bus. » Luz aurait mieux fait de ne pas en parler. Elle le comprit avant même de voir Lila hausser les épaules et prendre un air renfrogné. Depuis le début de l'année, elle n'utilisait plus le transport scolaire ; c'était Heath Walker qui passait la chercher dans sa Jeep rouge, lui permettant ainsi d'accéder à un certain prestige et d'être acceptée au lycée. Tout cela était très important pour elle.

« Tu vas pouvoir te faire de nouveaux amis dans le bus. » Piètre tentative ; c'était plus fort qu'elle.

« Génial, maman.

— Bonjour, beauté, intervint Jessie.

— Ouais, c'est ça.

— Je crois que j'ai une meilleure idée pour envoyer cette gamine à l'école, continua Jessie. Il faut la faire filer en ville à coups de pied au derrière.

— Approuvé », répondit Luz.

Lila étudia son reflet dans la porte vitrée. Son air courageux ne l'empêchait pas d'avoir les nerfs à fleur de peau. Luz eut l'impression qu'un champ magnétique entourait sa fille.

Les tuyaux grincèrent : Ian prenait sa douche, se dit Luz. N'aurait-il pas pu attendre et venir dire au revoir à sa fille ? Au moins aujourd'hui ? Elle venait d'échapper à un terrible accident qui avait ébranlé toute l'école. Elle avait plus que jamais besoin de soutien et d'amour. Il ne s'en rendait donc pas compte ?

« Ma chérie, je sais que cela va être difficile. Tu fais preuve de beaucoup de courage en décidant de retourner si vite au lycée. » Luz s'en voulut de ne savoir débiter que des platitudes. Elle se faisait penser à un animateur radio.

« Si tu le dis.

— Moi aussi, je suis fière de toi, ajouta Jessie avec sincérité. Quoi qu'il arrive, l'école continue. » Lila hocha la tête puis regarda sa mère de côté. « C'est la fête du lycée, ce week-end. »

Dans une petite ville du Texas, ce genre de fête représentait un grand moment. La vedette de l'équipe des Serpents siffleurs avait beau s'être blessée dans un accident de voiture, le traditionnel événement aurait lieu. Luz savait que l'excitation atteindrait son paroxysme dès le vendredi. Les filles se mettraient à parader en ville, arborant sur leur corsage des chrysanthèmes aux couleurs de l'école, noir et violet, gros comme des soucoupes, traînant derrière elles des rubans de deux mètres de longueur. Les garçons grimperaient sur le château d'eau déjà recouvert de graffitis pour y apposer la date. Tous les gâteaux confectionnés par la *Boulangerie du paradis* seraient en forme de mégaphone. Enfin, les pom-pom girls décoreraient les maisons des joueurs de l'équipe à l'aide de serpentins multicolores.

Cette année, Lila était devenue pom-pom girl.

Luz se mordit la lèvre et se retint de faire remarquer que, étant interdite de sortie, Lila n'aurait pas le droit de participer à la célébration, ni à la soirée dansante. Inutile de lui rappeler cette punition alors qu'elle s'apprêtait à partir pour l'école.

« Salut », lâcha Lila en sortant telle une fusée.

Luz soupira et se rassit. Jessie poussa le papier et le stylo vers elle. « Fais un vœu, grande sœur. »

22

Lila avait toujours vécu à Edenville mais, ce matin-là, elle se sentit comme une immigrée sans papiers dans ce bus cahotant qui puait le diesel et les affaires de sport. Par la vitre pleine de traces, elle regarda fixement le parc municipal et prit conscience que le monde avait changé du jour au lendemain. La dernière fois qu'elle avait vu Edenville, c'était avec les yeux d'une jeune fille ne connaissant que le soleil, le rire et l'amitié. Elle était maintenant de retour après avoir croisé la mort. Par cette claire matinée d'automne, les commerçants déployaient leurs bannes, les gens se saluaient et s'adressaient des sourires dans la rue.

Qui étaient-ils, ces étrangers, pour rire si facilement et vivre sans soucis, ces gens qui dormaient bien la nuit, sans jamais rêver d'avoir été réduit en bouillie dans un accident de voiture ?

Dans le bus, personne ne lui adressa la parole mais elle entendit chuchoter et surprit les regards des curieux. Les autres passagers, pour la plupart, étaient de jeunes étudiants sans permis de conduire, des gamins dont la famille était trop pauvre pour leur offrir une voiture ou des filles tellement nulles que leur copain les avait larguées. Les défavorisés du lycée Edenville High.

Il y avait aussi Lila. Depuis l'accident, elle était restée coupée de la réalité. Le plus dur était de ne pas savoir où trouver sa place. Les accusations portées par la mère de Heath – « C'est votre faute » – la hantaient jour et nuit. Et si Mme Hayes avait raison ? Lila était bien responsable de l'accident. Si elle n'était pas sortie cette nuit-là, si elle n'avait pas encouragé Heath à voler, ses amis seraient peut-être encore sains et saufs. Elle avait envie de faire un bond dans le futur, d'atteindre ses seize ans et de s'en aller pour toujours. Elle avait son permis d'apprenti conducteur, il lui restait à passer un test de conduite et son père lui laisserait la vieille Plymouth entreposée au garage depuis qu'elle était petite.

Elle esquiva les regards et les chuchotements. Elle aurait aimé que ce jour soit un jour ordinaire, que Heath soit venu la chercher en voiture, affirmant ainsi leur position sur l'invisible – mais ô combien importante – échelle de popularité. Étant privée de téléphone, elle n'avait aucune idée d'où il pouvait se trouver : chez lui, à l'hôpital ou peut-être à l'école. Sa mère était devenue une vraie dictatrice, allant jusqu'à désactiver le modem pour l'empêcher de recevoir ses mails.

Le bus fit quelques embardées en arrivant devant l'école. Lila se sentit déboussolée. Elle avait l'impression de débarquer dans un pays étranger.

Edenville High, où s'était formée l'équipe des Serpents siffleurs, était un ancien lycée américain, du genre de ceux qu'on aperçoit dans les films sentimentaux ou dont parlent les guides touristiques, qui surnomment Edenville « la ville du passé ». Devant l'établissement, la pelouse était parsemée de magnolias et de chênes verts de Virginie. L'impressionnant bâtiment de brique et de béton était rassurant ; il avait un air très traditionnel sans pour autant sembler vieillir. Il se tenait là depuis une éternité, il y serait encore dans des dizaines d'années.

Lila trouvait étrange de penser que sa mère et sa tante avaient fréquenté ce lycée. Plusieurs de ses professeurs les avaient même eues en classe. Son professeur d'anglais, M. McAllister, faisait sans cesse allusion aux sœurs Ryder, concluant invariablement que Lila leur ressemblait trait pour trait. Au printemps, elle avait feuilleté les archives des photos de classe et s'était rendu compte que les crédits pour les meilleures prises de vue étaient revenus à « L. Ryder » pendant quatre années consécutives. L pour Lucinda. Bizarre. Elle aurait parié que c'était Jessie, et non sa mère, qui avait pris les clichés, étant donné qu'elle était devenue une photographe réputée à travers le monde. Pourtant, toutes les photos du lycée avaient été prises par Lucinda Ryder. Lila avait du mal à l'imaginer dans un rôle différent de celui de mère au foyer, mais elle devait admettre qu'il fallait être aveugle pour ne pas s'apercevoir de son talent de photographe. Sa mère avait peut-être pensé en faire son métier, autrefois.

Bien sûr, Lila ne lui en avait jamais parlé. Pourquoi était-ce si difficile d'imaginer que sa mère pouvait avoir des rêves, elle aussi ?

Puis elle se demanda s'il était vrai qu'une fois au lycée on pouvait prédire la carrière que l'on choisirait plus tard. M. Grimm, le conseiller d'orientation, affirmait que les talents et les goûts de chacun se révélaient au lycée et constituaient un bon indicateur de ce qu'on ferait de sa vie.

Les talents et les goûts de Lila pointaient à peine le bout du nez, se disait-elle. Elle aimait écouter du rock alternatif, faire partie de l'équipe de pom-pom girls, mettre des vêtements à la mode et manger des tortillas chips au fromage, même si elles donnaient mauvaise haleine et qu'il valait mieux s'en priver si on sortait avec un garçon. Elle savait faire les saltos arrière et les rondades, se peloter avec Heath Walker et rester invisible au fond de la classe.

Elle se demandait à quoi ces aptitudes pourraient bien lui servir plus tard.

Arrivé au parking, le bus haleta et le moteur s'immobilisa dans une secousse. Lila joua des coudes pour remonter l'allée entre les sièges et sauta le marchepied ; enfin libre. Elle entendit chuchoter dans son dos, tourna brusquement la tête et vit deux filles qu'elle connaissait à peine, tout simplement en train de ranger leur sac. Un souvenir refit alors surface : la plus ronde des deux s'appelait Cindy Martinez. Lila lui avait un jour emprunté un devoir d'espagnol pour le recopier, après quoi Cindy avait essayé de devenir son amie mais Lila l'avait froidement rejetée.

Elle balança son sac sur l'épaule et traversa le parking au bitume fissuré en traînant des pieds. Elle passa tout près d'un groupe d'élèves de terminale qui suivaient des stages de formation professionnelle parallèlement à leurs cours ; plusieurs d'entre eux étaient en train de s'entendre pour monter à plusieurs en voiture en direction de l'université située dans une ville voisine. Pendant quelques secondes, Lila eut envie de partir avec eux pour ne jamais revenir. Elle s'obligea finalement à continuer vers l'école.

Elle traversa un nuage de fumée – des cigarettes certainement volées. Des fans de musique goth et trash s'étaient rassemblés à l'entrée ouest, où aucun gamin respectable n'oserait être aperçu. Elle n'avait jamais remarqué à quel point les élèves fonctionnaient par clans, comme si chaque groupe était ceint d'une corde invisible interdisant à toute personne étrangère de l'outrepasser.

Devant le stade, quelques élèves membres d'un groupe éducatif s'étaient retrouvés. Ils étaient accompagnés de trois jeunes labradors, qui arboraient une médaille verte signifiant qu'ils étaient chiens guides d'aveugles en cours d'entraînement ; on les laissait ainsi entrer dans les magasins, les restaurants, les salles de classe. Ces gamins étaient sûrement fréquentables, songea-t-elle, mais ils avaient quand même l'air bizarre et restaient entre eux, comme les autres. Ils élevaient des chèvres, des lapins et s'occupaient de chiots dans le cadre du programme de dressage de Round Rock. Ils adoptaient un adorable bébé labrador, l'élevaient, lui apprenaient à être propre, à obéir, créaient des liens avec lui, dormaient, mangeaient avec lui. Puis, le chiot devenu grand, ils le passaient à une institution pour aveugles à Austin. Lila ne comprenait pas : pourquoi donner toute son affection à un chiot et ensuite l'abandonner à quelqu'un d'autre ? Comment ces gamins supportaient-ils une chose pareille ? Lila se souvint que certains d'entre eux envoyaient régulièrement leurs autres animaux de compagnie à l'abattoir et se dit que leur cœur était sans doute différent du sien.

Son appréhension grandit à mesure qu'elle s'approchait de la porte d'entrée. Elle était de nouveau dans son école, dans son monde à elle, dans les lieux où elle se sentait bien d'ordinaire. Elle osa espérer que Heath serait là, lui aussi, qu'elle le reverrait.

Devant l'entrée principale, des serpentins noirs et violets tombaient des arbres. Sur une immense banderole, on pouvait lire : « Allez les Serpents ! » La fête du lycée aurait lieu comme prévu car, au Texas, personne ne songerait à annuler un tel événement sous prétexte que le sous-capitaine d'équipe s'était blessé et qu'un enfant était mort dans un accident de voiture.

Lila se rappela qu'elle était privée de sortie. Elle connaissait ses parents : ils ne reviendraient pas sur leur décision.

Mais ils avaient le sommeil lourd, elle parviendrait à s'éclipser pour assister à la fête. Heath irait mieux. Il lui donnerait l'un de ces énormes bouquets de fleurs à accrocher à son corsage, parce qu'ils étaient fabriqués par les supporters de l'équipe ; elle porterait sa nouvelle robe et conserverait le bouquet dans son réceptacle en plastique pendant des années, telle une relique.

Il lui arrivait de se plaindre de l'école mais, en fait, elle adorait y aller. Elle adorait le brouhaha, les rires, les relents de nourriture qui s'échappaient de la cafétéria, les effluves de café devant la salle des profs et le grésillement des haut-parleurs ; l'odeur crayeuse des vieilles salles de classe, les murs cachés derrière les rangées de livres, les couloirs remplis du bruit de casiers que l'on claque.

Elle se mit à sourire. Elle était contente d'être de retour.

Il lui sembla même entendre un chœur d'anges au loin. Elle comprit soudain qu'il s'agissait non pas d'anges mais de la Chorale d'Edenville pour le Christ, un rassemblement de lycéens évangélistes au visage impavide et souriant, dont le comportement était toujours exemplaire. Ils s'étaient regroupés devant l'école, au pied du drapeau américain et du gigantesque drapeau texan, qui flottaient à mi-mât.

Dig, pensa-t-elle. Son sourire disparut à mesure qu'elle approchait. Le spectacle qui s'offrit alors à ses yeux l'abasourdit. Elle n'avait jamais vu autant de fleurs. De gros bouquets encore sous cellophane, des fleurs coupées maintenues dans des bocaux en verre, des fleurs d'oseille ou encore des pinceaux indiens cueillis dans les champs ; certaines étaient éparpillées, d'autres entassées pour former une grande pyramide juste sous les drapeaux. Au milieu se dressait un unique tournesol, sur lequel un corbeau aux plumes en pagaille picorait sauvagement les graines. Des petits mots, des cartes, des photos et même des dessins étaient attachés aux bouquets, peluches, ballons de football et trophées. Lila remarqua une citrouille sur laquelle on avait écrit « Dig, tu me manques » au marqueur noir. Au-dessus du monticule d'objets se dressait une croix de bois grossièrement taillé, affreux épouvantail habillé d'un maillot de football noir et violet. Au dos figurait le chiffre 34 à côté de « Bridger » en lettres capitales.

« Nous remercions Jééé-sus d'accueillir… », chantait le chœur. Ils se tenaient par la main, se balançaient en chantant, l'air extasié, les yeux fermés, le visage tourné vers le ciel.

Lila éprouva de la rancœur à leur égard. Dig vivant, ces anges de carton-pâte n'auraient pas daigné sauver son âme, fût-elle extraordinaire. Ces gamins-là sélectionnaient les membres de leur groupe : ils étaient tous blancs et faisaient comme si les Noirs, les Hispaniques ou les enfants tels Travis et Dig Bridger, qui habitaient dans une caravane, n'existaient pas. Sauf quand il fallait en choisir un, histoire de montrer qu'ils n'étaient pas ségrégationnistes.

Maintenant que Dig était mort, ils étaient prêts à l'accepter parmi eux.

Le scepticisme de Lila avait dû ébranler le firmament sacré car, à la fin de leur chant, « Nous te remercions, Jésus, d'accueillir cette âme en ton royaume », quelques éléments du groupe se tournèrent vers elle. La nouvelle de sa présence au lycée se propagea comme un incendie, mais Lila n'y prêta pas attention. Une seule personne comptait à ses yeux.

« Heath ! » Quel soulagement de revoir son amour. Elle se précipita vers lui. « Oh, je suis contente que tu sois là. »

Soutenu par des béquilles, Heath était flanqué de deux garçons qu'elle eut du mal à reconnaître. Elle les ignora et voulut lui sauter au cou, mais les béquilles l'en empêchèrent et elle dut renoncer. Peu importait, il était là, toujours aussi merveilleux.

Elle l'observa attentivement. D'habitude, il la prenait dans ses bras, lui volait un baiser et elle espérait que les autres les voyaient s'embrasser car il était le plus beau mec du lycée, même avec des béquilles. Ce jour-là, il avait des yeux de glace, qui formaient comme un écran infranchissable entre elle et lui.

« Heath ? » Elle avait pris une voix plus douce, hésitante.

Il lui répondit d'un imperceptible hochement de tête. « Salut. » Sa jambe droite était prisonnière d'un plâtre toute nouvelle génération, fermé par une bande Velcro. Lila commençait à perdre confiance en elle.

« Alors, tu t'es cassé la jambe…

— Ouah… Fortiche, la nana ! lança quelqu'un derrière elle.

— Heath, je suis désolée. J'ai pas pu t'appeler, j'ai plus le droit de rien faire. Mes parents me laisseront sûrement pas aller à la fête ce week-end, mais je te jure que je trouverai un moyen de venir. » Elle bredouillait. « Je te laisserai pas tomber.

— J'ai la jambe cassée. La saison est finie pour moi.

— Mais on peut quand même assister au match et aller à la soirée après et regarder les autres danser… » Elle fit un pas vers lui, pensant que la glace fondrait, que tout redeviendrait comme avant si seulement elle pouvait le toucher.

« Tu comprends pas, on dirait », lança-t-il.

Elle se figea, sentit son estomac se nouer. « Comprendre quoi ? »

Il leva une béquille en direction des fleurs éparpillées sous les drapeaux. L'air était chargé de senteurs sucrées, de fleurs fanées. « Ce qui est arrivé a tout changé. Tu peux pas faire comme s'il s'était rien passé.

— J'ai jamais dit ça. Mais il faut bien continuer à vivre, essayer d'en tirer des leçons.

— Moi, ça y est, annonça-t-il, sûr de lui. J'ai trouvé le pardon. »

Elle fronça les sourcils. « Moi je te pardonne, Heath.

229

— Je te parle pas de ça. » Soudain, il considéra ses nouveaux compagnons et son visage revêtit une expression bienveillante. « J'ai reçu le Christ dans mon cœur. Il est mon Sauveur.

— Ça alors ! En une nuit, tu t'es métamorphosé ?

— Le Christ m'a pardonné pour ce que tu m'as fait faire.

— Ah bon ? Parce que c'est moi qui t'ai obligé à sortir ? Je t'ai obligé aussi à faire les cascades ? Et l'accident, c'est moi qui l'ai causé, l'accident ? » Lila n'en croyait pas ses oreilles. « Faut pas te défiler, Heath. C'est toi qui conduisais, je te rappelle. Et si la religion, c'est pour pas te sentir coupable, alors très bien. Mais sans moi.

— Eh bien, tu iras en enfer. Toute seule. »

Humiliée, enragée, blessée, Lila s'éloigna d'eux en titubant comme si on venait de la frapper. Elle aperçut Tina Borden, sous-capitaine de l'équipe des pom-pom girls ; enfin quelqu'un qui ne la laisserait pas tomber. Tina était en compagnie de deux autres filles de l'équipe. Elles allaient toujours au moins deux par deux, sinon elles avaient l'impression qu'il leur manquait quelque chose.

« Salut », fit Lila, essayant de se recomposer. Si ses parents ne la laissaient pas participer au spectacle, elle en mourrait. « Alors, prêtes pour le grand jour ? »

Tina la toisa. « Il faut que tu ailles voir Mlle Crofter. »

Mlle Crofter était la conseillère de l'équipe de pom-pom girls. « Pourquoi ?

— Tu as raté un match et deux entraînements de suite, alors tu n'as pas le droit de participer au prochain match, même si c'est le spectacle. » Elle s'éloigna avec ses deux commères en direction de l'amas de fleurs.

« Hé, mais c'est pas possible ! répliqua Lila, indignée. J'ai failli mourir dans un accident de voiture. J'ai pas séché les cours ! » Tina rejeta ses cheveux en arrière avec désinvolture. « Le règlement, c'est le règlement. » Sur ce, elles partirent toutes les trois. « C'est complètement ridicule ! » Mais elles n'écoutaient déjà plus. Elles s'étaient mises à chuchoter entre elles et se dirigeaient vers la chorale.

Lila savait qu'elle n'était pas en chemin pour l'enfer : elle s'y trouvait déjà. Des larmes de colère et d'humiliation se mirent à perler le long de ses yeux ; elle ne distinguait plus rien. Elle s'éloigna de l'école, son sac pesant de plus en plus lourd à chaque nouveau pas. Elle n'avait aucune idée de là où elle allait ; de toute façon, elle n'y voyait rien. Elle finit par entrer en collision avec un grand type en uniforme.

« Oh là ! s'exclama-t-il en s'écartant et en tenant Lila par les épaules pour la stabiliser. Je voulais juste te parler, pas jouer aux autotamponneuses. »

Elle cligna des yeux, tenta de reprendre son aplomb. Chemise couleur chamois, parfaitement repassée. Un insigne sur la poche.

« Quoi ?

— Tu n'as pas entendu appeler ?

— Appeler ? » Son insigne indiquait « A. CRUZ ». Il la prit par le coude et la guida vers un banc en béton situé face au stade.

« Bon, on va tout reprendre depuis le début. »

Elle avait retrouvé ses esprits. Il devait être une sorte de pompier volontaire ou de secouriste, peut-être. En tout cas, il avait un de ces visages ! On aurait dit une star du cinéma, avec ses magnifiques cheveux noirs, ses dents blanches, son regard bienveillant. « Bonne idée », finit-elle par dire.

Il lui tendit un mouchoir, un vrai mouchoir en tissu, plié en quatre. Personne n'en utilisait plus, c'était démodé. Inutile de faire croire qu'elle ne pleurait pas, alors elle s'essuya le visage.

« Merci. Euh, je dois te le rendre ? Je l'ai un peu sali.

— Tu n'as qu'à le laver et me le rendre après. Mais il faudra bien le repasser, s'il te plaît. »

À son sourire, elle comprit qu'il plaisantait. A. Cruz avait une voix agréable et un sourire qui rendait Lila timide tout en attisant sa curiosité.

« D'accord, je le repasserai. »

Il lui tendit la main. « Andy Cruz.

— Lila Benning. » Ils effleurèrent leurs doigts tandis que Lila étudiait son uniforme. « Tu viens à l'école ici ?

— Je suis en terminale. Pendant le premier semestre, je travaille avec les secouristes du comté. Je voulais te parler parce que je pense avoir quelque chose qui t'appartient, à toi ou à l'un de tes amis. De l'accident. J'étais là-bas. »

Elle le regarda fixement et se souvint tout à coup des instants qui avaient suivi l'accident. Quelqu'un avec une torche. Des yeux d'ange remplis de douleur, qui ne l'avaient pas quittée une seconde, qui n'avaient pas flanché. Une voix ferme, qui avait donné des ordres : *Une personne consciente par ici ! Alors ! Vous l'amenez, cette civière ?*

« Il restait quelques affaires sur les lieux de l'accident ; elles sont à la caserne. Tu as perdu quelque chose ce soir-là ?

— Plus que tu ne crois…

— Si tu veux en parler… »

Elle marqua une hésitation, regarda son visage, l'uniforme parfaitement repassé. Il était en terminale. Secouriste. « Peut-être. Je vais voir. »

23

Jessie devait aller à Austin afin d'honorer le rendez-vous qu'elle avait pris en cachette depuis la Nouvelle-Zélande, quelques semaines plus tôt. Cependant, une difficulté était venue s'ajouter au tableau : sa vue s'était détériorée au point qu'elle n'était plus en mesure de conduire. Le simple fait de réaliser les épreuves et les tirages des photos de Matlock avait été un calvaire.

Finalement, la solution se présenta d'elle-même. Nell Bridger, la maman du garçon mort dans l'accident, avait apparemment contacté Blair LaBorde pour proposer un entretien à *Texas Life* au sujet de la tragédie ; Nell et Blair devaient venir chez Luz discuter des photos qui accompagneraient l'article.

Jessie trouva Luz dans sa grande cuisine ensoleillée, en train d'essuyer le plan de travail et de changer une ampoule au-dessus de sa tête en même temps.

« Combien faut-il de Luz pour changer une ampoule ?

— La moitié d'une. » Luz jeta l'éponge dans l'évier. « C'est grâce à Windows que je me suis habituée au travail multitâche. »

Les enfants étant partis à l'école, Scottie au jardin d'enfants, elles purent profiter de cette calme matinée pour discuter de l'idée de Blair autour d'une tasse de café.

« Au début, je n'arrivais pas à croire que Nell veuille raconter son histoire dans un magazine, dit Luz. Je ne comprenais pas qu'elle ait envie de montrer sa peine à tout le monde. Mais, hier soir, nous avons beaucoup parlé toutes les deux et j'ai compris. En fait, elle veut que tout le monde soit au courant de ces cascades en voiture, de l'irresponsabilité des ados en général. C'est une façon pour elle de surmonter son chagrin.

— Qu'en pensent les autres parents ?

— Personnellement, je trouve que c'est dans son droit et je lui ai promis de la soutenir. Les parents de Kathy Beemer sont d'accord : si on en parle, on pourra peut-être sauver des vies. Je n'en ai pas discuté avec les parents de Sierra, ni de Heath. Et toi, Jess, tu en penses quoi ? »

Elle se rappela cette nuit-là, sa réaction lorsque Luz était venue la réveiller pour lui apprendre que Lila était à l'hôpital. Elle n'avait jamais rien ressenti de plus horrible auparavant, elle en avait eu le souffle coupé, la sensation que l'air ne parviendrait plus jamais à entrer dans ses poumons.

« Je ne souhaiterais pas cela à mon pire ennemi. Je suis d'accord avec Nell, si on arrive à sauver rien qu'une vie en en parlant dans la presse, alors le jeu en vaut la chandelle.

— Tant mieux, parce que c'est toi qui vas faire les photos. »

Jessie essaya de trouver les mots pour se défiler. Elle cherchait une excuse lorsque Blair LaBorde arriva.

« Je vous ai apporté de bons beignets Krispy Kremes », annonça-t-elle en tendant une grosse boîte rouge, vert et blanc. Jessie laissa glisser sa main le long de la rambarde de l'escalier pour descendre accueillir Blair.

« Nos fesses ne te le pardonneront jamais.

— Je viens de faire du café », enchaîna Luz en les invitant à rentrer. Elle déposa les tasses fumantes sur la table, à côté d'un pot de crème et de la coupelle à sucre ; elles s'assirent toutes les trois en attendant Nell.

« Hé, mais elles sont magnifiques ! » s'exclama soudain Blair.

Au son de sa voix, Jessie comprit qu'elle venait d'apercevoir le mur de photos réalisées par Luz, tout près du coin-repas. Elle rayonna de fierté :

« Luz est sacrément douée, tu ne trouves pas ? »

Blair buvait son café à petites gorgées. « C'est incroyable ! C'est quoi, ton parcours professionnel ? » Jessie sentit sa sœur se recroqueviller, s'enfoncer dans son siège ; sa voix était tendue. « Eh bien, tout est devant toi, professeur LaBorde. Les gamins, le chien, l'école, le mini-foot. Rien d'extraordinaire.

— Tu devrais faire publier ton travail », lâcha Blair. Tout à coup, Jessie comprit où elle voulait en venir. L'air de rien, cette idée trottait dans la tête de Blair depuis le début.

Luz se réinstalla dans sa chaise. « Je n'ai aucune référence. Je ne suis même pas allée jusqu'au bout de mon année d'études. »

Blair tambourina des doigts sur sa tasse. « Je ne savais pas. »

Jessie serra nerveusement les mains sous la table. De quoi Blair se souvenait-elle au juste ? À la fin de l'année universitaire, Jessie était enceinte de cinq mois et demi. Elle ne l'avait pas crié sur les toits mais n'avait pas non plus cherché à le cacher.

« Tu aurais dû venir me voir, à ce moment-là, quand j'étais encore à la fac, reprit Blair. Je t'aurais aidée à finir la formation. »

Jessie lui tapota l'épaule. « Luz ne demande jamais d'aide à personne.

— Parce que toi, tu en demandes ? » Luz était sur la défensive. Mais également résignée. « C'est à cause de notre mère. Un psy s'en donnerait à cœur joie avec nous.

— Qu'est-ce qu'elle a fait ? Elle vous enfermait à la cave quand vous étiez petites ?

— Non. Heureusement, parce qu'elle nous aurait oubliées là-dedans. Elle a toujours eu du mal à se rappeler qu'elle avait des enfants, répondit Jessie.

— Jess, n'exagère pas. Elle faisait de son mieux. » Luz jouait sans cesse les modératrices. Jessie avait parfois eu envie de l'attraper par le cou et de la secouer de toutes ses forces. Luz s'adressa à Blair : « Elle participait à des tournois de golf professionnel et devait beaucoup voyager. Pendant l'année scolaire, Jessie et moi habitions ici ; en été, nous partions avec elle.

— Bon, je te donnerai autant de boulot que possible pour le magazine, et puis on verra ce qu'on peut faire pour ce diplôme. »

Un lourd silence emplit la pièce quelques secondes, puis Luz reprit sa respiration. « Tu es ma bonne fée, ma parole ! »

— Un coup de baguette magique, ma belle, et tout s'arrange. N'est-ce pas, Jessie ? »

Jessie hocha vigoureusement la tête, espérant que personne ne remarquerait son inquiétude. En Nouvelle-Zélande, les médecins avaient tout organisé ; ils avaient envoyé son dossier à l'institut Beacon, avec un historique détaillé de sa maladie et une lettre de recommandation dans laquelle ils enjoignaient leurs collègues texans d'inclure Jessie dans leur programme. Le rendez-vous auquel elle devait se rendre le jour même devait l'initier à sa vie d'aveugle. L'idée de franchir un pas supplémentaire vers la cécité lui donnait le vertige, mais elle n'avait plus le temps de tergiverser. Elle le savait. Bientôt, elle ne serait plus là.

Pour se distraire, elle sortit les prises de vue de Dusty Matlock et de son bébé. Bien que le champ visuel de Jessie soit réduit à une petite portion de l'œil droit, elle savait que ses photos étaient excellentes sur le plan technique et qu'elles compléteraient l'article à merveille. Mais, comparées aux photos de Luz, celles de Jessie n'avaient pas ce petit quelque chose de spécial. L'imperfection était si subtile que les gens capables de la remarquer se comptaient sur les doigts de la main ; Luz et Blair en faisaient justement partie.

« C'est Luz que tu aurais dû mettre sur ce reportage. » Jessie venait de formuler une opinion à laquelle aucune des deux autres ne voulut adhérer. Elle avait parlé sans malice ni envie, constatant simplement les faits. « La famille, les enfants, c'est sa spécialité.

236

— Je n'aurais jamais pu faire cette photo-là », fit remarquer Luz, le rire au bord des lèvres, en poussant un cliché vers Jessie.

Jessie inclina la tête pour mieux voir ; elle reconnut la prise de vue en un clin d'œil. On y voyait Dusty, seul, debout, accoudé à l'aile du Cessna ; ses yeux, sa posture, tout montrait qu'il avait envie de la photographe. Juste avant qu'elle ne la prenne, il avait parlé de passer la nuit avec elle alors qu'ils se connaissaient à peine. Sa suggestion éhontée l'avait troublée et elle avait appuyé sur l'obturateur sans le vouloir. C'était, de loin, la meilleure photo du lot.

En pensant à lui, Jessie sentit une onde de frissons douce et chaude la parcourir. Elle était complètement hypnotisée par cet homme, même quand il n'était pas présent. Depuis son départ, elle mourait d'envie de le revoir. C'était plus fort qu'elle, elle avait encore besoin de lui, une nuit n'avait pas suffi. En même temps, elle était soulagée de pouvoir se retrouver seule afin de faire face aux sentiments extrêmes qui la submergeaient. Elle avait besoin de reprendre son sang-froid. Là où elle allait, elle ne pourrait emmener personne. Elle ne pouvait pas traîner Dusty dans ce monde qui l'engouffrait.

« Dommage que je ne puisse pas l'utiliser, finit par dire Blair en repoussant le cliché vers Luz. Trop sexy pour une histoire pareille. Qu'est-ce qu'il est beau gosse ! »

Jessie avait calé son menton au creux de la main. Elle ne put réprimer un sourire rêveur. « Oui... » Blair sortit un chewing-gum à la nicotine de sa plaquette en aluminium. « Non, tu n'as pas...

— Si.

— C'est vrai ?

— Eh oui, opina Luz. En fait, c'est grâce à toi s'ils sont ensemble. »

Blair décrivit à Luz l'article sur Dusty et sa mise en pages, puis lui montra ce qu'elle avait prévu pour la réunion avec le

237

reste de la rédaction. « Cette histoire est à briser le cœur. Elle sera en couverture du prochain numéro.

— "Le miracle de Matlock" ?

— Ouais, pas terrible comme titre, admit Blair. On trouvera autre chose. Ma petite Jessie, tu ferais bien de faire attention à ton homme, parce qu'une fois le magazine sorti il va falloir repousser les prétendantes à coups de bâton. Même Arnufo croulera sous les propositions, "le beau baby-sitter mexicain". Il est sensationnel, cet homme-là. » Blair forma une bulle avec son chewing-gum. Elle mit la main sur l'épaule de Luz. « Luz, je suis désolée d'avoir à te dire ça, mais l'article sur l'accident se fera avec ou sans vous.

— C'est du chantage ? demanda Jessie.

— Mon magazine est tiré à vingt millions d'exemplaires.

— Tu vois, Luz, enchaîna Jessie en montrant les photos éparpillées sur la table. Elle écrit un article sur un bonhomme qui sort le bébé du ventre de sa femme, et toi tu crois qu'elle va avoir des scrupules à tout raconter sur l'accident ? »

Blair ne répondit pas. Elle ne s'excusait jamais.

« Alors comme cela, dit Luz, les ados en cercueil font vendre les magazines ?

— Malheureusement, oui.

— Mais nous pouvons prendre la situation en main », rétorqua Jessie pour employer une des expressions favorites de sa sœur.

Blair s'affairait à rassembler les épreuves et les diapositives lorsque Nell arriva dans une vieille Dodge tachetée de rouille. Jessie suivit sa sœur dehors et attendit que Luz et Nell se soient embrassées, puis elle s'avança vers elle.

« Je suis de tout cœur avec toi, Nell. » Jessie trouva ses mots bien maladroits.

« C'est très gentil », répondit Nell en lui serrant la main.

Jessie l'observa attentivement. Comment parvenait-elle encore à tenir debout, à respirer, étant donné ce qu'elle venait de perdre ? Et pourtant, elle était bien là, contrainte de regarder l'avenir en face sans son petit garçon. Nell était une femme de stature imposante, aux traits marqués, paraissant sans doute plus âgée que deux semaines auparavant. Ses mains étaient peu soignées, sans bagues, ses ongles coupés court. Elle portait une robe noire, droite, en jersey, avec pour seul bijou une croix en argent fin accrochée autour du cou par une cordelette en cuir. Elle sentait la lavande et l'insomnie.

« Depuis le temps que j'entends parler de toi, je suis contente de pouvoir te rencontrer, Jessie. » Elle fit un pas en arrière pour mieux voir les sœurs. « C'est fou ce que vous vous ressemblez toutes les deux. »

Elles pénétrèrent dans la maison, où Nell se déplaça avec aisance, visiblement habituée à venir là. Elle sortit de son sac un journal plié en trois et le posa d'un coup sec sur la table. Les gros titres annonçaient : « Un ado perd la vie dans une incroyable tragédie. » L'article était agrémenté de quelques photographies de mauvais goût : la Jeep en morceaux, des instantanés représentant les amis et la famille des victimes, Nell, qui avait l'air d'une SDF. « Voilà ce qu'ils ont réussi à publier. »

Ensuite, elle ouvrit une autre pochette. « Et voilà les photos de Luz, annonça-t-elle à l'intention de Jessie et Blair. Je n'ai jamais su me servir correctement d'un appareil, alors cela fait plusieurs années que Luz prend mes garçons en photo. »

Jessie ne fut pas surprise d'y découvrir la même sensibilité que dans les portraits de sa propre famille. C'était sa marque de fabrication. De telles photos rendraient beaucoup de gens capables d'appeler Luz pour lui raconter leur vie, lui parler de leurs enfants, de leurs problèmes, de leurs souffrances, de la façon dont ils s'en étaient sortis ou pas.

Nell posa longuement son regard sur Luz. « Je veux que ce soit toi qui fasses les photos de notre article.

— Nell, non, je ne peux pas. » Luz, crispée, avait parlé presque à voix basse ; elle tourna les yeux vers Jessie. « L'idée n'est pas de moi, je te le jure. » Jessie sentit sa sœur bouleversée.

« J'ai besoin que ce soit toi qui prennes ces photos, Luz. Je veux que tout le monde sache ce qui s'est passé, mais pas comme ça, insista Nell en désignant le journal étalé sur la table. Tu es mon seul moyen de rendre un peu de dignité à la mort de Dig.

— Je ne peux pas les faire. Les autres parents ne voudront pas que je pointe mon objectif sur eux, que j'envahisse leur vie privée. Lila a déjà assez de problèmes parce qu'elle a eu la chance de s'en sortir indemne, je ne vais pas en rajouter.

— On croirait entendre Cheryl Hayes, rétorqua Nell. Elle est devenue sarcastique parce que son fils ne peut plus participer aux matchs de football, mais elle est la seule à réagir comme cela. Tous les autres parents sont de mon avis. Luz, nous savons que tu es de notre côté. Tu as souffert avec nous, tu as pleuré avec nous. Et tu es la seule qui puisses faire de vraies photos, des photos où on n'aura pas des têtes de paumés.

— Nell a raison, glissa Blair sur un ton assuré. Les victimes veulent qu'on parle de leur souffrance. Tu te rappelles l'attentat d'Oklahoma City, et le massacre dans l'école de Littleton ? Les gens veulent que leur chagrin soit présenté avec tact, avec beauté.

— C'est toi qui vas écrire l'article ?

— Eh bien, en fait, je voulais demander à Jessie de le faire. »

Jessie retint son souffle. Luz mit la main sur l'épaule de Nell. « Qu'en penses-tu ?

— Ce serait formidable. »

La tension était à son paroxysme.

Blair jeta son chewing-gum dans une serviette en papier. « J'ai besoin d'une vraie cigarette. »

Nell semblait lasse. « Moi aussi. Je viens avec toi. »

Dès qu'elles furent sorties, Jessie se tourna vers Luz. « Pourquoi tu te fais prier ? Tu te crois supérieure, tout à coup ?

— Pour une fois que c'est moi, j'ai le droit, non ?

— Comment cela, pour une fois que c'est toi ? Tu veux dire que d'habitude c'est moi qui me crois supérieure ?

— Il n'y a que la vérité qui blesse.

— Comment peux-tu dire cela ? » Jessie faillit se mettre à rire. « Écoute, Luz, toutes les deux, nous savons très bien comment cela se passe. Je fais les conneries, et toi tu répares derrière. Cela a toujours été comme ça. Je sèche l'école, tu fabriques un mot d'excuse. J'ai besoin d'argent pour mes études, tu arrêtes les tiennes pour te mettre à travailler. Je tombe enceinte, tu adoptes ma fille. Et on pourrait trouver d'autres exemples. Tu as toujours été là pour me tirer d'affaire. Et si c'était moi qui arrangeais les choses, pour une fois ? »

Muette, Luz s'adossa à un meuble. « Qu'est-ce qui te prend ?

— Essaie de passer ta vie à jouer le rôle de la petite sœur qui fait tout rater, tu verras. Luz, tu as mis tes rêves de côté à cause de moi. Quand as-tu déposé un vœu dans la boîte pour la dernière fois ? Tu vas faire ce job, tu vas faire ce que ton amie t'a demandé. Tu vas prendre ces photos et moi, j'écrirai l'article.

— C'est complètement ridicule.

— Pas du tout. Tu vas le faire, un point c'est tout. » Jessie n'avait pas l'habitude d'être autoritaire. « Si tu ne t'y colles pas, nous allons passer à côté de cette chance, Nell Bridger l'a compris. Sans tes clichés, il n'y aura que des mauvais articles dans la presse à sensation et, crois-moi, les victimes, ils s'en fichent pas mal. » D'un geste de la main, elle désigna le mur de photos. « Luz, pour une fois, tu vas pouvoir employer ton talent pour accomplir quelque chose de bien et, par-dessus le marché, tu gagneras un peu d'argent.

— C'est l'appât du gain qui te fait parler. » Mais Luz avait déjà un ton résigné.

Avant que sa sœur ne change d'avis, Jessie courut chercher son matériel dans le cabanon. Sans le vouloir, elle commença à mettre les mains en avant, comme pour se diriger à tâtons. Le personnel de Beacon lui avait conseillé d'intégrer la formation dès que possible, afin de ne pas prendre de mauvaises habitudes. En traversant la cour, elle leva le pouce pour signaler à Blair et Nell que tout était arrangé. Arrivée au cabanon, elle s'empara de son portfolio, de son sac rempli de matériel et retourna à la maison pour poser le tout devant Luz.

« Tu vas avoir besoin de cela.

— Je ne peux pas utiliser ton matériel. » Luz manipula avec un grand respect les appareils, objectifs, filtres et autres accessoires que Jessie avait accumulés au fil des années.

« Mais si, tu le peux. Écoute-moi. Tu es née pour ce job. Tu es la seule en qui Nell ait confiance, tu es la seule qui puisses faire du bon boulot. »

Luz s'arrêta sur un appareil photo, le souleva comme s'il s'agissait du saint Graal. Seule Jessie saisissait toute l'ampleur de la situation : elle était en train de transmettre sa vie, son rêve, à Luz et ne pourrait jamais les lui reprendre. Jessie ne réaliserait plus une seule photo, ne sentirait plus le poids rassurant de l'appareil dans sa main, ni le glissement de l'objectif que l'on règle, ni le petit claquement satisfaisant de l'obturateur qui s'ouvre et se referme sur un sujet. Jessie léguait son équipement, signant ainsi la fin d'un chapitre. Elle observa le visage de sa sœur, tâchant d'en mémoriser les moindres détails. Elle désirait regarder et conserver tout ce qu'elle pourrait dans sa mémoire, autant par défi que pour satisfaire son envie.

Elle se concentra sur sa propre respiration, espérant ainsi cacher son émotion. Elle voulait vivre seule ce tournant de son existence. La vie qu'elle avait menée jusque-là prenait fin et elle allait devoir sauter dans l'inconnu, les yeux fermés. Jessie était heureuse d'avoir trouvé la personne idéale à qui transmettre son matériel.

Luz semblait au bord des larmes, mais elle ne pleura pas. Luz ne pleurait jamais.

La sonnerie du téléphone vint interrompre leurs pensées. Jessie s'en chargea. Depuis l'accident, elle avait pris l'habitude de gérer un certain nombre d'éléments de la vie quotidienne.

« Résidence Benning.

— Maman ? »

Jessie s'immobilisa, se laissant un instant bercer par cette douce illusion. « Lila ? Qu'y a-t-il, ma chérie ?

— Ah, Jessie, c'est toi. » Le changement de ton dans la voix de la jeune fille ramena Jessie à la réalité. « Tu peux me passer maman ?

— Je peux faire quelque chose pour toi ? »

Elle entendit soudain un sanglot, qui la bouleversa.

« Je suis dans le bureau de l'infirmière, à l'école, répondit Lila d'une voix misérable.

— Tu es malade ?

— Non… Plus personne ne veut de moi. »

La douleur perçait dans la voix de Lila.

« Plus personne ne veut de toi ?

— Je ne me sens pas très bien », finit par lâcher Lila.

Jessie essaya de comprendre la situation. La veille, Lila était directement montée dans sa chambre en rentrant de l'école, prétextant quelque devoir à rédiger. Elle n'avait pas prononcé un mot à table, résistant à toute tentative pour la faire parler. Une première fissure apparaissait maintenant dans son bouclier.

« Qu'est-ce qui ne va pas, chérie ?

— Oh, Jessie ! s'écria-t-elle, sanglotante. Je ne veux pas rester à l'école aujourd'hui. C'est trop dur. Il faut que je sorte d'ici. »

Jessie était très tendue en raison de sa maladie et de la discussion autour de l'article. Néanmoins, elle n'hésita pas une seconde à secourir Lila. Elle était en train d'apprendre une règle fondamentale : quand un enfant a besoin de vous, le reste peut attendre. « Tiens bon, ma belle, j'arrive. »

« C'est gentil de prendre soin de Lila », dit Luz en serrant Jessie dans ses bras. Blair fit démarrer la voiture ; Nell était déjà partie pour assister à une réunion autour de l'article avec le pasteur et les autres familles des victimes. « C'est une bonne idée que vous passiez un peu de temps entre filles. Tu nous sauves la vie.

— Arrête ! Je n'ai jamais sauvé la vie de personne.

— Ah oui ? Tu te souviens du jour où je m'étais cassé la cheville dans les bois et que tu étais partie chercher de l'aide ?

— Comme ce bon chien, Lassie, glissa Blair.

— D'accord, il y a eu cette fois-là. Trouve un autre exemple.

— Jessie, il suffit d'une fois. Si tu ne m'avais pas sauvé la vie ce jour-là, je serais morte.

— C'est vrai. Mais je ne crois pas que la vie de Lila soit entre mes mains. Elle a juste besoin de prendre l'air, une journée en ville devrait faire l'affaire. Je vais l'emmener déjeuner, et puis on verra s'ils peuvent quelque chose pour elle chez *Galindo* – peut-être qu'une nouvelle coupe de cheveux et une séance de manucure lui feraient plaisir. Et si on a le temps, je lui offrirai un CD. On rentrera ce soir avec Ian.

— Pas mal comme programme. Mais, Jess… » Luz se pinça la lèvre, plissa le front. Jessie sentit le nuage arriver. *Quoi ? Ne lui dis pas que c'est toi qui l'as mise au monde.*

« Elle risque de te demander d'aller voir Travis Bridger, à l'hôpital. Je préférerais qu'elle n'y aille pas. »

Jessie respira de nouveau. « Bien sûr, nous nous tiendrons à distance des hôpitaux.

— Je ne voudrais pas que tu aies l'impression de recevoir des ordres. »

C'est raté.

« Luz, tout ira bien. Elle va se changer les idées et tu ne la reconnaîtras plus.

— C'est ma faute, j'aurais dû l'empêcher de retourner à l'école si tôt. Je pensais que cela l'aiderait à surmonter son chagrin, mais cela n'a fait qu'empirer les choses.

— Oh, Luz, bon sang ! Pendant que tu y es, considère-toi comme responsable des attentats à l'anthrax ou de la guerre au Moyen-Orient. Écoute, tu n'as rien à te reprocher. Des gamins ont fait une belle connerie, ce qui s'est passé est affreux, et nous sommes là pour les aider à remonter la pente, c'est tout. Lila s'en sortira, parce que tu lui as appris à être forte. Je l'aide juste un peu. Travailler sur cet article va nous faire du bien, à toutes les deux. » Jessie trouvait étrange d'être là à donner des conseils à Luz, elle qui avait toujours solution à tout.

« Bon, tu laisses ta sœur monter dans la voiture », intervint Blair.

Jessie la serra encore dans ses bras. « Nous rentrerons avec Ian. Tu vas avoir un peu de temps rien que pour toi, profites-en. Essaie de renouer contact avec l'appareil photo. » Elle monta ensuite en voiture et guida Blair à travers les collines ombragées d'Edenville. Elles passèrent devant le tribunal de

245

style gothique, surplombant le parc municipal avec son clocher couleur sable, qui tranchait sur le ciel bleu.

« Alors, c'est ici ta ville natale, fit remarquer Blair alors qu'elles parcouraient Aurora Street.

— Eh oui ! C'est ici que j'ai fait mes premières bêtises ! »

La voiture de Nell Bridger était garée dans l'allée contre l'église baptiste, un vieux bâtiment en bois recouvert d'une couche de peinture blanche immaculée, devant lequel s'étendait une pelouse parfaitement entretenue. Un panneau d'affichage au bord du trottoir annonçait : « Notre ange, Albert Bridger, 1989-2003. »

À l'autre bout de la ville, le ciné-parc *Vue du ciel* tenait encore debout. Le drapeau texan était peint à l'arrière de son imposant écran : une bande verticale bleue avec une unique étoile blanche et deux bandes horizontales, l'une blanche, l'autre rouge, tachées par les larmes de rouille qui avaient coulé des boulons. Sur la porte principale, on pouvait lire, à moitié effacé : « Fermé pour la saison. »

« Je parie que tu en as fait de belles dans le coin », avança Blair.

Jessie offrit un sourire contrit pour toute réponse. Elle se rappela les odeurs d'huile renversée sur les moteurs usés, le goût de la bière chaude volée sur une palette à l'arrière de l'épicerie *Country Boy*. Elle se souvenait encore de ce garçon timide qui lui avait posé la main sur la cuisse, de la sensation qu'elle avait alors éprouvée. Ou encore de cet autre garçon, dont la main très assurée lui avait attrapé un sein comme on attrape un ballon en plein vol.

Blair promena son regard sur les champs déserts, les rochers et les buissons qui s'étendaient au loin, à quelques rues du centre ville. « Pas étonnant que tu aies quitté ce trou.

— Il y a des gens qui n'imaginent pas aller vivre ailleurs. Ici, tout le monde se connaît. Les gamins ne peuvent rien faire sans que les parents soient au courant ; tout le monde les surveille. Le problème, c'est que certains gamins ont le goût du risque. Cela ne leur fait pas peur de savoir que quelqu'un va peut-être les surprendre, ça fait partie du jeu. »

Arrivée à l'école, Blair gara la voiture sur un emplacement visiteur et elles marchèrent jusqu'au monument éphémère installé en mémoire de Dig, une montagne de fleurs et de souvenirs, déjà flétris et délaissés.

« Il nous faudra des photos de tout ça, dit Blair en désignant le maillot de football qui s'agitait dans le vent.

— Luz fera du bon travail, ne t'inquiète pas. »

Elles pénétrèrent dans l'école, qui semblait avoir peu changé depuis l'époque où Jessie l'avait fréquentée. Des odeurs de vestiaire, de produit désinfectant, de café, des bruits qui résonnent. Le couloir qui brille, sans doute poli la veille au soir. Des affiches écrites à la main : « Célébration 2003 – Allez les Serpents ! »

Jessie laissa Blair visiter les vénérables couloirs d'Edenville High et partit à la recherche de Lila. De l'extérieur, le bruit s'échappant du bureau d'accueil faisait toujours croire qu'y régnait une grande effervescence. La responsable des absences, Mme Myrtle Tarnower, n'avait pas bougé de son poste derrière son bureau en chêne terriblement propre, sur lequel reposait le même sous-main vert. Un instant, Jessie crut que ses yeux lui jouaient des tours, une fois de plus : il lui était impossible de concevoir que Mme Tarnower soit encore là après toutes ces années, à vérifier qui était malade, qui était en retard ou faisait l'école buissonnière, à téléphoner aux parents pour contrôler les mots apportés par les élèves. Mme Tarnower avait appelé de nombreuses fois chez les Ryder pour savoir où se trouvait Jessie.

« Je suis venue chercher ma… Lila Jane Benning, annonça Jessie à une femme qui arborait un ruban noir et violet. Ma sœur, Luz…

247

— Elle vient d'appeler. » La réceptionniste lui tendit une feuille de décharge, puis lui indiqua le bureau de l'infirmière d'un geste de la main. Il se trouvait au même endroit que vingt ans plus tôt ; Jessie y était souvent allée demander un pansement, un comprimé antispasmodique, ou simplement s'y réfugier quand elle n'avait pas fait ses exercices d'algèbre. Elle tourna dans un petit couloir et s'arrêta devant une lourde porte constituée d'une épaisse vitre en verre dépoli.

Jessie frappa doucement, ouvrit la porte et entra. Elle tomba sur un garçon costaud au visage couvert d'acné, assis sur un tabouret dans le coin à droite avec une poche de glace autour de la main. Elle avança, jeta un coup d'œil dans la première pièce. Lila y était assise sur un banc, le visage pâle et concentré sur un poster qui indiquait les premiers soins à donner en cas d'étouffement.

« Salut, ma grande.

— Jessie ! » Son nom jaillit de la bouche de Lila comme si elle avait retenu son souffle depuis une éternité. « Merci d'être venue me chercher.

— Cela me fait plaisir. Allez, on y va. » En sortant du couloir de l'infirmerie, elles aperçurent Blair en train d'interroger deux étudiants de première année dans le hall. Dès qu'ils reconnurent Lila, ils s'excusèrent et se dépêchèrent de partir, comme si la malchance pouvait être contagieuse. Jessie fit semblant de n'avoir rien vu et présenta Lila à Blair. « Alors, tu es vraiment patraque ou c'est cet endroit qui te rend malade ? s'enquit cette dernière tandis qu'elles se dirigeaient vers la sortie.

— Réponse b.

— C'est bien ce que je pensais, fit Jessie. Écoute, Blair et moi allons écrire un article sur l'accident. Il sera publié dans *Texas Life*.

— Vraiment ?

— Vraiment. Mme Bridger et Mme Beemer veulent toutes les deux témoigner. Il va donc falloir qu'on aille en ville. Blair doit en parler à la rédaction de son journal, et moi j'ai quelques courses à faire. Cela te dit de venir ? J'aimerais t'emmener dans un endroit très sympa. Si tu entres là-dedans, tu en ressors complètement guérie. Tu connais *Galindo*, dans la Sixième Rue ?

— Si je connais ? C'est le salon le plus chic de toute la ville. Tu m'emmènes là-bas ? Sans rire ?

— Je t'invite à déjeuner et ensuite je te montrerai en quoi consiste une petite cure de rajeunissement. Mais, je te préviens, il faudra en passer par un massage. »

Lila s'adossa au siège de cuir rose, à l'arrière de la voiture. « On ne m'a jamais fait de massage. » Elle resta ensuite silencieuse jusqu'à ce qu'elles aient dépassé la pancarte blanche et verte annonçant la sortie d'Edenville. Alors elle laissa échapper un long soupir.

« Raconte-moi ce qui ne va pas, ma belle, dit Jessie en se tournant de côté sur son siège pour pouvoir prendre la main de Lila. Le Dr LaBorde ici présente est une vraie professionnelle. Tu peux t'épancher librement en sa présence, du moment que tu as compris qu'elle n'a aucun respect pour la vie privée.

— Je respecte la vérité, répondit Blair. Ce n'est pas donné à tout le monde de parler de la vérité.

— De toute façon, tout le monde est au courant à l'école. Heath m'a larguée. »

Bien. Jessie se retint de le formuler à voix haute, mais ce n'était pas si mal que Lila soit débarrassée du garçon qui avait failli la tuer.

« Je suis désolée, ma chérie, il doit te manquer. Tu sais, pour l'article, c'est ta maman qui va faire les photos.

— Pas possible !

— Si.

— Mais c'est toi la photographe.

— Plus maintenant. » Ces mots lui avaient échappé, elle ne pouvait plus revenir en arrière ; elle était consternée mais ne montra pas ses sentiments. Voilà comment Luz contrôlait son petit monde : elle bouillait intérieurement tout en gardant une apparence de calme. « Cela ne te dérange pas ?

— Sais pas, fit Lila en haussant les épaules.

— Les gens veulent savoir à quoi ressemblent la ville où tu habites, tes amis, ta vie. Mais si tu ne veux pas mentionner que Heath t'a laissée tomber, on ne le dira pas.

— De toute façon, qu'il ait fait ça juste avant la célébration en dit long sur le personnage, ajouta Blair.

— Qu'est-ce que tu veux dire ?

— Que c'est un bel idiot incapable d'assumer ses responsabilités », répondit Jessie.

Cette remarque fit rire Lila. Jessie s'imprégna de son joli sourire et blottit cette image bien au fond de son cœur.

« J'ai eu un petit ami à l'université, qui m'a plaquée deux jours avant un grand match de football, reprit Blair. Quel con ! »

Lila était à la fois étonnée et contente de l'entendre prononcer un gros mot. « Qu'est-ce que t'as fait, alors ?

— Avec quelques amies étudiantes, nous lui avons infligé le traitement de la boule de cheveux.

— C'est quoi ?

— Nous avons bien nettoyé nos brosses à cheveux et nos peignes, et ensuite nous avons glissé la grosse boule de cheveux dans sa voiture par une vitre entrouverte. Elle a atterri pile sur son siège. »

Lila se mit à rire et essuya ses larmes, mais les soucis ne manquèrent pas de lui revenir à l'esprit. « Il y a autre chose. Je n'ai plus le droit de faire partie de l'équipe des pom-pom girls parce que j'ai loupé deux entraînements. Tu vois, c'est comme si elles savaient pas que j'ai eu un accident de voiture, ou alors comme si j'avais fait exprès. Et il y a pire encore : Heath a commencé à traîner avec des croyants.

— Avec qui ? fit Jessie en fronçant les sourcils.

— C'est un clan à l'école. Ils sont tous pareils, et si tu suis pas le chemin de Jésus, t'as pas le droit de t'asseoir à leur table.

— Ils sont horribles, ces gens-là, murmura Blair en faisant claquer une bulle de chewing-gum.

— Heath n'avait jamais dû mettre les pieds dans une église, tu vois, et maintenant il raconte à tout le monde que Jésus lui a pardonné et qu'il est sauvé. Du coup, tout est ma faute, pourtant c'était même pas moi qui conduisais.

— Et, à ton avis, pourquoi ils rejettent la faute sur toi ? s'enquit Jessie.

— Ils ont besoin d'un coupable, si possible quelqu'un d'autre que la superstar de l'équipe de football. Il a raconté à tout le monde que c'était moi qui avais eu l'idée d'aller à Seven Hills, et que c'était moi qui avais voulu faire des cascades. Il a même dit que j'avais demandé à Dig de passer sa ceinture à Kathy. Ils sont tous après Heath comme s'il était une sorte de héros de guerre.

— Allez, oublie tout cela, ma puce. Aujourd'hui, c'est toi la star. »

En marchant jusqu'au salon de coiffure, Jessie repéra un livre qu'elle connaissait dans la vitrine d'une librairie et insista pour aller l'acheter.

« *Le Lapin Pat* ? s'exclama Lila.

— Pour Ambre. Ce livre est absolument fascinant pour les petits : on le lit avec les mains. Tu ne te souviens peut-être pas, je t'en avais envoyé un pour ton premier Noël.

— Pas du tout. Tu sors avec lui, c'est ça ? demanda Lila avec un grand sourire. Le papa d'Ambre ?

— Je ne suis sortie qu'une fois avec lui.

— Peut-être, mais ça a l'air sérieux. »

Jessie se mit à rire. Elle aurait voulu dire à Dusty qu'il plaisait à Lila. Elle aurait voulu le rejoindre et tout lui raconter. Si elle était intelligente, elle éviterait de le revoir.

Mais… elle n'était pas intelligente. Elle ne l'avait jamais été.

Le restaurant qu'elle avait choisi servait de petites portions, très joliment présentées. Les assiettes étaient recouvertes de nourriture arrangée avec soin, décorées au coulis de framboise. Lila se jeta sur son repas avec gourmandise, savourant chaque bouchée, tandis que Jessie y toucha à peine. *Rien d'étonnant à ce que les parents gâtent leurs enfants*, pensa-t-elle. Elle prenait plaisir à regarder cette enfant manger, profitant de chaque instant à ses côtés. La journée de Lila ne faisait que commencer ; après le repas viendrait l'heure du salon. Jessie utilisa son regard de photographe pour mémoriser le visage de Lila, ses mains, ses expressions. Ce moment était à la fois étrange, triste et bienvenu. Jessie passait sa dernière journée officielle en tant que voyante à traîner en ville avec sa fille.

Elle embrassa Lila en la déposant au salon pour une demi-journée de soins ; une femme vêtue d'une grande tunique aux airs mystiques apporta une tisane et mit en mouvement un carillon magnétique.

« C'est délire, ici, s'étonna Lila.

— Et tu as trois heures de délire devant toi. Je viens te chercher vers quatre heures. Il nous restera peut-être du temps pour faire les magasins et, ensuite, on prendra un taxi pour rejoindre ton père au bureau.

— Jessie ?

— Oui ?

— En voiture, on est passées devant l'hôpital… Je…

— Lila, s'il te plaît, ne me demande pas cela.

— Je voudrais juste…

252

— Non. » Jessie devait être ferme. Pourquoi était-ce si difficile ? Elle craignait que Lila s'éclipse du salon pour se rendre seule à l'hôpital. Jessie avait tant de soucis à affronter ce jour-là qu'elle ne pouvait pas se permettre d'avoir des problèmes avec Lila. « Ne trahis pas ma confiance. S'il te plaît.

— Oh, là, là ! On dirait une comédie dramatique. »

Jessie reprit sa respiration, esquissa un sourire et conclut : « Cela faisait longtemps que je voulais changer de métier. »

24

Avoir déposé Lila au salon était une idée de génie, estima Jessie en passant devant les quatre pâtés de maison du campus universitaire, jusqu'à l'institut ophtalmologique Beacon. Elle n'aurait pas besoin de dire où elle-même était allée.

Le bâtiment en béton constituait à lui seul un petit quartier de la ville. Elle passa les portes à ouverture automatique et pénétra dans un large hall au sol reluisant et aux plafonds insonorisés. Jessie se sentait comme un rat pris au piège dans un labyrinthe ; elle se laissa guider par les flèches de couleur peintes au mur et finit par trouver l'aile consacrée à l'ophtalmologie. Un grand panneau d'affichage apportait des informations sur la *Santé de vos yeux*. De nombreux articles faisaient figurer les S à l'envers pour rappeler les symboles utilisés sur les échelles d'acuité visuelle.

« Très mignon », marmonna-t-elle avant de franchir une porte vitrée. Dans la salle d'attente, elle décida de fermer les yeux pour ne plus voir tous ces prospectus qui insistaient sur l'importance de porter des lunettes de protection et de faire des contrôles réguliers de sa vue. « Dix points à connaître sur la rétinite pigmentaire. » « Vivre avec le syndrome d'Usher. » « Contrôler son diabète. » « Gérer sa colère. » *Ah, pas mal, celui-là.*

Un mot pourtant n'était écrit sur aucune brochure, aucune affiche, mais sa présence était écrasante. Aveugle. Un mot tout simple, utilisé si communément. Un test en aveugle, l'amour rend aveugle, une haine aveugle, un attentat aveugle. Voilà de quoi lui tenir compagnie.

Le début de l'entretien se déroula comme d'habitude, c'en devenait presque confortable. Elle savait exactement quand et comment placer son menton sur le rebord de l'appareil face à la lampe. Elle connaissait déjà le matériel, les tests et le questionnaire accroché à une planche à pince. Le Dr Margutti s'était préparée à cet entretien en étudiant consciencieusement tout le dossier que ses collègues de Taipei et de Christchurch lui avaient envoyé. Elle lui exposa la progression de sa cécité avec compétence et compassion. Le médecin de Christchurch avait déjà fourni tout ce dont elle avait besoin, ou presque : les tests physiques et psychologiques, un historique complet du cas médical, ainsi que des encouragements sur le potentiel de la patiente. « Il avait certainement hâte de se débarrasser de moi, dit Jessie. Qu'est-ce qu'il a écrit ? Jessie Ryder fera une remarquable aveugle ? »

Margutti ignora cette remarque sarcastique. Elle avait les mains délicates d'une violoniste et la voix ferme d'un conférencier expérimenté. Tous les tests étaient familiers à Jessie, de même que cette sensation de néant au plus profond d'elle. Nez à nez avec le docteur, qui procédait à une évaluation de sa vue, quasi inexistante, Jessie prit son courage à deux mains pour affronter l'électrorétinogramme, les gouttes d'anesthésique, l'examen d'une heure dans l'obscurité. Les sondes posées sur ses yeux lui donnaient l'impression d'avoir de nouveaux cils.

« Votre œil droit répond beaucoup moins bien au flash qu'à votre précédent examen.

— Oui, je sais. » Jessie avait envie de mépriser ce médecin incapable de lui faire apercevoir une lueur d'espoir, mais elle resta aussi neutre que possible lorsque le Dr Margutti lui expliqua ce qu'elle connaissait déjà. Seule la conclusion arriva inopinément.

« Vous allez devoir utiliser une œillère pendant les entraînements pour vous habituer à ne plus voir. Le plus tôt sera le mieux. Si vous voulez, on peut vous inscrire dès maintenant à l'institut.

— Non ! » Jessie sentit la colère monter. Depuis des mois elle savait que ce jour viendrait, pourtant elle ne s'était pas habituée à la peur. Elle s'en voulait d'être si effrayée. Elle avait escaladé des montagnes gigantesques, navigué sur des mers démontées. Elle avait partagé le repas de criminels recherchés à travers le monde. Elle avait survécu à la malaria, à un raz de marée, à la dysenterie. Et maintenant, elle devait survivre à cette nouvelle épreuve.

« En règle générale, un membre de notre équipe se rend au domicile du patient », annonça le médecin.

Jessie s'imagina amener un étranger dans la maison de Luz, où il fouinerait à droite et à gauche, poserait des questions indiscrètes, ferait remarquer que tel objet représentait un danger, tel autre ne pouvait rester là.

« Pour l'instant, je n'ai pas de logement fixe. J'aurai besoin d'aide pour en trouver un quand j'aurai fini la formation.

— Bien sûr.

— Merci. » Jessie avait décidé, à tête reposée, que le plus important pour elle était de conserver son indépendance, et elle voulait faire de son mieux. L'une des formations les plus efficaces au monde se trouvait justement dans cet institut. Le programme s'étalait sur huit semaines : les quatre premières au sein de l'institut, avec un chien guide. Les quatre suivantes mettaient l'accent sur la réappropriation de son indépendance. Tout était prêt.

Sauf Jessie.

« Bien, conclut le Dr Margutti. Vous voulez sûrement profiter de votre présence ici pour visiter les lieux. La réceptionniste vous indiquera comment rejoindre la base d'activités. On vous proposera une visite guidée et vous ferez connaissance avec quelques personnes. »

Elle prit l'ascenseur pour redescendre, traversa une passerelle et emprunta une navette qui la conduisit au campus. Celui-ci était formé de bâtiments très sobres, avec pour seul indice un panneau accroché à la grille d'entrée, sur lequel on pouvait lire « Institut Beacon pour aveugles, fondé en 1982 ». Elle avait déjà vu des photographies de l'établissement sans jamais imaginer y mettre un jour les pieds. Comment pouvait-on travailler dans un endroit pareil ?

Un bâtiment qui dominait les autres par sa taille abritait les lieux de vie communs, les salles de classe, les laboratoires ainsi que le secteur réservé aux étudiants et aux professeurs. Des sentiers de brique ou de gravier, de simples chemins de terre quadrillaient une partie du terrain ; des cônes orange et divers obstacles étaient éparpillés çà et là. Au milieu serpentait une route goudronnée où défilaient les voitures. À mesure qu'elle avançait au-devant de son destin, Jessie sentait la colère l'envahir. Chaque éclat de couleur, chaque mouvement qu'elle apercevait dans le parc clairsemé de pacaniers majestueux, avec ses pelouses travaillées à la cisaille et ses buttes sinueuses, nourrissait sa rage.

Bien qu'elle eût commencé à préparer ce grand instant des mois auparavant, Jessie s'arrêta net devant la porte. *Je n'ai rien à faire ici. Cet endroit est pour les aveugles.* Elle ravala un cri de protestation, se décida à traverser le hall d'entrée et parvint à une salle de conférence qui ressemblait plutôt à un salon douillet, dans lequel trônaient un canapé bien rembourré et quelques chaises, non loin d'une salle à manger. Des portes-fenêtres s'ouvraient sur une terrasse en cèdre.

Une femme traversa le hall à sa rencontre. « Jessie ? Je suis Irène Haven. »

Jessie reconnut immédiatement sa voix : elles avaient beaucoup parlé au téléphone. « Me voilà… Enfin. »

Elles échangèrent une poignée de main. Celle d'Irène était aussi ferme et calme que sa voix. Elle avait les yeux vert clair, d'épais cheveux noirs, une peau olivâtre, un visage à la fois doux et attirant, sans une once de maquillage.

« Allons sur la terrasse. J'ai demandé à Sully de nous y attendre. Ce serait dommage de ne pas profiter du beau temps. »

Jessie avait également fait la connaissance de Malachai Sullivan, l'assistant de direction, par téléphone et courrier électronique. Irène et Jessie le trouvèrent assis à une grande table ronde, recouverte d'une nappe en tissu rouge, sur laquelle étaient éparpillés divers documents. Il était bel homme, quoique un peu hors du temps avec son blue-jean démodé et ses lunettes de soleil.

« Alors, vous voilà enfin, madame », dit-il en offrant un sourire réconfortant à Jessie ; il semblait être un monsieur fort aimable, et il la considéra avec intensité lorsqu'elle prit place face à lui. Un accent traînant trahissait ses origines texanes.

« Eh oui ! Me voilà enfin. Je n'arrive pas à y croire, d'ailleurs. » Le doute et la peur l'assaillirent. Rien de tout cela n'était réel. Elle n'avait pas sa place ici, au milieu d'aveugles trébuchants, dépouillés de tout avenir, de toute dignité. À une différence près : elle ne voyait personne trébucher. Au loin, elle aperçut deux individus qui marchaient côte à côte et traversaient la rue, mais ils ne semblaient pas être aveugles. Elle entendit quelques aboiements mais ne vit aucun des chiens harnachés auxquels elle s'attendait.

« Je sais que vous connaissez notre formation, commença Irène. Cependant, puisque vous êtes là pour la première fois, vous aurez droit à la visite habituelle, en compagnie de Sully. » Elle servit trois verres de thé glacé. « Sully, Jessie, santé et bienvenue à Beacon. »

Jessie but une petite gorgée de thé tandis que Sully avala le sien d'un trait. « Eh, bien. Je vous écoute. » Elle rit tout à coup de sa nervosité. « Oh, c'est horrible. Cela faisait longtemps que je ne m'étais pas sentie nerveuse comme cela. »

Irène consulta l'épais dossier consacré à Jessie.

« Vous avez dû supporter beaucoup d'épreuves. Les Drs Hadden et Tso ont fortement soutenu votre candidature, et le Dr Margutti l'a également approuvée. Vous avez donc le droit de suivre la formation.

— Vous voulez dire que ce n'est pas donné à tout le monde de la suivre ? s'enquit Jessie, incrédule.

— Tout à fait. La réussite de cette formation dépend d'une utilisation optimale de notre temps et de notre argent, et certaines personnes ne sont pas aptes à la suivre. Bien. Maintenant, notre objectif est de vous fournir les moyens d'être indépendante dans la vie de tous les jours.

— Indépendante. Comment devenir indépendante quand on ne peut même pas conduire une voiture ? rétorqua Jessie d'un ton sec, laissant échapper un peu de sa colère.

— Tout d'abord, vous allez apprendre à redéfinir la notion d'indépendance, répondit Irène calmement. Ensuite, à quoi vous sert de conduire ? À aller d'un endroit à un autre, d'accord ? Eh bien, il n'y a pas que la voiture qui permette de se déplacer. Vous allez donc apprendre à découvrir les alternatives. Votre tuteur et tout le reste du personnel vont vous aider à passer en revue chaque détail de la vie quotidienne, depuis la minute où votre réveil sonne jusqu'au moment où vous vous endormez le soir. Quand vous aurez suivi les quatre semaines d'entraînement, vous serez livrée à vous-même.

— Vous pourrez toujours revenir ici si vous avez besoin d'encouragements ou si vous voulez recommencer un entraînement, fit remarquer Sully. Ce lieu restera votre base, votre centre d'informations.

— Génial. » Jessie s'en voulait de réagir ainsi, mais elle haïssait encore davantage le fait de se retrouver là. « Vraiment génial. Vous m'en voyez ravie ! »

Sully se resservit du thé glacé. Il avait beau être charmant, il avait l'air idiot avec son doigt posé sur le bord du verre. « Vous ne pouvez rien contre votre cécité. En revanche, vous pouvez vous prendre en main et faire des choix. Il y a une conférence sur le sens que les aveugles donnent à leur vie, mais je ne pense pas que ce sera nécessaire de vous y inscrire.

— Non, ce n'est pas la peine. Je ne le supporterais pas. »

Irène tapota le bras de Sully. « J'ai l'impression qu'il va falloir vous y mettre d'arrache-pied, cher collègue. Jessie, ne vous découragez pas. Je vous reverrai pour l'inscription. »

Je vous reverrai. Jessie frissonna.

Malachai Sullivan croisa les mains sur la table et consacra toute son attention à Jessie. La façon dont il la considérait était flatteuse. Pendant quelques secondes, elle se mit à penser que son père, s'il avait encore été en vie, ressemblerait très probablement à Sully, avec ses cheveux poivre et sel, son visage marqué, témoin d'une grande expérience, et une bouche délicate qui, même lorsqu'elle ne souriait pas, démontrait sa gentillesse.

« C'est toujours un moment difficile à passer. Pour les membres de votre famille aussi. Croyez-moi, vous aurez besoin de leur soutien.

— Pas moi, répondit-elle déterminée, mais consternée. Pour commencer, je ne suis pas encore… Écoutez, je ne veux pas les mêler à tout cela. Je suis venue seule ici et personne n'y changera rien.

— Vous viviez déjà sans eux avant de devenir aveugle ?

— Oui.

— Et vous préférez que les choses restent ainsi ? »

Jessie pensa à Luz, Lila, les garçons. Dusty et Ambre. Son cœur n'en pouvait plus de souhaiter les revoir. Elle dut rassembler son courage pour lâcher : « Oui, je préfère. Cela pose un problème ?

— Je ne sais pas, nous verrons bien. À vrai dire, il arrive que des familles trop aimantes empêchent la personne aveugle d'évoluer. Certains proches y mettent beaucoup d'énergie et font, à votre place, des gestes que vous seriez tout à fait capable d'accomplir seule. Ils finissent par anéantir vos capacités et votre motivation. En d'autres termes, ils vous font plus de mal que de bien. »

Ce portrait correspondait on ne peut mieux à Luz, toujours à vouloir tout faire pour les autres. Jessie ne dirait rien à sa sœur en quittant la maison. Elle lui éviterait d'avoir le cœur brisé, de se sentir frustrée, impuissante.

« Je veux me débrouiller seule tout au long de cette formation. Bien, vous me faites visiter ? dit-elle en se levant. Je me suis toujours demandé où on mettait les aveugles.

— Très drôle. »

Sully se leva et rangea sa chaise avec précaution. Puis il se baissa, attrapa quelque chose sous la table ; il s'agissait d'une courte laisse accrochée au harnais d'un grand berger allemand, qui s'empressa de se mettre debout en attendant les instructions.

Jessie ne fit aucune remarque, mais Sully perçut sa surprise.

« Je vous présente Fred. » En entendant son nom, le chien remua sa queue touffue.

« Je n'avais pas remarqué…

260

— Que j'étais aveugle ? » Il tapota gentiment son chien, qui vint se placer à sa gauche. « Parfois, le fait de ne pas voir ne change rien, comme lorsque je bois un verre de thé glacé ou que je parle à un ami au téléphone. Et puis, à d'autres moments, il est indispensable d'en tenir compte, quand je traverse la rue ou quand je joue au billard hollandais, avec des palets de bois.

— Vous jouez au… » Elle bougea la tête de part et d'autre afin d'apercevoir, entre deux ombres, le réseau de jardins et de sentiers.

« Je ne suis pas très doué aux jeux de palets. » Il murmura un ordre, bougea quasi imperceptiblement le poignet et Fred s'engagea devant eux sur le chemin. « Mais je suis très bon au bowling. »

Le campus de l'institut Beacon et celui de l'université du Texas étaient extrêmement proches. Jessie se rappela la signalisation présente tout au long de la rue : « Passage piéton pour aveugles. » Des années plus tôt, elle roulait là à toute vitesse sans même réfléchir.

Sully lui fit visiter les lieux. Tout était prévu pour apprendre à gérer le quotidien : organiser la salle de bains afin d'éviter de se brosser les dents avec la crème pour les mains, apposer des étiquettes en braille sur les boutons du four et les pots à épices.

« On apprend aussi à cuisiner ? murmura Jessie en observant un tuteur qui aidait une femme à préparer une omelette.

— Bien sûr.

— Très amusant. Je n'ai jamais été capable de faire à manger. »

Dans la bibliothèque, trop bruyante pour bien mériter son nom, se trouvait un étalage impressionnant d'objets tous plus astucieux les uns que les autres. La technologie avait fait des prouesses : des livres parlants, des films récités, des ordinateurs capables d'écrire sous la dictée ou de lire des textes à voix haute.

« Certains sont mieux faits que d'autres, fit remarquer Sully à propos des films récités.

— Oui, sans doute.

— Nous arrivons à l'endroit préféré des visiteurs. » Il la guida jusqu'au gymnase, divisé en parcours pourvus d'obstacles en tout genre. Ils s'arrêtèrent sur le pas de la porte. Un panneau indiquait : « Orientation et mobilité. »

Un tuteur y travaillait avec un jeune golden retriever enthousiaste, Flossie, et une femme du nom de Margaret. Jessie les vit recommencer le même parcours encore et encore. Le tuteur entraînait la femme autant que le chien, qu'il encourageait ou corrigeait à chacun de ses pas. Quand tout fonctionnait, Margaret et le chien ne formaient qu'un ; à d'autres moments, elle s'écartait du chemin, le chien devenait hésitant et elle manquait trébucher sur un cône orange ou se cogner la tête après l'un des objets accrochés au plafond. Le chien semblait aussi concentré que s'il avait été humain, voire davantage. Il paraissait n'avoir d'autre but que d'assister sa maîtresse.

« Je crois que cela vous a plu, dit Sully en quittant le gymnase.

— Tout le monde aime les animaux de compagnie.

— Fred n'est pas un animal de compagnie. Aucun chien d'aveugle ne l'est, vous le comprendrez très vite. » Il la conduisit devant un appartement, en ouvrit la porte puis ôta son harnais à Fred. Aussitôt, il redevint un chien comme un autre, sauta sur un jouet tout mâchouillé et se mit à courir de tous côtés.

« Il fait partie de moi au même titre que mes oreilles ou mes mains, expliqua Sully avec sincérité. Il est bien plus qu'une paire d'yeux. Il pense et prend des décisions tout seul. Il fait aussi des erreurs et les corrige. »

Jessie se mit à sourire. Elle aimait Sully, pour son honnêteté et parce qu'il lui montrait, seconde après seconde,
qu'être aveugle ne devait pas nécessairement conduire à la
vie tragique qu'elle s'était imaginée. Elle aimait bien Fred,
aussi. « Je peux le caresser ?

— Bien sûr. »

Elle câlina l'animal au pelage noir et brun, recevant en
remerciement un grognement de plaisir. « Vous devez beaucoup l'aimer.

— Ce que je ressens pour lui est bien plus que de l'amour ;
je ne crois pas qu'il existe de mot pour décrire ce sentiment. »
Il avait parlé sans sensiblerie. Il se baissa pour attraper deux
coussins posés sur le canapé. Chacun était orné d'une photo
d'enfant. « Mes petits-enfants. Je les adore. Ils représentent
beaucoup pour moi. Mais ils ne font pas partie de mon corps
comme Fred.

— Vous les voyez souvent ? Euh… je veux dire…

— Je comprends ce que vous voulez dire. Oui, je les vois
très souvent. Ils habitent à Shoal Creek, et ma fille vient
avec eux deux fois par semaine. »

Elle se tut un instant. « Vous les avez déjà vraiment vus,
avant de… ?

— Non, je suis devenu aveugle en 1972.

— Et cela vous dérange ?

— Un peu, bien sûr. J'aimerais beaucoup voir leur visage.
Mais je les tiens dans mes bras, je les embrasse, je sens l'odeur
de leur peau. » Il sourit et frôla les cordes d'une guitare posée
dans un coin. « Je leur chante des airs pour les endormir, je
leur lis des histoires, j'ai même écrit des chansons pour eux.

— Vous écrivez des chansons ? »

Il saisit la guitare, gratta les cordes et se mit à chanter :
« Paul Murray Manufactured Homes…

— Hé ! J'ai entendu ça à la radio.

— J'écris des jingles publicitaires. Ce n'est pas du grand art, mais je m'amuse bien. Et vous ? Qu'est-ce que vous faites dans la vie ?

— Je suis photographe. »

Le sourire disparut des lèvres de Sully. « Je suppose qu'il va vous falloir trouver une autre occupation. »

Jessie refoula son envie de crier et tenta d'avoir l'air optimiste.

« J'ai toujours voulu adopter un chien. »

25

Ian ayant appelé pour prévenir qu'il rentrerait tard avec Lila et Jessie, Luz avait commencé à dîner en compagnie des garçons. Elle avait l'habitude de manger sans lui le soir ; c'était le prix à payer pour habiter un endroit si reculé dans la campagne. Mais cela lui était égal. Bercée par le bavardage insouciant de ses fils, qui engloutissaient les bâtonnets de poulet au ketchup, elle prit plaisir à préparer les macaronis au fromage fort appréciés de toute la famille. Tel un spectateur devant un match de tennis, Castor était assis tout près et observait attentivement la nourriture passer des assiettes aux bouches.

Même si elle ne voulait pas l'admettre, Luz était moins tendue quand Lila n'était pas là ; Jessie avait bien fait de s'occuper d'elle pour la journée. Il allait falloir s'habituer à l'idée que sa fille avait grandi et cherchait des repères auprès d'autres personnes que ses parents. Pour l'instant, s'il y avait une idée à laquelle elle ne s'habituait pas, c'était d'annoncer à sa fille qu'elle avait été adoptée.

Luz avait passé la journée à prendre en photo les familles des victimes, en compagnie de Nell Bridger. Dès que Nell leur expliquait les raisons pour lesquelles elle voulait faire écrire un article, tout se passait exactement comme Blair l'avait prévu : les proches acceptaient d'être photographiés, même s'ils ne parvenaient pas toujours à cacher leurs émotions. Ils se sentirent rapidement en confiance car ils désiraient simplement que l'on respecte leur dignité, que les photos révèlent la profondeur et la beauté de leur chagrin. Certains vinrent jusqu'à Luz pour s'assurer qu'elle ne les oublierait pas. Elle se rendit compte que ce travail n'était pas plus difficile que de prendre en photo ses propres enfants, et son hésitation s'estompa rapidement. Il lui suffisait de se faire toute petite et de saisir leur chagrin, leur soulagement, leur confusion ou leur colère. Pourquoi avait-elle laissé cette passion de côté pendant toutes ces années ? La tâche devint si agréable qu'elle oublia l'heure et dut se dépêcher pour récupérer Scottie à l'école. Afin de peaufiner sa mission, elle contacta d'autres parents et des professeurs, espérant les trouver aussi coopératifs que ses premiers sujets. Petit à petit, Luz prit de l'assurance. Elle manquait d'expérience et n'était pas encore familiarisée avec son nouvel équipement, mais elle se savait capable de réaliser un bon travail.

« Aujourd'hui, un monsieur est venu dans notre classe pour nous parler », lança Wyatt.

Owen imitait les bruits d'un moteur de voiture en faisant rouler sa petite Mustang au bord de la table.

« Ah oui ? Qui était ce monsieur ?

— Un policier, je crois.

— Je veux voir le policier, réclama Scottie.

— Et de quoi il vous a parlé ? demanda Luz en poussant ses macaronis reluisants d'un côté à l'autre de son assiette.

— De la sécurité et je sais plus quoi d'autre. »

La petite voiture d'Owen fit un tête-à-queue et s'écrasa au sol. « Aaaah, une cascade tragique.

— Aaaah, reprit Scottie, une cacade tragique.

— Owen Earl Benning, s'il te plaît, ne fais pas cela. Pourquoi dis-tu des choses pareilles ? »

Owen enfonça sa tête dans les épaules et regarda fixement son assiette. Il avait les cheveux aussi roux que ceux de Jessie, Lila et Luz, et rougissait aussi facilement. « Pardon, marmonna-t-il.

— Tu n'as pas répondu à ma question. » Elle sentit les grands yeux de Wyatt et de Scottie posés sur elle. Owen était sur le point de pleurer ; Luz se radoucit. « Bon, ce n'était pas une bonne question, d'accord. Mais, dis-moi, est-ce que les autres enfants parlent de cascades à l'école ? »

Owen opina de la tête.

« Qu'est-ce qu'ils racontent ? »

Owen haussa les épaules et se mit à parler sans oser regarder sa mère. « Des choses sur l'accident de Lila et sur le garçon qui est mort.

— Je ne veux pas qu'on s'amuse avec cette histoire, d'accord, mon chéri ?

— Oui, m'man. » Il prit sa fourchette et se remit à manger, bientôt imité par ses deux frères. L'épineux sujet fut laissé de côté.

Luz se sentit coupable. Dans toute l'agitation provoquée par l'arrivée de Jessie et l'accident de Lila, elle n'avait plus fait attention à ses petits garçons. De leur côté, ils avaient perçu des bribes de conversation, qu'ils comprenaient comme ils pouvaient.

« Il faut que je vous explique un peu ce qui est arrivé. Lila et ses amis ont fait de grosses bêtises. Ils sont sortis de chez eux sans permission, ils ont bu de la bière et sont montés beaucoup trop nombreux dans une voiture. Après, ils ont fait comme si la voiture était un jouet. »

Owen baissa les yeux vers la Mustang tombée au sol.

« Ils n'ont pas été prudents, alors ils ont eu un accident très grave et ont tous été blessés. Leur vie ne sera plus jamais pareille. » Elle sentit les larmes lui monter aux yeux. « La vie de Lila ne sera plus jamais pareille.

— Ça va être comment, alors ? demanda Owen.

— Différent, idiot, répondit Wyatt.

— Elle a plus le droit de sortir, enchaîna Scottie. C'est comme au foot avec les temps morts.

— Elle n'a plus le droit de sortir parce que nous l'aimons et nous voulons qu'elle soit en sécurité.

— Oui, mais elle aime pas ça, elle.

— En restant à la maison, elle aura le temps de penser à ce qu'elle va faire pour changer sa vie. »

La tristesse se dessina sur les lèvres de Scottie. « Je veux pas qu'elle change. Je veux garder la même Lila.

— Ne t'inquiète pas, elle sera toujours ta Lila. En plus, tu devrais être content parce qu'elle restera plus souvent à la maison pour jouer avec toi.

— Parce qu'elle reverra plus jamais la lumière du jour. »

Sur cette remarque très terre à terre, Scottie remplit sa fourchette de macaronis. Tous se turent et le repas se termina dans une ambiance bien plus calme qu'à l'ordinaire. Wyatt débarrassa la table sans qu'il fût nécessaire de le lui demander. Owen ramassa sa Mustang et la posa délicatement sur une étagère.

Un claquement de portière rompit le silence.

« Papa est rentré ! » Scottie laissa tomber la cuillère qu'il avait tendue à Castor.

Des éclats de rire et des bribes de chanson parvinrent jusqu'à la maison. *Born to be wild* était une des chansons favorites de Jessie et de Luz, du temps où elles accompagnaient leur mère en tournée. Cela faisait des années que Luz ne l'avait pas entendue. Même Ian, qui chantait faux, s'était joint aux filles en marchant vers la maison.

Debout dans la cuisine, Luz resta clouée sur place.

« Lila ! Tu as changé ta vie ! s'exclama Scottie.

— Elle a changé de coiffure, idiot, rétorqua Wyatt, le regard figé sur sa sœur.

— C'est la même coiffure que Jessie », ajouta Owen.

Jessie prit Lila par le bras et l'emmena sous la lumière. Toutes deux se mirent à marcher comme des mannequins sur un podium. « Alors ? Qu'est-ce que vous en pensez ?

— Ça fait bizarre, répondit Owen.

— Ça tombe bien, comme ça elle est aussi bizarre que nous, maintenant. » Ian le prit dans ses bras et partit dans la cuisine à la recherche de nourriture.

Luz n'avait pas bougé d'un pouce. Sa sœur et sa fille se ressemblaient comme deux gouttes d'eau. Avec cette nouvelle coiffure, on aurait dit deux sœurs. Elles portaient toutes les deux un jean long, un tee-shirt court qui ne cachait pas tout à fait le ventre et, juste au-dessus de la ceinture, se trouvait un…

Luz fronça les sourcils, posa son torchon et se pencha pour regarder de plus près.

« Qu'est-ce que c'est ? Un tatouage ? Il part sous la douche ?

— Un tatouage ! Je veux le voir ! » cria Scottie.

Lila souriait comme elle n'avait pas souri depuis longtemps. « Jessie en a un aussi. »

Elles exhibèrent toutes les deux leur trésor.

« Beurk ! » fut la seule réponse de Wyatt.

Luz manqua perdre l'équilibre en observant les constellations tatouées sur leur ventre. Elle les reconnut grâce à la vieille carte astronomique accrochée près du télescope qu'un sponsor avait offert à leur mère, des années auparavant. Jessie portait Pégase, Lila avait Andromède, la princesse enchaînée à un rocher.

« J'ai l'impression qu'ils ne s'en iront pas sous la douche, ceux-là.

— Je meurs de faim. » Lila s'assit à côté de Ian et s'attaqua aux macaronis.

« C'est quoi, cette histoire de tatouage ? » s'enquit Ian, la bouche pleine. Luz lui aurait balancé une tarte en pleine figure.

« Il est tout petit, dit Lila. Tu veux le voir ? » Ian détourna le regard. « Non, merci.

— Bon ! s'exclama Jessie. J'ai du boulot : une longue discussion avec mon dictaphone. » Elle avait disparu dans la nuit avant que Luz ait eu le temps de l'arrêter.

Luz bouillait sur place mais garda ses réactions enfouies en elle. Depuis quand avait-elle appris à censurer ses émotions, à les enfermer jusqu'à exploser ?

Ian évita soigneusement d'accorder la moindre attention aux soucis de Luz ou au nouveau look de Lila et monta s'occuper des garçons. Lila prétexta qu'elle devait continuer à nettoyer sa chambre, un sacré chantier. Elle partit en chantonnant.

Comme toujours chez les Benning, la vie reprenait son cours, faisant un pied de nez à une crise qui ne durerait pas. Au fond, Luz préférait qu'il en soit ainsi. Si elle se laissait accaparer par le train-train quotidien, elle n'aurait pas besoin de s'attaquer aux choses sérieuses ou se permettrait de les abandonner à mi-chemin, comme à son habitude. Après les devoirs et le bain vint l'heure de mettre les enfants au lit ; il était plus de dix heures lorsqu'elle gagna la chambre pour parler avec Ian.

Il était assis près de la fenêtre, dans son vieux fauteuil confortable, plongé dans les dossiers qu'il tirait un à un d'une énorme pile posée par terre. Luz aimait son mari mais, parfois, il l'exaspérait. Ce soir-là, elle avait épuisé ses réserves de patience. « Non, merci ? fit-elle en l'imitant. Ma sœur fait tatouer notre fille et tout ce que tu trouves à dire, c'est non merci ! »

Il ôta ses lunettes, posa ses dossiers. « Je ne voulais pas le regarder, c'est tout.

— C'est bien le problème. » Luz laissa exploser la colère accumulée de discussion en discussion. « Tu ne veux jamais regarder, surtout quand il s'agit de Lila. Qu'est-ce qu'il se passe ? On a l'impression que tu ne veux plus rien savoir d'elle.

— Elle n'a pas envie que je me mêle de ses affaires. Pour elle, je ne suis qu'un distributeur d'argent.

— Ce n'est pas une raison pour abandonner ton rôle de père.

— Je ne l'abandonne pas. Lila le sait très bien aussi. Simplement, à son âge, elle n'a plus besoin de moi comme avant.

— Elle a toujours besoin de toi. Bon sang, tu n'as même pas voulu parler de ce tatouage !

— En parler ne le fera pas disparaître. Et tu peux te mettre en colère, ça n'y changera rien. C'est comme ça, c'est trop tard, on ne pourra pas l'effacer. Mais on peut passer à autre chose. »

Luz s'affala au bord du lit. Elle se mit à triturer distraitement un panier rempli de carrés de tissus qu'elle avait commencé à assembler des années auparavant. Ian vint s'asseoir près d'elle, dans un grincement de ressorts. Il lui massa la nuque, ne manquant pas de la détendre, comme toujours.

« Oh, Ian ! Qu'est-ce qu'on va faire ?

— Espérer qu'elle ne tombera pas sur un magazine de piercings. »

Elle posa la joue sur l'épaule de Ian. « Arrête, tu sais bien de quoi je parle. Jessie veut lui dire pour l'adoption. Elle n'a pas abordé le sujet ces derniers jours, mais la nouvelle coiffure de Lila et le tatouage parlent d'eux-mêmes.

— Je ne crois pas qu'un gamin ait jamais perdu la tête en apprenant qu'il était adopté. Qu'est-ce que tu voudrais faire, toi ? »

Exténuée, elle s'effondra de nouveau sur le lit. « Oublier tout ça pendant un moment.

« — Eh bien, voilà quelque chose qui entre dans mon domaine de compétences. » Il se glissa contre elle. Elle savait qu'ils ne résoudraient pas leur problème ainsi, mais Ian était un vrai magicien. Dans ces moments-là, les soucis disparaissaient comme par enchantement.

Le répit fut de courte durée. Le lendemain matin, la maison se remplit du bruit des enfants qui s'agitaient pour se préparer. Luz dut admettre que Lila considérait l'école avec plus d'enthousiasme. Rien de tel qu'une bonne coupe de cheveux et un vrai tatouage pour redonner confiance à une lycéenne. Lila prétendit qu'Andromède la démangeait ; elle était donc obligée de porter un tee-shirt court pour éviter que les frottements de ses habits ne l'irritent davantage.

Luz regarda sa fille jeter son sac sur l'épaule et gravir la colline jusqu'à l'endroit où s'arrêtait le bus. Elle eut le cœur serré en la voyant s'éloigner, aussi menue, fragile et déterminée que dix ans plus tôt, lorsqu'elle s'en allait à la petite école. Cette image en tête, elle prépara Scottie pour le jardin d'enfants. Ian courut à droite et à gauche puis partit à une réunion de la Ligue des droits de l'homme. Une fois Scottie déposé, Luz se rendit au lycée pour prendre part à un douloureux rassemblement avec les parents des lycéens présents sur les lieux de l'accident. Elle fut émue par leur désir de partager. Elle fit une photo de Nell Bridger tenant le maillot de foot ayant appartenu à Dig, qu'elle avait réussi à sauver du tas de fleurs flétries encore posé devant l'école. Elle photographia la mère de Sierra et la capitaine de l'équipe de pom-pom girls en train de pleurer dans les bras l'une de l'autre, et le père de Kathy, assis, seul, devant le terrain de football, le regard tourné vers le ciel bleu.

Quand Luz rentra chez elle en fin d'après-midi, elle portait le chagrin et la colère de tous ces gens, qui venaient s'ajouter à ses propres tourments. Elle marcha nonchalamment vers les cabanons dressés face au lac. Bien qu'illuminés par un magnifique

271

soleil d'automne, ils avaient l'air en mauvais état. Cela faisait longtemps qu'elle voulait les rafraîchir ; elle avait même commencé à peindre deux côtés du premier cabanon, mais elle n'avait jamais pris le temps de terminer. Jessie avait déjà apporté sa propre touche de couleur en plaçant un pot de sauge ornementale et de marguerites jaunes sur le rebord de la fenêtre, ainsi qu'un châle à franges fuchsia en décoration autour de la fenêtre orientée vers le lac.

Luz frappa un coup et entra. « Salut.

— Salut, grande sœur. » Jessie était assise devant l'unique table, le menton appuyé au creux d'une main, une tasse de café dans l'autre. Elle portait une robe d'un turquoise intense et une paire de bottes de cow-boy marron qui auraient semblé horribles sur quelqu'un d'autre. Au milieu de la table était posé le magnétophone de Blair. Jessie appuya sur le bouton stop.

« J'étais en train de bosser sur l'article. »

Bien, se dit Luz. Soit elles tournaient autour du pot, comme d'habitude, soit elle allait droit au but. La dure journée qu'elle venait de passer l'avait beaucoup affectée. Elle décida d'aller droit au but, s'astreignant cependant à prendre un siège et à parler calmement.

« Sur quelle planète a-t-on le droit de marquer à vie les enfants des autres ? »

Jessie resta tout aussi calme et fut encore plus implacable.

« Sur quelle planète a-t-on le droit de cacher à son enfant qu'elle a été adoptée ?

— Nous en avons parlé avant sa naissance. Tu étais d'accord. Jessie, tu préférais même qu'elle ne sache pas. Et maintenant tu nous en veux parce qu'on a fait exactement ce que tu nous as demandé ?

— Luz, je ne peux pas vous en vouloir pour quoi que ce soit.

— En revanche, tu te permets de mutiler notre fille. »

272

— Mutiler ! s'emporta Jessie. Oh, Luz, il faut toujours que tu aies raison, avec ta famille absolument parfaite et ta vie absolument parfaite. »

Luz en resta bouche bée. Jessie se mettait hors d'elle ? Elle entendit alors ce que sa sœur venait de dire, enfouit son visage entre les mains puis se mit à rire nerveusement. « Ma vie absolument parfaite. » Elle s'étrangla sur ces derniers mots et sentit les larmes couler.

« Tu as tout pour toi, tu as toujours raison et, moi, je suis le petit oiseau qui se balade, qui fait le tour du monde sans se soucier du reste.

— Ma superbe maison qui tombe en ruine, mon mari qui n'est jamais là. Ma fille tatouée, mon fils qui a des difficultés à l'école. » Luz remarqua l'air incrédule de Jessie et se mit à rire de plus belle, à la limite de l'hystérie. « Owen, expliqua-t-elle. Et il y a plein d'autres choses que tu ignores sur ma petite vie parfaite. » Elle but une gorgée dans la tasse de Jessie. « Tu n'imagines pas ce que je donnerais pour me balader à travers le monde. Pour avoir une carrière, une vie en dehors d'Edenville. Pour voir tout ce que tu as vu.

— Luz, crois-moi, tu ne voudrais pas être à ma place. Je t'assure.

— Comment peux-tu savoir ce que je veux ? » Elle se leva et marcha dans tous les sens. Son cœur battait la chamade et, soudain, elle comprit : « Tu es en train de rivaliser avec moi pour gagner Lila.

— Quoi ?

— Tu me l'as donnée, et maintenant tu veux la reprendre. Tu ne m'avais pas prévenue que tu nous la prêtais seulement.

— Oh, s'il te plaît, arrête de dire n'importe quoi !

— Tu fais tout pour l'émerveiller. Tu la fais rêver. Moi, je la prive de sortie, je lui fais nettoyer sa chambre, et toi tu fais les boutiques avec elle et tu lui offres un tatouage. Bon sang, Jessie, tu ne crois pas que c'est déjà assez dur pour moi de la

273

garder sur le droit chemin, sans que tu débarques comme une magicienne pour chambouler tout ?

— Chambouler tout ?

— Jess, si tu crois pouvoir partir d'ici avec Lila, tu te trompes. » Luz resta solidement campée sur ses jambes. À ce moment-là, elle comprit qu'elle était prête à tout sacrifier pour Lila, même sa sœur. Cette évidence la frappa. Elle irait jusqu'à se battre avec Jessie s'il le fallait.

« Je n'ai pas l'intention de l'emmener.

— Tu n'en as pas besoin. Il te suffit de savoir qu'elle veut te suivre, qu'elle en a envie. Elle te considère comme une déesse.

— Elle considère Dave Matthews comme un dieu, ce n'est pas pour ça qu'elle va le suivre à travers le monde. Écoute, c'est toi, sa mère. C'est un fait. Mais parfois tu es tellement occupée à jouer ton rôle de mère que tu oublies le reste.

— Le reste ? Mais je ne sais rien faire d'autre, moi. J'essaie d'agir en sorte que tout aille pour le mieux.

— Tu as bien appris ta leçon. Tu joues la maman et, moi, je suis la petite sœur qui fout tout en l'air.

— Si tu te sens coupable…

— Tu sais, Luz, avec tes histoires de vouloir tout contrôler, tu oublies quelque chose d'important.

— Ah, oui ? Quoi ?

— Lila.

— Qu'est-ce que tu sous-entends ?

— Tu passes tellement de temps à organiser sa vie, contrôler ses résultats, diriger le moindre de ses gestes que tu oublies qu'elle est une personne à part entière.

— C'est faux ! De quel droit oses-tu venir, quinze ans après, me dire comment élever ma fille ?

— Quel est son groupe de musique préféré ? Son professeur préféré ? Quelles sont ses inquiétudes ? Savais-tu que Heath l'a quittée et qu'il a trouvé la voie du Seigneur ?

— Quoi ?

274

— C'est pour cela qu'elle ne voulait plus rester au lycée, hier. Elle avait besoin de se changer les idées.

— C'est aussi pour cela qu'elle avait besoin d'un tatouage ?

— Peut-être que moi, j'avais besoin d'un tatouage.

— Bon sang, Jessie, tu en avais déjà un !

— Trois. J'en avais déjà trois. Maintenant, ça fait quatre.

— Tu croyais vraiment que mutiler mon enfant m'obligerait à lui annoncer que je l'ai adoptée ?

— Je n'ai pas *mutilé* ton enfant, c'est seulement un tatouage. Et puis personne ne t'oblige à annoncer quoi que ce soit. » Jessie se leva et ferma les stores, chassant la lumière du soleil. « Je n'aurais jamais dû revenir.

— Ne dis pas cela », protesta Luz avec horreur. Elle avait l'impression que les fondations de son monde s'écroulaient ; elle ne savait plus où poser les pieds. « Jess, je n'ai pas envie de me battre contre toi. J'aimerais juste que tu viennes me consulter avant de marquer mes enfants de manière irréversible. »

Le bruit d'une voiture roulant sur le gravier attira leur attention. Luz fronça les sourcils. « On n'attendait personne.

— Moi, si. » Jessie se passa nerveusement la main dans les cheveux.

Luz regarda dehors et vit Dusty Matlock se diriger vers le cabanon. Lorsqu'elle se tourna de nouveau vers sa sœur, son visage arborait une expression qu'elle ne lui avait jamais vue auparavant. On pouvait y lire ses pensées, ses émotions, si intenses, si intimes que Luz préféra détourner le regard. *Enfin*, pensa-t-elle, laissant la colère s'amoindrir.

Enfin. Sa petite sœur tombait amoureuse. Une telle conclusion pouvait sembler hâtive, mais Luz était sûre d'elle. À mesure que Dusty approchait, Luz reconnut en Jessie l'attitude qu'elle-même adoptait à chaque retour de Ian. À certains moments, le cœur d'une femme déborde de tant d'amour qu'elle ne peut le cacher.

Tout en Dusty Matlock plaisait à Luz : sa façon d'être, ses manies, son enfant et surtout la manière dont il s'occupait de sa sœur. Cependant, la colère de Luz n'allait pas simplement disparaître parce qu'il débarquait chez elle. Elle était encore dans tous ses états. Le fait que Jessie ait un petit ami ne faisait pas baisser la pression ; la guerre restait ouverte. « Bien, on reparlera de tout cela plus tard.

— Si tu le dis. »

Expression favorite de Lila. Parfait quand on veut rester évasif et ne surtout pas s'engager. La discussion n'en resterait certes pas là, mais il était inutile de la poursuivre en présence de Dusty. Elle poussa Jessie vers la porte et l'ouvrit.

« Ma mère veut te rencontrer. » Dusty, encore à l'ombre des chênes, en sortit tout à coup. Jessie s'agrippa au bras de sa sœur. « Oh, ce n'est pas vrai ! Elle est là avec lui ? souffla-t-elle.

— Je ne sais pas. Allons voir. » Tout ce qui venait de se passer refit brièvement surface puis disparut aussitôt pour laisser place à cette nouvelle situation.

« Ta mère ? s'étonna Jessie tandis qu'il se penchait pour l'embrasser sur la joue. Tu commences à m'inquiéter. » La légèreté dans la voix de Jessie conforta Luz dans ses impressions. « Bonjour, Luz. » Dusty ôta sa casquette de base-ball Matlock Aviation et les salua comme on faisait autrefois.

« Que se passe-t-il avec votre mère ?

— Elle veut absolument rencontrer Jessie. »

De mieux en mieux. « Ah, bon. Pourquoi ?

— Parce que je parle d'elle sans arrêt, je n'ai que son nom à la bouche. Avec ma mère, nous avons même cherché des vieux numéros du *World Explorer* pour essayer de trouver des photos qu'elle aurait faites.

— Dusty, tu es complètement fou », intervint Jessie.

Il tint la portière de son camion ouverte pour elle. « C'est possible. Un tout petit peu. » Jessie s'agrippa à la main de Luz, qui soupçonna sa sœur de ne faire qu'à moitié semblant d'avoir peur. « Ne me laisse pas avec lui, Luz, il est dangereux.

— Allez, ne fais pas la timide. Toi aussi, tu sais être dangereuse, répliqua Luz en poussant Jessie vers le camion.

— J'aime ça chez une femme.

— Ah, oui ? L'autre jour, vous disiez que vous aimiez les femmes qui donnent des ordres, lui rappela Luz.

— Celles qui donnent des ordres et celles qui sont dangereuses. » Il adressa un clin d'œil à Luz.

Tout en s'avançant vers la camionnette, Jessie mit deux doigts en croix comme pour conjurer le diable. Bien que Luz se mît à rire, Jessie eut un pincement au cœur. Tout cela était bien drôle pour l'instant, mais dès qu'une relation cessait d'être amusante et commençait à lui demander des efforts, elle avait tendance à disparaître.

Jess, ne laisse pas passer ta chance cette fois-ci.

« Vous allez où ? s'enquit Luz. Vous l'emmenez vraiment voir votre mère ?

— Non. Je crois que je vais garder cela pour une autre fois.

— Ouf, j'ai eu chaud. » Puis, sans prévenir, Jessie posa la main sur l'épaule de sa sœur. « Luz, on continue à se bagarrer ? » Luz hésita. Il ne s'agissait pas d'une bagarre, c'était bien plus compliqué que cela. Elle était experte en situations compliquées. Sa solution : les mettre de côté. « Tu crois que c'est le moment ? répliqua-t-elle en poussant de nouveau sa sœur vers Dusty. Allez, file, on se verra plus tard. »

Dusty tenait toujours la portière ouverte. « Tu aimes la cuisine mexicaine ?

— J'adore la cuisine mexicaine.

— *Vaya con dios* », conclut Luz avant de reculer pour mieux les regarder partir.

26

Jessie boucla sa ceinture de sécurité. Le siège d'Ambre avait été enlevé. En faisant le tour de la voiture, Dusty échangea quelques mots avec Luz mais, toutes les vitres étant fermées, Jessie ne put les entendre. Elle s'en voulait d'avoir mis sa sœur en colère contre elle. Où avait-elle donc eu la tête ?

Elle n'avait pas réfléchi, voilà tout, comme à son habitude. Il fallait qu'elle suive ses impulsions, sans faire attention au reste ; c'était plus fort qu'elle. L'institut lui avait fourni un triste aperçu de la vie qui l'attendait et elle avait eu besoin de compenser son mal-être par une folie. Au lieu de se défouler avec des armes à feu ou de la drogue, elle avait fait tatouer Lila. Sur le moment, elle n'avait pas songé à Luz et avait découvert sa désapprobation avec surprise.

Luz retourna à la maison et Dusty s'installa au volant. Au lieu de démarrer, il se pencha vers Jessie, passa un bras derrière elle et l'embrassa, d'un mouvement vif, presque professionnel mais très excitant. Il l'embrassa longuement, intensément, lui procurant une sensation de bien-être ; les larmes lui montèrent aux yeux. Son baiser était lourd de promesses, de sentiments, de rêves aussi. Il glissa furtivement la main dans son chemisier. Puis elle le sentit s'éloigner ; la tête lui tournait, elle brûlait de désir.

« J'en avais envie depuis le jour où j'ai posé les yeux sur toi, fit-il.

— Envie de quoi ?

— De te faire monter dans mon camion pour te peloter.

— Tu ne serais pas un peu obsédé ?

— À vrai dire, c'est une de mes principales qualités. » À contrecœur, il dégagea son bras et se rassit à sa place. Il posa les mains sur le volant et ajouta : « Tu ne peux pas imaginer comme tu m'as manqué. »

Un frisson la parcourut. Personne ne lui avait jamais parlé ainsi, sans détour. Elle n'avait jamais rencontré d'homme comme lui auparavant, un homme qui ne faisait pas semblant. Il avait survécu à une tragédie et voulait continuer à vivre. Quand il la prenait dans ses bras, elle avait l'impression d'être le centre du monde.

Il démarra et se dirigea vers la colline. « Il a pratiquement fallu que je ligote ma mère pour l'empêcher de venir vérifier si tu étais une fille bien.

— J'ai du mal à t'imaginer en train de ligoter ta mère.

— En fait, ce serait impossible. Louisa Tate Matlock est une force de la nature. Elle meurt d'envie de te rencontrer.

— Pourquoi ? »

Il tendit le bras et lui caressa la joue. « Tu sais très bien pourquoi. »

Elle resta interdite. Effectivement, il lui suffisait de réfléchir un peu pour le savoir. Comme c'était étrange : elle avait réussi à vivre la moitié de sa vie sans éprouver ces émotions magiques. Combien de temps cette aventure effrayante et grisante pourrait-elle durer ? Elle avait tellement envie de continuer. Il lui avait fallu presque quarante ans pour trouver cet homme, mais il arrivait au mauvais moment.

Il dépassa la bifurcation qui menait chez lui et continua droit devant. Jessie resta silencieuse, savourant le plaisir étrange d'aller vers l'inconnu. Lorsqu'il ralentit pour s'arrêter à l'aérodrome du comté, elle se retint de le questionner.

« Tu veux savoir où on va ? finit-il par demander.

— Je n'ai pas besoin de le savoir.

— Ah, bon ?

— Quelle que soit la destination que tu as choisie, ma réponse sera la même.

— Ah, oui ? Laquelle ? »

Elle posa sa main dans la sienne. « Oui. »

27

« Je n'arrive pas à croire que tu m'aies emmenée au Mexique », répéta Jessie.

Dusty savoura une gorgée de sa canette de bière Tecate bien fraîche, agrémentée d'une rondelle de citron et d'une pincée de sel. « Tu m'as bien dit que tu voulais manger mexicain, ce soir ? »

Ils partageaient un repas en terrasse autour d'une table ronde en métal recouverte d'émail peint. Jessie était resplendissante, la brise jouait dans ses cheveux. Elle était nerveuse et peut-être légèrement triste. Dusty se demanda pourquoi. Il était content de l'avoir amenée là. À l'aéroport, le douanier solitaire se satisfaisait volontiers d'une simple carte d'identité assortie d'un billet de vingt dollars si l'on n'avait pas son passeport, mais Jessie avait l'habitude de toujours garder le sien dans son sac à main.

Une merveilleuse nuit mexicaine s'offrait à eux. L'air était clair, le ciel limpide, parsemé d'étoiles, les odeurs et les bruits, familiers et étrangers à la fois.

Elle pressa la rondelle de citron au-dessus de sa canette de bière. « J'aime la cuisine mexicaine. J'aime le Mexique. »

Et moi, je t'aime. Il s'appuya contre le dossier de sa chaise branlante, terrassé par l'évidence de sa pensée. Il avait beau se dire qu'il était trop tôt pour avancer de tels sentiments, ceux-ci lui semblaient aussi nets que les étoiles dans le ciel. Après toutes ces années de pilotage, il avait appris à faire confiance à son instinct. Du fond de son cœur, il était convaincu que Jessie était la femme de sa vie, qu'ils allaient passer le restant de leurs jours ensemble. Il était incapable de l'envisager autrement. Mais il ne voulait pas le lui avouer immédiatement. Elle le prendrait pour un fou : ils se connaissaient à peine. Il décida de garder un peu plus longtemps ces mots d'amour bien blottis dans son cœur, tel un cadeau mis de côté jusqu'au moment propice.

Quant à connaître ses sentiments à elle à son égard, il était certain qu'elle l'aimait sans le savoir. Elle le saurait bientôt. Encore un signe d'arrogance qui ne le dérangeait pas le moins du monde. Quelques considérations pratiques se présentaient néanmoins à son esprit : elle devrait accepter de devenir la mère d'Ambre. Si elle refusait, eh bien, il faudrait mettre un terme à leur relation. Mais il lui suffisait d'observer Jessie en compagnie du bébé, émerveillée et débordante d'affection, pour que ses craintes disparaissent.

« Tu es bien silencieux.

— Je savoure l'ambiance de cette soirée. Candela est une de mes villes préférées. Je viens ici plusieurs fois dans l'année, quand l'occasion se présente.

— C'est fabuleux. Comment as-tu découvert cet endroit ? » Elle embrassa du regard la *zócalo*, place composée de magasins et restaurants aux couleurs vives, regroupés autour du centre colonial de la ville.

« Un neveu d'Arnufo travaille à la tour de contrôle. Il fait toujours en sorte que je sois bien accueilli quand j'arrive ici.

— C'est bon à savoir. Donc, personne ne croit que tu es un trafiquant de drogue.

— Pas que je sache. Et puis, qui a besoin de drogue ? » Les propriétaires du café, qu'il connaissait depuis sa première visite, essayaient de ne pas tourner autour d'eux ni de les regarder avec insistance, mais Felix et Yolanda Molina étaient trop âgés et joyeux pour rester discrets. Dusty n'était jamais venu avec une femme auparavant et ils traitèrent Jessie comme une reine.

Yolanda leur servit un festin de poivrons rôtis, farcis de riz épicé et de pignons, appelés *chiles rellenos*, qui donnèrent envie à Dusty de hurler à la lune, suivis d'*enchiladas* fumants. Le repas se termina sur des petits pains *sopapillas* regorgeant de miel

281

parfumé à la cannelle. Jessie ferma les yeux et sourit. « Hmm. Je devrai aller me confesser après tout cela.

— Je ne savais pas que tu étais catholique.

— Je ne suis pas catholique, mais j'ai beaucoup de péchés à avouer. »

Il sentit une certaine solennité dans sa voix. « Ah, oui ?

— Tu ne veux pas savoir.

— Si, j'aimerais savoir.

— Non. Franchement.

— Eh bien, il va quand même falloir que tu me le dises. »

Un frisson la parcourut. Elle mit les mains à plat sur la table. « Je préfère pas. »

Il pensa un instant que refuser de s'ouvrir devait être dans son caractère ; elle devait avoir peur de se rendre vulnérable. Il était sur le point de l'inviter à danser afin de lui faire oublier ses soucis, de faire tomber le masque qu'elle avait porté toute la soirée, mais il se ravisa. « Écoute bien, chère *señorita*. C'est moi qui te ramène à la maison, alors si tu ne me dis pas à quoi tu penses, je te laisse ici pour aider Yolanda à faire la vaisselle. Alors, vas-y, révèle-moi tes secrets les plus inavouables. »

Elle le fixa dans les yeux. « Toi d'abord. »

Il hésita. Il n'aurait peut-être pas dû commencer ce petit jeu.

« Allez, Matlock. C'est toi qui as voulu parler. »

Il avala une gorgée de bière. Au diable les scrupules ! S'ils devaient passer le reste de leur vie ensemble, il faudrait bien qu'ils partagent tout, y compris l'indicible. « J'ai peur de ma propre fille. »

Jessie eut l'air aussi bouleversée que Dusty. Il ne pensait pas que ce serait aussi simple à admettre. Peut-être était-ce grâce à la bière, à l'atmosphère, ou parce qu'il tombait amoureux, mais il se trouvait incapable de lui cacher quoi que ce soit. « En fait, j'ai peur qu'il lui arrive malheur. J'ai peur sans arrêt. Je suis le seul parent qu'il lui reste et j'ai l'impression d'avoir perdu pied.

282

Sans Arnufo, je crois que j'aurais fait n'importe quoi... je l'aurais peut-être donnée à l'une de mes sœurs ou à ma mère.

— Ce serait une si mauvaise idée ?

— On voit que tu ne connais pas mes sœurs, ni ma mère ! Non, quand un bébé vient au monde, on pense à ce qui est bon pour lui, pas pour soi.

— Selon toi, ceux qui donnent leur enfant sont irresponsables ?

— Non, certainement pas. Je suppose que c'est parfois la meilleure solution pour le bébé. Mais pas pour Ambre. Et n'essaie pas de gagner du temps avec tes questions. À toi, Jess. Ton secret le plus fou.

— J'ai eu un bébé, moi aussi. Il y a longtemps. » Les mots sortirent d'un coup, comme un bouchon de champagne.

Finalement, elle avait peut-être raison, songea Dusty. Tenait-il vraiment à connaître ce secret ? Elle esquissa un sourire forcé. « Tu ne regrettes pas d'avoir demandé ? »

Un premier test se présentait. Jusqu'à quel point était-il prêt à l'aimer ? Au point de vouloir l'aider à supporter son fardeau ? « Tu as envie d'en parler ?

— Ce n'est pas à moi de répondre.

— Si. C'est toi qui décides, c'est ton secret. » Il lui prit la main, regarda leurs doigts enlacés sur la vieille table émaillée. Il éprouvait une immense tendresse pour cette femme. Elle parvenait à l'émouvoir, à lui donner profondément envie de la réconforter, de la chérir.

Elle se pinça les lèvres, prit une longue inspiration. « J'étais étudiante, vingt et un ans. J'ai donné naissance à une petite fille prématurée ; tout le monde pensait qu'elle mourrait, moi la première. Je suis partie de l'hôpital le jour même de sa naissance et je n'y suis plus jamais retournée. J'avais cette drôle d'idée que si j'essayais de me mêler de sa vie, je diminuerais ses chances de survie.

— Elle a donc survécu. Et ensuite ?

« — Je ne peux pas t'en dire plus. C'est privé. » Elle retira sa main pour la coincer entre ses genoux. Tout à coup, Dusty comprit et en eut le vertige. Il se représenta la jeune adolescente qui donnait tant de soucis à sa famille. « Lila. »

Une larme coula sur le visage de Jessie. « Dusty, n'en parle à personne.

— C'est un secret ? »

Elle hocha la tête, ses poings s'étaient crispés. « Quand elle… quand c'est arrivé, je me suis dit qu'il valait mieux que mon bébé ne sache rien de moi. »

Lui n'arriverait sûrement pas à cacher la vérité à Ambre sur sa mère.

« Et aujourd'hui, tu en penses quoi ?

— Je ne sais pas. » Elle but une petite gorgée de bière. « Je suis revenue pour la voir, mais mes motivations étaient égoïstes. Je dois d'abord essayer de savoir ce qui est mieux pour elle. Si nous lui apprenons que je suis sa mère, elle voudra savoir qui est son père, et ça je suis la seule à le savoir.

— Eh bien, *señorita* ! Ta vie n'est pas si simple qu'elle en a l'air.

— Et tu ne sais pas tout, ajouta-t-elle en s'essuyant la joue.

— Continue, je t'écoute.

— Je ne peux pas. Je risque de blesser certaines personnes.

— Il faut que tu en parles, Jess, je t'assure. Ça ira mieux, après. Tout ce que je t'ai révélé sur Karen, je l'avais gardé trop longtemps enfoui. En parlant avec toi, et même avec Blair, je me suis délivré du passé, et mon histoire ne m'a plus semblé si atroce. »

Tremblante, elle inspira profondément. « Je n'avais pas prévu ce qui arriverait. J'ai rencontré Ian avant qu'il ne fasse la connaissance de Luz. Nous avons eu une petite aventure sans importance. On a vécu des bons moments tous les deux et puis on a arrêté de se voir, on est passés à autre chose. »

Il fit un effort pour garder un visage neutre. « Pour ma part, une aventure avec toi ne se résumerait pas à quelques bons moments ensemble.

— Plusieurs semaines après notre séparation, il a rencontré Luz. Elle était tellement heureuse. Je ne l'avais jamais vue amoureuse avant. Quand nous étions petites, c'était elle qui prenait toutes les responsabilités. Notre mère n'était pas souvent là, alors Luz a endossé le rôle de l'adulte et s'est occupée de nous deux. Quand Ian est entré dans sa vie, il a effacé ce passé difficile. Luz est tombée amoureuse, elle est devenue une personne totalement différente, comme par magie. C'était la première fois que je voyais l'amour transformer quelqu'un. »

Elle reprit son souffle. « Ni Ian ni moi n'avons jamais mentionné notre aventure. Avec Luz, ils ont rapidement élaboré des projets de mariage et, de mon côté, j'ai obtenu une bourse à l'étranger pour faire de la photo. » Elle esquissa un sourire amer. « Pendant à peu près cinq minutes, nous avons toutes les deux cru que nous avions trouvé le bonheur. Et puis j'ai découvert que j'étais enceinte. Là, j'ai commencé à paniquer. Je me suis sentie coupable : j'avais vingt et un ans, j'étais enceinte de l'homme que ma sœur allait épouser. J'avais toujours été une enfant turbulente, mais là je m'étais surpassée. »

Durant un instant, Dusty se demanda si cela signifiait qu'elle rejetterait Ambre, mais il fut aussitôt persuadé du contraire. Il essaya d'imaginer Jessie à cette époque-là, déboussolée, le cœur brisé. Elle avait changé depuis ; son cœur débordait d'amour au point d'avoir tout abandonné pour retrouver sa famille.

« Tu sais, il y en a des pires que toi », commenta-t-il.

Elle but une petite gorgée de bière. « Comme d'habitude, Luz est venue à la rescousse. Elle m'a proposé d'adopter le bébé et Ian a accepté. D'après les dates, Ian savait que l'enfant pouvait être le sien. Il m'a posé la question et je lui ai affirmé qu'il n'était pas le père. » Elle regarda Dusty droit dans les yeux. « Pas joli, tout cela… »

— Tu avais tes raisons.

— Si j'avais avoué sa paternité, Luz l'aurait quitté pour qu'il s'occupe du bébé avec moi et nous aurions passé les seize dernières années à nous rendre malheureux tous les trois. J'aurais ruiné la vie de ma sœur.

— Tu n'as pas à regretter ton choix. D'après ce que j'ai pu constater, Luz et Ian ont fondé une famille merveilleuse. Lila est avec son père biologique et elle a grandi dans un foyer équilibré, entourée d'amour.

— Je sais, je n'aurais jamais pu rêver mieux pour ma fille ; je n'aurais jamais pu lui offrir une vie aussi belle. Seulement j'ai eu tort de revenir. J'ai toujours attiré les ennuis, et l'accident de Lila en est la preuve. Quand j'étais jeune, j'aimais bien me sentir libre comme l'air, mais le temps a passé et j'ai vieilli. Aujourd'hui, Lila représente tout pour moi. Je lui ai donné la vie, je l'ai abandonnée. Avant de revenir, je n'avais jamais voulu réfléchir à ce que j'avais laissé derrière moi. Maintenant, je ne pense qu'à ça, à tout ce que j'aurais pu vivre avec elle. Quand tu es arrivé cet après-midi, nous étions en train de nous disputer à ce sujet, avec Luz. Hier, j'ai emmené Lila en ville, je lui ai offert tout ce qu'elle voulait. » De l'index, elle désigna sa taille, cachée sous une robe bleu turquoise. « Nous nous sommes fait tatouer toutes les deux. Je voulais partager quelque chose avec elle. »

Il tenta sans succès d'imaginer Ambre à seize ans, en train de se faire tatouer un dessin sur le ventre. « Ce n'était peut-être pas une bonne idée.

— Je sais. » Elle finit sa bière Tecate. « Alors, docteur Matlock, reprit-elle avec un accent allemand. Ce patient est incurable, n'est-ce pas ?

— Tout ira bien. Ta sœur, Lila et toi, vous vous en sortirez très bien.

— Si tu le dis. » Elle posa sa canette au bord de la table. Il la rattrapa avant qu'elle ne tombe.

« Tu sais ce qui me fait peur ? enchaîna-t-elle. Je m'étais promis de rester à l'écart aussi longtemps que possible. Elle ne m'avait jamais rencontrée, elle ne savait quasiment rien sur moi. J'étais l'étonnante Jessie, qui voyageait à travers le monde, lui envoyait des cartes postales avec de jolis timbres ou quelques messages électroniques depuis Katmandou ou Kuala Lumpur. Et pourtant, elle me ressemble énormément. C'est effrayant.

— Si cette gamine a fait le mur, si elle a eu un accident de voiture, ce n'est pas parce que tu es sa mère ou que tu es venue la voir. Cela devait arriver, un jour ou l'autre.

— Comment peux-tu en être si sûr ?

— J'ai des souvenirs très précis de ma tumultueuse jeunesse. Écoute, le caractère de Lila n'a pas changé du jour au lendemain. Ce n'est pas ta faute, ce n'est pas non plus celle de ta sœur. C'est à cause des hormones, de l'adolescence.

— En fait, c'est surtout une histoire de croissance cérébrale.

— De quoi ?

— De croissance cérébrale. Une des raisons pour lesquelles les adolescents sont souvent irresponsables, c'est que leur cerveau – le cortex préfrontal, pour être précise – est immature. La partie du cerveau qui contrôle l'émission des jugements, la modération émotionnelle, le sens de l'organisation, n'est pas arrivée au bout de son développement. Si les jeunes survivent à leur adolescence, le cerveau arrive à maturité et il y a de fortes chances pour qu'ils se calment. J'ai trouvé ces informations en faisant mes recherches pour l'article de Blair LaBorde.

— Tu es aussi écrivain ? demanda-t-il impressionné.

— Depuis peu.

— Parfait, je vais pouvoir être ton premier admirateur. » Il la connaissait maintenant un peu mieux. Elle avait eu une fille, Lila, sans avoir été mère, ce qui le fascinait. Pas une seconde il ne douta qu'elle soit capable d'aimer un enfant. Elle n'en avait pas encore eu la chance, voilà tout. « Franchement, je ne vois pas où est le problème. Tu as fait preuve d'altruisme en mentant à Ian pour qu'il n'ait pas à choisir entre toi et ta sœur. Elle aussi a fait preuve d'altruisme en adoptant ton bébé. Toutes les deux, vous essayez d'agir pour le mieux et vous vous aimez. Cela ne veut pas dire que tout sera facile. Tu as fait des choses que tu regrettes et il faut que tu apprennes à vivre avec, comme tout le monde. »

Elle posa le menton au creux de sa main et laissa échapper un long soupir. « Tu m'épouseras quand même ? »

Il sourit. « Dès demain. » Elle se leva et se massa la nuque. « Dans ce cas, on ferait bien d'aller répéter la nuit de noces. »

Il se leva à son tour et lui tendit la main, l'invitant à danser. « Viens par ici, *señorita*. »

Les *mariachis*, guitare en main, entamèrent le dernier morceau de la soirée. Dusty entraîna la jolie femme tatouée avec laquelle il désirait tant partager, et ils se mirent à danser. Il faisait un piètre danseur mais savait comment tenir une femme dans ses bras, comment lui faire comprendre ce dont il avait réellement envie.

« J'ai une autre confession à te faire. » Il se pencha et lui chuchota quelques mots dans l'oreille. « Je ne suis pas très douée en espagnol, chuchota-t-elle à son tour.

— Je te donnerai des cours particuliers. »

Les douces lamentations des *mariachis* s'éteignirent. Dusty paya Felix en dollars américains et prit la main de Jessie. Après quelques minutes de marche, ils se retrouvèrent à l'auberge *Santa Maria*, où ils devaient passer la nuit.

Ils s'engagèrent sous un porche en vieilles pierres. Le réceptionniste à moitié endormi les salua et ils arrivèrent à l'intérieur d'un cloître dont les bâtiments entouraient un jardin rempli d'ombres. Une petite cour éclairée aux flambeaux émerveilla Jessie ; ils s'arrêtèrent quelques instants pour admirer les poinsettias en pleine floraison.

Jessie fut attirée par une immense plante qui grimpait le long d'un mur. « Du chèvrefeuille. Et du jasmin. On se croirait au paradis. » Elle faillit trébucher sur un homme accroupi dans l'allée, qui se releva à temps pour s'écarter.

« Oh, excusez-moi. Je ne vous avais pas vu, dit-elle dans un espagnol rudimentaire.

— *De nada, señorita.* » Le jardinier la salua avec sa casquette. Il fit quelques gestes pour expliquer qu'il était en train de planter des fleurs.

« Bonne nuit, *señor*, répondit Dusty avant de guider Jessie à leur chambre. Tu es bien silencieuse, tout à coup.

— Je n'avais jamais pensé qu'on pouvait jardiner dans le noir. »

Il sourit, l'embrassa, puis la conduisit dans leur chambre, petite et simple. Il sortit son portefeuille à la recherche d'un préservatif. Zut. Il avait épuisé ses réserves l'autre nuit et n'avait pas pensé à en racheter. Il avait perdu l'habitude de s'occuper de ce genre de détails.

« Quelque chose ne va pas ?

— Plus de préservatifs. Et cela m'étonnerait qu'on trouve un distributeur dans cette ville.

— Je prends la pilule, le rassura-t-elle en posant la main sur le bras de Dusty. Et il n'y a pas de danger, je ne te ferais jamais courir le moindre risque. »

Il l'attira à lui et l'embrassa de nouveau, ses doigts déjà à l'assaut des boutons de sa robe, dans le bas du dos. Puis il s'interrompit quelques secondes pour lui faire remarquer un ancien bénitier accroché au mur.

« Nous sommes dans la chambre d'une bonne sœur, ma parole !

— J'en ai bien l'impression, répondit Dusty en lui faisant glisser la robe des épaules, le long des bras.

— Nous aurons tous les deux besoin d'aller nous confesser.

« — On peut toujours rêver. » Il se baissa, effleura de ses lèvres le bord du soutien-gorge en dentelle. Elle se laissa aller contre lui, passa les doigts dans ses cheveux. Dusty sentit son corps tout entier s'éveiller à cette simple caresse qu'il n'avait pas reçue depuis si longtemps. Il se déshabilla promptement, puis s'allongea sur le lit en entraînant Jessie. Adossé à la tête de lit, il attira Jessie contre sa poitrine et posa ses lèvres sur les siennes.

Dusty avait toujours aimé faire l'amour. Il aimait sentir, goûter la peau d'une femme, la caresser, entendre sa respiration. Rien de tout cela n'avait disparu avec Karen. Depuis sa mort, ses envies inassouvies l'avaient épuisé, le gardant éveillé, nuit après nuit, sur le point de composer l'un des numéros de téléphone que sa mère lui donnait sans arrêt. Mais maintenant, il avait cessé d'être impatient ; après des années sans passion, il avait jeté son dévolu sur Jessie. Cette idée était des plus apaisantes. Il s'arrêta de l'embrasser, satisfait de se trouver là, assis, de la tenir dans ses bras, de savourer son parfum, la chaleur de son corps. Comme aujourd'hui, il lui était arrivé quelquefois dans sa vie de sentir qu'il était sur la bonne voie, qu'il ne se trompait pas.

« Qu'est-ce qui t'arrive, tout à coup ? Tu es bien calme.

— J'étais en train de repenser à un atterrissage d'urgence, en Alaska, il y a plusieurs années.

— Ah, je te dérange, peut-être ? lança-t-elle sur le ton de la plaisanterie.

— Je venais de faire une course et la vallée s'est trouvée prise dans une tempête de neige que la météo n'avait pas vue venir. Je voulais rentrer à la maison avant la nuit. Au début, il me restait encore un peu de visibilité autour de l'appareil et puis, rapidement, je n'y ai plus rien vu. Dans la cabine, l'éclairage s'est éteint. Je me suis retrouvé seul face à l'obscurité. Mon plan de vol est devenu illisible. J'avançais en aveugle. »

Jessie frissonna et se rapprocha un peu plus. « Comment tu as fait pour atterrir ?

— Je crois que je n'étais pas tout à fait moi-même. C'est une sensation étrange. Je n'avais pas le choix, il fallait que j'y arrive.

— Que la force soit avec toi, Luke Skywalker. » Cette piètre imitation le fit sourire.

« Je n'avais qu'une chance sur un million de m'en sortir vivant. Je me souviens de l'étoile polaire, cette nuit-là, je la voyais malgré tout. Finalement, j'ai trouvé l'endroit idéal pour me poser. » Il mit sa main sur celle de Jessie et ils entrelacèrent leurs doigts. « C'est toi, Jessie.

— Je suis ta piste d'atterrissage ? Tu as de drôles d'idées !

— Et tu ne me connais pas encore… » Il se mit à jouer avec son soutien-gorge, le fit descendre délicatement. « Tu es déjà tombée amoureuse de quelqu'un ?

— Jamais. » Sa réponse était nette, sans hésitation. « Je n'ai pas été formatée pour cela.

— Mais si. Tu attendais juste de me rencontrer. »

D'une main, il éteignit la lumière. Un long baiser suffit à étouffer toute protestation de la part de Jessie. Il aimait ces moments de silence auprès d'elle. Il aimait sentir les caresses sur son visage, sa nuque, ses épaules. Il aimait leur manière de communiquer sans paroles. Le contact de leur peau en disait bien plus que de simples mots ; tous deux comprenaient le langage des mains et de la bouche.

Jessie appréciait l'obscurité. Quand ils faisaient l'amour, Dusty lui ouvrait un monde de sensations et d'émotions dont elle ne soupçonnait pas l'existence en plein jour. Dans cet univers aux ombres de velours, elle sentait la bouche de Dusty, douce, humide, se poser sur la sienne ; l'épaule musclée, soyeuse, glisser sous sa main ; le goût de sa peau. Il leur suffisait de se toucher pour que la magie s'empare de leur corps. La douleur de Jessie disparaissait, les soucis s'évanouissaient, la peur de l'inconnu finissait par se dissiper dans les battements de son cœur.

Dans les profondeurs de la nuit, l'acte d'amour prit de nouvelles dimensions. Le corps de Jessie s'éveilla à des sensations inattendues qui eurent tôt fait de la submerger. Elle se laissa transporter avec ravissement vers ce havre de paix et d'espoir qu'il sut créer en la caressant. Dans ses bras, elle découvrit une nouvelle forme de sensualité, de spiritualité, un jardin secret dont la beauté ne pouvait être perçue par le regard.

Toute sa vie, elle avait lutté pour éviter ce moment. Elle avait repoussé l'amour, l'avait fui, sans jamais se douter qu'elle courait droit dedans en revenant chez elle.

28

À l'aube, lorsqu'ils prirent l'avion pour rentrer, la vue de Jessie avait encore diminué mais elle parvint à apercevoir les érables égarés d'Eagle Lake, d'un roux éblouissant. L'appareil descendit en piqué sur le lac, devenu miroir qui reflétait la croix que formaient les ailes et le fuselage. Les érables aux grandes feuilles avaient revêtu leur manteau de feu au milieu de la poussière et de la sauge environnante.

Vais-je me rappeler tout cela ? se demanda-t-elle, la main appuyée sur la vitre. La terreur et une vague impression d'irréalité la rendaient muette, tandis que les pensées se bousculaient dans sa tête. Les images faneraient-elles comme ces vieilles photographies ? Elle essaya de ne plus y songer. Demain, elle aurait tout le temps de se morfondre.

« Tu ne dis rien ? » Le commentaire de Dusty vibra en accord avec les bruits de la cabine.

En une seconde, elle se recomposa un visage et se tourna vers lui. Dans le chaos qu'elle devait affronter, Dusty représentait une immense source de courage, de douceur et de joie. Cependant, tout comme les paysages colorés qu'ils avaient survolés, il finirait lui aussi par devenir invisible ; seule subsisterait une petite image de lui au fond de son cœur.

« Après une telle nuit, il n'y a pas grand-chose à dire. »

Il prit un air arrogant, enclencha quelques boutons en vue de l'atterrissage et répondit : « C'était pas mal, hein ? »

Le corps de Jessie en demandait plus encore. Dusty avait raison : elle était capable de l'aimer, lui. Au cours de toutes ces années passées à quitter Simon pour mieux le retrouver, après tous ces hommes qu'elle avait rencontrés à l'étranger, elle se dit que cette dernière histoire d'amour aurait pu être différente si les circonstances avaient été autres. Seulement, Dusty avait déjà aimé une femme, qu'il avait perdue. Même Jessie n'était pas assez égoïste pour lui faire partager sa vie désastreuse. La seule décision honorable à prendre était de mettre un terme à leur aventure avant qu'ils n'en souffrent trop, l'un comme l'autre.

Mais il était trop tard. Elle l'aimait déjà.

Lui était persuadé qu'ils passeraient une grande partie de leur vie ensemble, peut-être jusqu'à leur mort ; Jessie le savait, bien qu'il ne lui en ait pas parlé. Il voulait qu'elle devienne la mère d'Ambre et Jessie rêvait d'embrasser leur vie à bras-le-corps. Mais elle résistait à l'envie.

Ce n'était pas la première fois qu'elle se trouvait devant un dilemme, ni la première fois qu'elle devait partir. À une différence près. Cette fois-ci, elle aurait le cœur brisé car elle laissait derrière elle ce qu'elle avait de plus précieux : non seulement Dusty et Ambre, mais aussi Lila, Luz et les garçons. Elle allait pénétrer dans un autre monde, dans lequel Dusty ne voudrait pas avoir de place. Il avait déjà une vie, une fille à élever. Il n'avait vraiment pas besoin d'une aveugle sur les bras.

Une fois qu'il l'eut ramenée à Broken Rock, elle prit son courage à deux mains : « Il faut que je te dise quelque chose.

— Quoi donc, ma chérie ? »

Elle faillit s'étouffer sur ses propres paroles. « Je ne peux pas continuer à te voir. »

Debout sur le pas de sa porte, il la serra dans ses bras. « Ce n'est pas drôle.

— Je ne dis pas cela pour rire.

— Tant mieux. Je n'avais pas l'intention de rire. »

Elle souhaitait qu'il ne soit pas en train de la toucher. Elle souhaitait qu'il ne cesse jamais de la toucher. Elle se dégagea de son étreinte, fit un pas en arrière. « Je n'ai jamais eu l'intention de… En fait, je ne peux pas rester ici.

— Je commence à trouver ton jeu de mauvais goût.

— Oui, j'ai le don d'énerver les gens ; demande à ma sœur. » Elle se sentit prise de vertige, chaque mot lui était comme arraché du cœur. « Je dois reprendre ma route.

— Qu'est-ce qui t'attend, ailleurs, pour que tu aies tant envie de déguerpir ?

— Ma vie. » Elle avait blessé beaucoup de personnes. Elle en avait également déçu plusieurs. Mais elle avait toujours survécu au sentiment de culpabilité, sachant que leur peine et leur déception finiraient par disparaître. Avec Dusty, c'était différent. Leur relation était déjà si profonde qu'elle ne pouvait éviter de le blesser en le quittant. Pourtant, si elle restait, elle le détruirait tout à fait. « J'ai des projets. Je dois m'en aller.

— Tu fais une grosse erreur.

— Peut-être. J'en prends la responsabilité. »

Il lui saisit les mains. « Je ne te laisserai pas partir.

— Tu ne peux pas me retenir. » Elle s'éloigna de lui.

Ils restèrent longtemps silencieux. Étrangement, elle perçut les émotions qui le traversèrent : la confusion, la tendresse, la colère, la déception. *L'amour.*

Sors d'ici, lui intima-t-elle en silence. *Mets-toi à l'abri avant que tout ne s'écroule.* « Écoute, reprit-elle en essayant de voir son visage. Il faut que tu ailles retrouver ton adorable petite fille.

— Allons-y tous les deux. »

Elle comprit où il voulait en venir. Si elle prenait Ambre dans ses bras, elle leur abandonnerait facilement son cœur. « Je ne peux pas, chuchota-t-elle, la gorge serrée.

— Il le faut. Hier soir, je t'ai révélé un de mes secrets, mais je ne t'ai pas tout dit.

— Comment cela ?

— À la naissance d'Ambre, je pensais qu'une sorte d'osmose se créerait entre elle et moi. »

Jessie, fascinée, hésitait entre l'envie de connaître la suite et celle de le faire partir.

« Il n'y a pas eu d'osmose. Ni d'amour au premier regard.

— Tu me fais marcher. » Jessie ne le comprenait que trop bien. « Tu adores cette enfant et c'est réciproque.

— J'ai dû apprendre à l'aimer, Jess, mais ce n'était pas suffisant. Je suis toujours maladroit avec elle, confus, effrayé, et elle le sent. Quand quelque chose ne va pas – et tu ne l'as jamais vue piquer une crise –, c'est vers Arnufo qu'elle se tourne. Jamais vers moi. »

Dusty glissa ses bras autour de Jessie. « Le jour où je t'ai rencontrée, j'ai su que cela allait changer. Je n'arrive pas encore à dire pourquoi, mais je suis bien plus à l'aise avec elle. J'ai envie de me détendre et de prendre plaisir à être auprès d'elle, à l'aimer, je veux arrêter de me faire du souci sans arrêt. Jess, depuis que tu es entrée dans ma vie, tout a changé. Tout est mieux qu'avant. »

Elle recula de nouveau pour se dégager de son étreinte. « Bon sang, ne crois pas que c'est grâce à moi ! Je ne suis pas Mary Poppins.

— Exact. Elle est partie alors que, toi, tu restes. » Il se mit à rire en voyant sa tête, sans comprendre qu'elle avait, en fait, le cœur brisé. « Jess, je suis prêt à t'aimer. Cet amour fait de moi quelqu'un de bien, il me rend meilleur, je deviens un père meilleur.

— Comment ? » Elle prit un ton sec. « Je devrais rester pour que tu deviennes quelqu'un de bien, c'est ça ?

— Ne dis pas n'importe quoi.

— Tu devrais déjà être auprès de ta fille. »

Il l'attira à lui et l'embrassa violemment, puis retourna à son camion ; elle entendit ses bottes crisser sur le gravier. « Cela ne me fait pas du tout rire, Jess, continua-t-il sans se retourner. Je reviendrai ce soir pour en discuter. »

Je ne serai plus là, pensa-t-elle. Elle l'écouta partir. Elle put l'apercevoir en tournant la tête pour utiliser le peu de vue qui lui restait, en bas de l'œil droit. Tout comme avec les érables de feu, elle essaya d'imprimer l'image dans sa mémoire, telle une vieille photo qu'elle pourrait étudier encore et encore. Elle n'aurait su dire s'il lui faisait un signe de la main, alors elle leva la sienne, la porta à ses lèvres puis à son cœur. Enfin, elle entra dans le cabanon et appela un taxi.

Comme tous les matins, la cuisine de Luz était très animée. En y pénétrant, Jessie ressentit avec terreur qu'elle ne pourrait rester là plus longtemps. Elle avança parmi des zones d'ombre et de lumière, trouvant Luz à son poste de commande : le plan de travail. Les garçons mangeaient leur bol de céréales, envoûtés par l'histoire de Harry Potter que Wyatt lisait au dos du paquet de Cheerios.

« Alors capitaine, comment se déroule la mission ? demanda Jessie.

— Chaos maîtrisé. Ma spécialité. »

Jessie tenta de déterminer l'humeur de sa sœur mais ne parvint qu'à percevoir le souci propre au départ des enfants pour l'école. Glissant la main le long du plan de travail, elle parvint à se guider jusqu'à la table. Son nez fut attiré par l'odeur du café et elle décida de se servir. Quatrième placard en haut. Sa main frôla une tasse ; elle la saisit et l'apporta jusqu'à la cafetière posée sur le plan de travail. Posant son index replié sur le bord de la tasse, elle commença à verser sans se rendre compte du flot qui allait s'écouler. Elle se renversa du café brûlant sur les pieds au moment où l'un des garçons lui criait : « Attention, Jessie ! »

Elle fit un bond en arrière, étouffant un juron. Elle se força néanmoins à rigoler pour se moquer d'elle-même, puis s'empara du rouleau de papier cuisine rangé à droite de l'évier. « J'ai deux mains gauches, ce n'est pas possible. » Elle tamponna le sol au hasard. Quand Luz s'accroupit pour l'aider, Jessie voulut la remercier mais l'amertume l'emporta. « Et voilà, tu te retrouves encore à faire le ménage après moi. » Elle se dirigea vers la table et s'assit à côté de Scottie. « Ce siège est pris ?

— Ouais. »

Elle lui ébouriffa les cheveux et sourit. « Je parie que tu ne renverses jamais rien.

— Jamais.

— Ben voyons. » Wyatt se resservit des Cheerios puis en prépara un bol pour Jessie bien qu'elle n'eût rien demandé.

Luz lui apporta une tasse de café. « J'ai l'impression que tu as passé une sacrée nuit.

— On ne pourrait pas en faire un film tout public, c'est sûr.

— Maman, elle nous laisse regarder que les films tout public, dit Owen.

— Elle a bien raison, ta maman », répliqua Jessie en plantant un bisou sur le front de son neveu.

Wyatt aspira son jus d'orange avec une paille et fit un tel bruit que Luz lui ôta le verre des mains. « Tu es le grand frère, je te signale. C'est à toi de montrer l'exemple.

— Vous voulez que je récite l'alphabet en rotant ? demanda-t-il.

— Ouais ! » s'écria Scottie en gigotant sur sa chaise et en tapant la table avec le dos de sa cuillère.

Un bruit de papier froissé signala que Luz finissait de préparer le repas de midi des enfants. « Vous n'auriez pas oublié l'heure ? Plus que deux minutes avant le passage du bus. » Même Luz, d'ordinaire patiente, était contente de les voir partir.

Les deux grands se levèrent précipitamment, remplirent leur sac à dos, rentrèrent les bouts de chemise dans le pantalon, sortirent les mots à faire signer, puis coururent vers la porte en criant au revoir à leur père, toujours à l'étage. Luz se tenait debout à la sortie, prête à déposer les paniers-repas dans les sacs à dos, comme on lâche les énormes poches de nourriture du haut des avions d'aide humanitaire. Elle parvint même à caser quelques bisous et les garçons avaient disparu.

Enfin, elle s'assit à table en face de Jessie et poussa un soupir satisfait. « La vie chez les sauvages.

— Je suis un sauvage ? demanda Scottie.

— Seulement si tu récites l'alphabet en rotant, répondit Jessie.

— Je te remercie, coupa Luz aussitôt. Maintenant, on n'entendra plus que cela toute la journée. »

Jessie retint sa respiration, prête pour la deuxième partie du grand débat sur le tatouage, mais Luz semblait préoccupée ce matin-là. Elles avaient toujours réglé les conflits de la sorte, depuis toutes petites, en évitant d'aborder le sujet et en le laissant mijoter. Elles n'avaient jamais résolu aucun problème de cette manière mais cela permettait de garder la paix.

Luz caressa le menton de Scottie et lui dit : « Va finir de t'habiller, mon chéri. Aujourd'hui, c'est Arnufo qui va s'occuper de toi.

— Génial ! » Il saisit ses baskets au vol, entendit sa sœur descendre les escaliers et se laissa tomber au sol. « Lila, tu peux m'aider à faire les lacets ? » réclama-t-il en tendant un pied.

La jeune fille soupira bruyamment et posa son sac à dos. « Si tu y tiens. » Elle s'accroupit pour lui attacher ses baskets G.I. Joe. Même quand Lila était de mauvaise humeur, Scottie parvenait à la faire sourire, à lui rappeler qu'elle n'était pas seule. Elle raconta l'histoire des oreilles de lapin qu'on attache ensemble pour nouer les lacets, puis termina sur une chatouille qui se transforma en crise de rire.

Tandis que Lila jouait avec Scottie, Luz se pencha vers Jessie. « Alors, hier soir ? Raconte.

— Il m'a emmenée manger mexicain.

— Je sais.

— Au Mexique. »

Luz mit la main sur la poitrine et fit semblant de s'évanouir. « Cela devrait être interdit d'être aussi romantique.

— Pas mal, hein ? » Jessie se sentait déjà mélancolique. « C'est à une heure et demie de vol, dans une adorable ville du nom de Candela. Nous avons dîné là-bas et nous avons passé la nuit dans une auberge. Notre chambre était… je m'en souviens à peine. Il y avait un bénitier au-dessus du lit. » Elle repensa à tout ce qu'elle avait éprouvé. Elle avait exploré un nouveau monde de sensations et n'arrivait toujours pas à croire qu'on puisse s'aimer ainsi. « Il est incroyable.

— Et complètement dingue de toi. » Luz comprit soudain qu'il se tramait quelque chose. Jessie sentit sa méfiance, pourtant si subtile. « Et aujourd'hui ? Il va peut-être t'emmener à La Nouvelle-Orléans. »

Lila se servit un verre de jus d'orange et le but debout, près du plan de travail. « Dusty Matlock ?

— Elle lui a dit qu'elle aimait la nourriture mexicaine, alors il l'a emmenée au Mexique, hier soir, expliqua Luz.

— Génial. »

Tandis que Lila se faisait réchauffer un pain au chocolat dans le grille-pain, Luz s'agitait en tous sens pour préparer Scottie. Elle-même n'avait pas fini de s'habiller : elle portait encore son haut de pyjama, avait enfilé des collants et une jupe en gabardine. Et des chaussons à froufrous.

« Maman, tu es à moitié habillée, fit remarquer Lila.

— Je finirai tout à l'heure. Je dois retourner à ton lycée, pour faire encore quelques photos. » Elle hésita un instant. « C'est très important pour moi, tu sais ? »

Lila fit voler le pain au chocolat chaud d'une main à l'autre. « Pas de problème, maman.

— Pas de problème », répéta Scottie.

L'explication était peut-être aussi simple que cela, pensa Jessie avec soulagement. Luz devait être heureuse aujourd'hui parce qu'elle allait réaliser d'autres photographies. Cependant, Jessie ne put s'empêcher de sentir que sa sœur était tendue.

« Et si on allait faire de la balançoire en attendant Arnufo ? proposa-t-elle à Scottie.

— Voui ! »

Jessie le prit par la main. « Allez, c'est toi qui m'emmènes là-bas, Superman. »

Plein d'énergie, il la guida dehors ; elle le poussa sur la balançoire distraitement, tâchant de tester sa vue en même temps. Les modifications pigmentaires observées par le Dr Margutti prenaient petit à petit le dessus. Les couleurs avaient pâli, conférant au monde une beauté brumeuse annonciatrice de la phase finale de sa maladie. Elle était capable de penser en termes médicaux à ce qui lui arrivait, de garder son sang-froid alors que la lumière se mourait. Ainsi, elle évitait de se demander comment elle se sentait réellement ; sans doute à mi-chemin entre la panique et la résignation.

Elle entendit une voiture arriver. Pas déjà.

« C'est Arnufo ! » Scottie sauta de la balançoire, qui fut catapultée en arrière. Avant d'abandonner Scottie aux mains d'Arnufo, Jessie prit son petit neveu dans les bras en le tenant de manière que leurs visages soient face à face. « À bientôt, p'tit bout. Fais attention à toi. Et ne te laisse pas faire par les autres.

— Voui. »

Elle embrassa son doux visage, tout sucre et lait, avant de le laisser partir avec Arnufo.

« Venez avec nous, proposa-t-il.

— Viens avec nous ! répéta Scottie en attachant sa ceinture.

— Trop de choses à faire aujourd'hui. Embrassez Dusty et Ambre pour moi.

— C'est à vous de le faire, pas à moi. » Arnufo fit le tour de la voiture et s'assit à la place du conducteur. Ils partirent dans un nuage de poussière qui scintilla dans la lumière du soleil matinal.

Il fallut plusieurs minutes à Jessie pour se ressaisir et se décider à rentrer. Luz était en train d'essuyer le plan de travail tandis que Lila picorait son petit déjeuner. « Pourquoi il faut que tu te mêles de ça ? Ça fera pas revenir Dig. »

Jessie comprit qu'elles se disputaient au sujet de l'article en cours. « Tu penses que cela va empirer si ta maman fait cet article ? demanda-t-elle en prenant la chaise à côté de Lila.

— De toute façon, elle se mêle de tout.

— Je ne ferai jamais rien qui puisse te faire du mal ! protesta Luz. Est-ce que je suis en train de te faire du mal en voulant publier cet article ? »

Réponds sincèrement, pensa Jessie.

« Parce que si c'est le cas, j'arrête tout de suite. »

Lila était tendue, hésitante. « Non, ça ira. Et puis tout le monde est toujours dingue de tes photos.

— Elle ne veut pas le montrer, commenta Jessie, mais à mon avis elle est impressionnée. Et compréhensive. » Elle s'empressa de changer de sujet. « En faisant des recherches pour l'article, j'ai trouvé des informations absolument incroyables à propos du cerveau des ados. » Jessie présenta ses trouvailles sur le cortex préfrontal.

Lila prit un air indifférent. « Et alors ?

— Eh bien, tu n'auras pas besoin de faire la tête jusqu'à la fin de ta vie. » *Tu n'as pas besoin de devenir comme moi.*

Luz serra sa fille dans ses bras. « C'est un moment difficile à vivre mais tu le dépasseras. Et, en attendant, nous continuerons à t'aimer, quoi qu'il arrive. C'est le plus important.

— Si tu le dis. »

Luz partit finir de s'habiller. Jessie et Lila restèrent toutes les deux, Lila avec son jus de fruit et son pain au chocolat, Jessie avec son café froid et son cœur brisé. Lila se redressa et souleva le bord de sa jupe pour montrer le tatouage, qui avait failli faire mourir sa mère. « Il me démange un peu. Et le tien ? chuchotat-elle avec un ton de conspiratrice.

— Il me démange aussi. Tu ne regrettes pas ?

— Tu veux rire ! » Lila glissa sa main dans ses cheveux avec élégance. « Je suis une nouvelle femme, tu n'étais pas au courant ?

— Quelle classe.

— J'étais dégoûtée de pas pouvoir aller à la fête du lycée. Mais j'ai rencontré un garçon qui s'appelle Andy Cruz. Il est en terminale, bénévole chez les secouristes. Il est arrivé dans les premiers sur le lieu de l'accident. Il voudrait venir à la maison pour me montrer ce qu'ils ont trouvé là-bas, parce qu'il y a peut-être des affaires à moi. Après tout ça, ça me fait bizarre de penser à la fête du lycée. Elle ne devrait pas avoir lieu.

— Ne dis pas cela. Tu es trop jeune. Il faut continuer à s'amuser.

— Andy, lui, il y va pas. Il est bien plus cool que Heath Walker. Si tu le voyais… Mais je ne sors pas avec lui. Tu crois que s'il vient à la maison, et que maman et papa sont là, c'est contre le règlement ?

— Désolée, je ne me mêle plus de tout cela ! » Le sourire aux lèvres, Jessie mit deux doigts en croix comme pour repousser le diable. Élancée, gracieuse, Lila était très belle. Elle était à la fois forte et vulnérable, insouciante et prudente, impatiente et toute de douceur. Jessie regrettait profondément de ne pas pouvoir accompagner cette jeune fille dans la vie ; elle finit par admettre qu'elle enviait Luz, dont la vie avait bien plus de sens que toutes ses aventures réunies.

Lila était en train de fouiller dans ses feuilles de cours et ses livres. Jessie traversa la pièce pour la rejoindre.

« J'ai quelque chose à te dire.

— Ah ouais ? À propos de quoi ? »

Jessie mit en balance ce qu'elle avait envie de dire et ce que Lila avait besoin d'entendre. Elle se rendit compte qu'il n'y avait rien en commun. Il revenait à Luz de raconter le passé ; pour cela, Luz devait être au courant de tous les faits.

Jessie tendit la main et caressa les cheveux de Lila. La jeune fille releva le nez de ses papiers et regarda sa tante.

« Elle te va super bien, ta nouvelle coupe de cheveux.

— Ah, ouais, tu trouves ?

— Lila ?

— Hmm ?

— J'ai beaucoup voyagé. J'ai rencontré un tas de personnes différentes à travers le monde. Et je voulais te dire que tu es la plus merveilleuse de toutes. »

Mal à l'aise, Lila ne sut quoi répondre. Elle se demandait d'où sortait cet élan de sentimentalité. « Ah. Merci, Jessie. Euh, il faut que j'y aille, sinon je vais rater le bus. » Elle prit son sac, s'arrêta devant le miroir pour jeter un dernier coup d'œil à son tatouage puis, avant de se précipiter dehors, serra Jessie dans ses bras. Son étreinte était ferme, sa peau douce et parfumée. Jessie ferma les yeux et souhaita pouvoir se cacher dans le cœur de Lila. « Je t'aime, chuchota-t-elle dans les cheveux humides à l'odeur de shampooing.

— Je t'aime aussi, Jessie. » Elle recula et partit vers la porte. « À cet après-midi. Au revoir papa ! cria-t-elle. Au revoir maman !

— Au revoir, ma chérie. » Jessie avait chuchoté et savait que Lila ne l'avait pas entendue.

Quelques minutes plus tard, Ian apparut dans son « déguisement du couloir de la mort », comme il disait en riant à moitié. Il portait un costume gris foncé, une chemise d'un blanc impeccable, une cravate bleu marine classique et ses seules chaussures habillées. « Bonjour, Jess, lança-t-il en se servant une tasse de café.

— Salut. »

Un peu gêné, il ajouta : « Eh bien, à plus tard, alors.

— À plus tard. » Elle entendit ses pas, la moustiquaire claquer contre le chambranle de la porte. Puis elle repensa aux mots de Dusty à propos de l'amour, de la confiance, du fait de dire la vérité même s'il est souvent plus aisé de garder le silence ; elle trouvait plus difficile encore de vivre un mensonge. Il était temps. Grand temps. Et il ne lui en restait pas beaucoup.

Elle ne voulait pas que son départ prenne des proportions démesurées, elle avait même décidé de partir discrètement, comme à son habitude, excepté que ses raisons n'étaient plus égoïstes. Elle voulait éviter à Luz de s'inquiéter ou, pire, de vouloir prendre les choses en main dans le but de tout arranger. Jessie savait que la bonne volonté de sa sœur pouvait mettre en péril ses projets d'indépendance et rompre à jamais les liens fragiles qui les unissaient toutes les deux. Seulement, il lui restait encore une chose à avouer. Garder le silence représentait certainement la solution de facilité, mais elle persistait à croire que la vérité avait une importance.

Elle suivit Ian dehors, en inclinant la tête pour apercevoir le chemin sous ses pieds. Ian était un homme bien, qui faisait le bonheur de sa sœur depuis des années. Jessie avait peur de

304

semer la pagaille. Elle prit son courage à deux mains en repensant aux paroles de Dusty : *Franchement, je ne vois pas où est le problème.*

« Ian. »

Plus de bruit sur le gravier : il s'était arrêté de marcher. « J'ai oublié quelque chose ?

— Non, il faut que je te parle.

— Si tu veux. » Il regarda sa montre. « Mais je dois aller au tribunal ce matin.

— Il va falloir que tu laisses tes associés te remplacer.

— Qu'est-ce qu'il se passe ? »

Jessie appuya les mains sur le capot de la voiture. Elle sentit le soleil levant lui réchauffer légèrement la peau. Les jours raccourcissaient et la température baissait progressivement. « Il est arrivé tellement de choses ces derniers temps… je ne voudrais pas te bousculer mais je pense que nous devrions parler de Lila.

— Nous sommes tombés d'accord, Luz et moi, pour le lui apprendre. Mais il faut qu'on choisisse le bon moment.

— Là-dessus, je vous fais confiance à tous les deux. Je n'ai plus à vous donner mon avis. » Elle esquissa un sourire, surprise par la réaction de Ian. « Je n'aurais pas dû vous harceler comme cela. » *Allez fonce*, pensa-t-elle, *ne pars pas sans avoir dit ce qu'il aurait dû savoir depuis si longtemps.* « Il y a autre chose. Si Luz et toi apprenez à Lila que je suis sa mère, elle voudra aussi savoir qui est son père. »

Avant même qu'elle ait fini sa phrase, Ian avait pâli. Jessie aperçut sa pomme d'Adam monter et descendre difficilement ; il avait deviné et la vérité lui causa un énorme choc.

À la fois en colère et émerveillé, il balbutia : « Je suis son père…

— Tu l'as toujours été. Maintenant, tu sais que tu es aussi son père naturel. » Les larmes montèrent aux yeux de Ian.

« Bon sang, Jess, j'étais venu te le demander… »

— Et, ce jour-là, je t'ai fixé dans les yeux et je t'ai répondu non. Mais je ne supporte plus de garder cette vérité pour moi. Je suis fatiguée. J'en ai assez de faire semblant. Après l'accident, j'ai réfléchi, et j'ai estimé que tu devais être au courant. Pour des raisons médicales, mais aussi parce que tu as le droit de connaître la vérité. En ce moment, Lila ne va pas bien, elle ne sait pas pourquoi. Elle ira peut-être encore moins bien si elle apprend la vérité, mais je ne le pense pas. Elle est bientôt adulte, elle a le droit de savoir qui est son père naturel. Oui, Ian, c'est toi. Je suis désolée de t'avoir menti, pourtant je le referais sans hésiter s'il le fallait.

— Bon sang. Pourquoi maintenant ? Après toutes ces années ?

— Avant, j'avais trop peur de le dire. J'avais peur de vous briser, Luz et toi. Tu aurais voulu assumer les conséquences de tes actes et quitter Luz pour t'occuper de moi, Luz se serait sentie abandonnée par nous deux à la fois. Nous nous serions mariés, comme des idiots. Maintenant, tout a changé. Luz et toi formez un couple solide.

— Tu crois cela ? » De grisâtre, son visage devint rouge. « Ce n'est pas vrai ?

— Comment en être sûr ? Je travaille sans arrêt, elle est toujours embarquée dans un projet ou alors elle s'occupe des enfants. Les rares moments où l'on se voit, c'est pour se dire "Passe-moi le sel" ou "Mets les habits dans le sèche-linge". » Il se passa la main dans les cheveux. « Nous ne sommes pas à l'épreuve des cataclysmes. Cette nouvelle pourrait…

— Tu l'adores, c'est évident. Et Luz n'a jamais aimé personne d'autre que toi. »

Elle l'entendit s'appuyer lourdement sur la voiture. « Bon sang. Je n'arrive pas à croire que tu me l'aies caché.

— Je n'avais pas le choix. Et aujourd'hui non plus. C'est la vérité et tu as le droit de la connaître. À toi de décider si tu mets Luz au courant ou non. Ensuite, il vous restera à savoir si vous en parlez à Lila.

— Ouais. » Il laissa tomber ses épaules, se gratta le menton comme si la barbe venait de lui pousser. « Bon, O.K. Je vais mettre Luz au courant.

— De quoi ? » Luz les rejoignait. Elle tendit à Ian son panier-repas et se hissa sur la pointe des pieds pour l'embrasser. En voyant son visage inquiet, elle recula d'un pas. Dans la seconde d'hésitation qui suivit, Jessie regarda une dernière fois sa sœur avant de bouleverser sa vie de couple. Voici l'image qu'elle garderait d'elle : les cheveux en désordre, le visage ouvert telle une fleur, solide et bienveillante à la fois. Elle avait filé son collant et s'était cassé un ongle. Cet instant prit un air d'éternité.

Ian jeta de nouveau un regard à sa montre, puis soupira, mal à l'aise. « Il va falloir que je demande à quelqu'un de me remplacer au travail.

— Pourquoi vous ne me dites rien ?

— Jessie et moi étions en train de discuter du fait que… on s'était connus à l'université.

— Ah, oui ?

— Avant de te rencontrer, Jessie et moi, on est sortis ensemble.

— Quoi ? dit Luz, bouche bée.

— Mais cela n'a pas marché entre nous, enchaîna Jessie. C'était sans importance. Une fois séparés, on a vite oublié. Et puis, tu as commencé à sortir avec lui et… cela nous a fait bizarre, mais on a préféré se taire.

— Et c'est maintenant que vous m'en parlez.

— On a couché ensemble. » Ian semblait s'être arraché les mots de la bouche. « C'était complètement stupide, et puis on s'est séparés. Je n'y ai plus pensé jusqu'au jour où Jess nous a appris… »

Le silence était lourd de trahison. Au loin, un oiseau moqueur chanta du haut des érables.

« Mon Dieu ! Lila. » Le visage de Luz était devenu de marbre. Jessie hocha la tête et attendit.

« Je l'ignorais. Jess vient juste de me l'apprendre. » Ian prit la main de sa femme ; elle ne la retira pas, alors il la porta à ses lèvres et l'embrassa. « Luz, je t'aime. Je t'ai toujours aimée. » Même Jessie comprit que ces quelques mots contenaient tout son cœur.

Luz recula et fit le tour du véhicule pour s'asseoir côté passager. « Ian, monte en voiture. » Sans attendre sa réaction, elle se laissa tomber dans son siège, le regard droit devant tandis qu'elle attachait sa ceinture. « C'est toi qui conduis. »

Lèvres closes, Ian monta et démarra. Avant qu'ils ne partent, Jessie fit signe à Luz de baisser la vitre. Elle se pencha, étudia le visage de sa sœur afin de le graver au fond de son cœur. « Luz, je suis désolée.

— Tu as le chic pour choisir ton moment. »

Jessie aurait voulu expliquer qu'elle ne pouvait pas attendre davantage, mais elle devait éviter les questions que cela susciterait. « Je sais. »

Ian était près de Luz, la chronique du fermier s'échappait de la radio grésillante, la route déserte serpentait entre les collines poussiéreuses brillant sous le soleil. Malgré ces éléments familiers, Luz eut l'impression de se trouver dans un environnement complètement étranger, projetée là par les dernières révélations de sa sœur. Elle était sous le choc, comme si on l'avait attaquée physiquement. Ian lui parlait tout en conduisant mais elle ne parvenait pas à se concentrer sur ses paroles.

La route tourna, Luz fut éblouie par le soleil. Quelques secondes plus tard, la colère fissurait le cocon qui l'avait maintenue engourdie. Sa vie éclatait en petits morceaux et Luz semblait impuissante. La rage s'infiltrait dans ses veines tel un lent poison ; petit à petit, elle se rendait compte que tout ce qui comptait pour elle était en danger.

Jessie obtenait tout, pensa-t-elle. Elle obtenait tout avant les autres. Même Ian, elle l'avait eu la première. Luz se sentit bouillir. Elle ferma les yeux et les vit, tous les deux, jeunes, le rire aux lèvres, profitant des plaisirs de la chair sans réfléchir aux conséquences.

« … Ça m'était sorti de la tête. Après t'avoir rencontrée, je n'y ai plus du tout pensé. »

Luz comprit qu'il parlait de la liaison avec sa sœur. *Liaison.* Elle n'avait encore jamais associé ce mot au prénom de Ian. La tête lui tournait.

« Quand tu as compris qu'elle était ma sœur, tu n'as pas pensé à m'en parler ?

— On y a pensé, tous les deux. Mais on ne s'était pas vus depuis des semaines. Je l'avais déjà oubliée. » Il s'arrêta au bord de la route, près du parc du comté, où la brise automnale agitait la cime des érables. « Écoute-moi, Luz. Il s'est passé beaucoup de choses avant que je te rencontre. J'ai cassé le nez d'un type parce que j'étais soûl et j'ai failli me faire virer de la fac de droit.

— Tu ne me l'avais jamais dit.

— Parce qu'il n'y a pas de quoi être fier et que je n'ai jamais eu envie de m'attarder sur le sujet. J'ai aussi gagné un concours de pêche à Lake Travis et on m'a arraché une dent de sagesse. Quand j'étais en sixième, j'ai fait exprès de rater un examen d'orthographe pour pouvoir participer à un tournoi de base-ball. Je ne t'avais jamais rien dit de tout cela non plus. Alors, oui, en effet, je suis sorti avec ta sœur et je l'ai oubliée, Luz. C'est de toi que je suis tombé amoureux. »

Elle garda les yeux rivés droit devant. Sa litanie sonnait faux, parce que aucun élément ne concernait sa sœur. Cependant, elle voulait bien croire que leur aventure avait été sans importance. Elle acceptait également de croire qu'il venait d'apprendre sa paternité. Elle se sentait tout de même trahie. Elle était effondrée de savoir que son mariage s'était construit sur une demi-vérité. Si elle avait eu connaissance de leur liaison à l'époque, ils ne se seraient peut-être pas mariés. Leur mariage perdait-il de son authenticité ? Et l'amour qu'elle éprouvait pour Ian ? Que devenait-il ?

« Nous devons réfléchir à ce que nous allons dire à Lila, lâcha-t-elle.

— On n'a pas besoin de le lui dire. »

Elle se tourna vers lui, l'air incrédule. « Tu ne penses pas qu'on devrait lui révéler la vérité ? »

Il tira d'un coup sec sur le nœud de sa cravate. « Cela fait un peu beaucoup pour une adolescente. Qu'est-ce qu'elle va penser si on lui raconte que j'ai couché avec ta sœur avant de te rencontrer ? Elle ne fera pas attention à l'ordre dans lequel cela s'est passé. Une fois au courant, tout ce qu'elle retiendra c'est qu'on a couché ensemble. »

Luz grimaça. Elle avait peur. Leur couple survivrait-il à cette épreuve ? Et si la confession de Jessie ne faisait qu'amplifier les problèmes déjà existants ? « Je n'aime pas l'idée de lui mentir à ce sujet.

— Se taire et lui mentir sont deux choses différentes, rétorqua Ian.

— Pas pour moi. »

Après leur départ, Jessie rentra dans la maison vide, à l'écoute du bois qui craquait de-ci, de-là, du vent qui soufflait entre les arbres, des vagues qui léchaient la rive d'Eagle Lake. Elle se promena une dernière fois dans la demeure de son enfance chaotique, émerveillée par les transformations apportées par sa sœur. Lorsqu'elles étaient petites, ce lieu n'était rien de plus que quatre murs et un toit. Luz, devenue épouse et mère, avait réussi à le remplir de son amour, à y fonder une famille chaleureuse, à en faire un refuge aussi sûr et solide qu'une forteresse.

Jessie décida de ne plus envier sa sœur. Elle ne voulait pas s'encombrer de ce genre de bagage pour son prochain voyage. Elle devait faire de même avec sa carrière de photographe, sa relation avec Simon, sa rencontre inachevée avec Lila, ses secrets délicats. Et, enfin, son désir ardent pour Dusty. Comment abandonner ce sentiment-là ? Après tant d'années, elle avait fini par tomber amoureuse ; malheureusement, elle ne pouvait rester pour mener son aventure jusqu'au bout. Contre son gré, elle allait devoir entrer dans un nouveau monde, plein de mystères. Elle préférait voyager léger.

Elle avait aimé revenir dans cette maison, elle avait éprouvé de la joie à partager cette vie de famille, malgré sa certitude de finir à l'institut Beacon. Il lui restait encore une chose à faire avant de partir.

Elle parvint à mettre la main sur la vieille boîte à vœux, déchira une feuille du bloc-notes réservé aux listes de courses. Sous les mots *bain de bouche* et *mayonnaise*, Jessie griffonna un message qui ne serait sans doute pas lu avant longtemps.

Elle était revenue pour voir sa fille. Pour que sa fille la voie. Mais elle comprenait maintenant qu'elle était, en réalité, venue chercher l'absolution. Désormais, elle n'espérait plus l'impossible, elle désirait simplement se réconcilier avec elle-même. Parviendrait-elle à s'en contenter ?

Le bruit d'une voiture roulant sur le gravier la ramena à la réalité. Elle enroula le petit papier autour d'une pièce de monnaie, l'embrassa furtivement et le déposa dans la boîte à vœux, qu'elle remit à sa place dans le placard. Puis elle recula un peu pour mieux regarder le collage de photographies de Luz, sur le mur. Elle grimaça afin de mieux voir à travers le brouillard, réussit à repérer les attitudes, les larges sourires, les costumes originaux. Les images paraissaient cousues entre elles tel un patchwork maison.

Dans un coin en bas, elle reconnut une prise de vue d'elle et Luz, si semblables que personne n'aurait su les différencier. Cette photo n'avait rien d'extraordinaire ; Luz avait dû enclencher le retardateur et courir pour entrer dans le cadre. Elles devaient avoir treize et seize ans. Elles remplissaient l'image, leurs visages rieurs tournés vers l'appareil, les mains jointes en l'air en signe de victoire ou de joie, tout simplement.

Un klaxon retentit, annonçant l'arrivée du taxi. L'image vacilla et s'évanouit dans la brume, laissant une ombre dans son sillage. Elle tendit la main et posa brièvement les doigts sur une photographie, depuis longtemps gravée au fond de son cœur.

« À la prochaine, Luz. »

Deuxième partie

Après.

« Lorsque l'on perd la raison, on ne pénètre pas dans un monde obscur mais dans un univers éclairé d'une lumière différente. »

Kathy ACKER, *Pussy, King of the Pirates*, 1996.

29

En cette journée de février, le temps était froid et sec, la chaleur légendaire du Texas n'était plus que le fruit de l'imagination. Le téléphone sonna dans la cuisine ; c'était la ligne professionnelle. Luz transportait un énorme panier de linge sale vers la buanderie. Elle décida de laisser le répondeur s'en charger. Ian lui avait offert la deuxième ligne comme cadeau de Noël. Il aurait pu trouver une idée plus romantique mais Luz avait insisté. À son grand étonnement, cette décision s'était révélée nécessaire.

La publication dans *Texas Life* de l'article sur la tragédie d'Edenville avait changé la vie de Luz autant que les aveux de Jessie. Le texte était signé de la main de Jessie ; elle avait envoyé la disquette à Blair avant de partir. Les photos de Luz, quant à elles, avaient représenté le cœur du magazine. Les visages hagards des amis, des membres de la famille et des survivants avaient été mis en images avec une grande honnêteté et une grande sensibilité, rendant ainsi hommage à Dig Bridger. Personne ne pouvait oublier de tels clichés. Les éditeurs de tout le pays semblaient avoir perçu la qualité de son travail, car les appels s'étaient mis à fuser dès la sortie du magazine.

Quelques paroles lui parvinrent depuis le répondeur de la cuisine ; il devait s'agir d'un agent lui proposant de la représenter. Face à son panier rempli de chaussettes malodorantes et de tee-shirts miteux, elle se surprit à sourire : qui aurait cru qu'un agent s'intéresserait à elle ? Faute de temps, elle se voyait obligée de refuser la plupart des propositions qui lui parvenaient. Certaines l'intriguaient tellement qu'elle ne pouvait les laisser passer ; d'autres l'attendrissaient, comme cette fois où on lui avait demandé de faire un reportage sur un atelier créé pour les orphelins.

Cette nouvelle partie de sa vie était déroutante, excitante, extraordinaire. La seule ombre au tableau était l'absence de Jessie, et les vestiges de la tornade qu'elle avait déclenchée.

Elle était partie sans un mot, comme à son habitude, sans donner d'explication ni laisser d'adresse. La disparition était devenue sa grande spécialité. Luz avait essayé de lui envoyer des e-mails, mais les messages lui revenaient, la boîte ne devant plus être relevée. Luz trouvait normal d'être en colère contre Jessie. Pendant des années, sa sœur lui avait caché une information qui la touchait personnellement. Pour couronner le tout, elle était revenue dans leur vie à la manière d'une tempête, avait fait tatouer Lila, lui avait fait adopter une coupe de cheveux excentrique. Personne n'en voudrait à Luz d'éprouver de la rancœur à son égard.

Cependant, les regrets venaient parfois la hanter. Tant que Jessie ne serait pas réapparue, n'aurait pas appelé, Luz n'aurait aucun moyen de mettre les choses au clair entre elles deux, et au fond d'elle-même.

En apprenant que Ian était le père de Lila, Luz s'était d'abord sentie tétanisée ; puis elle avait connu la colère, la douleur et, maintenant, elle n'arrivait pas à penser à autre chose, quels que soient ses efforts de rationalisation. Elle ne savait rien de la vie de Ian avant leur rencontre. Elle comprenait qu'il avait eu une vie avant elle, qu'il avait couché avec d'autres femmes. Ce qu'elle ne comprenait pas, c'est qu'il ne lui ait jamais dit qu'une de ces femmes était sa sœur. Leur couple avait été quelque peu ébranlé par les événements et ils ne savaient pas comment réparer le mal.

« C'était une relation sans importance, avait-il répété une bonne dizaine de fois. Je ne voulais pas risquer de gâcher ce qui nous unissait. »

Luz ne tenait pas à se demander si la nouvelle aurait terni leur amour naissant. Ils évitèrent le sujet.

Avant d'atteindre la buanderie, adjacente au garage, Luz entendit une voiture arriver. Le panier dans les bras, elle se dirigea vers le porche. Le vent frais lui piqua le visage et le nez ; elle était contente de porter l'épais pull-over couleur rouille de l'université de Texas Longhorns avec le pantalon de jogging assorti. Le soleil éclatant jouait de reflets sur le pare-brise de la voiture qui s'avançait.

Pendant une seconde, Luz espéra en voir sortir Jessie. Lorsque le véhicule s'immobilisa, elle reconnut Blair LaBorde, qui commença à la réprimander à peine descendue de voiture : « Débarrasse-toi de ce fichu panier de linge sale. » Elle s'était précipitée sous le porche pour l'embrasser.

Luz obéit aux ordres et dut subir encore une remarque ; Blair la regarda des pieds à la tête, englobant la tenue de sport et la queue de cheval coincée dans un chouchou. « Finalement, ça t'allait bien le panier. » Elle prit Luz par la main et l'entraîna à l'intérieur. « T'as pas reçu un coup de fil, ce matin ?

— Je n'ai pas répondu. Pourquoi ?

— Tant mieux, je voulais te le dire moi-même. Ma chérie, je t'adore, mais il faut vraiment qu'on aille t'acheter une nouvelle tenue.

— Moi qui croyais être à la mode.

— Irrécupérable. Enfin, j'espère quand même que tu ne porterais pas ça pour aller recevoir le prix Endicott. »

Luz ne saisit pas vraiment ce que Blair venait de dire. Il lui fallut le temps de verser deux tasses de café et de sortir du faux sucre pour Blair avant de comprendre. « Qu'est-ce que tu racontes ?

— Le prix Endicott, chérie ! Celui qu'on attribue aux meilleurs photographes des États-Unis ! s'exclama Blair, le sourire jusqu'aux oreilles. Pour récompenser (elle consulta son fax tout froissé) "une ou plusieurs photographies remarquables en noir et blanc ou en couleurs". Les noms des gagnants ont été annoncés à sept heures aujourd'hui. Tu aurais dû voir la fête ce matin au bureau. On a sauté au plafond en entendant ton nom. »

Luz resta muette de stupeur. *Photographies remarquables.*

« La récompense est assortie d'une bourse universitaire. Alors ? Qu'est-ce que tu en dis ? » Blair tambourina des ongles sur la table.

Luz était tout sourires. « Je… je n'en reviens pas.

— C'est pourtant la vérité. » Blair leva sa tasse de café et elles trinquèrent.

Quelle surprise ! C'en était presque embarrassant. Luz ne savait pas comment réagir. « Si seulement Jessie était là. » Les mots lui avaient échappé, révélant à quel point sa sœur lui manquait et combien il était important qu'elles remettent les choses à plat.

« Toujours pas de nouvelles ? »

Luz secoua la tête négativement. « J'ai tellement envie qu'elle le sache. » Elle se rendit compte avec stupéfaction qu'elle aurait aimé partager son bonheur avec Jessie avant même d'en parler à Ian, aux enfants ou à sa mère. Comme si les honneurs ne pouvaient lui revenir tant que Jessie n'était pas au courant !

« Ce n'est pas sorcier de faire des recherches pour la retrouver, suggéra Blair.

— Jessie prendra contact avec nous quand elle sera prête. C'est comme cela qu'on fonctionne.

— Et pourquoi pas quand toi, tu es prête ? C'est toujours elle qui a eu besoin de toi, jamais le contraire ? »

Luz n'y avait jamais pensé. Inconsciemment, peut-être attendait-elle d'avoir parlé de l'adoption avec Lila avant de tenter toute recherche. Elle était réticente à faire quelque démarche que ce soit ; Jessie avait semé la zizanie en annonçant la paternité de Ian, puis leur avait laissé la charge d'annoncer le tout à Lila. Maintenant qu'elle était partie, Luz laissait traîner l'histoire. Elle se demandait souvent comment en parler à Lila, sans jamais aller plus loin. Elle lisait tout ce qu'elle trouvait sur l'adoption, les parents adoptifs, et se réconfortait en constatant qu'elle n'était pas la seule dans cette situation. Dans bien des familles, le sujet n'était tout simplement pas abordé, l'entourage étant persuadé que l'enfant était naturel ; la tentation était alors grande de garder le silence et ainsi d'éviter à l'enfant de se sentir désorienté, voire de penser qu'il n'avait pas été désiré.

« Je vais essayer de la recontacter. » Luz regarda le lac, lisse comme un miroir. « Si seulement elle n'avait pas choisi ce jour-là pour partir. Nous nous étions disputées, toutes les deux. Ce n'était pas la première fois, bien sûr, mais nous avions encore des choses à nous dire. En tout cas, moi, j'avais des choses à lui dire... Jessie avait apparemment d'autres projets.

— Tu devrais la retrouver pour en finir avec cette dispute.

— Je sais. »

De l'autre côté du lac, elle vit Dusty Matlock descendre vers son hydravion et en faire démarrer le moteur. Quelques minutes plus tard, il décolla en laissant une traînée de gouttelettes derrière lui. « Il était parfait pour elle. Vraiment parfait. » Elle repensait souvent à leur idylle. Comment Jessie avait-elle pu abandonner un homme qui l'adorait ? Un homme qui avait un délicieux bébé et une merveilleuse nounou mexicaine à plein temps. Plus d'une femme aurait trouvé cette vie paradisiaque.

« Tu le vois souvent ? demanda Blair.

— Suffisamment pour savoir que ma sœur lui a brisé le cœur.

— Ce n'est pas cela qui va réconforter ses hordes d'admiratrices. On reçoit toujours du courrier pour lui, au magazine. Je lui ai proposé de tout lui donner mais il a refusé. Il m'a même autorisée à ouvrir les lettres. On a fait des sacrées découvertes. Pour l'instant, celle que je préfère, c'est la demande en mariage accrochée aux sous-vêtements. »

Elles se remirent à parler du prix Endicott. Blair lui prodigua moult conseils quant à la manière de gérer son nouveau métier. Luz ne parvenait pas à y croire, persuadée que sa carrière ne dépasserait pas le domaine familial ou, à la rigueur, Edenville. Blair lui suggéra quelques agents à travers les États-Unis, un éventuel changement de look, voire une expédition à la célèbre galerie de vêtements *Nieman Marcus*.

« Je n'arrive pas à m'y faire. Je ne m'attendais pas à cela.

— Ne commence pas à jouer les timides. J'ai horreur des artistes talentueux qui prennent leurs jambes à leur cou dès qu'ils ont du succès.

— Je n'ai même pas de CV, soupira Luz. Je n'ai pas de diplôme, pas d'expérience… rien à mettre sur un CV.

— Ma chérie, fais-moi confiance, tu as tout ce qu'il faut. (Elle désigna le mur de photographies.) Vraiment tout. »

Luz invita Dusty, Arnufo et Ambre à dîner ce soir-là et dressa la table pour neuf. Ils auraient pu fêter l'événement dans un bon restaurant mais, avec une telle famille, elle aurait de la chance si elle parvenait à réunir tout le monde à la même heure dans la maison. Ainsi, Lucinda Ryder Benning, lauréate du prix Endicott, se retrouva dans une cuisine surchauffée à surveiller les devoirs de ses enfants et à préparer des hamburgers. Le tout agrémenté d'un sourire extralarge.

La séance de travail d'Owen et de Wyatt dégénéra en combat d'épées-stylos et Scottie débarqua la faim au ventre. Au même moment, le téléphone sonna et Lila, assise devant une chaîne de télévision musicale, courut répondre. Elle avait retrouvé certains privilèges grâce aux bons résultats figurant sur son bulletin. Son comportement ne correspondait pas encore tout à fait à ce qu'on attendait d'elle, mais Luz n'avait absolument aucune idée de la stratégie à adopter pour y remédier. La stratégie, c'était son domaine, pourtant face à sa propre fille elle ne savait plus par où commencer. Elle aurait bien aimé trouver un médicament miracle, voire lui faire subir une opération chirurgicale si cela avait pu résoudre son problème, mais cela n'existait pas. Elle se surprenait parfois à contempler Lila en silence, frappée par l'idée que Ian et Jessie avaient conçu cette enfant. Cependant, Lila faisait entièrement partie du cœur de Luz. Enfin, ce soir-là était différent : elle ne laisserait rien lui gâcher sa joie.

Les invités arrivèrent et Ambre fila droit sur Scottie, qu'elle dévisagea de ses grands yeux. Arnufo tendit à Luz un bouquet sauvage, composé de houx et de fleurs de marronnier. Luz était ravie. « Continuez comme cela et je vous invite à dîner tous les soirs.

— Ce serait avec grand plaisir. »

Elle fit signe à Dusty de se servir dans le réfrigérateur ; il savait où trouver les bières fraîches. Dusty était un homme bien, qui aimait sa sœur et admettait sans pudeur qu'elle lui manquait chaque jour un peu plus. Il leur suffirait de vouloir la retrouver.

Lorsqu'ils avaient fini par admettre que Jessie s'était bel et bien envolée, Dusty et Luz avaient longuement discuté dans le cabanon vide. Lui voulait lancer un avis de recherche, bloquer les frontières, mettre toutes les chances de leur côté. Luz avait admis qu'ils arriveraient certainement à la localiser. « Mais ensuite ? » Ces deux mots avaient dissuadé Dusty d'entamer toute recherche. Ils n'en avaient pas rediscuté depuis. Ils étaient devenus amis, unis par un amour impuissant pour Jessie, la certitude qu'elle ne reviendrait pas avant d'être prête et que cela pouvait prendre des années.

Jessie avait laissé ses appareils photo, dont un Hasselblad, un Nikon et un Sony numérique, ainsi qu'une fortune en accessoires et lentilles. Sur le sac, elle avait déposé un mot, encore plus illisible que d'habitude. *Merci pour tout, Luz. Embrasse tout le monde pour moi. Sans oublier Dusty et Ambre. Je vous ferai signe. Jessie.* Elle était ainsi, impulsive, extravagante et déroutante.

Lorsque Ian rentra du travail, les hamburgers étaient prêts, la salade de chou circulait, les verres étaient remplis de lait ou de jus de fruit. Ambre et Scottie criaient à tue-tête : ils venaient d'inventer un jeu dans lequel ils devaient s'attraper. Wyatt et Owen se disputaient pour avoir le plus beau ballon tandis que Lila avait monté le son de sa station de radio préférée.

Ian parvint jusqu'à Luz en faisant semblant d'être un soldat sur un champ de mines. Elle se mit à rire, il l'embrassa sur la joue ; avant qu'elle ait eu le temps de prononcer une syllabe, il s'était tourné vers Dusty. « J'aurais sûrement besoin que tu me déposes à Huntsville, mercredi, si tu es libre. J'ai un rendez-vous avec mon psychopathe préféré. »

Ils continuèrent à discuter à voix basse, afin que les enfants n'entendent pas leur conversation. Luz parvint à les faire taire, rassembla tout le monde autour de la table, mit les serviettes autour du cou, servit les hamburgers, fit de nouveau passer le chou et les pommes de terre. Elle avait imaginé qu'à un moment donné le silence se ferait, qu'elle pourrait sourire à chacun avant d'annoncer sa nouvelle. Manifestement, ce moment était loin d'arriver. Alors, tout en veillant à ce que chacun ait une assiette et un verre bien remplis, elle dit tout simplement : « J'ai gagné le prix Endicott pour mes photos.

« — Papa, tu peux me passer le sel ?

— Arrête de me donner des coups de pied. Maman, dis-lui d'arrêter.

— Tu as déjà essayé la pêche à la cuillère ?

— Maman, il y a une soirée vendredi prochain. Est-ce que je pourrai me coucher une heure plus tard ?

— Hé ! Ambre, elle mange avec ses doigts. »

Luz plongea le nez dans son assiette, résignée. Ian se pencha vers elle et posa sa main sur la sienne. « Le repas est merveilleux, ma chérie. » Puis, sans attendre de réponse, il se mit à discuter couvre-feu avec Lila.

« Merveilleux, renchérit Arnufo. Mais c'est encore plus merveilleux d'avoir remporté un grand prix. Toutes mes félicitations. »

Luz lui sourit jusqu'aux oreilles. « Merci de m'avoir écoutée.

— Écouter quoi ? demanda Wyatt en tendant son assiette pour se faire resservir.

— Au sujet du Endicott. »

Owen s'appuya au dossier de sa chaise, inspecta sa mère avec suspicion. « Qui ça ? »

Luz secoua la tête. « J'abandonne. »

Elle échangea un sourire complice avec Arnufo. Au cours des derniers mois, elle en avait beaucoup appris sur ce vieil homme. Il comprenait le travail que représentait une grande famille, mais aussi le plaisir qu'elle apportait ; pour eux deux, la patience était une vertu reconnue. Elle décida d'apprendre la nouvelle à Ian dès ce soir, et aux enfants quand l'occasion s'en présenterait.

Elle n'eut pas le temps d'y songer davantage : au beau milieu du repas, le téléphone sonna sur la ligne privée. Les amis des enfants respectaient généralement l'heure des repas. Luz décrocha, prête à rappeler à son interlocuteur cette règle de la maison.

« Allô ? » Il y eut un temps mort caractéristique des appels intercontinentaux. Le cœur de Luz battit la chamade. Sa sœur avait enfin décidé d'appeler.

« Jessie, c'est Simon. Je suis content d'entendre ta voix. »

Perplexe, Luz tira sur le fil du téléphone pour s'éloigner du bruit de la cuisine. Elle sortit sur le porche. « C'est Luz à l'appareil, la sœur de Jessie. Simon ? Où êtes-vous ?

— Auckland. Vous avez la même voix que votre sœur, répondit-il avec son délicieux accent qui avait jadis charmé toutes les étudiantes du Texas. Je peux parler à Jessie ? »

Luz sentit une goutte de sueur perler au creux de sa nuque. Selon les dires de Jessie, Simon et elle étaient séparés. Alors, pourquoi appelait-il ? Luz voulut en savoir plus. « Elle n'est pas là pour l'instant. C'est urgent ? »

Un temps de silence. « Pas du tout. Je me demandais juste… enfin, comment elle allait. Tout n'était pas rose quand elle a quitté le pays, vous devez le savoir mieux que moi. »

Luz se passa la langue sur les lèvres. Elle savait… sans savoir. Elle était au courant que Jessie et Simon n'avaient pas eu une relation des plus simples, qu'il était une des raisons pour lesquelles Jessie avait abandonné Lila à la naissance et fui à l'étranger. Cependant, Luz et Jessie n'avaient jamais vraiment parlé de leur couple. S'aimaient-ils ? Jessie était-elle capable d'aimer quelqu'un au point de ne pas s'enfuir loin de lui ? Lequel des deux avait quitté l'autre ?

Luz en eut soudain assez. Pourquoi Jessie restait-elle si secrète ? Elle pesa ses mots avant de continuer : « Elle ne m'en a pas beaucoup parlé, Simon. Elle m'a juste dit que vous vous étiez séparés. Je suis désolée, finit-elle par ajouter, même s'il était un peu tard pour cela.

— Moi aussi. Elle me manque beaucoup. »

Alors, vous n'auriez pas dû la laisser partir, pensa Luz. Puis elle se rendit compte qu'elle aussi avait laissé partir Jessie plus d'une fois.

« Elle m'a quitté. Je ne sais pas ce qu'elle vous a raconté, mais c'est comme cela que ça s'est passé. » À l'autre bout de la ligne, il avait la gorge serrée ; Luz décida de le croire. De toute façon, elle s'en était doutée depuis le début. « Je vois.

— C'est la vie… Est-ce qu'elle s'est décidée à contacter le Dr Margutti ? Elle s'est inscrite à la formation ? »

Luz était tout à fait perdue. « Quel docteur ? Attendez Simon, je ne vous suis pas. » La tension était à son comble. Le silence se fit plus long. Il finit par répondre. « Elle ne vous a rien dit… Elle ne vous a… » Il se racla la gorge et reprit. « Elle ne vous a rien expliqué ?

— Simon, je vous en supplie, dites-moi ce qu'il se passe. »

À l'autre bout du fil, il laissa échapper un long soupir. « Elle est partie pour les États-Unis dans le but de consulter un spécialiste et de participer à un stage spécial. Je tourne en rond depuis des mois dans l'espoir qu'un miracle a eu lieu. Et puis, aujourd'hui, en faisant des recherches sur Internet, je suis tombé sur ses photos dans *Texas Life*, au sujet de ce jeune père de famille. J'ai pensé qu'elle s'était rétablie. »

Luz s'écroula sur la première marche d'escalier. Le combiné glissait de ses mains moites. Malgré le froid de cette soirée d'hiver, elle était en nage. Elle avait peur. « Simon, ce n'est pas très clair. Qu'est-ce qu'elle a ? » Luz eut le temps de passer en revue toutes les éventualités : cancer, sclérose en plaques, sida, Parkinson… « Elle est restée chez nous quelque temps, elle semblait aller bien. »

Cependant, elle avait laissé son matériel photographique, alors qu'il représentait toute sa vie. Luz s'obligea à poursuivre. « Vous voulez dire qu'elle est malade ?

— Pourquoi ne vous a-t-elle rien dit ? Elle a vraiment un cœur de pierre.

— Qu'est-ce qu'elle m'a caché ?

— Je suis sûre qu'elle avait de bonnes raisons de ne pas vous en parler mais vous avez le droit de savoir. »

Luz était dans tous ses états ; elle sentait son monde s'écrouler une fois de plus. « Simon, qu'est-ce qu'elle a ? supplia-t-elle.

— Luz, votre sœur est en train de perdre la vue. »

30

En se rendant à une réunion de thérapie de groupe, Jessie se perdit en chemin.

« Flambeau, c'est pas possible. Tu as un petit pois à la place de la cervelle. »

Elle dut employer une méthode fastidieuse pour déterminer l'endroit où elle était arrivée ; elle découvrit qu'ils avaient oublié de tourner et se trouvaient trop à l'ouest. Faisant appel aux techniques qu'elle avait étudiées des semaines durant, elle repéra le trajet avant de se remettre en route.

Flambeau et Jessie arrivèrent à la réunion avec plusieurs minutes de retard. Elle murmura des excuses et fit comprendre à Flambeau qu'il devait lui choisir une place dans cette salle de classe désormais familière. Flambeau parvint à écarter brusquement une chaise, mais Jessie en percuta une autre et maugréa.

L'homme qui présidait la réunion s'éclaircit la voix. « Nous allons attendre que Jessie soit installée. »

Elle eut l'impression d'être à nouveau au collège. « Nous allons attendre…, marmonna-t-elle. Très drôle, monsieur Sullivan. » S'adressant à toute l'assemblée, elle poursuivit : « C'est Flambeau, je vous assure. On m'a fait une méchante blague, on m'a donné un setter irlandais au lieu du golden retriever dont on m'avait parlé. »

Parmi les rires, elle reconnut la voix de quelques amis. Elle n'était pas sûre de pouvoir les considérer comme des amis. Les relations qui se formaient à l'institut Beacon n'auraient pas existé si personne n'y avait été aveugle.

Sully salua le groupe et présenta deux nouveaux, Bonnie et Duvall. « Quelqu'un peut-il me dire pourquoi nous sommes tous rassemblés ici pour cette réunion ?

— Trop de masturbation, répondit Remy, récemment arrivé. Nous aurions dû écouter maman. »

Sully dut couvrir encore plus de rires. « Jessie, tu as lu les textes pour aujourd'hui ?

— Les trucs rébarbatifs sur la satisfaction du moi interne ? J'ai lu tout cela. Enfin, c'est Hal qui me les a lus. » Hal était le surnom du logiciel de lecture.

La femme assise à côté d'elle était nerveuse : Jessie perçut sa respiration rapide, son silence timide et son parfum, qu'elle n'avait jamais senti à l'institut auparavant. Elle se pencha vers elle et chuchota : « Jessie Ryder et voici Flambeau, mon merveilleux chien. Vous devez être Bonnie Long.

— Oui, c'est moi. »

C'est cette femme que Jessie était venue rencontrer. Au début d'un séjour, tout jeune étudiant était confié à un autre aveugle plus expérimenté. Comment pouvait-on croire qu'elle ferait un bon mentor ? Elle s'estimait incapable de guider qui que ce soit. Cependant, à l'institut, on attendait de chacun qu'il fasse l'impossible. « Bienvenue au camp militaire pour aveugles.

— Jessie vient de finir le stage, précisa Sully. Je me demande pourquoi on l'a laissée revenir ici. On aurait dû la mettre dehors à coups de pied au derrière.

— J'adore quand tu me parles gentiment. » Malgré son air de plaisanter, Jessie n'était pas sûre d'elle. Elle posa la main sur la tête de Flambeau, enfouit ses doigts dans la fourrure soyeuse. À la fin du stage, pendant lequel les étudiants logent à l'institut, elle avait emménagé dans un appartement non loin, alors que la plupart des patients avaient hâte de retrouver leur famille et leur vie d'avant.

Après tous les soucis qu'elle lui avait occasionnés, Jessie se refusait à retourner chez Luz ; elle était déterminée à se reconstruire une vie, seule. Chaque matin, en se levant, elle repensait au but qu'elle s'était fixé et constatait avec étonnement qu'elle y parvenait. Flambeau à ses côtés, elle n'avait pas peur d'affronter le monde extérieur. Elle maniait correctement les logiciels d'écriture vocale et savait même taper au clavier, renforçant sa conviction qu'elle parviendrait à gagner sa vie grâce à ses nouvelles capacités. Elle était devenue indépendante et représentait un succès formidable pour l'institut, un exemple pour chaque handicapé.

Néanmoins, il restait une ombre au tableau : elle se sentait profondément seule. Jour après jour, elle avait de plus en plus envie de revoir Dusty, Ambre, Luz et Lila, alors qu'elle avait cru pouvoir les oublier avec le temps.

« Charmant, dit Sully. Jessie, pourrais-tu expliquer pourquoi tu as utilisé le terme de "camp militaire" ?

— Eh bien, peut-être à cause de tous ces tests physiques et psychologiques qu'on nous a fait passer avant de nous accepter ici.

— Maintenant que tu as fini le stage, tu comprends l'intérêt de ces tests ? »

Elle se tourna pour répondre à Bonnie. « Vous n'êtes pas obligée de me croire, mais il y a effectivement un intérêt dans tout cela. Tous les matins, vous allez devoir vous lever à six heures moins le quart pour promener votre chien ; ensuite il faudra lui donner à manger, vous laver et vous rendre au petit déjeuner à sept heures. Le reste de la journée, vous passerez votre temps à arpenter les rues d'Austin dans tous les sens, à faire des courses en essayant de ne pas trébucher, de ne pas rentrer dans les murs ou encore de ne pas tomber dans les escaliers. Vous faites une pause aux heures des repas mais vous n'êtes pas rentrée chez vous avant la dernière sortie du chien, à huit heures du soir. Sans oublier, entre-temps, les autres entraînements comme les cours de cuisine, les dictées, la lecture, le braille, laver le linge et j'en passe. Donc, pour tenir le coup, il faut être endurant.

— Je vois. Je ne suis pas toute jeune et j'ai passé ma vie entière à travailler. Je pense réussir dans cette nouvelle mission.

— Excellent, conclut Sully. Maintenant, comment expliques-tu l'intérêt des tests psychologiques ?

— Eh bien, on ne peut pas donner un chien à n'importe qui. Si t'es un fumier avant de devenir aveugle, il y a des risques que tu restes un fumier.

— C'est joliment formulé, Jessie, merci. Les aveugles sont des gens comme les autres, il y en a de toutes les sortes. S'ils haïssent les animaux, s'ils sont cruels, ils n'arriveront pas à travailler avec leur chien. Tout le monde perd son temps, l'institut perd de sa crédibilité et le chien est très frustré. »

Jessie posa les doigts sur le bras de Bonnie et ne fut pas surprise de sentir un chandail tricoté à la main. « Tout ira bien, vous verrez. Parfois, je me dis que cette formation fonctionne parce qu'on y refuse toute personne qui ferait mauvais effet.

— Ah, oui ? s'étonna Sully. Alors pourquoi t'avons-nous acceptée ?

— Parce que je ressemble à Gwyneth Paltrow, en plus jeune. Plus mince. Plus blonde.

— Quand on est aveugle, toutes les femmes ressemblent à Gwyneth Paltrow, intervint Patrick, un ancien résident.

— Revenons au terme de "camp militaire". Patrick, peux-tu exposer à nos invités ce qui les attend ?

— Vous aurez droit au sermon du sergent instructeur à la moindre difficulté.

— Si, par exemple, on n'arrive pas à tartiner soi-même son pain ou à couper sa nourriture en morceaux ? demanda Duvall.

— Exactement. Et si vous commencez à dire que vous n'avez jamais fait cela tout seul, on vous répondra qu'il est grand temps de vous y mettre. On vous laissera vous perdre dans les couloirs, mettre votre chemise à l'envers et manquer les repas.

— Un peu dur, comme traitement.

— Devenir aveugle n'est pas facile, mais c'est encore plus dur d'abandonner. Le personnel de Beacon nous juge capables d'y arriver, c'est pour cela que nous sommes ici. Et nous y arrivons. »

À la fin de la réunion, Jessie offrit son bras à Bonnie et saisit le harnais de Flambeau. « Vous avez déjà entendu parler de l'aveugle qui guide un autre aveugle ?

— Je vous fais confiance. » Un sourire était venu réchauffer la voix de Bonnie. Lorsqu'elles quittèrent la salle et sortirent dans l'air froid du matin, Jessie sentit la démarche hésitante de Bonnie, hésitation qu'elle-même avait manifestée au début de son entraînement. Les premiers temps, elle avait dû porter une œillère pour occulter le peu de vision qu'il lui restait ; elle avait donc fait ses premiers pas à l'institut dans la rage et la frustration. Elle n'avait pas longtemps eu besoin d'œillère. Sa vue s'était rapidement détériorée, ainsi que l'avait prédit le Dr Margutti, et le jour où elle s'était réveillée aveugle, elle avait été terrifiée. Il lui avait fallu une énorme volonté pour se lever, marcher du lit jusqu'à la salle de bains, entamer le nouveau voyage qu'elle redoutait tant.

« Vous savez, je suis heureuse que mon guide soit une femme, fit Bonnie à voix basse. J'ai oublié d'emporter des petites choses très importantes.

— Des tampons ?

— Oui.

— Pas de problème, répondit Jessie. Nous en avons des stocks, ici. » Elle la conduisit aux toilettes des femmes, dans le bâtiment qui abritait les salles de classe. « L'une de nos premières leçons consiste à se procurer ce genre de choses. » Jessie était allée en acheter, mais elle n'en avait pas encore eu besoin. Il est courant d'avoir des règles irrégulières lorsqu'on arrête la pilule, ce qu'elle avait justement fait après avoir quitté Dusty. Si son cycle ne se rétablissait pas bientôt, elle irait consulter un médecin.

« Merci », dit Bonnie, qui trébucha sur le pas de la porte.

Jessie la rattrapa d'une main et l'aida à reprendre son équilibre ; Bonnie tremblait. « Ne vous inquiétez pas. Quand je suis arrivée ici, il n'y avait pas plus empotée que moi. Au cours de la première semaine, ils m'ont souvent retrouvée recroquevillée par terre, complètement perdue, en larmes, avec quelques bleus qui prouvaient bien mon incompétence. Ils n'ont fait preuve d'aucune sympathie. La première fois que Sully m'a trouvée dans cet état, il m'a proposé d'alerter les médias pour leur annoncer que c'était la fin du monde.

— Vous avez l'air tellement sûre de vous, maintenant.

— Vous trouvez ? répondit Jessie, surprise.

— Oui. »

Jessie lui fit faire le tour de l'institut : les salles d'entraînement sensoriel, les salles des paroles, les parcours d'obstacles, les cuisines, le jardin. Jessie comprenait les espoirs et les craintes de Bonnie. Se retrouver dans un tel endroit était effrayant, mais elle était déterminée à réussir.

« Il faut que je reprenne confiance en moi, ma famille en a besoin autant que moi. Après l'accident, j'ai tout laissé tomber. Je restais assise à la maison, je me cachais du reste du monde. Les médicaments m'ont aidée, mais je veux devenir indépendante et ne plus avoir peur de vivre. Pour mon propre bien et aussi pour celui de mes enfants, de mes petits-enfants et surtout pour mon mari.

— Oh, pardonnez-moi, je croyais que votre mari était mort dans l'accident. » Jessie avait parcouru le dossier de Bonnie sur ordinateur.

« Mon premier mari, oui, expliqua Bonnie, la gorge serrée. Roy et moi nous sommes mariés il y a six mois.

— Eh bien ! En voilà une nouvelle, il va falloir tout me raconter.

— On dirait que cela vous intéresse. »

Jessie n'arrivait pas à comprendre qu'une personne voyante puisse tomber amoureuse d'un aveugle.

« Est-ce que…

— Non, il n'est pas aveugle. Au début, j'ai cru qu'il me faisait marcher, je ne comprenais pas qu'il puisse me trouver attirante, moi, une aveugle.

— Vous lui avez posé la question ?

— Bien sûr. Il n'a pas su trop répondre. Et puis il a fini par dire que le plus dur ne serait pas de vivre avec moi, mais de vivre sans moi.

— Ce doit être quelqu'un de bien.

— Et vous, Jessie, vous avez un ami ?

— Eh bien, en fait, j'ai un rendez-vous ce soir. Un rendez-vous arrangé. Affreux, non ?

— C'est mieux que pas de rendez-vous du tout. »

Cet arrangement n'avait pas de sens, estimait Jessie. Mais elle voulait essayer, rencontrer du monde, sortir. Elle s'en tirerait certainement d'une manière ou d'une autre, même si elle ne voyait pas l'intérêt de ce rendez-vous. C'est Dusty qu'elle voulait. Elle parvenait de moins en moins à l'effacer de sa mémoire.

« Grace, à la clinique vétérinaire, nous a mis en contact, confia-t-elle à Bonnie. Il fait partie de l'équipe de support technique pour la réparation des ordinateurs.

— J'espère que vous passerez une bonne soirée. Je n'aurais jamais rencontré Roy si mon lave-vaisselle n'était pas tombé en panne. Il est venu le réparer. Six semaines plus tard, nous étions mariés. » La fierté et la joie retentissaient dans sa voix. « Il est formidable avec moi, mais il a besoin que je fasse des progrès. C'est comme cela qu'on a eu l'idée d'adopter un chien.

— Ce chien va changer votre vie.

— C'est ce que j'ai cru comprendre. »

Jessie tapota le bras de Bonnie et lui indiqua où se déroulait la réunion suivante. « Vous verrez, tout ira bien, Bonnie.

— Pour vous aussi. Passez une bonne soirée. »

La merveilleuse soirée de Jessie connut un début difficile et continua à se dégrader. Elle avait échangé quelques mails avec Tim Hurley et ils s'étaient parlé une fois au téléphone. Lorsqu'il lui avait proposé d'aller écouter l'orchestre symphonique d'Austin, elle avait été suffisamment curieuse pour accepter et, maintenant, il était trop tard pour faire marche arrière. Il s'éclaircit la voix en entrant dans le vestibule de l'immeuble où elle habitait. « Jessie ?

— Vous devez être Tim, fit-elle en se levant du canapé sur lequel elle avait attendu, les mains moites, telle une adolescente à son premier rendez-vous.

— Vous êtes ravissante. » L'émerveillement qu'elle perçut dans sa voix était flatteur. « Grace m'avait prévenu que vous étiez très belle, mais je croyais qu'elle exagérait. »

Elle tendit la main et il la prit, croyant sans doute qu'elle désirait se faire guider. Elle rit et la retira.

« Quelle poignée de main ! Ça me plaît beaucoup chez un homme. »

Elle se rendait compte qu'il était en train de l'observer des pieds à la tête. Elle le sentit soulagé de constater qu'elle n'était pas un monstre. En repensant au commentaire de Patrick à la réunion du matin, elle composa dans son esprit le visage de Tim Hurley. Il ressemblait parfaitement à l'acteur Ralph Fiennes.

« Vous avez un joli sourire », dit-il.

Cette idée de rendez-vous n'était peut-être pas si mauvaise, après tout. Jessie fit signe à Flambeau et le chien vint se placer à ses côtés. Elle comprit qu'il examinait cette nouvelle personne et, à la grande surprise de Jessie, y restait tout à fait indifférent. Elle percevait ce genre de choses, tout comme elle pouvait prédire s'il allait pleuvoir uniquement en humant l'air.

Tim éternua violemment.

« À vos souhaits.

— Je suis allergique aux chiens. » Il marqua un moment d'hésitation. « Grace ne m'avait pas dit que vous en aviez un. J'aurais dû m'en douter... » Il dut s'interrompre pour éternuer de nouveau.

Jessie évalua ses possibilités. Tim lui fournissait un parfait prétexte pour ne pas sortir avec lui. Non, elle ne choisirait pas cette solution de facilité. Elle allait assister au concert, goûter au délicieux buffet et profiter d'une conversation normale, sans rapport avec le rangement des placards, les objets auxquels on risque de se cogner ou le chien qu'on entraîne à ne pas se laisser distraire par les poubelles sur le trottoir. Il était temps qu'elle soit à nouveau une femme et non plus une simple aveugle.

« Flambeau n'est pas obligé de venir avec nous. » Jessie sentit son chien s'attrister. Tandis qu'elle retournait à son appartement, elle rappela à Flambeau, et à elle-même, qu'ils ne pouvaient pas toujours être ensemble. La séparation temporaire avait fait partie des entraînements. Elle prit ensuite sa canne et retourna dans le hall d'entrée. Elle sentit aussitôt son eau de Cologne. « Toujours là ? Je vous ai pourtant laissé le temps de vous échapper, fit-elle, surprise.

— Vous aurez du mal à vous débarrasser de moi. » Il avait le nez légèrement bouché. « J'espère que cela ne vous embête pas de sortir sans votre chien.

— Ça devrait aller. À moins que vous ne soyez allergique aux cannes. »

Il fit de son mieux toute la soirée. Il lui offrit son bras et avança lentement, sans cesser de lui demander si tout allait bien, si elle avait besoin de quoi que ce soit. Il restait poli, hésitant dans ses questions, comme s'il craignait de l'offenser. Bien qu'elle sache que cela était injuste, elle ne put s'empêcher de le comparer à Dusty : sa taille, l'odeur de sa peau, sa manière de se comporter avec elle. Tim avançait à tâtons en lui demandant son avis sur tout, tandis que Dusty allait droit au but. Elle avait aimé sa manière d'entrer telle une tornade dans la vie de Jessie, avec la certitude qu'il la voulait, parviendrait à l'avoir et qu'elle aimerait cela. Bien sûr, Dusty avait agi sans connaître la vérité au sujet de Jessie. Cela faisait une énorme différence.

Elle mit ses pensées de côté et accompagna Tim dans la salle de concert. Une fois assise, elle s'abandonna à la musique, exubérante célébration en l'honneur de différents compositeurs américains. Plus tard, à la réception, Tim entama une conversation avec un collègue et ils discutèrent d'un programme nommé PERL ; il ne fallut pas longtemps à Jessie pour sombrer dans l'ennui. Le programmeur proposa à Tim de lui présenter un associé, et Tim demanda à Jessie s'il pouvait la laisser seule quelques instants.

Elle accepta, heureuse d'échapper à la suite de leur conversation, et resta près du buffet, entourée par les odeurs de poulet à l'ail et de fromage. Elle intercepta des bribes de discussion à droite et à gauche et se demanda comment trouver les toilettes. Un couple essayait désespérément de joindre la baby-sitter sur un téléphone mobile, n'obtenant qu'une ligne occupée. Une femme en talons aiguilles, qui embaumait un mélange de parfum – *Joy* sans doute – et de Jack Daniels, passa devant elle d'une démarche peu assurée. Un jeune homme proclama la nourriture dégueulasse en couinant d'ennui ; sa mère s'excusa devant Jessie, qui lui répondit d'un sourire compréhensif.

« Pourriez-vous m'accompagner aux toilettes, s'il vous plaît ? » demanda-t-elle.

Aucune réponse. Zut. Ils étaient déjà partis, laissant Jessie parler toute seule. Il fallait vraiment qu'elle s'en aille. *Je hais ce genre de situation, je hais ma vie*, pensa-t-elle.

Elle se sentit tout à fait désemparée, sans chien, sans escorte, elle n'était plus rien. Comme une idiote, elle avait laissé sa canne dans la voiture de Tim.

« Tout va bien, madame ? » s'enquit un homme.

Sa voix et son accent ressemblaient étrangement à ceux de Dusty, suscitant un bref espoir en Jessie. Mais elle se ravisa ; elle n'avait fait que projeter une envie irréalisable sur cet inconnu. « Très bien.

— Je me suis dit que ceci pourrait vous faire plaisir. » Elle saisit la flûte de champagne qu'il avait approchée de sa main. Finalement, il ne parlait pas du tout comme Dusty. Sa voix était un peu nasillarde et affectée. Il aurait pu être un parent de Bush.

Jessie esquissa un sourire dédaigneux. Elle avait très envie d'aller aux toilettes ; il ne lui restait plus qu'à demander à cet homme de l'y conduire. Mais la fierté l'emporta. Elle arrivait parfois à se conduire comme si elle était voyante, si bien que personne ne remarquait son handicap. « Merci.

— Qu'est-ce qu'une jolie femme telle que vous fait toute seule ici ?

— Elle essaie de le rester », répondit-elle avec un large sourire.

L'inconnu en fut abasourdi. Apparemment, le cousin Bush avait l'habitude d'obtenir ce qu'il voulait. « Si vous vous conduisez ainsi, vous n'aurez aucun mal à y parvenir. » Il partit, ne laissant derrière lui que les effluves de son après-rasage.

Elle se sentait mal ; les odeurs d'eau de Cologne, de nourriture, de champagne lui donnaient la nausée. Tout le travail accompli depuis des semaines ne lui servait à rien dans cet endroit. À l'institut, elle avait redéfini ses habitudes de manière à rester sur la voie qui lui assurerait l'indépendance ; elle était capable de survivre seule, elle en était persuadée. Ou bien refusait-elle de regarder la réalité en face ?

Ce rendez-vous humiliant avait révélé son impuissance. Pour sûr, elle était capable d'éviter de se faire rouler dessus par un poids lourd. Mais les petits détails de tous les jours – se retrouver seule dans un endroit inconnu ou se faire draguer par un idiot – la mettaient K.-O. Physiquement, elle n'était pas en danger mais, dans un sens, c'était pire. Les détails qui lui gâchaient la vie étaient si subtils qu'elle n'avait aucun moyen de lutter contre : coller une étiquette en braille ou compter les marches ne lui serviraient à rien.

« Je vois que vous avez trouvé le champagne », remarqua Tim en la rejoignant.

Elle essaya de lui sourire, devant se rendre à l'évidence. Ce qu'elle avait accompli, ces compétences que les voyants admiraient tant, n'était que comédie. Tout le monde était dupe, elle la première, en croyant qu'elle s'en sortirait seule dans l'obscurité.

Elle voulut s'éloigner de Tim, mais rencontra un mur de marbre derrière elle.

« Jessie ? Tout va bien ?

— Non », parvint-elle à lâcher juste avant de vomir sur les chaussures de son cavalier.

31

Attentive à ne pas renverser les boissons fraîches posées sur son plateau, Luz rejoignait Ian et les garçons : ils travaillaient d'arrache-pied à construire une nouvelle rampe de glisse pour rollers, reliant la cour au ponton. Même Scottie y participait en poussant les morceaux de cailloux hors du passage tandis que ses frères cassaient les ralentisseurs à coups de marteau.

Arrivée au sommet de la butte qui descendait au lac, Luz les observa un instant. La matinée était brumeuse, la douceur de l'air annonçait le printemps. Ian portait la ceinture à outils que les enfants lui avaient offerte pour la fête des Pères et une casquette sur laquelle était brodée *Carpe diem*.

« Quel spectacle ! lança une voix derrière elle. J'espère que tu es prête à recevoir la flopée d'amoureuses que Wyatt attirera dans quelques années. » Glenny Ryder se rapprocha de Luz.

Glenny et Stu étaient arrivés de Phoenix la veille au soir, dans une camionnette plus sophistiquée qu'un avion de combat. Ils avaient parlé de Jessie jusque tard dans la nuit. Tout le monde était bouleversé, mais cette nouvelle expliquait bien des choses. Luz n'en pouvait plus d'attendre. Si Ian ne l'avait pas arrêtée, elle serait partie en courant pour Austin juste après l'appel de Simon ; elle brûlait de retrouver sa sœur et de la prendre dans ses bras, de la protéger.

« Laisse Dusty s'en charger », lui avait conseillé Ian.

Dusty ne douta pas une seconde. « Je la ramènerai à la maison. Et je ferai en sorte qu'elle reste.

— Personne ne peut retenir Jessie.

— Je l'aime. Et je la retiendrai grâce à cet amour. »

Luz n'avait pas eu le cœur de lui avouer que personne n'y était parvenu jusque-là. Pas même son bébé.

« Je suis contente que tu sois là », dit Luz à sa mère. Malgré les sentiments complexes qui les unissaient, malgré le passé, elle aimait Glenny et sa visite lui faisait sincèrement plaisir.

« Je n'arrive pas à croire que notre Jessie soit aveugle. Et qu'elle ne nous ait rien dit, enchaîna Glenny.

— Moi, je ne suis pas étonnée. C'est sa façon à elle de nous protéger, elle a toujours agi comme cela. Vous pensez tous que c'est moi qui suis protectrice, qui essaie de résoudre les problèmes de tout le monde, mais Jessie a ses propres méthodes. Elle s'éloigne de nous pour nous protéger. » Depuis l'appel de Simon, Luz ne cessait d'entendre la voix de Jessie répéter : « Je suis venue voir Lila… Je veux qu'elle sache qui je suis… Tu ne voudrais pas être à ma place. » Une fois de plus, Jessie lui avait volé la vedette ; voilà un sentiment de jalousie que Luz aurait préféré ne pas éprouver. Le jour même où elle avait eu connaissance du prix Endicott, son succès avait été éclipsé par les problèmes de Jessie. Étant donné ce qu'elle endurait, un prix devenait sans importance.

Excepté dans le monde de la photographie, semblait-il, car à peine avait-elle reçu cette distinction que les offres s'étaient mises à pleuvoir sur la ligne professionnelle. Luz avait l'impression de revivre les heures magiques de son enfance, lorsque leur mère remportait des grands titres. Tout à coup, la vie s'ouvrait sur des possibilités infinies. Mais, au fond d'elle-même, Luz avait le sentiment d'être un imposteur. Une passion pouvait-elle sérieusement devenir un métier ?

Elle but une gorgée de thé. Il était si glacé qu'elle en eut mal à la tête. « Pourquoi je ne me suis pas posé plus de questions quand elle m'a donné tout son matériel photo ?

— Comment pouvais-tu deviner ? C'est impossible, répondit Glenny. Ces deux derniers jours, tu as passé des heures sur Internet, tu n'as pas arrêté de lire et relire des articles sur sa maladie, et il n'y a aucun moyen de la voir arriver. Je me trompe ?

— Non, admit Luz. Il n'y a aucun indice annonciateur, à part la myopie. Et le fait que cette maladie touche surtout les femmes de moins de quarante ans.

— Comme plein d'autres maladies. Arrête de culpabiliser, s'il te plaît, cela ne sert à rien. Dis-moi… tu penses que ce garçon, Dusty, nous la ramènera ?

— Il n'est pas du genre à capituler.

— Elle n'est pas du genre à accepter des ordres.

— Là, c'est différent, répliqua Luz. Il y a quelque chose de particulier entre eux. Lorsqu'ils sont ensemble, l'air est électrique. Il est fou amoureux d'elle. Et Jessie… je ne l'avais jamais vue comme cela.

— Grand-père Stu ! » Scottie arriva en courant en haut de la rampe. « Tu viens essayer ? »

Stuart Burns positionna son fauteuil roulant en haut du couloir et se laissa descendre. Les garçons coururent à côté de lui jusqu'au ponton en criant à tue-tête.

Luz sentit sa mère se crisper. Stuart était un bel homme d'âge mûr, en pleine forme, cloué à son fauteuil à la suite d'un accident d'escalade survenu dix ans auparavant. Elle l'avait rencontré lors d'un dîner organisé pour récolter des fonds et ils ne s'étaient pas quittés depuis. De tous les maris de sa mère, Stu était le préféré de Luz. Il était gentil, attentionné et amusant. Contrairement à ses prédécesseurs, il n'avait pas dilapidé l'argent de Glenny pour ensuite disparaître dans la nature.

Il parvint sans incident en bas du couloir et Glenny se détendit. Stu, Ian et les garçons se tapèrent dans les mains pour fêter l'événement. Stuart souleva Scottie sur ses genoux et tourna sur place avec son fauteuil, provoquant les éclats de rire du petit dernier.

« Stu est un grand-père formidable, reconnut Luz.

— Il s'amuse beaucoup avec les garçons.

— Maman… j'ai un service à te demander. »

Glenny la regarda fixement. Elle savait à quel point il était difficile pour Luz de réclamer quoi que ce soit. « Oui, je t'écoute.

— Est-ce que, Stu et toi, vous pourriez garder les garçons aujourd'hui ? J'ai pensé que tu pourrais les emmener à Woodcreck et leur donner une leçon de golf. »

Glenny sembla réticente. « Tous les trois ? Ils débordent d'énergie, je ne sais pas… »

Luz grinça des dents. Elle n'avait pas fermé l'œil de la nuit. Elle venait de prendre une dure décision et ne pourrait pas l'appliquer si les garçons restaient là à courir dans tous les sens. « Nous avons besoin d'être seuls avec Lila. S'il te plaît, maman. Pour une fois que je te demande de l'aide. »

Glenny avait dû percevoir le désespoir dans la voix de Luz. Elle sortit une Virginia Slims et un briquet de sa poche. « Des problèmes avec Lila ?

— Non, rien de grave. C'est juste que… nous avons décidé de tout lui dire sur son adoption. »

Glenny alluma sa cigarette et expira un mince filet de fumée en regardant au loin vers le lac. « Et cela résoudra vos problèmes ?

— Bien sûr que non. Mais Jessie nous l'avait demandé avant de partir.

— Tu trouves que c'est une bonne raison ?

— Qu'est-ce que tu sous-entends ?

— Tu es la mère de Lila. Si tu lui affirmes le contraire, cela pourrait la perturber davantage.

— Très bien. Dans ce cas-là, dis-moi ce que je dois faire. » Luz la dévisagea : elle mettait Glenny au défi de lui répondre. Toute sa vie, elle avait attendu que sa mère prenne une décision pour elle.

« Ne cherche pas de réponse dans le passé, répondit Glenny. Considère le présent. Ne regarde pas Jessie ou Lila, regarde-toi.

« — Moi ?

— Tu ne t'es jamais dit que si tu accumulais toute cette tension autour de Lila, c'est peut-être parce que tu en attends trop d'elle, que tu es toujours sur son dos ? Je pense que tu devrais mettre le passé de côté et réaliser un de tes rêves.

— Comme toi ? » rétorqua Luz sur un ton plein de reproches ; Glenny se tourna vers sa fille.

Luz revit tout à coup un moment de son enfance. Jessie était à l'arrière de la Rambler, perdue dans un autre monde, tandis qu'elle repérait leur trajet sur une carte, additionnait leurs dépenses sur un petit calepin noir, essayait de trouver un motel bon marché. Glenny pensait à son prochain tournoi, à son prochain mari, à son prochain voyage. Luz était la fille modèle, dévouée et responsable. C'était elle qui menait la barque, elle qui préservait la paix.

« Dis-moi, maman, quand j'aurais eu le temps de rêver ?

— On prend le temps de faire ce que l'on juge important. »

Luz se mordit la lèvre. Elle ne voulait pas supplier sa mère ; pourtant, elle avait besoin d'être seule avec Lila et Ian. « Tu sais, j'ai appris quelque chose grâce à Jessie : il n'est pas bon de garder des secrets. Regarde où ça l'a menée. Je ne veux plus garder de secrets. »

Glenny écrasa sa cigarette et fit un signe de la main à Stuart et aux enfants. « Qui vient faire du golf et manger une glace avec moi ?

— Moi ! crièrent les garçons à l'unisson.

— Alors, tout le monde dans la camionnette. Au trot ! »

342

32

Chaque matin, au réveil, Jessie restait allongée les yeux clos et essayait de voir. Sa vue, désormais inexistante, avait laissé place au brouillard. Elle pensait aux couleurs, aux formes. Elle revoyait le visage des êtres qui lui étaient chers, Dusty, Ambre, Luz, Lila, Ian et les garçons. Les montagnes couronnées de neige, les lacs scintillants, les oiseaux en plein vol. Elle repensait même au sourire de sa mère, un souvenir qu'elle chérissait. Où étaient passées ces images ? Lui appartenaient-elles encore ? Elles n'avaient pas disparu. Elles faisaient toujours partie d'elle, vivaient en elle.

Ensuite, inéluctablement, elle ouvrait les yeux sur la réalité, faite d'ombres et de zones grisâtres. Elle se méprisait pour ses peurs, ses moments d'humiliation, ses maladresses, les limites imposées par sa condition. Elle méprisait la personne ordonnée et méthodique qu'elle était devenue. Elle avait envie de sauter sur un vélo, de grimper en voiture pour faire une balade à toute allure, de traverser la chaussée en dehors des passages piétons. Sa vie tournait au ralenti.

Elle avait ainsi davantage de temps pour réfléchir, lui avaient fait remarquer Irène et Sully. *Davantage de temps pour les regrets*, s'était dit Jessie. Maintenant qu'elle ne pouvait plus vivre à deux cents à l'heure, elle était obligée de disséquer sa vie et chacune de ses décisions. Elle espérait l'impossible. Pourtant, elle devait se détromper, la route ne serait pas facile. Elle n'avait pas le choix.

Pas une seule fois elle n'avait réussi à duper Flambeau. Dès qu'elle ouvrait les yeux il le savait et, comme un bébé qui refuse de grandir, il ne lui laissait pas le temps de s'appesantir sur son malheur, se mettait à couiner doucement en remuant la queue énergiquement : l'heure de la promenade.

« D'accord, mon grand », marmonnait Jessie en se dirigeant vers la salle de bains. Quelques minutes plus tard, après s'être brossé les dents, peigné les cheveux et habillée rapidement, elle enfilait son harnais à Flambeau et ils sortaient. Ce matin-là, elle aurait bien emporté une pomme ou un petit quelque chose pour calmer son estomac. L'air matinal était vif et sec, le soleil à peine levé. Le printemps arrivait. La brise, déjà tiède, lui apporta l'odeur d'un buisson de troène argenté. Jessie appréciait cette heure calme de la journée, lorsqu'on entend le bruit étouffé des trains sur la ligne du Missouri Pacific.

Elle fit les cent pas sur le trottoir. Être aveugle dans la vie de tous les jours était une chose, et elle s'en accommodait tant bien que mal, mais son existence future ne se résumait pas à cela. Son rendez-vous catastrophe le lui avait cruellement démontré.

Une petite clochette accrochée au collier de Flambeau permettait à Jessie de suivre ses déambulations matinales. Elle l'entendit tout à coup bondir, à quelques mètres d'elle. Flambeau n'était pas du genre à s'enfuir, mais il se laissait parfois distraire par un écureuil et finissait par s'éloigner un peu trop. Jessie le rappela.

Elle l'entendit revenir, mais il n'était plus seul. Elle comprit également que Flambeau appréciait l'inconnu, car il faisait des cabrioles et lâchait de petits éternuements. Flambeau savait très bien juger ceux qui s'approchaient de lui. Son attitude, ce matin-là, montrait qu'il n'avait jamais vu cette personne auparavant. Lorsqu'il reconnaissait quelqu'un, son comportement était encore différent : il émettait alors une sorte de gémissement.

L'atmosphère s'électrisa. Les gens qui n'y connaissent rien prétendent que les aveugles ont des pouvoirs surnaturels ; en réalité, le fait de ne rien voir permet de se concentrer davantage sur les autres sens, l'ouïe, l'odorat ou le toucher.

Quand quelqu'un approchait Jessie, Flambeau n'essayait pas particulièrement de la protéger mais il faisait preuve de possessivité. Il trotta vers elle et se positionna à sa gauche ; elle se baissa pour rattacher la laisse au collier. Flambeau lui lécha la main et s'assit. Tout en caressant la tête de son chien, Jessie tourna son visage vers l'inconnu.

« Bonjour… », dit-elle.

De longues enjambées nonchalantes retentirent sur les dalles du trottoir. Elle sentit sa peau, le reconnut, il était tout près ; cette sensation avait manqué à chaque cellule de son corps. Elle le reconnut aussi à sa manière de respirer.

« Comment… ? » La suite s'évanouit en un soupir incrédule.

« Jessie, tu es pire que tout ! s'emporta Dusty.

— Non… Ne te fâche pas.

— Il faut bien que quelqu'un le fasse. Tu ne vas quand même pas t'enfuir encore ?

— Je ne me suis pas enfuie. Je… je m'occupais de mes affaires.

— Ben voyons ! » Il laissa échapper un rire nerveux. « Je t'ai donné mon cœur. Et toi, tu t'es sauvée sans un mot. Comment as-tu pu faire cela ? »

Il se trompait. Comment pouvait-il penser cela ? « Ce qui m'arrive n'est pas le genre de chose facile à partager. Surtout avec un homme qui vient de perdre sa femme.

— Cela n'a rien à voir. À moins que, selon toi, un deuxième chagrin puisse éliminer le premier ?

— Je ne voulais pas te faire souffrir.

— Je suis tombé amoureux de toi, et tu es partie. Tu crois vraiment que je n'ai pas souffert ? »

Elle haussa le menton. « Je ne voulais pas te faire souffrir à cause de mes yeux.

— Tu es vraiment bizarre. » Sa colère rendait l'air pesant. « Enfin, Jess, de quel droit prends-tu ce genre de décision à la place des autres ?

— J'aurais été cruelle de te demander de m'aimer comme ça.

— Comme quoi ? »

Elle lui en voulait de l'obliger à le formuler. « Je suis aveugle. Ne me dis pas que cela ne change rien. Ne me dis pas que les gens seront compréhensifs. Tout le monde te regardera en pensant : "Quel gâchis, cet homme merveilleux qui sacrifie son bonheur pour s'occuper d'une aveugle." Je ne pouvais pas te laisser faire ça. Alors, je suis partie. Et tu devrais t'en aller aussi.

— Tu fais bien des suppositions toute seule dans ton coin. Pareil avec Lila. Tu as caché à tout le monde qui était son vrai père en croyant leur faciliter la vie.

— Mais c'est vrai.

— N'importe quoi ! Regarde ce que tu es devenue, tu es incapable de laisser quelqu'un t'aimer, tu fuis sans arrêt. »

Elle ne pouvait rien dire contre cela. Il lui tenait un miroir devant les yeux et elle y reconnaissait la réalité, mais elle ne voulait pas céder. « Si j'en avais parlé à Luz, elle aurait essayé de régler mon problème, elle n'aurait pas pu s'en empêcher. Je ne voulais pas la mettre face à l'impossible.

— Aveugle ou non, c'est toi qui es impossible. Cela ne veut pas dire pour autant qu'on ne t'aime pas. »

Il la prit dans ses bras et elle se laissa aller, se libérant de toutes ses peurs, de toutes ses souffrances en un flot de larmes. « Je n'avais pas craqué une seule fois. Et toi tu t'amènes et…

— Eh oui, je suis là. » Il embrassa ses cheveux, chaque parcelle de son visage jusqu'à ce qu'elle n'ait plus de larmes à verser. Les sens de Jessie s'abreuvaient de son odeur, de sa voix, de la chaleur de son corps puissant, du goût de sa peau. « Ne refais plus jamais cela, Jessie. Ne me laisse plus. »

Elle aurait voulu le contredire sur-le-champ, mais elle se sentait tellement bien dans ses bras qu'elle oublia un instant à quel point leur bonheur était impossible. Elle repensa à leur nuit au Mexique, à leur romance décadente, à l'obscurité, au

346

jardin parfumé, au plaisir loin de tout souci. Puis elle finit par revenir à la réalité. « Comment m'as-tu retrouvée ?

— Simon a téléphoné à Luz pour avoir de tes nouvelles.

— Génial ! Comme si Luz n'avait pas déjà assez de problèmes à régler.

— Je lui ai dit de ne pas s'inquiéter. Tout ira bien.

— Je dois avoir une mine de déterrée.

— C'est important ? »

Ils firent le tour du parc. Elle se sentait si bien. Il n'aurait pas dû venir. Elle aurait dû être en train de le repousser mais elle n'y arrivait pas. « Flambeau t'aime bien.

— Il va adorer Ambre et Arnufo. Et je suppose qu'il s'habituera à Pico de Gallo.

— De quoi tu parles ?

— Eh bien, tu rentres à Edenville avec moi.

— Sûrement pas !

— Bon sang, Jessie, tu vas arrêter un jour ? Tu nous laisses tous tomber, ta sœur, ta famille, moi, tous ceux qui t'aiment… de quel droit ? » Sa colère blessa profondément Jessie.

« Je suis aveugle ! Tu entends ? Comment pourrais-tu me supporter ?

— Je vais te faire une faveur : je n'ai pas entendu ce que tu viens de dire. »

Elle sentit les émotions déferler en elle, puissantes, effrayantes. Elle tenta de les combattre, de trouver des excuses, un moyen d'échapper à ce qui était en train de se produire. Elle pensa à son appartement stérile, à son petit monde clos. « Et de quel droit tu débarques ici pour me donner des ordres ?

— Jamais je ne te donnerai d'ordre. Tu viens avec moi parce que tu en as envie.

— Qu'est-ce qui te fait croire…

— Luz a remporté le prix Endicott. Tu le savais ? »

Jessie fut abasourdie.

347

« À ton avis, quand elle l'a su, à qui a-t-elle voulu le dire en premier ? Tu n'étais pas là pour elle à ce moment-là. Jess, tu as des choses à régler avec ta sœur. Elle a besoin de toi. Moi aussi, même si tu es une emmerdeuse. Je t'aime, Jessie, et toi aussi tu m'aimes. »

Pendant quelques secondes, elle s'arrêta de respirer. Elle recula et voulut demander à Flambeau de la ramener chez elle, mais la voix lui manqua.

« On y va, décida Dusty.

— On va où ?

— Chez toi.

— Moi oui, mais tu n'y es pas invité. »

Il éclata d'un rire sincère, qui la transporta tout entière dans un monde presque oublié. « Ma chérie, tu penses sérieusement que je vais me laisser intimider ? »

33

Lila regardait la camionnette verte qui s'éloignait. On ne lui avait même pas demandé si elle voulait les accompagner au golf ou chez le marchand de glaces. Elle n'en avait pas spécialement envie, mais elle aurait bien aimé qu'on le lui propose ; elle était apparemment trop grande pour être gâtée par ses grands-parents, même des grands-parents géniaux comme Glenny et Stu.

Elle tourna le dos à la fenêtre et balaya sa chambre du regard. Lila avait dû céder à ses parents : elle avait ôté les posters, ramassé les affaires qui traînaient et devait faire en sorte que sa chambre reste ordonnée. Elle la préférait ainsi, rangée et lumineuse, mais ne l'aurait avoué pour rien au monde. Seules trois ou quatre photos qu'elle avait prises elle-même décoraient les murs. Sa mère lui avait montré comment utiliser les appareils de Jessie et elle s'en tirait plutôt bien. Maintenant qu'elle savait pourquoi sa tante avait abandonné tout son matériel, regarder ses photos lui donnait la chair de poule.

La découverte de la maladie de Jessie les avait tous bouleversés. Lila n'avait jamais rencontré d'aveugle auparavant. Elle s'assit devant son ordinateur et parcourut l'article qu'elle avait trouvé sur cette maladie, AZOOR. Selon un grand médecin de l'institut Vanderbilt, la maladie se déclarait par l'apparition de flashs lumineux et d'une zone d'ombre, qui s'élargissait petit à petit, parfois jusqu'à la cécité ; des phénomènes d'hallucinations avaient également été observés sur certains patients. Sa mère avait fait remarquer que cette maladie n'était pas héréditaire. De toute façon, comment aurait-elle pu hériter quoi que ce soit de sa tante ?

Jessie avait utilisé le peu de vue qu'il lui restait pour se comporter le plus normalement du monde. Lila n'y avait vu que du feu. De toute façon, elle n'aurait pas remarqué non plus le passage d'un troupeau d'éléphants. Elle se promit d'être plus attentive à son entourage.

Elle s'attarda sur sa photo préférée d'Andy Cruz, en tenue à la caserne de pompiers. Il lui avait dit qu'il l'aimait bien. Il était sérieux, pas comme les autres garçons. Un jour, elle lui avait reparlé de l'accident et il avait répondu qu'elle n'était pas responsable de ce qui s'était passé ; elle le croyait presque. Si seulement elle pouvait y croire chaque fois qu'elle se réveillait en pleine nuit, en nage, la tête remplie d'images affreuses.

On frappa doucement à la porte.

« Ouais ? » répondit Lila en s'asseyant devant son miroir. Elle voulait essayer un nouveau mascara. *Rêve de sable*.

« Ma chérie, on peut entrer ? Ton père et moi, nous avons quelque chose à te dire. »

Mauvais présage, se dit Lila, soudain mal à l'aise. « Allez-y, entrez », répondit-elle en dévissant le tube de mascara.

La porte s'ouvrit et ses parents entrèrent. Ils avaient l'air inquiets.

« C'est encore au sujet de Jessie ?

— En partie, oui.

— Elle revient à la maison ?

— Dusty est parti la voir. On espère tous qu'elle reviendra avec lui. Mais... ce que cette histoire avec Jessie nous a appris, c'est qu'il vaut mieux éviter de garder des secrets. Surtout avec les gens qu'on aime. »

Lila sortit la brosse à mascara de son étui et la tint à la lumière. « Écoutez, s'il s'agit de mon bulletin, je voulais justement vous dire...

— Cela n'a rien à voir avec ton bulletin. » Sa mère jeta un coup d'œil à son père.

« Ce n'est même pas vraiment une histoire de secret. C'est simplement une chose que nous n'avons pas encore pris le temps de t'apprendre. On retarde depuis trop longtemps le moment de t'en parler. »

Génial. Maman est encore enceinte. Lila renfonça la brosse dans son étui d'un geste agacé. Ses parents n'imaginaient pas ce qu'elle avait dû endurer la dernière fois, avec une mère enceinte à cet âge. Elle garda un visage inexpressif, posa son tube de mascara, cala les mains entre ses genoux et attendit. Sa mère s'installa dans le fauteuil ballon en rotin, face à elle. Son père resta debout à la porte comme s'il voulait s'enfuir. C'était d'ailleurs sans doute le cas.

« Bien, fit sa mère en esquissant un sourire maladroit. Je ne sais pas trop par où commencer. C'est d'ailleurs en partie pour cela que nous avons attendu si longtemps avant de t'en parler.

— Parler de quoi ? coupa Lila, qui s'impatientait. Tu n'as encore rien dit. »

Le visage de son père s'endurcit et Lila s'attendit à une remarque de sa part : *Ne t'adresse pas à ta mère sur ce ton, s'il te plaît.* Mais il ne dit rien. Alors elle attendit, intriguée par le comportement de sa mère, d'ordinaire si sûre d'elle. Soudain, une pensée horrible lui vint. « Oh, maman, tu n'es pas malade comme Jessie ?

— Non, répondit Luz sur un ton rassurant. Mais cela concerne Jessie. » Elle sembla sur le point de surmonter son hésitation. « Papa et moi, nous t'aimons depuis le jour de ta naissance, de tout notre cœur.

— O.K. » Ce n'est pas Lila qui prétendrait le contraire. Elle se sentait parfois complètement étouffée par l'amour de sa mère. Ils avaient des cartons et des cartons de photographies, depuis son arrivée au service néonatal, grosse comme une crevette. Ses parents étaient restés auprès d'elle chaque seconde – c'était en tout cas l'impression qu'elle en avait.

« Eh bien, en fait, ce n'est pas moi qui t'ai mise au monde, ma chérie. Ton père et moi, nous t'avons adoptée. »

Lila ne ressentit rien. Absolument rien. Les mots lui semblèrent irréels. Ils restèrent suspendus dans l'atmosphère, dans une sorte de brouillard étrange que le vent balaierait d'une minute à l'autre.

Ses parents ne l'avaient jamais regardée avec autant d'attention. « Ma chérie », commença sa mère.

Lila leva brusquement le bras comme si elle avait été armée d'une épée. Son père retint sa mère par l'épaule. Lui, contrairement à elle, comprenait tout l'intérêt du silence. Lila appréciait cette qualité. Elle ne pouvait en écouter davantage, pas maintenant. Elle avait besoin de silence pour entendre ce que sa mère venait de lui annoncer. Elle avait besoin de le digérer comme un corps étranger, puis de le disséquer comme un spécimen de laboratoire, de l'ouvrir et de regarder ce qu'il avait dans le ventre. Mais, pour l'instant, elle rejetait ce qu'elle venait d'entendre.

C'était tout simplement impossible. Il n'y avait rien d'autre à ajouter. L'adoption, c'est pour les gens qui ne peuvent pas avoir d'enfants. Sa mère avait eu plein d'enfants. Lila l'avait vu de ses propres yeux ; son ventre avait gonflé, un bébé en était sorti et toute la maison avait empesté les couches et le vomi pendant des mois. Voilà comment cela se passait dans sa famille.

N'est-ce pas ?

Elle avala deux fois sa salive, retrouva la parole. « Qu'est-ce que tu dis ? Tu es folle ?

— Je dis que, d'un point de vue génétique, je ne suis pas ta mère. Nous t'avons adoptée. Ce n'est pas vraiment un secret et il n'y a pas à en avoir honte. À ta naissance, nous t'avons tout de suite considérée comme notre fille et c'est pour cela qu'on n'en a jamais parlé. En fait, on n'y a pas pensé pendant toutes ces années. Parce que ce n'est pas important, au fond. »

Tu as été adoptée. Voilà ce qu'on dit à son petit frère pour le faire pleurer. Lila essaya d'y comprendre quelque chose. Elle savait que ses parents s'étaient mariés très peu de temps avant sa naissance. À mieux y réfléchir, elle remarqua qu'il n'existait aucune photo de Luz enceinte d'elle, alors que chaque événement de leur vie avait été soigneusement immortalisé par sa mère ou sa tante.

Son regard passa de l'un à l'autre. C'était impossible. Elle était une Benning, elle ressemblait à sa mère, à ses frères. On lui avait même déjà dit qu'elle ressemblait à son père. Elle avait les mêmes cheveux roux et les mêmes yeux verts que sa grand-mère, que sa mère, que...

« Ma chérie. C'est Jessie, ta maman. »

D'un geste brusque, Lila s'empara du mascara et le dévissa. Elle fit tourner son tabouret pour se retrouver face à son miroir et appliqua l'épais maquillage sur ses cils, puis elle regarda son reflet un bref instant. Elle entendait encore les paroles de sa mère, sa mère adoptive, et rien ne lui paraissait surprenant : à l'époque, Jessie était jeune, indépendante, prête à parcourir le monde, lui avait-on raconté. Son père et sa mère, eux, avaient décidé de s'installer et de continuer leur vie ensemble.

« Cela a été un grand bonheur de t'accueillir, poursuivit Luz. Tu as fait de nous une famille. Nous sommes vraiment désolés de ne pas t'en avoir parlé plus tôt. Jessie voulait garder le secret. J'ai toujours pensé que c'était sans importance. Depuis le jour où tu es née, je t'ai considérée comme mon bébé. »

Lila sentit son cœur se glacer. Ils lui avaient caché qui elle était. Elle fit de nouveau pivoter son tabouret pour leur faire face. Son visage s'était durci. « Qui est mon père ?

— Sur le certificat de naissance, Jessie a écrit "père inconnu". »

Inconnu.

« Lila, ma chérie. » Sa mère traversa la pièce vers elle et lui prit la main. « Juste avant de partir, en novembre dernier, elle a fini par nous révéler son identité. »

Son père s'agenouilla devant elle et fit pivoter le tabouret de manière qu'elle soit face à lui. « Chérie. Il y a longtemps, avant même que je rencontre ta mère, je suis sorti plusieurs fois avec Jessie, puis nous nous sommes rapidement séparés. Je ne savais pas… »

Lila le regarda fixement, les yeux écarquillés, cligna lentement les paupières, le mascara fraîchement appliqué les collant un peu ensemble. « Tu veux dire que… toi et Jessie… » Elle ne put terminer sa phrase. Les mots n'arrivaient pas à sortir.

Lila retira sa main de celle de sa mère. Pas méchamment ; elle n'aurait su être méchante dans une telle situation. Elle ne savait plus comment réagir.

« Nous ne voulons pas que tu le prennes mal », continua son père.

Son père ? Lequel ? Celui qui s'était marié avec sa mère ou celui qui avait couché avec sa tante ?

Comment parviendrait-elle à les regarder dorénavant, tous les deux, sans penser qu'elle était issue de l'un mais pas de l'autre ? Sa tante, ou plutôt sa mère, n'avait pas voulu d'elle. Jessie était partie et avait tout laissé pour mener une vie fabuleuse ; elle ne revenait que parce qu'elle devenait aveugle.

« Vous ne voulez pas que je le prenne mal, répéta-t-elle lentement, pensant faire ressortir l'absurdité des propos. Pas de problème, tout ira bien maintenant que je sais que vous ne me faisiez pas assez confiance pour me dire la vérité.

— Ce n'est pas une question de confiance, répondit sa mère. J'avais peur. »

Non, non, non, pensa Lila. Sa mère était la dernière personne sur terre à avoir peur. « Peur de quoi ?

— Que tu nous quittes pour aller vers Jessie, pour partager sa vie fantastique.

— Alors, vous avez une sacrée opinion de moi. Vous pensiez que je tournerais le dos à mes vrais parents pour courir après quelqu'un qui m'a abandonnée le jour même de ma naissance. » Lila sentait la colère monter en elle, tout en voyant que ses parents la comprenaient.

Elle entendit une voiture s'arrêter dans l'allée. C'était Andy ; il passait la chercher pour l'emmener à la caserne, où ils devaient préparer un buffet de crêpes pour récolter des fonds. Le genre d'animation que sa mère aimait bien organiser, un buffet de crêpes. Étonnamment, Lila avait apprécié de le faire.

« Bon, de toute façon, vous êtes complètement bêtes d'avoir pensé une seule seconde que je ne vous aimerais plus pareil ou que je ne vous ferais plus confiance. » Elle se leva, enfourna le mascara dans son sac. « Il faut que j'y aille. » Elle embrassa son père sur la joue et serra sa mère, abasourdie, dans ses bras. « Qu'est-ce qu'il y a ? Vous pensiez que j'allais être bouleversée ? Je serai rentrée pour le dîner. »

Elle descendit les escaliers en courant et sauta dans la voiture d'Andy Cruz. « Démarre, dépêche-toi. » Il l'examina de côté tout en sortant de la propriété. Il suffisait à Lila d'être près de lui pour qu'elle se sente bien. Avec Heath Walker, il fallait toujours qu'elle fasse attention à sa manière d'être, à ses paroles. Avec Andy, elle n'avait pas besoin d'y penser.

« Tout va bien ? Tu as un problème avec tes vieux ?

— Ça va. T'inquiète pas. » Lila tourna alors la tête pour regarder le paysage brouillé défiler sous ses yeux humides. Elle se demanda si son nouveau mascara résistait à l'eau.

34

« Ne t'en fais pas, tout ira bien », affirma Dusty, qui conduisait Jessie chez sa sœur ; il ralentit à l'approche de la dernière butte avant Broken Rock.

« Facile à dire.

— Da, fit Ambre, calée dans son siège.

— Je ne devrais pas y retourner.

— Ne racontez pas de bêtises, intervint Arnufo, assis à l'arrière avec Ambre. Si vous aviez refusé de revenir, c'est votre sœur qui serait allée vous chercher. »

Jessie avança la main pour trouver la cuisse de Dusty. Il avait pris plusieurs dispositions à son égard : il avait notamment investi dans une voiture spacieuse, plus pratique que l'ancienne, pour recevoir à la fois Jessie, Flambeau et le siège auto d'Ambre.

Comment un homme pouvait-il aimer avec une telle certitude ? pensa Jessie.

Elle savait où il voulait en venir. Elle serait incapable de s'engager envers qui que ce soit tant qu'elle n'aurait pas réglé les différends entre elle et sa famille. Elle n'était pas sûre de pouvoir y arriver mais, pour la première fois de sa vie, elle était prête à essayer.

La voiture venait de passer le portail. « Bien. Dis-moi ce que tu vois, que je sache où je mets les pieds.

— Une petite fête est organisée sous la véranda. Une grande banderole avec "Bienvenue Jessie" est accrochée entre la maison et le chêne vert ; il y a des ballons de toutes les couleurs suspendus un peu partout. Je crois que tes parents sont installés dans le grand cabanon et le deuxième semble avoir été préparé pour toi. »

Jessie appuya la main sur le tableau de bord. « Eh, attends un peu ! Je pensais passer le week-end avec toi. »

Il lui caressa la joue. « Je ne veux pas passer le week-end avec toi. On ne va pas trop bouleverser ta vie pour l'instant », ajouta-t-il avant qu'elle ait eu le temps de dire un mot. Elle resta bouche bée, ne sachant plus quoi penser. Sous ses airs de grand timide, Dusty était aussi têtu qu'elle et ne se laissait pas manipuler ; c'était bien la première fois qu'on lui résistait.

Arnufo sembla satisfait du comportement de Dusty. Quelque part dehors, Castor aboya, attirant l'attention de Flambeau. « Doucement, souffla Jessie.

— Il est dans son enclos. Et maintenant, tout le monde arrive sous le porche. Le sourire aux lèvres.

— Luz aussi ?

— Oui, Luz aussi. »

Jessie et Luz s'étaient parlé au téléphone la veille au soir. Ian et Luz avaient fini par dire à Lila qu'elle avait été adoptée et que Ian était son père biologique. Jessie ne savait qu'en penser. Elle était revenue à Broken Rock l'automne précédent pour cette raison mais, maintenant la tâche accomplie, elle ne savait plus comment réagir. Elle avait demandé à Luz quelle avait été la réaction de Lila.

« Elle a écouté, c'est tout. Rien ne la fait plus réagir, ces temps-ci ; tu sais de quoi je parle. En tout cas, elle ne s'est pas arraché les cheveux, elle n'est pas devenue folle. Viens à la maison. Ce serait mieux que tu la voies. Et maman trépigne d'impatience ; elle a envie de te revoir, elle aussi. »

« Ta mère est aussi bien qu'à la télé, fit observer Dusty. Et ce doit être son mari, dans la chaise à côté.

— Stuart. Ils se sont mariés à Vegas il y a quelques années. Je ne l'ai jamais rencontré. »

Il gara la voiture. Ambre piaffait d'impatience tandis qu'Arnufo la libérait de son siège. Elle avait énormément grandi depuis le départ de Jessie, mais Ambre se souvenait d'elle. Lorsque Dusty la lui avait mise dans les bras, la petite s'était accrochée à elle, en toute confiance.

Pour cette journée, Jessie avait décidé de se laisser guider par un membre de la famille plutôt que de faire travailler Flambeau. Toutes ces nouvelles personnes, toute cette agitation procureraient déjà beaucoup d'émotions à son jeune chien. Elle ouvrit la portière, se leva et le laissa sortir ; elle le sentit mettre pied à terre. Flambeau s'immobilisa à côté d'elle, attentif, prêt à recevoir des ordres. « Ça ira, tu peux y aller, mon garçon. » Jessie se tourna vers la maison. Le temps s'était soudainement adouci et des courants d'air tiède annonçaient le printemps.

« Tu es prête ? » Dusty lui offrit son bras. Il la laissa avancer à son rythme.

Elle entendit des bruits de pas, des gens qui bougeaient sur place, nerveusement, et elle aurait voulu crier. Elle repensa à la dernière fois qu'elle avait débarqué là, fissurant le rempart que Luz s'était construit, replongeant dans leur vie après quinze ans d'absence. Elle les imagina, tous debout sous le porche, en train de retenir leur souffle. À ses côtés, Flambeau haletait d'excitation tandis que Castor hurlait comme un loup.

« Tais-toi ! » Jessie reconnut la voix de sa sœur. Elle avait les mains moites. Elle pria avec les quelques paroles qui lui vinrent à l'esprit : « Mon Dieu. J'ai besoin de votre aide. »

La moustiquaire de la porte d'entrée s'ouvrit dans un grincement puis claqua en se refermant. Savoir que toute sa famille était là, plongée dans l'incertitude, paralysée par la peur, déclencha chez Jessie un rire nerveux. « Bon sang, fit-elle en tendant un bras vers eux. Si personne ne parle, je vais finir par vous marcher dessus. »

Elle entendit des bruits de pas. Deux mains se refermèrent vivement sur les siennes et sa sœur la prit dans ses bras. Luz. Jessie avait la gorge serrée.

« Espèce d'idiote, renifla Luz, qui ne voulait plus la lâcher. Je n'arrive pas à croire que tu sois partie sans rien dire.

— Tu me connais bien, pourtant.

— Il va falloir que cela change.

— Pourquoi tu pleures, maman ? » demanda Scottie.

La voix de son petit neveu remplit Jessie d'allégresse. Elle lâcha Luz pour se pencher vers lui, sentit une petite main collante et s'accroupit. « Je lui ai fait de la peine, j'ai été méchante avec elle. Mais je suis désolée et j'espère qu'elle va me pardonner. Toi aussi tu m'en veux, Scottie ?

— Maman dit que tu peux pas me voir.

— C'est vrai.

— Comment tu peux savoir si j'ai grandi, alors ?

— Facile », fit-elle en souriant. Elle le prit dans ses bras et se releva. Il sentait la soupe et le linge propre. « Ouah ! Tu es *gigundo*.

— Je peux jouer avec ton chien ? Maman a dit que je devais te demander d'abord.

— Flambeau adore qu'on s'occupe de lui, et quand je n'ai pas besoin de son aide, tu peux jouer avec lui. » Elle reposa son neveu à terre.

Flambeau émit un grognement de plaisir. Jessie tendit la main à Luz et elles se dirigèrent vers le reste de la famille. Les étreintes furent tendues. Lorsqu'elle prit Lila dans ses bras, Jessie essaya de détecter le moindre indice pouvant l'éclairer sur ses sentiments. Mais il y avait trop d'agitation autour d'elles. *Plus tard*. Finalement, elle était contente de rester dormir là. Comment Dusty faisait-il pour avoir toujours de bonnes idées ?

« Glenny. » Elle embrassa sa mère pour la première fois depuis bien longtemps.

Les années de séparation s'évanouirent en un instant et Jessie se sentit soudain à l'aise. Elle reconnut le parfum de sa mère, entendit sa voix douce lui chuchoter : « Ma chérie. » Ses mains présentaient toujours des cals, témoins du sport qu'elle pratiquait, mais sa peau était parcheminée et plus délicate que dans son souvenir.

« Voici mon mari, Stuart. » Sa mère la guida vers une main masculine.

« Eh bien, on finit par se rencontrer. » Jessie reconnut la voix agréable et l'accent californien qu'elle avait entendus au téléphone. Elle fut étonnée qu'il ne se lève pas pour l'accueillir. Soudain, Flambeau se mit à le renifler ardemment et elle sentit Stuart glisser en arrière alors qu'elle lui tenait toujours la main. Sa mère lui attrapa le bras pour l'aider à garder l'équilibre.

Jessie fronça les sourcils. « Vous êtes dans une chaise roulante ?

— Oui. Je suis désolé, je croyais que vous étiez au courant.

— Ce n'est pas grave. Vous vous êtes blessé ?

— Il y a dix ans, mais je vais bien maintenant. »

Jessie se demanda comment il pouvait prétendre aller bien alors qu'il avait passé les dix dernières années de sa vie en fauteuil roulant. Dusty s'approcha d'elle et lui planta un baiser sur la joue. « Je m'en vais. J'ai déposé tes affaires dans le cabanon.

— Ba. » Ambre se pencha vers Jessie et lui posa un bisou humide sur le menton.

« Ba, ma chérie, imita Jessie. Je n'arrive pas à croire que tu puisses me priver de cette adorable fillette.

— Je reviendrai demain matin. Tu n'auras pas le temps de t'ennuyer d'ici là. »

C'était peu de le dire. Elle aurait tant aimé qu'il reste à ses côtés pour l'aider à affronter ce qui l'attendait. Mais Dusty n'était pas comme tout le monde ; il l'abandonnait là sans lui demander son avis et ne s'en excusait pas.

Elle sentit un autre baiser lui effleurer les lèvres et il était parti.

Jessie savait que toute la famille autour d'elle faisait des efforts pour limiter l'agitation. Elle imagina Luz les réunissant pour leur apprendre qu'elle était aveugle et avait besoin d'un environnement calme, pour elle et son chien. À l'institut, on l'avait entraînée à ce genre de situation, à la réaction des amis et de la famille. Mais on lui avait menti. Rien n'aurait pu la préparer à cela.

Après dîner, Ian, Stu et les garçons sortirent libérer ce bon vieux Castor et partirent jouer au frisbee sur la colline. Jessie, sa mère, sa sœur et Lila s'assirent sur le ponton, face au lac.

« Luz, le dîner était vraiment délicieux, déclara Jessie, qui se calait dans son fauteuil en se tapotant le ventre. Ces pommes de terre au four étaient un vrai régal, encore mieux que d'habitude. Et ce gâteau au chocolat… J'ai trop mangé.

— C'est Lila qui a préparé le gâteau, fit remarquer Glenny.

— Je n'en ai jamais mangé d'aussi bon.

— T'es pas obligée de dire ça, répliqua Lila.

— Sauf si je le pense.

— Tu as maigri, fit observer Luz. Je ne voudrais pas que tu deviennes squelettique.

— Tu sais, je ne le fais pas exprès. » Jessie acceptait ainsi de repousser le conflit – momentanément. « Sur les huit personnes avec qui j'ai suivi la formation à l'institut, quatre sont diabétiques alors, les bonbons, on n'en voyait pas souvent. Ensuite, quand j'ai commencé à vivre dans mon appartement, il a fallu que je me fasse à manger. Nouilles chinoises et céréales du petit déjeuner, c'est à peu près tout ce que je prends le temps de préparer. À côté de cela, je suis obligée de bouger pas mal : quand on a un chien, on n'a pas le choix. » Elle laissa tomber sa main sur la tête de Flambeau, qui leva le museau vers elle avec la même adoration qui l'avait envoûtée le jour de leur rencontre.

« Comment tu l'as choisi ? demanda Lila.

— Ce n'est pas la personne aveugle qui fait ce choix, c'est l'instructeur. Ils apprennent à te connaître et, bien sûr, ils connaissent aussi très bien les chiens parce qu'ils ont passé des mois à les entraîner. Ils essaient de mettre ensemble deux éléments qui auront un tempérament et une personnalité compatibles.

— Et la même couleur de cheveux, interrompit Glenny. Tous les deux, vous êtes renversants.

— On voit qu'il t'adore, ajouta Lila.

— J'espère bien, ma chérie. C'est l'un des objectifs de tout cet entraînement intensif. Flambeau et moi, nous devons toujours être sur la même longueur d'onde pour que cela marche. Et nous nous en sortons plutôt bien, je crois. » Elle caressa le menton de Flambeau. « Les chiots destinés à devenir guides n'ont pas la vie facile.

— Comment ça ?

— Eh bien, Flambeau n'a pas encore deux ans et on lui a déjà brisé le cœur trois fois. On l'a retiré à sa mère quand il avait huit semaines, puis on l'a confié à une famille d'accueil. Un an après, c'est un instructeur de l'institut qui l'a pris en charge. Chaque fois, il a dû se dire qu'il était tombé sur la bonne personne. Et enfin, on me l'a donné.

— Pauvre Flambeau. » Lila semblait vraiment attristée. Il agita la queue en frappant le sol. « Il y a un club, au lycée, où ils élèvent des chiots pour l'institut. Je n'ai jamais compris comment ils pouvaient faire ça, s'occuper d'un petit chien, l'aimer pendant toute une année et, ensuite, le donner à quelqu'un d'autre.

— C'est un garçon de Round Rock qui l'a élevé, expliqua Jessie. Il est venu en visite à l'institut le jour où on m'a présenté Flambeau. J'étais… » Elle s'interrompit, la gorge serrée. « Je n'oublierai jamais cet instant. On m'a amené Flambeau et il s'est dressé sur ses pattes arrière pour m'embrasser. Normalement, on doit décourager les chiens de faire ça, mais Brian lui avait appris, quand il était encore chiot, à embrasser sur demande. C'est ce qu'il a fait ce jour-là et je… je ne pourrais même pas te décrire ce que j'ai ressenti. De l'espoir, un grand optimisme ; j'étais certaine que tout irait bien pour moi. Pendant ce temps-là, j'entendais Brian et sa mère pleurer en s'éloignant. Après, j'ai demandé au jeune garçon s'il avait des regrets. Il m'a répondu que non. Flambeau faisait exactement ce qu'il lui avait appris et c'était plus important pour lui que de le garder comme animal de compagnie. »

Jessie s'arrêta pour respirer profondément. Elle était surprise de constater à quel point il était difficile de revivre ce moment. « Alors, tu comprends pourquoi je n'ai pas envie de gâcher sa vie. Il a eu le cœur brisé plusieurs fois, c'est suffisant. Maintenant, il est bien avec moi, je suis sa nouvelle famille. » Jessie écouta le silence qui suivit. Elle apprenait à lire ces silences. Elle entendit la brise apaisante se faufiler entre les arbres, l'eau clapoter contre les piliers du ponton. Plus près d'elle, elle entendit le craquement de chaise de Lila, qui avait bougé, la respiration de sa mère, un reniflement de Luz, qui caressait Flambeau.

Elle se tourna vers Lila. « J'ai besoin de savoir si tu as accepté ce que j'ai fait. J'ai besoin de savoir si tu es bien, toi aussi, avec ta nouvelle famille.

— Il faut toujours que ça tourne autour de toi, de ce dont tu as besoin, répondit Lila sèchement. Je ne suis pas un chien. Peut-être que ça me convient, peut-être pas. De toute façon, ça ne va pas se résoudre en fonction de tes besoins à toi. »

Jessie sentit sa mère et sa sœur choquées par l'attitude de Lila. Luz reprit son souffle pour la réprimander mais, avant qu'elle ait pu ouvrir la bouche, Jessie reprit : « Eh bien, me voilà rassurée. Moi qui pensais que vous alliez tous être aux petits soins parce que je suis devenue aveugle. »

Elle se leva et se dirigea vers la rambarde en s'appuyant sur l'écorce rêche du cèdre. « Depuis que j'ai perdu la vue, je suis obligée de voir par d'autres moyens. J'ai fait des bêtises quand j'étais plus jeune. Beaucoup de bêtises. Je trouvais naturel que ma sœur soit là pour moi, j'ai laissé ma mère s'éloigner. Je suis tombée dans les bras de beaucoup d'hommes qui se fichaient de moi. Mais il y a une chose qui n'était pas stupide et je n'ai jamais rien fait de mieux : je t'ai confiée à ta mère, Lila. »

Elle entendit Lila tomber à genoux et l'imagina devant Flambeau. Puis elle entendit la queue du chien bouger en signe de réponse. Jessie inspira profondément. « Ce n'est pas parce que Brian m'a confié Flambeau qu'il l'aime moins. »

Lila se releva. « Ouais. » Elle fit quelques pas, s'arrêta puis partit.

Jessie se sentit vidée. « Je crois que j'ai tout gâché. » Elle fut surprise d'entendre sa mère renifler. « Voilà, vous comprenez maintenant pourquoi je ne viens pas vous voir plus souvent. Tout est tellement intense avec vous. »

Jessie lui tendit la main et sa mère la prit. À cet instant, Jessie comprit que sa mère, elle aussi, avait fait de son mieux pour les élever. Un cœur est fragile, délicat. Glenny avait préféré se protéger des blessures que provoque l'amour, si dur pour le cœur.

Glenny lui serra la main très fort. « J'ai un mur recouvert de trophées, un site pour mes admirateurs sur Internet. J'ai parcouru des milliers de kilomètres pour mes tournois, mais le plus difficile a été de venir ici. Je suis fière de vous deux. »

Jessie en fut abasourdie. « C'est la première fois que tu nous dis cela.

— J'étais souvent absente mais je pensais beaucoup à vous. Ce qui me réconfortait, c'était de savoir que vous étiez ensemble, pour vous soutenir mutuellement. Alors, si vous êtes fâchées, la vie n'a plus aucun sens.

— Luz ? Luz, s'il te plaît. » Jessie s'était tournée vers sa sœur.

Des encouragements de Glenny ou de sa supplication, Jessie n'aurait su dire ce qui poussa Luz à se résigner. Elles tombèrent dans les bras l'une de l'autre, s'étreignirent de toutes leurs forces et libérèrent leurs larmes, enfin.

35

Luz avait toujours considéré Fort Alamo comme le symbole d'une tragédie et d'un échec, un lieu hanté par les fantômes des soldats abandonnés là pour défendre le fort contre l'écrasante armée de Santa Ana. Cependant, par un vendredi ensoleillé de la fin février, cet endroit parmi les plus populaires du Texas se retrouva pris dans le viseur de Luz. Elle était descendue jusqu'à San Antonio pour l'après-midi afin de photographier la première communion de Guadalupe, l'une des petites-filles d'Arnufo.

Au moment où la procession solennelle se mit à défiler devant le fort en direction de la chapelle, Luz fut saisie d'émerveillement : avec en arrière-plan les murs de pierre couleur sable, les jeunes enfants vêtues de robes blanches et de mantilles ressemblaient à de parfaites poupées en robe de mariée. Elles longèrent les casernes, passèrent devant le cénotaphe, franchirent la frontière légendaire que le colonel Travis avait tracée dans le sable, devenue depuis une barre de cuivre courant entre les dalles. À l'aide d'un puissant téléobjectif, Luz prit des plans rapprochés dans l'espoir de saisir la pureté de ces enfants : de grands yeux foncés, des cils de velours noirs, le soleil sur une longue natte brillante, un précieux rosaire, souvenir de famille, prisonnier entre les doigts d'une jeune fille qui portait du vernis à ongles rose écaillé. À quelques reprises, elle surprit un sourire édenté.

Grâce à la photographie, Luz avait toujours pu replacer le monde dans une autre perspective. Fort Alamo ne l'enchantait pas, mais le cortège de ces petites catholiques à peine âgées de six ans estompait la tragédie qui avait eu lieu deux siècles auparavant. Luz prit une dernière photo de Guadalupe au moment où elle passait devant ses parents et son grand-père, visiblement fiers d'elle, et entrait dans le sanctuaire. Arnufo avait proposé à Luz de participer au repas après la messe, mais elle avait décliné l'invitation. C'était un moment intime, réservé à la famille. Qui plus est, Luz devait rentrer à Edenville. Sa vie ne s'arrêtait pas simplement parce qu'elle entamait une nouvelle carrière : elle devait préparer le dîner, ranger le linge propre, vérifier les devoirs d'école, faire des câlins. S'occuper de son mari aussi, mais les moments passés avec lui se faisaient rares. Elle mit de côté ses soucis de couple et se concentra sur d'autres sujets moins douloureux.

Sa mère et Stuart allaient bientôt repartir ; ils allaient lui manquer. Malgré les raisons de leur venue, leur visite avait été agréable. Pendant la semaine passée, Luz et Jessie avaient discuté avec Glenny comme jamais auparavant. Tout au long de sa vie, elle avait fait de son mieux, sincèrement. Elle profita de son séjour pour apprendre aux garçons à jouer au golf tandis que Stuart surprit tout le monde avec son violon : il jouait du *bluegrass* et donna même quelques leçons à Lila.

Lila.

Luz posa ses sacs sur le capot de la voiture et commença à chercher ses clefs. Elle regrettait le bon vieux temps, quand Lila était encore petite, que tout était simple, qu'elle arrivait à la faire rire et recevait plein de bisous, des « Je t'aime » à tout bout de champ. Lorsqu'elle lui disait : « Maman. »

De toute façon, cette séparation mère-fille devait avoir lieu un jour ou l'autre, se dit Luz pour se rassurer. À l'adolescence, les enfants s'éloignent de leurs parents pour découvrir qui ils sont vraiment ; rien de plus naturel. Seulement, pour Lila, cette transition avait été rendue d'autant plus difficile par l'accident et la découverte de son adoption.

Glenny lui avait fait remarquer que, dans leur situation, Lila se tracassait certainement moins que les adultes de son entourage.

Luz mit enfin la main sur sa paire de clefs, enfourna son matériel dans la voiture, s'installa au volant puis voulut prendre sa carte de stationnement, glissée dans le pare-soleil. Au loin, elle aperçut une silhouette familière. Elle cligna des yeux, croyant s'être trompée, mais non, il s'agissait bien de son mari qui traversait Alamo Plaza.

Elle voulut sortir de la voiture et l'appeler, lui demander ce qu'il faisait à San Antonio, à discuter avec le chef des grooms du *Menger*, l'hôtel le plus romantique de la ville. Pourtant elle resta assise. Son sang s'était glacé. Elle glissa la main dans sa gibecière, en sortit un énorme téléobjectif qu'elle monta sur son appareil photo. Elle fit la mise au point sur Ian. Il était beau dans son costume mais semblait manquer d'assurance ; rien à voir avec l'avocat parti en croisade, saisissant la moindre occasion pour intimider les juges assis en face de lui.

Elle se rappela l'homme qu'elle avait rencontré, seize ans plus tôt, à la bibliothèque Gutman. Ce souvenir, comme tant d'autres à présent, était terni. Elle avait toujours pensé que le visage de Ian s'était illuminé à leur première rencontre parce qu'il l'avait trouvée attirante. Maintenant, elle se demandait si elle ne lui avait pas simplement rappelé son ex-maîtresse, Jessie. Elle porta son attention sur le paquet qu'il tenait à la main : un sac de plastique noir, brillant, de chez *Nieman Marcus*. À sa connaissance, il n'avait jamais mis les pieds auparavant dans cette boutique de luxe.

Les épouses des avocats qu'ils fréquentaient l'avaient avertie plus d'une fois. « Ne l'appelez pas au milieu de la nuit. Ne le suivez pas lorsqu'il a des affaires à régler en dehors de la ville. N'essayez pas de savoir tout ce qu'il fait. » Luz n'avait jamais eu besoin de prendre ces avertissements au sérieux. Son mari n'était pas volage. Ian ne pourrait jamais succomber aux charmes éphémères des jeunes internes. Cependant, lorsqu'il glissa un généreux pourboire dans la main du groom puis s'engouffra dans la porte tambour vitrée aux poignées de cuivre, Luz fut prise de doutes.

Les mains tremblantes, elle reposa l'appareil photo. Voilà son châtiment pour avoir caché si longtemps la vérité à Lila, pour ne pas avoir accepté de regarder la réalité en face. Elle en était maintenant réduite à épier son mari volage, comme un détective privé de seconde zone.

Son téléphone sonna, ne manquant pas de la faire sursauter ; elle ne s'habituait pas à ce nouveau gadget, cadeau de Ian pour la Saint-Valentin. Encore un cadeau fonctionnel, après le fax et le modem reçus à Noël, mais ceux-là n'étaient pas sortis d'un sac plastique noir brillant. Elle extirpa le petit appareil du fond de son sac. « Luz Ryder Benning. » Elle commençait à se faire à son nom professionnel, mais il lui donnait malgré tout l'impression d'avoir été créé de toutes pièces, comme s'il appartenait à quelqu'un d'autre.

« Madame Benning ? » Elle reconnut la voix grave et riche de Ian.

« Oui.

— J'ai une proposition.

— Oui ? souffla-t-elle, le cœur battant.

— Viens par ici si tu veux le savoir. »

Le voyou ! Il avait su tout du long qu'elle le regardait. Avant qu'elle ait pu répondre, il avait raccroché. Troublée, elle traversa la *plaza* jusqu'à l'hôtel. Le groom s'avança vers elle et lui remit une carte magnétique qui lui permettrait d'ouvrir une chambre au troisième étage.

Le mot « chambre » était inexact : il s'agissait plutôt d'une suite, avec des plafonds extrêmement hauts, un lit à baldaquin, une baignoire en marbre dans une salle de bains immense, ainsi qu'un balcon donnant sur un patio et sa fontaine. Ian était introuvable. Sur le porte-valise en bois, aux pieds incurvés, typique de l'époque de la reine Anne, était posé le sac de plastique noir : il contenait un superbe bustier, une jupe assortie et des sandales noires. Un bustier ? Elle y regarda à deux fois.

Posée sur l'oreiller, une invitation manuscrite ; elle fut surprise de reconnaître l'écriture ronde de Lila. *Vous êtes invitée à vous rendre au Rough Riders Bar à 18 heures.*

Luz composa le numéro de la maison. Jessie décrocha : « J'espère que ce n'est pas ma sœur qui appelle.

— Jessie, qu'est-ce qu'il se passe ?

— Luz, sers-toi de ta cervelle. Et ne t'avise pas de me rappeler. » Elle raccrocha.

Luz resta de longues minutes à regarder le téléphone dans sa main. Finalement, elle décida de l'éteindre.

Deux heures plus tard, vêtue de la fine jupe noire et du bustier au large décolleté, Luz entra dans le bar du *Menger*. Tandis qu'elle se tenait debout dans le passage en attendant que ses yeux s'adaptent à la faible luminosité de la pièce, une demi-douzaine de têtes se tournèrent dans sa direction. On jouait de la musique dans un coin enfumé. Le bar était une réplique du pub *House of Lords* de Londres, avec son plafond en bois de cerisier et ses box aux miroirs biseautés.

Lorsqu'elle traversa la pièce, elle aperçut son reflet dans la glace située derrière le bar sculpté, un ouvrage censé porter les traces de balles des cavaliers impitoyables de Teddy Roosevelt, les Rough Riders, recrutés à l'occasion de la guerre hispano-américaine. Elle se reconnut à peine dans cette inconnue fort élégante, aux cheveux étincelants, bien habillée, un petit sac de perles au poignet.

Ian l'attendait dans un box aux banquettes tapissées de rouge ; il se leva à son approche. « Je ne pensais pas qu'un petit shampooing d'hôtel aurait un tel effet.

— Quelqu'un a fait les boutiques pour moi. »

Il lui prit la main et la porta à ses lèvres. « Blair LaBorde m'a un peu aidé. » Il posa ensuite une boîte en velours bleu sur la table. « Ça, je l'ai choisi tout seul. »

La poitrine enserrée dans le bustier, elle sentit son cœur battre la chamade. À en juger par la taille de l'objet, il ne pouvait s'agir d'un engin électronique mais, connaissant Ian, le cadeau était certainement fonctionnel. Elle s'assit à côté de lui, prit le coffret Tiffany et l'entrouvrit : elle aperçut une chaîne en or et une émeraude. Elle rabattit aussitôt le couvercle. « Tu as une aventure.

— Pardon ?

— Tu as une aventure et tu te sens coupable, alors tu m'as acheté ce collier.

— Très drôle, madame Benning. » Il ouvrit le boîtier et en sortit le bijou. « Je vais te le mettre au cou. » Elle sentit les mains chaudes se rapprocher de sa nuque. « Je suis désolée, Ian. Je suis ridicule. Tu n'arrêtes pas de me surprendre depuis tout à l'heure…

— C'était bien mon intention. » Il la prit par les épaules et la tourna vers lui. « Tu as raison, j'ai très envie d'avoir une aventure. Avec toi, Luz. Tu es si belle. » Ce soir-là, il s'exprimait avec autant d'intensité qu'à leur rencontre, seize ans plus tôt.

Mais Luz ne parvenait pas à se laisser aller. Alors qu'il se penchait vers elle pour l'embrasser, elle recula et s'exclama : « Qui s'occupe des enfants ? »

Il serra les dents. « Entre ta mère, Stuart, Jessie et Lila, ça devrait aller, je pense. Et s'ils ont besoin de gros bras, ils peuvent toujours appeler Dusty.

— Le seul qui soit un minimum capable de s'occuper des petits, c'est Arnufo, et il est ici, à San Antonio, chez sa fille.

— Tu crois vraiment ? dit-il, le sourire aux lèvres.

— Mais oui, je t'assure.

— Il est temps que tu arrêtes de vouloir toujours prendre toutes les responsabilités. Détends-toi un peu, Luz. Tout ne sera peut-être pas fait comme tu voudrais, mais il y a de bonnes raisons d'espérer que les garçons mangeront et iront se coucher comme tous les jours. »

Elle ferma les yeux et pensa au verre d'eau qu'elle mettait sur la table de nuit d'Owen, tous les soirs, aux trois peluches que Scottie aimait avoir près de lui en s'endormant et aux…

« Luz. » La voix pressante de Ian la fit sursauter et elle rouvrit les yeux. « J'aimerais que tu sois avec moi, ce soir. » Elle étudia son visage, marqué par des années de rire, d'amour et d'attention. Elle finit par comprendre. « D'accord. »

Leur petite aventure avait été soigneusement orchestrée. Après les cocktails, il l'emmena dîner à l'*Anaqua Grill*, où elle dégusta des mets bien plus onéreux qu'une semaine de courses au *Country Boy*. Entourés de couples amoureux aux mains enlacées au-dessus de tables somptueusement décorées, Luz et Ian dînèrent au murmure des fontaines, au milieu d'une végétation luxuriante. Lorsque le petit ensemble musical entama *Blue Bayou*, Ian tendit la main vers elle.

« Allons danser.

— Tu ne sais pas danser.

— Et toi, tu n'as jamais… (il se pencha vers elle et lui glissa un mot dans l'oreille)… mais il y a une première fois à tout. »

Après tant d'années ensemble, il parvenait encore à la faire rougir. Il dansait affreusement mal mais elle était aux anges dans ses bras. « Je me sens bien, reconnut-elle.

— Ah. Oui.

— Je vois bien que tu détestes danser, dit-elle en riant.

— Aucun homme n'aime danser. On le fait juste pour que les femmes couchent avec nous.

— Et ça marche. »

Ils avaient prévu de retourner à l'hôtel en bateau mais ne voulurent pas entrer en compétition avec les groupes de touristes bruyants qui faisaient la tournée des bars. Ils choisirent de longer le fleuve. La rue principale de San Antonio, ses magasins et ses restaurants illuminés étaient de toute beauté.

Luz retira ses sandales et marcha pieds nus, la joue collée contre Ian, qui lui avait mis un bras autour des épaules. Les passants souriaient en les voyant, et Luz sourit elle aussi. « Ils pensent que nous sommes en lune de miel.

— Faisons comme si, ce soir. J'avais prévu une halte à *La Fogada* pour boire un cappuccino mais… Cela t'embête si on ne boit pas de cappuccino ? »

Son impatience la fit de nouveau sourire ; elle se surprit elle-même à partager la même envie. « Non. »

Une ambiance de séduction régnait dans la chambre d'hôtel : éclairage subtil, lit somptueux, une bouteille de champagne dans un seau à glace argenté, une musique douce émanant de nulle part. Cependant Luz devait en avoir le cœur net. « Ian Benning, tu es absolument incapable d'organiser une telle soirée. Qui t'a aidé ?

— Jessie. Ta mère et Lila. Blair aussi. Celle-là, elle sait comment dépenser l'argent. »

Luz laissa tomber son sac de perles sur une chaise recouverte de tapisserie. « Et maintenant, si tu me disais pourquoi vous faites tout cela ? »

L'air dérouté, il dénoua sa cravate. C'était la cravate Hermès qu'elle lui avait offerte un Noël. « Parce que nous t'aimons, Luz ! » L'assurance de son propos la surprit. Elle se demandait souvent à quel point elle aimait les gens qui l'entouraient, mais jamais combien eux l'aimaient.

« Pourquoi ce soir ? »

Il laissa sa cravate pendre autour de son cou et se dirigea vers une armoire, il sortit une grande enveloppe close. « Eh bien, tout d'abord pour cette raison. »

Luz resta bouche bée devant la lettre de l'université assortie d'un tas de formulaires à remplir. « Étant donné mon expérience dans la photographie, ils m'attribuent le diplôme qui me manquait. » La main tremblante, elle posa l'enveloppe. « Je vais de surprise en surprise. J'ai enfin réussi à finir quelque chose.

— Je suis fier de toi, chérie. Nous sommes tous fiers de toi. Mais je n'avais pas besoin que tu décroches un prix international ou un diplôme universitaire pour cela. » Il traversa la pièce et la prit dans ses bras. « Et je n'ai pas arrangé cette petite soirée en amoureux seulement pour ton diplôme.

— Alors, en quel honneur ?

— Parce que notre couple n'est plus ce qu'il était. Et je voudrais que ce soir marque le début d'un renouveau. »

Ils n'avaient pas l'habitude de parler de ce genre de choses. Un frisson la parcourut. « Comment cela ? Qu'est-ce qui ne va pas ?

— Tu sais très bien de quoi je parle. Notre couple est sur pilotage automatique depuis trop longtemps. Quand nous faisons l'amour… nous ne sommes plus sur la même longueur d'onde. Il faut que nous fassions un effort, tous les deux. »

Elle ne sut que répondre. Ses propos reflétaient bien la réalité. Malheureusement.

« J'ai ma part de responsabilité, admit-il. Je suis en train de te perdre ; peut-être que tout est ma faute. »

Luz enfouit son visage brûlant entre ses mains : elle n'avait pas encore digéré l'aveu de Jessie. Lorsque celle-ci leur avait révélé son troublant secret, leur couple connaissait déjà quelques difficultés, les fondations de leur amour s'étaient fissurées par endroits et ils avaient feint de l'ignorer. Comme il est malaisé de laisser parler son cœur… mais il le fallait. « Je me sens menacée, finit-elle par admettre. Je n'ai aucun contrôle sur ce que tu as fait avant de me rencontrer, c'est normal. Mais le fait que tu m'aies caché votre relation pendant toutes ces…

— C'est cela qui t'énerve, hein ? Qu'une partie de ma vie t'échappe. Oui, je te l'ai caché. Jessie aussi. Et puis j'ai fini par oublier cette aventure. Je suis tombé fou amoureux de toi, Luz. Comment voulais-tu que je pense à quelqu'un d'autre ? »

Elle inspira profondément et prit son courage à deux mains. Il avait le droit de savoir ce qu'elle ressentait, et elle accepterait sa réaction. « En fait, je suis jalouse.

— Tu n'en as aucune raison, chérie. Jessie et moi…

— Non, je ne pensais pas à cela. Je parle de Lila. Avant de savoir que tu étais son père, nous étions à égalité devant elle. Maintenant que nous connaissons la vérité, l'équilibre n'est plus le même. Je sais que c'est idiot et minable, mais j'ai commencé à t'en vouloir. Comme si Lila n'était qu'à toi. Ou comme si elle était plus ta fille que la mienne. Et ça me rend dingue. »

Il resta longtemps silencieux puis finit par s'exclamer : « Et zut ! Tu ne veux pas aller boire un cappuccino, finalement ?

— Écoute, je ne voulais pas gâcher ce tête-à-tête. J'apprécie énormément tous les efforts que tu fais, mais ce n'est pas une soirée romantique qui va effacer nos problèmes.

— Je ne veux pas les effacer. Je veux qu'on les mette bien à plat pour y voir plus clair, pour savoir ce qu'on doit faire.

— Tu vois, je n'aime pas discuter de ce genre de choses avec toi. Quand tu parles comme ça, j'ai l'impression que tu vas me quitter…

— Luz, si je voulais te quitter, tu serais la première avertie. Ces problèmes font partie de notre vie de couple. Je ne veux pas te mentir ; je ne t'ai jamais menti, et toi non plus, je pense.

— Non. Mais nous nous sommes caché certaines choses.

— Il est peut-être temps de changer cette habitude. »

Continuerait-il à l'aimer autant si elle lui révélait ses peurs secrètes ? Elle pensa au sentiment de panique qu'elle avait éprouvé en l'espionnant devant l'hôtel, quelques heures plus tôt. « Je ne serai jamais aussi intelligente ni aussi mignonne que tes internes. Chaque année, tu en as de nouvelles et elles ont toujours vingt-trois ans alors que, moi, je continue à vieillir. Et chaque matin, tu te dépêches d'aller au bureau, comme si tu étais impatient de les revoir.

— Chérie, si je te donne l'impression d'être accro à mon boulot, cela n'a rien à voir avec mes internes.

— Alors, pourquoi ? » Cette question était sortie tel un cri, un appel douloureux. Elle sentit la légèreté de leur soirée s'envoler pour de bon, mais il fallait en finir.

« Je n'ai jamais été l'homme de tes rêves et, maintenant, tu entames une magnifique carrière. Je n'ai jamais gagné assez d'argent, je ne t'ai jamais donné assez… »

Elle lui mit les doigts sur les lèvres pour l'empêcher de poursuivre. « Ian Benning, gros bêta. D'où tiens-tu cette idée ridicule ? » Il lui embrassa les doigts sans la quitter du regard. « Je le lis dans tes yeux chaque fois que je te regarde. Je te vois feuilleter des guides de voyage, admirer des photos de maisons que nous ne pourrons jamais nous acheter. Luz, j'aimerais tellement pouvoir t'offrir toutes ces choses, t'emmener voyager loin, te faire visiter le monde. »

Elle retira sa main et se laissa tomber sur le lit. Il avait vu juste. Elle ne lui avait jamais avoué mais il avait deviné. Elle avait passé des années à rêver qu'un jour elle obtiendrait toutes ces belles choses, au lieu de chérir la vie qu'elle avait déjà. « Ian, comment fais-tu pour me supporter ?

— Je ne pourrais jamais vivre sans toi, Luz. Ce mariage, la vie que nous partageons représentent tout pour moi. Alors il faut résoudre nos problèmes.

— D'accord.

— Dès maintenant.

— Oui.

— Pour que les choses soient claires entre nous, continua-t-il en s'agenouillant à côté du lit, je veux que tu connaisses ma définition de la beauté : c'est toi. Tu es une œuvre d'art à mes yeux. Chaque partie de ton corps est magnifique. Les

375

marques sur ton visage, parce que tu souris si souvent. Tes jolies fesses et ton ventre arrondis parce que tu as porté nos enfants. L'odeur de tes cheveux, la beauté de ton corps lorsque tu sors de la douche. Le sourire que j'aperçois sur ton visage après une dure journée au tribunal. J'ai besoin de tout cela, Luz. J'ai besoin de retrouver tout cela. Dis-moi ce que je dois faire. Tu veux que je t'emmène au Taj Mahal, à Paris, ou…

— Tu sais ce que tu as à faire, Ian Charles Benning, coupa-t-elle en lui ouvrant son cœur. Tu l'as toujours su. »

Elle comprit alors que le romantisme soigneusement mis en scène tout au long de la soirée s'était envolé pour de bon, laissant libre cours à la passion, à l'honnêteté, à un engagement si fort et enrichissant qu'on n'aurait pu le décrire avec des mots. Pour Luz, l'honnêteté était ce qu'il y avait de plus attirant. Elle se releva en l'entraînant avec elle. Ils commencèrent tout doucement à faire l'amour, à explorer leurs corps en les dénudant. Luz se sentait un peu ridicule dans son bustier rigide et serré, mais Ian en fit un élément d'excitation à mesure qu'il délaçait le ruban jusqu'en bas du dos.

Luz soupira en sentant les vêtements tomber à ses pieds ; elle s'allongea sur le lit moelleux et attira Ian à ses côtés. Le simple fait de prendre son temps réveilla tout un monde de délices enfouis. Elle avait presque oublié à quel point elle aimait passer les doigts dans les cheveux de son mari, glisser les mains sur sa poitrine, le long de ses hanches. Il y avait bien longtemps qu'elle ne l'avait entendu grogner de désir au moment où elle prenait le dessus et s'ouvrait à lui, lui donnant accès à chaque partie de son corps.

Il parvenait encore à éveiller le désir chez sa femme, à lui faire monter les larmes aux yeux à force de tendresse et de générosité. Il y parvenait toujours. Il n'était pas un père ni un mari parfait, ni elle une épouse parfaite, mais c'est au lit qu'ils atteignaient la perfection. C'est là qu'il lui permettait de s'évader, qu'elle lui pardonnait, qu'ils s'acceptaient malgré leurs défauts, qu'elle était heureuse de l'avoir épousé ; c'est là qu'elle reconnaissait n'être qu'une ombre sans lui.

Au cours des longues heures de cette nuit-là, au milieu du parfum des fleurs, ils retrouvèrent l'amour découvert seize ans auparavant. Luz se sentit attirée dans un nouveau monde, elle devenait une autre personne. Près de Ian, elle se vit sous un jour différent : c'était grâce aux personnes de son entourage qu'elle pouvait s'épanouir, non en s'aventurant vers des contrées lointaines. Il était temps de laisser partir les vieux rêves, de s'en offrir de nouveaux, plus réalistes. Elle découvrit que son véritable rêve ne l'avait jamais quittée.

Un petit cri de plaisir lui échappa et elle se laissa aller, doucement, l'oreille posée sur le cœur de Ian, tandis qu'il jouait avec ses longs cheveux roux. À une heure avancée de la nuit, lorsque personne d'autre ne pouvait être encore éveillé, il lui demanda : « À quoi penses-tu ?

— Nous n'irons peut-être jamais à Paris, mais nous serons toujours là l'un pour l'autre. Plutôt romantique, non ?

— Hmm. Ne mets pas tout de suite une croix sur Paris. »

Elle reposa son menton sur la poitrine de Ian afin de pouvoir le regarder. « Je t'aime », chuchota-t-elle.

Il s'allongea sur elle, prit ses mains dans les siennes et les plaqua au lit tandis qu'elle s'ouvrait de nouveau à lui. « Je t'aime aussi, chérie. Depuis toujours. »

36

Ce samedi-là, Jessie se réveilla en pensant à sa sœur. Tous ensemble, ils avaient organisé cette petite escapade d'amoureux pour Luz et Ian. Si seulement cela pouvait les aider. Elle se sentait toujours coupable pour le mal qu'elle leur avait fait. Ils s'aimaient mais il leur faudrait faire des efforts pour retrouver le bonheur simple d'autrefois. Elle espérait que leur soirée romantique à San Antonio s'était bien déroulée.

Elle sortit de son cabanon et marcha vers la maison, où elle fut surprise de détecter une bonne odeur de cookies en train de cuire. « Oh, là ! Qu'est-ce qu'il se passe ? Je me suis trompée de maison ? Cette odeur… c'est comme si Luz n'était pas partie.

— J'ai préparé une fournée de cookies, répondit Lila. Tu veux goûter ? »

Jessie sentait sa nièce encore hésitante mais, malgré tout, ouverte à la discussion. Elle prit un morceau de biscuit encore chaud et ne cacha pas son plaisir, ne manquant pas de rendre Flambeau hystérique. « Tu es une déesse de la cuisine. Je ne savais pas que tu avais un tel talent.

— Faire des cookies… c'est du gâteau ! »

Jessie voulut prendre le pichet de lait dans le frigo mais découvrit qu'il n'était pas à sa place. « Où est le lait ?

— Je l'ai mis à l'étage en dessous. »

Jessie serra les dents puis s'obligea à tourner l'événement en dérision. « Quand tu bouges quelque chose ne serait-ce que de quelques centimètres, tu pourrais aussi bien l'envoyer à Chicago, cela ne ferait aucune différence pour moi.

— Désolée.

— Où est passé tout le monde ?

— Les garçons sont avec Miss Glenny et Stu. Je crois qu'il leur avait promis de les emmener pêcher sur le ponton. »

Jessie chipa un deuxième cookie puis s'assit à la table de la cuisine. « Alors, c'est en quel honneur ?

— C'est pour la célébration, cet après-midi.

— Célébration de quoi ?

— Du monument commémoratif.

378

— Pour Dig Bridger, c'est cela ? » Elle sentit une vague de chaleur quand Lila ouvrit le four afin d'en sortir d'autres cookies.

« Oui.

— Il ressemble à quoi, ce monument ?

— Il y a eu une collecte pour faire construire un bac à sable dans le parc communal ; il sera dédié à Dig. C'est tordu comme idée, non ?

— Pourquoi tu trouves cela tordu ? » Elle attendit, consciente du malaise qu'éprouvait Lila. « Tu sais, je ne peux pas t'entendre hausser les épaules.

— Un bac à sable ? C'est ridicule… pour un gamin qui… qui est mort.

— Viens t'asseoir près de moi, chérie. » Un grand silence avait empli la pièce.

Lila claqua la porte du four. Elles allèrent s'installer toutes les deux sur le canapé. « La première image qui me vient quand je pense à Dig, c'est quand on était petits et qu'on jouait dans un bac à sable. Il aimait tellement creuser ; il creusait des trous partout, balbutia-t-elle entre deux sanglots. Je fais encore des cauchemars toutes les nuits. La mère de Heath Walker avait raison. Cet accident, c'est ma faute.

— Lila, ne dis pas cela.

— Si. J'aurais dû convaincre Heath d'arrêter. Je sais qu'il aimait ça, lui aussi, mais c'est moi qui ai insisté, ce soir-là. Je voulais voler, je ne pensais pas à l'atterrissage, je ne pensais pas aux autres, assis dans la voiture avec nous. Je ne pensais même pas à ma meilleure amie ; elle était terrorisée. Et je lui ai demandé de continuer. »

Jessie se reconnut dans la négligence de Lila. « Oh, Lila. » Les larmes perlèrent sur ses paupières. « Serre-moi fort. » Tout en caressant les cheveux de la jeune fille, Jessie s'imagina, seule, en train de crier dans le vide, se précipitant vers un futur insignifiant.

379

« Cesse de penser que c'est ta faute. Les regrets ne servent à rien, tu ne peux pas changer le passé. Cette nuit-là, dans la voiture, chacun de tes amis a joué un rôle. Ce qui est arrivé est terrible et tu t'en souviendras toute ta vie, mais il faut que tu arrêtes de t'en vouloir.

— Ils ont tous trouvé la foi, poursuivit Lila. Ils ont tous été pardonnés. Moi, j'ai essayé mais je n'y arrive pas.

— Tu as le droit de ressentir les choses différemment. Peut-être que tu te pardonneras plus facilement avec des cookies et un bac à sable qu'en chantant des cantiques. Et tu as le droit. »

Lila renifla et se blottit davantage contre Jessie. « Comment tu peux savoir ?

— Je le sais, c'est tout. D'ailleurs, j'ai raison et je ne te laisserai pas partir tant que tu ne l'auras pas admis. » Jessie continua à lui caresser les cheveux tout en essayant de recoller les pièces du puzzle. « C'est donc toi qui as fait cela ?

— Quoi ? » Lila se redressa et s'appuya contre l'accoudoir du canapé.

La fierté dessina un sourire sur les lèvres de Jessie. « Ne sois pas modeste. Tu sais de quoi je parle. C'est toi qui as organisé tout, la collecte d'argent, la cérémonie, le bac à sable. Et tu vas même distribuer ces cookies qui, d'ailleurs, sont tellement bons qu'ils seraient interdits dans la plupart des États si tu te mettais à les vendre. Lila, tu es aussi bonne cuisinière que ta mère. »

Ce dernier mot resta en suspens entre elles.

« Comment as-tu pu m'abandonner ? » s'enquit soudain Lila d'un air triste.

Jessie inspira profondément : « Luz est la meilleure personne que je connaisse. Elle l'a toujours été. Quand je t'ai confiée à elle, j'ai voulu te donner un endroit où tu pourrais te construire, j'ai voulu t'offrir une famille pour te chérir. Je sais qu'ils te rendent dingue, parfois, mais je sais aussi que tu ne les échangerais pour rien au monde.

— Tu t'es déjà demandé comment ce serait si tu m'avais gardée ?

— J'y pense tous les jours. J'aurais adoré t'emmener avec moi à travers le monde, là où le travail m'appelait. Cependant, j'avais beau être très jeune, je savais que ce ne serait pas une vie pour un bébé. »

D'un geste de la main, elle désigna tout ce que la pièce contenait de trésors familiaux : jouets, livres, vaisselle, chaussures, courrier… la vie, tout simplement. « Voilà ce que je voulais t'offrir, Lila. Ça ne te convient pas toujours mais…

— Lila ? intervint Scottie en laissant la moustiquaire claquer derrière lui.

— Salut, cow-boy. » Jessie savait que Lila essuyait ses larmes et arborait une mine joyeuse pour son petit frère. Tout comme Luz l'aurait fait.

« Coucou Jessie, coucou Flambeau. » Scottie grimpa sur le canapé. « Grand-père dit que je dois mettre mon gilet de sauvetage si je veux rester pêcher sur le ponton.

— Je vais te le chercher. » Lila partit fouiller dans le débarras attenant à la cuisine.

« Lila, tu peux me le fermer ? Tu es la seule qui le fait bien.

— D'accord. Tiens, mange un cookie pendant que j'attache les sangles.

— Hmm ! Ils sont super bons ! Comme ceux de maman. Jessie, tu sais quoi ? Lila m'a laissé dormir avec elle, la nuit dernière, dans le lit violet. »

Jessie sourit. C'était la première fois que Scottie passait une nuit sans sa mère, pas étonnant qu'il se soit tourné vers Lila. « Tu en as de la chance. Moi, je n'ai jamais dormi dans le lit violet.

— Te voilà paré, cow-boy.

— Merci. Tu sais, Lila ?

« — Oui ?

— Il est joli, ton visage.

— Merci. Le tien aussi. »

Après son départ, Jessie continua à sourire. Cette petite scène de la vie quotidienne était un pur bonheur qu'elle ne s'était jamais autorisée à goûter. Elle se représenta Lila et Scottie ensemble et fit le vœu de ne jamais oublier cette image. Puis elle sentit le regard de Lila posé sur elle et dit : « Tu comprends de quoi je parlais, maintenant ?

— Je crois, oui. » Un sourire vint adoucir sa voix.

« Lila ? Je t'ai toujours aimée, chaque instant, depuis toujours, tu sais ?

— Hmm. »

Jessie perçut l'incertitude et la peur qui hantaient Lila. « Les gens qui s'aiment ont besoin de grandir, de changer. Comme tu le sais, cela peut faire mal de grandir et la douleur n'est pas forcément une mauvaise chose. Elle nous rappelle l'importance de nos actes, de nos proches. » Jessie croisa les mains derrière la tête. « Oh, là ! là ! qu'est-ce que je deviens sérieuse !

— Ouais… madame la psy. » Lila ferma la boîte hermétique dans laquelle elle avait déposé les cookies.

Des rires et le bruit des moulinets parvinrent jusqu'à elles. « Je vais chercher l'appareil photo », dit Lila. Elles sortirent sous le porche. Le soleil printanier réchauffait l'air encore froid de la nuit passée. Jessie sentit le parfum des roses anciennes de Luz.

« Jessie, je peux te demander quelque chose ?

— Vas-y.

— De la façon dont tu te tournes vers les gens, vers les objets, on n'a pas l'impression que tu es aveugle. Il y a des moments où tu vois ?

— Je vis dans l'obscurité. Tout ce que je peux voir, c'est une sorte de brouillard blanchâtre.

— Ça doit te manquer.

— Je te mentirais en disant le contraire. Mais je ne passe pas mes journées à m'apitoyer sur mon sort, je t'assure. D'ailleurs, promets-moi de ne jamais te sentir triste pour moi et de ne jamais laisser quelqu'un avoir pitié de moi.

— D'accord. » Lila s'arrêta en chemin. « J'aimerais essayer ce téléobjectif. Tu peux m'expliquer comment on le met ?

— Bien sûr. C'est un bon choix, il permet de diminuer l'effet de perspective. » Jessie avait changé d'objectif dans le noir tellement souvent qu'elle n'eut aucun mal à lui montrer la manipulation. « C'est comme si tu fixais une baïonnette. »

Enthousiasmée, Lila fit quelques clichés des garçons en train de pêcher.

« Prends une photo du rosier de ta maman, suggéra Jessie.

— Comment tu as deviné qu'il était en fleur ?

— Par magie », répondit Jessie en souriant. Lila changea d'objectif et choisit celui que Luz préférait ; Jessie se demanda si Lila le savait.

« Jessie ?

— Oui, chérie ?

— Qu'est-ce que tu vas faire ? »

Jessie aurait dû s'attendre à cette question. « Eh bien, il va falloir que je me reconstruise une vie bien à moi. Je veux devenir écrivain. J'aime écrire et puis, comme cela, je deviendrai membre d'un groupe d'élite : John Milton, James Joyce, James Thurber.

— Qui ?

— Des écrivains aveugles. Dis-moi, on vous apprend quoi à l'école ? Et je t'entends hausser les épaules !

— Pourquoi tu peux pas rester à Edenville ?

— Je suis incapable de tenir en place. Je n'y suis jamais arrivée.

— Pourquoi tu en serais incapable ? Quand tu es devenue aveugle, tu t'es débrouillée toute seule. Y'a rien de plus dur que ça à mon avis. Moi, je sais que tu nous aimes. Je sais que tu aimes aussi Dusty et Ambre. »

Allait-elle relever le défi ? Pour la première fois, Jessie s'en sentit capable. La voix parvenait à transmettre les sentiments de façon remarquable, pensa-t-elle. Celle de Lila exprimait l'inquiétude… et l'espoir.

L'obturateur s'ouvrit et se referma aussitôt, brisant le silence. « Je t'ai prise en photo, dit Lila. Elle sera magnifique. »

Certainement, pensa Jessie, qui n'avait cessé de sourire.

37

Après s'être assoupie un moment, Jessie se réveilla l'esprit brouillé ; peut-être couvait-elle un mauvais rhume. Elle ne se souvenait pas d'avoir invité Arnufo à passer, pourtant elle reconnut sa camionnette lorsqu'il se gara devant le cabanon et ouvrit la portière. Flambeau exprima sa curiosité par un petit gémissement puis remua la queue. Jessie commanda oralement à son ordinateur de s'éteindre et sortit accueillir son voisin.

« Salut, *compadre*. Vous n'êtes pas venu seul », remarqua-t-elle en entendant Ambre traîner les pieds. Elle devait certainement monter les deux marches du cabanon en s'accrochant aux doigts d'Arnufo.

« J'apprécie sa compagnie », répondit-il.

Ambre poussa un petit cri de joie, s'appuya brièvement contre les jambes de Jessie, puis se dirigea vers Flambeau.

« Comment s'est passée votre journée à San Antonio ?

— Magnifique. Je suis fier de ma petite-fille. Et votre sœur a pris plein de photos ; je suis sûr qu'elles seront extraordinaires. »

Jessie sourit. Si tout s'était déroulé comme prévu, Luz venait de se réveiller dans un fabuleux hôtel aux côtés de son mari, et ils reviendraient de bonne humeur dans l'après-midi. Elle savait bien qu'une escapade romantique ne suffirait pas à résoudre leurs problèmes, mais le fait de se retrouver seuls, tous les deux, les aurait sûrement aidés à en discuter.

« Vous voulez boire quelque chose ? proposa Jessie.

— Non, merci. En fait, je viens de me rappeler que j'avais quelque chose à faire. Je vous laisse la petite un moment.

— Mais…

— Je me dépêche, promis. » Sans lui laisser davantage le temps de protester, il s'en alla.

Son départ subit plongea Jessie dans un accès de panique. Elle se précipita à la porte et son pied heurta le paillasson. « Arnufo, que se passe-t-il ? » cria-t-elle.

Pas de réponse.

« Ba. » Ambre était venue jusqu'à la porte et commençait à s'appuyer dessus. Jessie pensa aux marches, à la forêt, au lac et verrouilla tout soigneusement. « Il va bientôt revenir. À ce moment-là, on lui fera sa fête. »

Ambre émit un léger bourdonnement, comme celui d'un essaim d'abeilles. Elle se dirigeait maintenant vers la table, près de la fenêtre. Jessie réfléchit à toute vitesse : son ordinateur y était, elle avait rédigé quelques mails par reconnaissance vocale. Des fils électriques pendaient entre la table et la prise de courant.

Quoi d'autre ? se demanda-t-elle en parcourant rapidement la pièce. Une tasse de café chaud… « Ambre, attention, fit-elle à voix haute en imaginant la fillette brûlée.

— Tention ! » répéta Ambre de sa petite voix haut perchée.

Jessie put ainsi la localiser, près de la table, et la prit dans ses bras. D'abord, Ambre ne dit rien, puis elle commença à se cambrer et à pousser les bras de toutes ses forces contre la poitrine de Jessie. Elle finit par se mettre à hurler.

« Oh, ma puce ! Ne pleure pas. J'ai eu peur que tu te fasses mal. »

Ambre, toujours en pleurs, se débattit de plus belle, criant et agitant les bras dans tous les sens.

« Ce n'est pas possible ! » Jessie transporta Ambre, devenue hystérique, vers la porte. « Mais à quoi pensait-il quand il t'a laissée seule avec moi ? Arnufo ! » cria-t-elle vers l'extérieur tandis qu'Ambre continuait de hurler.

Seuls les aboiements de Castor, au loin, lui parvinrent, avant d'être noyés au milieu des cris stridents de la petite.

« Flambeau. Flambeau, harnais. »

Le chien se présenta au pied du crochet où se trouvait son harnais. Jessie posa Ambre sur le canapé ; celle-ci n'attendit pas son reste pour protester, se laisser tomber à terre et se dépêcher d'aller à l'autre bout de la pièce. Jessie ne savait plus où donner de la tête : elle avait besoin de ses deux mains pour harnacher Flambeau, mais Ambre ne semblait pas vouloir attendre après eux. Jessie se détourna de Flambeau pour la rattraper.

« Calme-toi. Je ne vais pas t'abandonner. » Elle la prit dans ses bras et se rendit dans la cuisine. « Tu as faim ? Tiens, j'ai de la banane, et… quoi d'autre ? Des cookies de Lila… tu vas voir, ils sont à pleurer… Non ? Tu veux un verre de lait ? » Le bébé à cheval sur la hanche, Jessie ouvrit le réfrigérateur. « Que dirais-tu d'un morceau de fromage ? Un yaourt ? Je sais ce qu'il te faut… un cornichon… non ? »

Chaque nouvelle proposition était accueillie par des pleurs et des cris plus hystériques les uns que les autres. Jessie était horrifiée. Elle se sentit piégée, prise au dépourvu. Se retrouver seule avec Ambre revenait à se faire propulser sur une autre planète. Que lui arrivait-il ? Que devenait sa volonté d'indépendance ? Pourquoi n'arrivait-elle plus à rester indifférente ? Qui était donc ce petit amour énervé qu'elle tenait dans les bras ? Elle était censée en faire quoi ?

« Allez, Ambre, calme-toi, ma chérie. »

Ses cris devinrent rauques.

« Regarde Flambeau, proposa Jessie en s'agenouillant près du malheureux chien.

— Non ! » cria Ambre. Flambeau recula.

L'air contrit, Jessie se releva et se remit à marcher ; les oreilles lui sonnaient. En passant près du mur, elle frôla un sac plastique qu'elle avait posé sur une étagère. « Qu'est-ce que c'est ? » demanda-t-elle à Ambre. Pendant quelques secondes, la curiosité calma la petite. Jessie attrapa le sac et en sortit une petite boîte contenant un livre. « C'est pour toi, Ambre, un cadeau. Cela fait longtemps que je voulais te l'offrir. On va le regarder toutes les deux, d'accord ? »

Elle continua de pleurer, mais avec moins de vigueur. Sa respiration, tremblotante, s'était calmée. La petite lionne commençait à s'épuiser, et le livre semblait l'intéresser.

« Lila était avec moi le jour où je l'ai acheté. Je lui avais offert le même quand elle était petite. » Elle se demanda si Lila avait elle aussi piqué des colères et si Luz s'était sentie à ce point désemparée. Elle s'assit dans le canapé, la petite sur les genoux. Ambre poussa un cri, accrochant ses petits doigts mouillés au papier cadeau. Jessie se dépêcha de l'ouvrir et lui présenta le livre.

« Si on le lisait ? » Le lire ? Elle l'ouvrit en tremblant et se tortura les méninges pour se rappeler l'histoire. Elle était très courte. Il y avait deux enfants… Paul et Marie ? Paul et Julie ?

Un léger bourdonnement recommença à monter de la poitrine d'Ambre ; Jessie décida de ne plus perdre de temps. « Voilà, Paul et Julie caressent le lapin Titi, dit-elle en passant la main d'Ambre sur le carré de fourrure collé sur la page. Toi aussi, tu caresses le lapin ?

— Lapin, dit Ambre en parlant du nez.

— Tu veux tourner la page ? »

Ambre tourna adroitement la page, dévoilant ainsi un petit morceau de flanelle. S'agissait-il d'une couverture ? Non, sur cette page, « Paul et Julie se font coucou ». Les petits doigts caressèrent la flanelle. Soudain, un miracle se produisit : Ambre gloussa gaiement. Tranquillement, elles découvrirent les autres surprises : la barbe de papa pique, la fleur sent bon, le miroir brille.

« Tu vois le joli bébé ? » demanda Jessie, la gorge serrée. Combien elle aurait aimé voir cette enfant, son beau visage, ses yeux rieurs. À présent, Ambre était un mélange de bruits, un parfum, des cheveux qui chatouillaient le menton de Jessie.

« Encore ! » s'exclama l'enfant à la fin du livre.

Jessie revint à la première page et elles le parcoururent de nouveau. Peu à peu, Jessie se détendit, ses sens s'éveillèrent. Elle sentit le poids d'Ambre contre son ventre, sa peau douce comme la soie, ses cheveux fins, son odeur sucrée ; elle l'écouta gazouiller tandis qu'elle parcourait le livre, encore et encore. Enfin, au milieu de la quatrième ou cinquième lecture, la tête de la petite tomba sur le côté : elle s'était endormie. Maintenant, elle la voyait.

Épuisée elle aussi, Jessie l'enveloppa de ses bras et posa sa joue humide sur les cheveux soyeux. Elle entendit une autre voiture se garer et jura de tuer quiconque réveillerait cette enfant. Ensuite, elle reconnut la démarche de Dusty lorsqu'il arriva à la porte. Dommage. Même lui, elle le tuerait. Il entra sans faire de bruit et le canapé grinça lorsqu'il s'assit près d'elle.

Jessie leva son visage vers lui. « Je n'y arriverai jamais. » Il posa la main sur la joue humide de Jessie. « Chérie. Tu viens d'y arriver. »

Loin de s'habituer aux sentiments profonds que lui inspirait la présence de Dusty, Jessie les sentait s'amplifier au fil du temps. Ses larmes séchèrent, l'émotion s'empara de son corps, sa respiration s'accéléra. Il avait prétendu la ramener à Broken Rock afin qu'elle puisse discuter avec sa sœur, mais elle savait qu'il en espérait plus. Bien plus.

« Tu vas bien ? lui demanda-t-elle.

— Oui, et toi ?

— Arnufo me l'a laissée sur les bras.

— Je sais. Il m'a fait le coup plusieurs fois. Pour m'obliger à me retrouver avec elle.

— Et ça ne te dérange pas que ta fille colérique se retrouve seule avec une aveugle ?

— Elle dort comme un ange. Tu sais t'y prendre. » Sur ces paroles, il cueillit délicatement la petite et sortit. Jessie l'entendit échanger quelques mots avec Arnufo et il revint les bras vides. Elle sentit son cœur chavirer lorsqu'il s'approcha pour la serrer dans ses bras. « J'en ai fini d'attendre. Je t'ai laissée seule cette semaine pour que tu puisses discuter avec Luz. Maintenant, il est temps que nous parlions de nous deux. »

Une vague d'appréhension la submergea. *Non, je ne veux pas*. Elle entendit son pouls battre dans son oreille, repoussa Dusty. « Écoute, je ne t'ai pas demandé de partir à ma recherche, ni de me traîner jusqu'ici. Tu devrais réfléchir un peu plus. Tu as une fille à élever. Si tu as besoin d'une femme, choisis-en une qui puisse te rendre service.

— Je n'ai pas besoin d'une femme, j'ai besoin de toi. Tu t'imagines que j'ai fait exprès de tomber amoureux de toi ? Tu crois que je le ferais si j'avais le choix ? Ce n'est pas une question de me rendre service ou non. Tu peux me croire, t'aimer n'est pas de tout repos. Et cela n'a rien à voir avec le fait que tu sois aveugle ; tu n'étais déjà pas facile à vivre avant. Mais je ne peux pas m'en empêcher. »

Ces mots. Elle aurait voulu les enfermer en son sein, les garder à jamais. Elle avait tellement peur, peur de devenir un fardeau pour lui, peur qu'un jour il en ait assez d'avoir à la supporter, qu'il regrette de l'avoir épousée. Elle n'était pourtant pas du genre à avoir peur, mais cette aventure n'était pas banale. « Ce serait injuste pour Ambre, pour toi. Et pour moi aussi, d'ailleurs.

— Depuis quand la vie est-elle juste ? rétorqua-t-il sur un ton ironique. Je hais les épreuves par lesquelles tu es passée. Tout comme j'ai haï devoir rester assis pendant des heures auprès de Karen, que je gardais en vie pour Ambre. Je sais où tu veux en venir : tu essaies de me protéger, comme si j'étais attiré par les femmes au destin tragique et que tu voulais rompre le cercle infernal. Mais tu te trompes, Jess. Tu es un miracle pour moi, tu ne l'as pas encore compris ?

— Je suis un cauchemar, oui. Et si tu crois le contraire, tu es bien naïf. Ça serait marrant de voir lequel de nous deux rendrait l'autre fou le premier, entre mes yeux foutus et ton envie de protéger tout le monde.

— Jessie, je ne peux certainement pas savoir tout ce que tu ressens, mais je te jure que je te laisserai te débrouiller comme tu veux. Je te connais ; je sais bien que tu n'en fais qu'à ta tête. Avant, je traitais ma fille avec autant de précautions que si elle était une bombe, prête à exploser. Mais elle a beau être petite, elle est solide. Et ce n'est pas mon amour qui pourra la blesser. » Il la prit de nouveau dans ses bras, déposa un baiser au creux de sa main. « Je ne te blesserai jamais non plus. Je te le promets. Épouse-moi, Jessie. »

Elle sentit son cœur s'envoler, imagina ce que son existence pourrait devenir si seulement elle acceptait. Elle pourrait vivre auprès de ceux qu'elle aimait des moments qui donneraient un sens à sa vie. Si seulement elle cessait d'avoir peur.

« Tu te ferais du mal, conclut-elle en retirant sa main pour la blottir au creux de l'autre, comme si elle était blessée. Tu ferais du mal à ta fille. Tu dois arrêter de m'aimer et me laisser partir.

— Pourquoi ?

— Parce que je suis aveugle. Je ne peux pas te regarder dans les yeux, y lire l'amour, le doute ou la joie ; mes yeux vont finir par s'atrophier et ils ne diront plus rien sur moi. Comment pourrais-je t'aimer si je ne te vois pas ? » Toute sa peur résonnait dans ces quelques paroles.

« Rien de plus simple. Il te suffit d'aimer avec ton cœur, comme tout le monde. Pour toujours, sans te soucier de rien. Et d'espérer le meilleur pour nous trois. »

38

« Je suis enceinte. » Le sentiment de panique qui s'empare d'une femme à l'instant où elle comprend ce qui lui arrive est unique. Ce soir-là, Jessie imagina l'impossible.

Dusty venait de quitter le cabanon, l'abandonnant face à la décision qu'elle devait prendre. Ian et Luz étaient revenus réjouis de San Antonio. Jessie était parvenue à leur sourire pour les accueillir, mais elle n'avait pas eu le cœur de rester manger avec eux et s'était retirée chez elle. Qu'allait-elle choisir ? Quel rêve allait-elle sacrifier ? Son amour pour Dusty l'aiderait-il à surmonter sa peur pour l'avenir ? Il ne lui rendait pas la vie facile, ce n'était pas nouveau. Il la laissait décider seule. Mais elle n'avait pas de réponse. On lui offrait l'enfant d'une autre femme et c'était à elle de déterminer si elle le méritait. C'est alors qu'elle eut un haut-le-cœur.

Elle ne se rappelait plus la date de ses dernières règles, n'y ayant pas songé depuis longtemps. En l'espace d'une seconde, son monde chavira. Se pourrait-il qu'elle soit… ?

Jessie se mit à fouiller dans sa trousse de toilette en se répétant que c'était impossible.

« Idiote ! marmonna-t-elle entre ses dents. Idiote, triple idiote ! » Elle avait arrêté la pilule en arrivant à l'institut mais elle avait sans doute oublié de la prendre plus d'une fois avant cela. Au cours de sa formation, on lui avait bien entendu appris à aller à la pharmacie pour acheter des serviettes hygiéniques, et c'est là qu'elle s'était rendu compte qu'elle avait du retard. Le pharmacien lui avait recommandé de ne pas s'inquiéter, ce phénomène était courant lorsqu'on arrêtait de prendre la pilule après tant d'années.

Les ongles de Flambeau cliquetèrent sur le sol à mesure qu'il tournait autour de Jessie, conscient du malaise.

Mais elle la prenait encore quand elle avait rencontré Dusty, pensa-t-elle en essayant de se calmer. Elle finit par mettre la main sur une plaquette de comprimés à moitié utilisée. Ses doigts se promenèrent nerveusement dessus, trouvèrent des comprimés intacts, et elle comprit qu'elle s'était emmêlé les pinceaux. Elle se souvint alors avoir sauté plusieurs jours à son arrivée à Broken Rock, le temps de se remettre du décalage horaire. Comme elle venait de quitter Simon, elle ne s'était pas doutée qu'elle aurait besoin d'une contraception. Puis elle repensa à leur longue nuit au Mexique ; il avait proposé de partir à la recherche d'une pharmacie et elle lui avait répondu de ne pas s'en soucier car elle prenait la pilule. *Idiote*.

« C'est impossible », murmura-t-elle. Elle se laissa glisser à terre et s'assit, les genoux serrés contre la poitrine. Une fois de plus, elle avait peur et refusait de s'engager. Mais aujourd'hui, elle ne fuirait pas devant la difficulté. Elle devait mettre ses pensées à plat et réfléchir. Avant tout, elle avait besoin d'être sûre. Elle pensa aussitôt à Luz.

Luz.

La dernière fois que Jessie s'était retrouvée dans cette situation, sa sœur l'avait aidée à s'en sortir.

« Allez, Flambeau, dit-elle en saisissant le harnais. On va voir Luz. » La nuit tombait, le soleil ne réchauffait plus l'air, mais elle entendait encore les enfants jouer au football ou au frisbee. Elle se précipita dans la maison de sa sœur, détacha Flambeau et cria :

« Luz ? Luz !

— Dans le salon.

— Je reviens tout de suite. J'ai besoin d'aller chercher quelque chose dans la salle de bains. » Jessie se souvenait d'avoir vu un test de grossesse dans un sachet de pharmacie, sous le lavabo. Faisant courir ses mains entre les flacons et les vieilles éponges, elle finit par trouver le sac en papier froissé et le serra contre sa poitrine. Elle se mit à rire, d'un rire désespéré. Elle ne pouvait pas faire cela seule. Après toutes ces années, n'avait-elle toujours rien appris ? Elle revenait chez sa sœur, semait la zizanie, se retrouvait de nouveau enceinte, sans être mariée bien sûr. Et, pour couronner le tout, elle courait chercher de l'aide auprès de Luz.

Elle descendit les escaliers et se dirigea vers le salon, se frayant un chemin à travers la pièce, qu'elle connaissait désormais par cœur. « Luz ?

— Je suis là, dans le canapé. Je profite du calme.

« — Où sont les autres ?

— Maman et Stu regardent la télé, Ian joue au foot avec les garçons. Et Lila, aussi. » Sa voix s'adoucit lorsqu'elle prononça le nom de Lila.

« Luz, tu sais, Lila t'aime énormément, elle a confiance en toi. Tout ira bien, tu verras.

— J'espère que tu as raison. Notre petit voyage en amoureux a été magique. Cela faisait longtemps qu'on ne s'était pas sentis aussi bien tous les deux. »

Jessie fit de son mieux pour garder une apparence calme. Toute sa vie elle avait exposé ses problèmes à Luz. Elle semblait si heureuse maintenant, si sereine. Jessie pouvait-elle se permettre de la déranger encore ?

« D'ailleurs, je voulais te remercier, continua Luz. Ian m'a dit que tout le monde l'avait aidé à monter ce complot. » Elle prit la main de Jessie et la fit s'asseoir à côté d'elle. « J'ai quelque chose à te montrer. » Luz prit les doigts de sa sœur et les posa sur sa peau douce et lisse, puis sur une série de petits renflements dont la texture n'était pas étrangère à Jessie. « Luz ! Un tatouage ! »

Luz se mit à rire. « Je l'ai fait ce matin, avant de quitter San Antonio. Incroyable, non ? C'est une constellation. La reine Cassiopée. »

Jessie oublia un instant ses soucis et considéra Luz avec tendresse : « La mère d'Andromède.

— Eh oui !

— Tu l'as montré à Lila ?

— Pas encore, je voulais que tu sois la première à le voir. » Luz rit de plus belle. « Tu devrais voir celui de Ian.

— Là, je passe mon tour. Luz…

— J'étais en train de m'occuper de ces albums de photos, dit-elle en tournant les pages. J'ai un retard monstrueux.

— Ah oui, répondit Jessie l'air distrait. Luz, j'ai…

— Quelque chose ne va pas ? » Jessie entendit un livre se refermer dans un bruit sourd ; Luz venait de remarquer l'inquiétude chez sa sœur. « Qu'est-ce que tu as dans ce sac ?

— Je vais avoir besoin de ton aide. » Elle sortit la boîte et la tendit à Luz.

Celle-ci répondit, le souffle coupé : « C'est un test de grossesse.

— J'espérais bien que ce n'étaient pas les ingrédients de la bombe H.

— Jess… ? balbutia Luz d'une voix tremblante qui trahissait sa joie.

— Ils ne le font pas en braille, ce serait un peu trop poisseux. Tu veux bien m'aider ? »

Luz la prit dans ses bras et elles se mirent à rire et à pleurer de joie. « J'ai fait n'importe quoi, poursuivit Jessie. Et je viens encore t'embêter avec mes histoires.

— C'est normal. Je suis là pour ça, non ? Tu ne te rends pas compte que, moi aussi, j'ai eu besoin de ton aide, plusieurs fois ?

— Qu'est-ce que tu racontes ?

— Je t'assure.

— Ah oui, et quand ?

— Par exemple, quand nous étions petites, tu venais te glisser sous les draps à côté de moi. Tu ne savais pas que cela me faisait plaisir, à moi aussi ? Et après l'accident, tu t'es occupée de tout. Ensuite, tu as fait en sorte que Ian et moi puissions nous retrouver. Sans toi, rien de tout cela ne serait arrivé. J'ai besoin de toi, crois-moi.

— Vraiment ?

— Vraiment.

— Qu'est-ce que je dois faire pour Dusty ? Je me retrouve enceinte et je vais devoir lui dire que j'ai besoin de lui ?

— Au cas où tu ne l'aurais pas remarqué, il a besoin de toi, lui aussi. Avant ton arrivée, il n'était qu'un mort-vivant. C'est grâce à toi s'il revit. »

Jessie resta silencieuse, les larmes ruisselant sur ses joues. Si elle décidait de garder le bébé, elle deviendrait la mère d'un enfant qu'elle ne pourrait jamais voir. Elle repensa au jardin qu'elle avait traversé, un soir, au Mexique, au gardien âgé en train de planter des fleurs dans le noir. Elle n'était plus capable d'admirer une fleur, mais devait-elle pour autant s'interdire d'en créer une ?

« Tu sais, finit-elle par avouer lorsqu'elle eut retrouvé la voix, je vais le garder, celui-là.

— Je serai avec toi, quoi que tu décides. Écoute, tu n'as rien fait de mal. C'est la vie. Moi, j'ai fait la même chose, je suis tombée enceinte sans le vouloir. Et finalement, je ne m'en tire pas trop mal, avec mes trois garnements. Parfois, je me dis que nos erreurs sont plus enrichissantes que nos réussites. »

Jessie pensa à toutes les erreurs qu'elle avait commises : « Dans ce cas, je dois être millionnaire.

— Je crois que cela va me plaire de devenir la tata tatouée. Alors ? On le fait maintenant ce test ou… ? »

Jessie entendit la brise du soir caresser le lac, s'insinuer entre les branches fournies des chênes. Elle perçut au loin les éclats de rire des enfants, les aboiements de Castor et le cri distant d'un huard. « Je voudrais faire quelque chose avant.

— Bien sûr. Comme tu voudras.

— Tu veux bien me déposer quelque part ? »

Enfin… Jessie s'était décidée ; sa joie avait anéanti toute crainte. Elle allait vivre une aventure unique pour laquelle ni valise ni passeport n'étaient requis, seulement du courage. Elle se leva, tourna son visage vers la porte ouverte, qui laissait passer la chaleur des derniers rayons de soleil.

« J'ai besoin d'aller parler à Dusty. »

Remerciements

Chaque roman est un nouveau voyage et, comme dans tout voyage, je fais des rencontres enrichissantes. J'ai commencé et terminé ce livre avec ma sœur, Lori Klist Cross, dont les connaissances sur la cécité, l'orientation et la mobilité chez les malvoyants n'ont de pair que son dévouement et son soutien à l'égard de sa grande sœur. Je serai toujours la plus âgée de nous deux, mais je ne peux qu'aspirer à devenir aussi raisonnable et généreuse.

The National Library for the Blind (Bibliothèque nationale pour aveugles) m'a fourni de précieux documents au cours de mes recherches, et j'ai eu le privilège de pouvoir discuter de la maladie oculaire AZOOR avec Adrian, Vicky, Jacque, Beth, Leigh… Merci encore de m'avoir accueillie dans votre univers.

Mes tout premiers lecteurs furent les membres attentionnés et exigeants du groupe de Port Orchard – Lois, Kate, Debbie, Rose Marie, Janine, Susan P. et Sheila. Merci à mes chers amis, Joyce et Barb, qui ont pris le temps de lire mon travail, comme toujours depuis de longues années. Les internautes de la communauté virtuelle RomEx, dont Deb, Lynn et Lynda, ont représenté une excellente source d'inspiration grâce à leurs commentaires, et je les en remercie. Un grand merci à Alice et P. J. pour leurs lectures critiques. Merci à tous pour le temps que vous m'avez généreusement consacré.

Mes remerciements s'adressent également à Annelise Robey, de la Jane Rotrosen Agency, dont l'engouement pour cette histoire et la patience au fil des relectures n'ont jamais fait défaut – merci de m'avoir poussée au travail. Merci à Jane Berkey pour son enthousiasme, ses encouragements et ses conseils. L'expertise et l'engagement de Dianne Moggy, Martha Keenan et leurs associés de MIRA Books ont permis à mes rêves de devenir réalité. Et, enfin, je suis profondément reconnaissante à mon agent, Meg Ruley, dont l'amitié et les précieux conseils me sont inestimables.

Aubin Imprimeur
LIGUGÉ, POITIERS

Achevé d'imprimer en mai 2005
pour le compte de France Loisirs
123, bd de Grenelle, 75015 Paris
N° d'édition 42717 / N° d'impression L 68446
Dépôt légal, mai 2005
Imprimé en France